CIEN RAZONES
PARA ODIARTE

Cien razones para odiarte

Violeta Reed

Papel certificado por el Forest Stewardship Council®

MIXTO
Papel procedente de
fuentes responsables
FSC® C117695

Penguin
Random House
Grupo Editorial

Primera edición: julio de 2022

Printed in Spain – Impreso en España

ISBN: 978-84-666-7303-7
Depósito legal: B-9.664-2022

Compuesto en Comptex & Ass., S. L.

Impreso en Rotativas de Estella, S. L.
Villatuerta (Navarra)

BS 7 3 0 3 7

Para todas las personas que creen en el amor.
Para Tamm, ojalá todo el mundo tuviera una amistad
tan bonita como la nuestra.
Y para Adri, que me anima siempre a perseguir mis sueños
y me acompaña en el camino

La música es una constante en mi vida y ha sido una fuente de inspiración de esta historia, así que aquí os dejo la *playlist*.

Cien razones para odiarte

Elena
«No puedo vivir sin ti» — Bely Basarte
«I Can't Help Falling In Love With You» — Bely Basarte
«Marjorie» — Taylor Swift

Marcos
«Just My Type» — The Vamps
«Sympathy For The Devil» — The Rolling Stones
«No puedo vivir sin ti» — El Canto del Loco
«Voy a comerte» — Pereza

Elena y Marcos
«Lover» — Taylor Swift ft. Shawn Mendes
«Entra en mi vida» — La Casa Azul
«Besos» — El Canto del Loco
«No Control» — One Direction
«Marvin Gaye» — Charlie Puth and Megan Trainor

«Daylight Piano» — Sing2Piano
«Let's Fall in Love for the Night» — Finneas
«Medieval» — Finneas

Amanda
«Superpoderes» — Leiva

Lucas
«I Can't Take My Eyes Off You» — Muse

Blanca
«Dinamita» — La Bien Querida

Bruno
«Galaxia» — Sidecars

Carlota
«Betty» — Taylor Swift

Otras canciones que aparecen en el libro:
«Shape of You» — Ed Sheeran
«Con calma» — Daddy Yankee
«Baby I'm Yours» — Arctic Monkeys

1

Amanecer

Cuando desperté esa mañana me sentí como Alicia cuando se cayó por la madriguera del conejo y aterrizó en el País de las Maravillas. Igual que ella, yo tampoco entendía lo que estaba pasando.

Nada más emerger del mundo de los sueños noté un fuerte dolor de cabeza y un sabor amargo en la lengua. No tenía mucha experiencia en el tema, aunque no había que ser un lince para darse cuenta de que tenía una resaca monumental.

Intenté hacer memoria de la noche anterior, pero fue imposible. Lo único que visualizaba cuando cerraba los ojos era el típico fundido negro que precede a los créditos finales en el cine.

Me encogí sobre mí misma con la esperanza de que la posición me aplacara un poco el estómago revuelto. Estaba segura de que, si me levantaba, vomitaría hasta la primera papilla. Si era capaz de obviar que iba a estallarme la cabeza, que tenía la lengua como un trapo seco y que mi estómago parecía un volcán en erupción, quizá podría localizar mi último recuerdo y reconstruir la noche a partir de ahí.

En ello estaba cuando noté un cosquilleo en la cadera izquierda. Era la primera vez que me emborrachaba hasta el punto de tener lagunas, pero el hormigueo no era un síntoma de que te habías bebido hasta el agua de los floreros, ¿verdad?

Levanté la sábana desganada y tuve que parpadear un par de veces porque lo que estaba viendo no era posible. Una de dos: o seguía soñando o una mano varonil descansaba sobre mi piel desnuda.

Un momento...

¿Dónde estaba mi ropa?

Apreté los párpados con la esperanza de que la mano y el dueño desaparecieran por arte de magia.

No funcionó.

Lo supe antes de volver a abrir los ojos porque seguía notando el cosquilleo agradable allí donde su piel se juntaba con la mía.

Si le hubieras contado esta historia a cualquier persona que me conociera, no se lo habría creído. De hecho, si me hubieras dicho la tarde anterior que terminaría borracha en la cama con un hombre que ni siquiera sabía quién era, me habría reído. Yo no hacía esas cosas. Yo era la estudiante ejemplar, la que se marcaba un camino de objetivos y nunca se salía de él. Yo no bebía. Y, sin embargo, ahí estaba.

Y ahora os estaréis preguntando cómo una persona que no bebe llega a esta situación.

Buena pregunta.

La resaca se debía a que la noche anterior se había casado mi mejor amiga. Al enlace había asistido la persona que peor me caía sobre la faz de la tierra. Cariñosamente de ahora en adelante lo llamaremos «el Indeseable». Y es que cada vez que él había aparecido en mi ángulo de visión o se había dirigido a mí, yo había bebido de mi cóctel como si me estuviera deshidratando en mitad del desierto.

El porqué lo entenderéis un poco más adelante.

El alcohol que todavía tenía en la sangre y la somnolencia me impedían pensar con fluidez, pero conforme las preguntas se me agolpaban en la cabeza, aumentaba mi nerviosismo.

¿Quién era él? ¿Cómo había llegado allí? ¿Lo había invitado yo? Y la más importante de todas...

¿Dónde estaba?

Dirigí la mirada a la mesita de noche y suspiré aliviada al ver mis libros de veterinaria. Una incógnita menos; estaba en casa. En territorio seguro.

La luz entraba a raudales en mi habitación; por lo general cerraba la persiana, pero anoche esa debió de ser la última de mis preocupaciones. Mi cuarto era colorido, sencillo y ordenado. Solo tenía la cama, el armario, estanterías repletas de libros y un ventanal enorme por el que los rayos del sol alimentaban mis plantas. Fue increíble la rapidez con la que dejé de sentirme segura en un espacio que me encantaba. ¿Queréis saber por qué? Preparaos porque os vais a reír mucho con lo que está a punto de suceder.

Horrorizada, caí en la cuenta de que todas mis preguntas conducían a la misma respuesta: me había acostado con alguien. Debía de haber tenido el típico lío de una noche, una cosa habría llevado a la otra y ahí estábamos los dos, calentitos en mi cama.

Lo mejor de todo es que ni siquiera sabía si lo había disfrutado porque mis recuerdos lúcidos llegaban hasta el banquete. De ahí en adelante no recordaba nada con claridad.

Era la primera vez que me despertaba en esa inquietante tesitura y no sabía qué hacer.

«¿Despierto a mi acompañante? ¿Lo dejo dormir? ¿Me voy? ¿Grito? ¿Llamo a la policía y que se encarguen ellos?». Reconozco que se me pasó por la cabeza la idea de esconderme en el baño y esperar a que se fuera por su propio pie, pero no lo hice.

Intenté concentrarme en mi respiración y traté de no ponerme histérica con la pregunta más obvia: ¿Quién estaba tumbado a mi lado? ¿Alguien a quien había conocido en la boda? ¿Un primo del novio, quizá? O peor, ¿alguien a quien ya conocía?

El corazón me latía con tanta violencia que parecía que me iba a explotar dentro del pecho. Tenía que hacer algo ya si no quería terminar llamando a urgencias para comunicarles yo misma mi propio paro cardiaco.

Me armé de valor y, con toda la delicadeza que una puede tener en este tipo de situaciones, aparté la mano del «sujeto no identificado» de mi cuerpo. Contuve el aliento y me quedé quieta hasta que estuve segura de que no lo había despertado.

Intenté hacer el menor ruido posible en mi huida de la vergüenza. Si iba a enfrentarme a un desconocido, al menos lo haría vestida. Eso me daría un poco más de seguridad en mí misma, y lo cierto era que necesitaba recuperar toda la dignidad que me fuera posible antes de pedirle educadamente que abandonara mi casa. Mi plan se fue al traste en dos segundos, que fueron los que tardé en enrollar el pie en la sábana y caerme haciendo el mayor ruido posible.

«Genial, Elena; sencillamente genial», me reproché a mí misma.

¿Se podía tener peor suerte? Estaba a punto de descubrir que sí.

Rogué mentalmente que el intruso fuera de sueño profundo y siguiera durmiendo a pierna suelta, porque encararlo tirada en el suelo era lo último que necesitaba. Un dolor agudo se me extendió por las rodillas, que habían parado la mayor parte del golpe, pero ni siquiera me dio tiempo de hacer recuento de daños.

—Bonito culo. —Se me congeló la sangre dentro de las venas al reconocer esa voz grave y molesta.

No era posible.

«Por favor, que sea un sueño».

¿Me había acostado con la persona que peor me caía del mundo?

Crisis. Apocalipsis. Muerte. Catástrofe. Desastre. Hecatombe. TRAGEDIA.

«Esto no me puede estar pasando a mí».

Pensar que las cosas no pueden ir a peor es lo último que debes hacer. Siempre pueden empeorar, y os aseguro que lo hacen.

—¿Huyendo de la escena del crimen? —se carcajeó a mi espalda—. No pensaba que fueras de esas. Creía que serías de las que te abrazan después, Ele.

«Ele».

Solo él me llamaba así. Me había puesto ese ridículo apodo hacía tanto tiempo que ni lo recordaba.

Noté el característico nudo que empezaba a formárseme en la garganta. Estaba a cuatro patas enseñándole el trasero a mi peor enemigo y, para colmo, iba a llorar delante de él. ¿Podía haber algo más patético?

«Sí, lo más patético es que te has acostado con él».

Me levanté dando un traspié y, con la poca dignidad que me quedaba, me cubrí con la sábana, que, por desgracia, olía a él.

Continué sin darme la vuelta, el poco orgullo que me quedaba me lo impedía. El rostro me ardía con una intensidad que casi quemaba. Estaba al borde de las lágrimas, pero no iba a darle el gusto de verme así.

Al oír el sonido de sus pisadas aproximarse, me quedé anclada al suelo. Yo deseaba alejarme, pero mis pies no soltaban amarras. No tenía el cuerpo para confrontaciones, y por muy educados que pretendiéramos ser, nosotros siempre terminábamos discutiendo. En ese momento comprendí que el sueño, en realidad, era una pesadilla.

Me estremecí cuando sus dedos bailaron sobre la piel de mi espalda para apartar con cuidado la melena que me caía en cascada. Con el roce fugaz de sus labios sobre el cuello se me olvidaron los motivos por los que disfrutar de aquello era incorrecto. La vergüenza y el instinto de huida viajaron a la deriva, con mi resaca.

—Buenos días, empollona —dijo mientras me abrazaba desde atrás.

Estaba tan conmocionada que no encontré palabras para responder.

—¿Adónde ibas?

«Ni idea».

En ese instante las razones por las que intentaba alejarme de su calor se me antojaban ridículas.

¿Por qué querría yo separarme de una sensación tan placentera?

«¡Porque siempre te ha caído mal! ¿Recuerdas?».

Me tensé y él tuvo que adivinar el rumbo que tomaron mis pensamientos porque aumentó la intensidad de los besos que dejaba en mi piel.

Ignorar el cosquilleo que empezaba a formarse entre mis piernas se hacía difícil, y más si seguía acariciándome las caderas. Me empujó contra su cuerpo y, al sentirlo, se me escapó un gemido vergonzoso. Oí su risita triunfal y eso me proporcionó la lucidez que necesitaba.

Había sucumbido al placer de sus labios como una tonta. Era normal que se riera; por fin había caído en sus redes y el cretino se regodeaba. Qué primarios eran algunos para estas cosas; a mayor dificultad de conquista, más aumentaba su ego cuando lo lograban. Y, sin duda, esa bajada de barreras por mi parte le había hecho ganar la medalla de oro sin necesidad de ir a las olimpiadas.

Sin pensármelo dos veces, me aparté propinándole un codazo.

—Elena, ¿qué te pasa? —preguntó desconcertado.

Debía de ser la primera vez que pronunciaba mi nombre completo y no uno de sus ridículos apodos. ¡Qué triste!

Se colocó delante de mí y yo me limité a agachar la cabeza. Fui tan valiente que hasta dejé que mi pelo se interpusiera entre nosotros como una cortina. No podía mirarlo a los ojos; si lo hacía, estaría perdida en el laberinto azul que había tratado de evitar durante años.

Sus dedos alzaron mi barbilla con suavidad y todo se fue a pique.

Al encararlo comprobé que su pelo estaba más revuelto que de costumbre y que su mirada somnolienta seguía siendo igual de encantadora que siempre. No podía negar que el bastardo tenía los ojos bonitos. Podría pasarme horas intentando domar las olas gigantes que le daban a su mirada un aspecto salvaje.

Ahí estaba Marcos, también conocido como «el Indeseable». El chico que me había humillado en los pasillos del colegio.

El mismo que nunca había desperdiciado una ocasión para sacarme de quicio y el que me había demostrado en incontables ocasiones lo incompatibles que éramos. El único ser del planeta al que no soportaba. El último al que besaría y el mismo con el que acababa de compartir cama.

—¿Por qué lloras? ¿Te has hecho daño? —Su expresión cambió de la incomprensión a la preocupación.

¿Me había hecho daño?

Las rodillas me latieron punzantes para recordarme que me había caído. Se me acumuló la sangre bajo las mejillas al entender a qué se refería. En lugar de responder, dejé que las lágrimas resbalaran por mi rostro en silencio, algo muy maduro por mi parte.

Había tocado fondo. Por lo menos, ya no podía ocurrir nada que hiciera la situación aún más lamentable, ¿no? El universo me demostró que, una vez más, me equivocaba.

Atontada como estaba, no me di cuenta de que cada vez lo tenía más cerca. Vi su mano surcar el aire cerca de mi rostro y me aparté con brusquedad.

—No me toques —gruñí con voz pastosa.

La garganta me dolió al hablar. Seguro que la noche anterior había cantado a voz en grito en la pista de baile.

«O quizá él te hizo gritar de placer».

Un escalofrío me recorrió el cuerpo entero. Solo de imaginarlo se me ponían los pelos de punta.

La cabeza me martilleaba como si dentro tuviera un mono tocando los platillos; un nudo me oprimía la garganta; el estómago no dejaba de burbujear y tenía las rodillas doloridas. Todo eso ya era una combinación desagradable de por sí. Si le sumábamos la presencia del insoportable Marcos, las ganas de chillar, llorar y patalear como una niña pequeña aumentaban hasta índices insospechados.

Di un paso hacia atrás, después de enjugarme las lágrimas, y perdí el equilibrio al pisar la sábana. Habría aterrizado en el suelo de nuevo de no haber sido por las manos que me sujetaron. Mis brazos entraron en combustión por su contacto. Necesitaba poner la mayor distancia posible entre nosotros para pensar con claridad; tenía la mente embotada por el alcohol y la tarea ya era complicada de por sí.

Me alejé cuidando de dónde ponía los pies. Apreté la tela contra mi pecho y conté mentalmente hasta diez para tranquilizarme. Si le hablaba enfadada, terminaríamos discutiendo, y eso no me ayudaría a conseguir las respuestas que quería oír. Durante el tiempo que estuve callada valorando la situación, Marcos no dijo nada.

Observé con fingido interés el bonito color de uñas que llevaba en los pies y respiré hondo. No iba a mirarlo hasta haber tomado una decisión. Tenía que recomponerme y dominar mi autocontrol, y eso no lo lograría sumergiéndome en el azul.

Carraspeé antes de hablar para llamar su atención, cosa innecesaria porque me contemplaba fijamente.

—Creo que lo que ha pasado esta noche ha sido... —Las palabras se me atascaron en la garganta.

Marcos estaba totalmente desnudo.

Le recorrí el cuerpo entero y comprobé que lo único que llevaba puesto era el reloj. Tragué saliva con fuerza. Me faltaba el aire y las mejillas me ardían tanto que creía que me desmayaría por un golpe de calor.

Salí de mi estupor cuando él dio un paso hacia mí.

—Lo de anoche fue...

—Increíble —musitó con la voz cargada de erotismo.

Algo me decía que debería estar alerta, pero cerré de un portazo el camarote mental donde la alarma no paraba de pitar y advertirme que escapara mientras pudiera. Desvié a duras penas la mirada de su torso y traté de concentrarme en su cara y en la sonrisa de medio lado que empezaba a asomarle. En otras circunstancias esa sonrisa me habría parecido pretenciosa, y justo ese adjetivo fue el que me hizo recordar de qué estábamos hablando, o, mejor dicho, con quién.

Sacudí la cabeza y di otro par de pasos hacia atrás. Distancia.

La distancia me ayudaría a razonar.

—Ha sido un error —puntualicé sin mirarlo.

Me felicité por haber conseguido terminar la frase. Ahora quedaba la peor parte: echarlo a la calle.

A la de tres. Una.

Dos. Y...

Sin querer mis ojos se desviaron a cierta parte de su anatomía, que parecía tan despierta como él. Aumentó el ritmo de mis pulsaciones y un calor abrasador se me extendió por todo el cuerpo.

—Me la vas a desgastar de tanto mirarla —bromeó.

—¿Puedes hacer el favor de vestirte? —chillé escandalizada. No podía formar una frase coherente si se paseaba desnudo a su antojo.

—Anoche me pedías justo lo contrario —apuntó con picardía.

«¡Ostras!».

Su frase no dejaba lugar a dudas. Nos habíamos acostado.

La dama de honor y el padrino —que, para más inri, se llevaban fatal—. Ni la película romántica más cutre de Hollywood habría empezado tan mal.

A esas alturas tenía claro en un noventa y nueve por ciento lo que había pasado entre nosotros, pero todavía quedaba ese uno por ciento al que me aferraría con uñas y dientes. Quizá solo se había quedado a dormir, ¿no?

«Claro, por eso estáis los dos desnudos, ¿verdad?».

—Eso lo dudo mucho —repliqué con sorna.

Marcos reprimió una sonrisa al tiempo que negaba con la cabeza.

—Ha sido memorable.

El tono tan decidido con el que lo dijo hizo que me estremeciera y su desnudez tampoco ayudaba a calmar las partes de mi cuerpo que palpitaban.

Me tapé los ojos con una mano decidida a no dejar que se saliera con la suya. No esa vez. Si no lo veía, sería capaz de echarlo. Lo que no iba a hacer era quedarme embobada mirándolo y alimentando su ego descomunal.

Oí sus pisadas aproximándose y me encogí. No ver me hacía sentir desprotegida. Me imaginé la típica escena de los documentales en la que el tiburón da vueltas alrededor de su presa mientras decide cuándo será el momento oportuno de atacar. Estaba cada vez más nerviosa y eso no era bueno; los depredadores huelen el miedo.

—Abre los ojos, por favor. —Su aliento me rozó la cara y la piel se me puso de gallina.

—Lo haré cuando te hayas vestido.

El estómago se me revolvió inquieto, pero no de la manera en que debe hacerlo cuando un chico con el que acabas de acostarte está desnudo delante de ti suplicándote que abras los ojos. Aquello parecía un aviso.

—Creía que ya habíamos superado la fase de la vergüenza, santurrona. —Pronunció la última palabra a modo de ofensa. Lo sabía porque era el mismo tono que usaba cuando quería fastidiarme.

—Y yo que habías evolucionado, neandertal. —Imité su tono odioso, pero no me quedó bien. Yo no había nacido para desesperar a los demás.

—Elena, cuanto antes asumas que te mueres por besarme, antes podré hacerlo.

«¿Perdona?».

¿Besarlo?

Pero ¿qué se había creído?

Descubrí mis párpados y levanté el rostro para mandarlo al cuerno, pero no pude. Marcos estaba inclinado en mi dirección, tan cerca que la atmósfera de intimidad me atrapó, o quizá fue el olor de lo que habíamos hecho. Me humedecí los labios involuntariamente al observar los suyos, que eran proporcionados y carnosos.

«¡¿Qué narices haces mirándole la boca?!».

Quería apartarme, pero mis pies no respondían. Aguanté estoica el peso de sus ojos escrutadores y, sin querer, nuestros labios se encontraron a medio camino en un roce suave. Con movimientos rápidos y certeros, Marcos me posó una mano al final de la espalda impidiéndome la retirada.

«¿Te has vuelto loca? ¡Apártate!», chillaba mi Pepito Grillo interior.

Ni siquiera lo intenté. Abrí la boca para respirar y él aprovechó para introducir su lengua y buscar la mía con habilidad. Mi voluntad quedó reducida a cenizas y mi lengua cobró vida propia. Aumentó la intensidad del beso haciendo que soltara las anclas que me ataban a la cordura. A la porra la vergüenza, ya me arrepentiría luego.

Las piernas me temblaron y me aferré a su hombro buscando apoyo. Supe que estaba perdida cuando me enterró la mano en el pelo. Sus dedos viajaron de mi espalda al brazo, la piel se me erizó a su paso y en ese instante perdí la razón. Olvidé quién era él, quién era yo y que lo único que separaba nuestros respectivos cuerpos era una fina sábana de flores. Estaba entregada por completo al beso y el resto del mundo no merecía mi atención.

La magia duró un par de segundos.

Un retortijón en el estómago me devolvió a la realidad de golpe. Me separé de un empujón, perdiendo la sábana por el camino, y corrí hasta el baño. A duras penas cerré el pestillo y me incliné sobre el inodoro.

Me lo merecía. Mi cuerpo me había mandado señales desde que me había levantado.

¿Y qué había hecho yo? Ignorarlas.

Agradecí haber tenido la lucidez suficiente como para echar el cerrojo. El último golpe de gracia habría sido que me hubiera encontrado de rodillas vomitando.

—¿Elena? —Sonaba inquieto desde el otro lado, pero no iba a tragarme el numerito de chico preocupado.

Me levanté como pude y me sujeté al lavabo cuando estuve segura de que tenía el estómago vacío. Era cierto lo que decían: después de vomitar te sientes mejor. Me lavé los dientes con tanta fuerza que podría haberme hecho sangre, pero necesitaba borrar los restos de vómito y de los besos de Marcos.

Culpabilidad. Humillación. Cansancio. Bajeza. VERGÜENZA. Eso era lo que sentía.

Estudié la imagen que me devolvía el espejo.

Lo que normalmente era una trenza perfecta se había convertido en una maraña de pelo alborotado. Parecía que me había revolcado por el barro y, teniendo en cuenta el cerdo que estaba al otro lado de la puerta, lo había hecho. No me había desmaquillado la noche anterior y tenía restos de máscara de pestañas bajo los ojos, y los labios enrojecidos por el morreo más que pasional que había compartido con Marcos. Me notaba el cuerpo desmadejado, como si me hubiera pasado por encima la estampida de rinocerontes de *Jumanji*. Observé con atención cada centímetro de piel en busca de algún indicio de que sus labios hubieran pasado por allí, pero no encontré nada. Había heredado la constitución de mi madre; no tenía un pecho de infarto ni tampoco muchas curvas, pero nunca me había importado. Rescaté del cesto de la ropa sucia un pijama de verano arrugado y me lo puse sin pensar. Cualquier cosa era mejor que andar como vine al mundo.

Me alisé la camiseta todo lo posible y miré mi reflejo por última vez. Daba pena, pero no tenía que parecer la princesa prometida para echar a Marcos. Es más, cuanto más fea estuviera, mejor; así me ahorraría tener que hacerle la cobra.

Agarré el pomo de la puerta y reuní todo mi valor. Lo echaría de mi casa y volveríamos a ser Marcos y Elena, dos personas que no se soportan y que, por suerte, viven a miles de kilómetros el uno del otro. Después, me acostaría para recuperar las fuerzas que acababa de perder y fingiría que todo ese lío no había sido más que una horrible pesadilla.

Resoplé intranquila y salí del baño con la sensación de que no era tan valiente como quería aparentar, sino más bien todo lo contrario. Muchas veces me he planteado lo distinto que habría sido todo si en ese momento no hubiera estado muerta de miedo.

2

La cruda realidad

Marcos estaba recostado en la cama con las palmas apoyadas sobre el colchón y los pies en el suelo. En cuanto salí del baño, clavó los ojos en mí.

—¿Te encuentras bien? —preguntó levantándose.

Arqueé la ceja derecha y puse cara de pocos amigos, aunque mi interior suspiró aliviado al ver que había tenido la decencia de ponerse la ropa interior.

Cuando llegó a mi altura, apoyé la palma sobre su pecho desnudo obligándolo a guardar una distancia prudencial de un brazo. Estaba claro que el contacto físico debía reducirse al mínimo. Pese a la separación que había entre nosotros, tenía que alzar el rostro para observarlo. No sabía exactamente cuánto me sacaba, pero mi metro sesenta y cuatro no tenía nada que hacer al lado de lo que parecía ser un imponente metro ochenta y cinco.

—¿Estás mejor? —volvió a preguntar sin separarse.

Quise analizar el porqué de su comportamiento, pero seguía lo bastante conmocionada como para ser incapaz de formular una frase coherente.

«No puedes ser tan simple como para sucumbir a unos ojos bonitos. ¡Espabila!».

—Lo estaré cuando te vayas de mi casa y pueda descansar —repuse en tono áspero.

Vaya, ¿esa era yo? Sonaba como una borde total. «Bien hecho, Elena», me felicité internamente mientras por fuera intentaba parecer seria.

—No hace falta que seas tan hostil, preciosa.

—No me llames «preciosa» —expresé rabiosa.

Mientras hablaba me acarició la mano, que todavía descansaba sobre su torso, y al instante el fuego se propagó a toda velocidad por mi piel, como si de un campo de paja seca se tratara. Sorprendida por la reacción de mi propio cuerpo, retiré la mano con brusquedad.

—¡Que corra el aire! —Nos señalé enfadada y lo sobrepasé por la derecha. Arranqué las sábanas de la cama sin mirarlo; cuanto antes las lavase y dejasen de oler a «noche de pasión», mejor.

Me quedé petrificada durante unos segundos tras haber cruzado la puerta de mi habitación. A mis pies estaban sus pantalones y en el camino a la cocina me encontré su camisa y su americana.

«¡Ay, madre! Sí que nos dimos prisa».

Mi uno por ciento de probabilidades de que no nos hubiéramos acostado se tambaleaba y no me hacía ninguna gracia.

Después de arrojar la ropa de cama a la lavadora, me serví un vaso de agua y me senté en el taburete que tenía al lado de la encimera. Necesitaba hidratarme si quería que se me pasase el leve mareo. No tenía experiencia en el tema de la bebida, pero la teoría me la sabía a la perfección. La tranquilidad no duró mucho, pues Marcos, todavía sin camisa, se sentó en el taburete del lado opuesto de la barra.

—¿Me invitas a un café? —Puso cara de buena persona. Eso le funcionaría con otras, pero conmigo lo llevaba claro.

—¿Tengo pinta de querer hacértelo?

—No he dicho que me lo prepares. Eso puedo hacerlo yo mismo —puntualizó sereno—. He preguntado porque soy educado.

Sabía que debía echarlo, pero no tenía fuerzas. Apoyé la frente en el mármol y me agarré el estómago, que volvía a mandarme señales inequívocas de que mis visitas al baño no habían terminado.

Lo oí trastear y poner la cafetera. Había llegado a un punto de surrealismo en el que la situación me resultaba hasta cómica.

Ese era el día de las primeras veces. La primera resaca, la primera vez que me despertaba con alguien después de una noche de desenfreno y la primera vez que un enemigo declarado era amable conmigo.

—Elena, si comieras algo quizá te sentirías mejor.

Alcé la mirada cansada justo cuando él dejaba un plato con dos tostadas delante de mí. Arrugué la nariz asqueada por el olor de la comida y sacudí la cabeza. Marcos volvió a ocupar su asiento, le dio un sorbo a su café y me estudió con expresión intranquila. De pronto, bajó la vista hacia el suelo porque algo le había llamado la atención.

—¿Y tú quién eres? —preguntó.

Se agachó y cuando lo perdí de vista pude volver a respirar.

Al asomarme por debajo de la barra sentí una extraña calidez en el pecho que me asustó. Marcos acariciaba el pelaje oscuro de mi gata y ella se entregaba a sus mimos como si lo conociera de toda la vida y fuera su amigo en lugar de alguien del bando de «los malos». Que ronroneara de gusto fue lo que agotó mi paciencia.

—¿Puedes dejarla en paz? —pregunté de malas maneras. Marcos se irguió y volvió a mirarme.

—¿Es tu primera resaca? —adivinó. Asentí con un suspiro—. Créeme, te sentirás mejor después de comer.

No entendía su cambio de actitud. Hasta el día anterior nos odiábamos. De hecho, una de las pocas cosas que recordaba antes del apagón mental era que habíamos estado soltándonos pullas durante toda la velada. ¿De qué iba aquello? Empezaba a sospechar que me estaba vacilando. Después de años de no soportarme llegaba el colofón: conseguir que me acostara con él para dejarme tirada como una colilla y mofarse de ello.

—¿Por qué me tratas así? —solté a bocajarro.

—¿Así? ¿Cómo? —Parecía desconcertado.

—Lo sabes perfectamente. No somos amigos.

—Lo sé. —Asintió y le dio otro sorbo a su café—. Los amigos no hacen las cosas que hemos hecho nosotros —añadió guiñándome un ojo.

Se me revolvieron las tripas ante la insinuación de que habíamos compartido algo más que un par de besos tontos. Lo que más me sorprendió es que lo dijera con tanta serenidad y sin cortarse un pelo, como el que habla del tiempo.

Quería que la tierra me tragara, así que hice lo que mejor se me daba hacer.

—Vete. —Me levanté y recorrí el camino de vuelta a mi cuarto tambaleándome. Recogí sus pertenencias y las dejé sobre la barra, a su lado.

—Estás pálida.

Quiso pasar un brazo por debajo del mío, pero lo esquivé.

—No tengo cuerpo para pelearme contigo. Haz el favor de vestirte y marcharte —contesté secamente.

Abandoné la estancia sin darle tiempo a responder.

Tuve que ahogar una exclamación al llegar al salón y encontrar mis bragas encima de la torre de la gata. Las recogí a toda prisa y las lancé al sofá. En el recibidor, al lado de la puerta de la entrada, estaba olvidado mi vestido de dama de honor.

¿Yo me había desnudado primero? ¿Al lado de la puerta, como una ansiosa?

«Maravilloso».

Lo recogí mientras reprimía una arcada y lo colgué en el perchero de los abrigos. Y luego me apoyé derrotada contra la pared. Necesitaba dormir tres días seguidos y una lobotomía, porque tenía la sensación de que borrarme al Marcos desnudo de la cabeza iba a costarme bastante.

Él apareció minutos después con la camisa a medio abotonar por fuera del pantalón, la chaqueta en la mano y comiéndose despreocupadamente una tostada con mermelada de naranja, mi favorita. Por mucho que me pesara, la imagen era de lo más sugerente y puede ser que sintiera una pequeña descarga de caderas hacia abajo. Se plantó a mi lado y me observó de manera salvaje antes de hablar:

—Tenemos una conversación pendiente.

—Discrepo. —Abrí la puerta—. Ahora, vete, me gustaría desear la muerte en la intimidad.

—¿Vas a fingir que no ha pasado nada entre nosotros?

Dio un mordisco al pan y masticó despacio mientras me miraba expectante. Un resto de mermelada le adornaba la comisura de los labios y yo solo pensaba en ponerme de puntillas y lamerla para que dejara de distraerme. Me quedé fantaseando despierta hasta que él agitó la mano delante de mi cara.

—¿Qué? —Tardé un segundo en recomponerme—. Eh... sí. Eso es justo lo que pienso hacer. Me encantaría olvidar este desagradable encuentro cuanto antes. Así que, si haces el favor, te largas. —Hice un gesto con la mano para indicarle amablemente que se fuera.

Marcos asintió y contuvo la risa.

Vale, sí, me parecía guapo. De esos que es difícil dejar de mirar. Y él lo sabía, quizá por eso su sonrisa se ensanchó mientras lo observaba.

¿En qué momento esa sonrisa de cretino había empezado a parecerme sensual?

«Pues desde el momento en que te acostaste con él».

Iba a mandarlo al cuerno cuando me retiró el cabello de la cara con suavidad y me colocó el mechón detrás de la oreja. Desplazó la mano a mi nuca y, cuando quise darme cuenta, ya estaba besándome la frente. Para mi completa y absoluta desgracia, me sonrojé.

—Tenemos una conversación pendiente —corroboró y atravesó el umbral—. Y come algo, preciosa.

Entrecerré los ojos ante el apelativo cariñoso.

—¡No me llames «preciosa»! ¡Idiota! —Cerré de un portazo y esprinté hacia el servicio.

Entrada la tarde me despertó el móvil. Lo habría ignorado de no haber sido porque el tono que sonaba era el que mi mejor amiga había puesto para cuando llamaba. Después de varios minutos de búsqueda y cuatro llamadas perdidas, descolgué y Amanda me destrozó el tímpano.

—Els, ¿dónde estás? —Sonaba nerviosa.

—En casa. ¿Qué pasa? —pregunté tratando de no sonar alarmada yo también. Acababa de despertarme y todavía no me ubicaba.

—No sé... ¿Que me voy de luna de miel y tenemos que despedirnos?

¿Cómo había podido olvidarlo? Lucas y Amanda se iban esa noche. Le había prometido estar en el aeropuerto para despedirme y cenar con ella. No íbamos a vernos en más de un mes y con el estrés de los últimos preparativos de la boda no habíamos pasado mucho tiempo a solas.

—Llego enseguida.

—Con lo puntual que eres, me sorprende haber llegado yo antes —se burló.

Me despedí a toda prisa y entré en la ducha de cabeza.

Veinte minutos después y ya en el ascensor, me aventuré a echar una ojeada al espejo mientras me trenzaba el cabello. Vivía en un cuarto, así que tenía tiempo de sobra. Lucía mejor aspecto que por la mañana, la siesta me había sentado bien, aunque seguía paliducha.

Como siempre, había seleccionado la ropa sin pensar: camiseta blanca de flores, vaqueros cortos y deportivas. En la mano llevaba una sudadera verde menta; pese a estar a principios de junio, me notaba destemplada. Salté del ascensor en cuanto se detuvo y arrasé el vestíbulo como un huracán. Una vez en la calle no me costó encontrar un taxi, esa era una de las muchas ventajas de vivir en uno de los barrios más céntricos de Madrid.

3

Tenías que ser tú

Notaba las miradas de reprobación mientras corría como alma que lleva el diablo por la terminal del aeropuerto Adolfo Suárez. Sentí una punzada en el costado, se notaba rápido la ausencia de deporte en mi vida. Era hora punta y tenía que esquivar congregaciones de personas que se abrazaban efusivas.

—¡Elena! —Oí la voz de Amanda llamándome.

La divisé sentada en la parte exterior de una cafetería. Se levantó y nos fundimos en un abrazo. Cuando nos separamos, me apoyé las palmas de las manos en las rodillas y recuperé el aliento que había perdido corriendo.

—¡Qué guapa estás! —La adulé con la esperanza de que pasara por alto mi aspecto—. Un día casada y ya pareces una princesa Disney.

Amanda estaba ideal con su top blanco y sus *mom jeans*. Las deportivas de plataforma aumentaban los centímetros que ya de por sí me sacaba. Era adicta a la moda y las tendencias, y eso se reflejaba en su manera de vestir.

—Me encantaría decirte lo mismo, pero ¿qué te ha pasado? —quiso saber asombrada.

Me encogí de hombros y puse cara de cordero degollado.

—Siento haber llegado tarde.

—Els, no pasa nada.

—¿Qué tal la noche de bodas? —Le di un codazo suave en el costado con la esperanza de desviar la atención.

—Solo te diré que, a juzgar por tu aspecto, mi noche ha sido mejor que la tuya.

Amanda me conocía demasiado bien. Sin darme tiempo a responder, tiró de mí hasta que me colocó delante de un asiento. Estaba segura de que eso iba a convertirse en un interrogatorio, porque a ella le encantaban. Si pudiera me enfocaría con una lámpara y jugaríamos a poli bueno, poli malo, y yo acabaría confesando como un vil criminal.

—¿Qué te pasa?

—Nada. —Puse mi mejor sonrisa, pero supe por su mirada escéptica que no me había creído.

—No insultes mi intelecto. Mientes de pena y lo sabes.

—Anoche me pasé bebiendo y no me encuentro bien.

Engañarla era casi imposible, pero mi inexistente historial con el alcohol podría ayudarme a salir airosa de la situación. Me masajeé las sienes en un intento de parecer más convincente, aunque era cierto que todavía me dolía la cabeza.

—¿Quieres un ibuprofeno? —preguntó mientras revolvía en su bolso—. Estoy segura de que los tengo por aquí.

—Amy, sabes que tu bolso parece el de Mary Poppins, ¿verdad?

—Ya sabes que me gusta llevar siempre de todo, por si acaso.

Amanda estiró la mano y yo cogí el blíster del medicamento.

—¿Cuántas maletas grandes has facturado?

—Dos.

—¿Y Lucas?

—Una, y le sobraba espacio que he rellenado yo —añadió con la boca pequeña.

—¿De verdad necesitas llevarte tantas cosas?

—¿De verdad necesitas preguntar eso? —Amanda me miró como si estuviera loca—. En una maleta llevo la ropa que quiero ponerme y la otra está llena de «por si acasos».

Negué con la cabeza y me tragué la pastilla.

Mientras Amanda tecleaba algo en su móvil no pude evitar pensar lo distinta que era nuestra vida para tener casi la misma edad. Ella acababa de casarse y tenía una vida estable mientras que yo seguía en la universidad. Iba a pasarme las semanas siguientes estudiando y con menos vida que un cangrejo ermitaño, y, aun así, la echaría de menos.

Nos conocimos cuando yo tenía trece años y me mudé al edificio donde vivía mi abuela; había sido ella la que nos había presentado.

Pese a que Amanda iba dos cursos por delante de mí en el colegio, siempre habíamos estado muy unidas, y desde que había muerto mi abuela el enero anterior, nuestra relación era aún más estrecha.

Hacía tres años que ella se había ido a vivir con Lucas y, aunque ya no éramos vecinas, las cosas entre nosotras no habían cambiado. Seguíamos hablando a diario, yendo de compras, a pasear, y al cine; ella era la responsable de que yo viera películas románticas y no solo documentales. Nos reíamos juntas cuando estábamos alegres y comíamos croquetas cuando estábamos tristes. Habíamos estado ahí la una para la otra desde que nos conocimos. En lo bueno y en lo malo.

Una parte de mí se sentía abatida por lo que había pasado después de la boda. Estaba hecha un lío con todo el asunto de Marcos y me sentía tan avergonzada que no quería hablarlo con nadie. Ni siquiera con ella, y eso que nosotras nos lo contábamos todo.

—¿En qué piensas?

—En que voy a echarte de menos.

—Enseguida me tendrás de vuelta, boba. Alegra esa cara. Si te pones melodramática, vamos a terminar las dos igual. —Amanda acercó su silla a la mía y, por segunda vez esa noche, me abrazó—. Has sido la mejor dama de honor de la historia.

«La mejor. Me he acostado con el padrino. Fíjate si me he tomado mi papel en serio», pensé consternada.

—Y tú la novia más guapa del mundo —contesté con un nudo en el pecho.

—Anda, no exageres. —Se apartó y sonrió con cariño—. Bueno, un poquito sí, ¿no? Quiero decir, el vestido era precioso.

—Sí, pero no le des todo el mérito al vestido. Como decía mi abuela: tienes buena percha.

Le sonreí y me recosté en la silla. Estaba cansadísima y hambrienta, no había probado bocado en todo el día. Ella sacó de su bolso un espejito y se acomodó la melena. Amanda era morena como yo, pero su pelo era bastante más claro que el mío gracias a las mechas. No sabía cuáles eran las que lucía en ese momento, ¿*balayage*?, ¿californianas?, ¿había alguna diferencia entre ellas? A mí me parecían todas iguales, pero a ella no.

—¿Dónde está el príncipe encantador? —pregunté refiriéndome a Lucas.

Mencionar su nombre bastaba para que los ojos verdes de mi amiga se dulcificaran.

—Ha ido al coche, me he dejado el neceser en la guantera. Y creo que justo lo ha llamado... —Se calló de repente y abrió los ojos horrorizada—. ¡Mierda, Els! Tengo que pedirte un favor importante. Necesito que sigas siendo mi dama de honor hasta después de la cena, ¿vale?

Arrugué el ceño sin comprender y ella me agarró de los

hombros, como para asegurarse de que había entendido su mensaje.

—Vale, pero me estás asustando.

—Joder, es que con los nervios de la boda y hacer la maleta se me ha pasado decírtelo.

—Decirme, ¿qué?

—Tú solo haz lo que te pido, por favor.

Observé atónita que se levantaba y saludaba con la mano al que supuse que sería Lucas.

Era Lucas, pero no estaba solo. A su lado estaba apostado su mejor amigo: Marcos. El mismo al que había echado de mi casa horas antes.

Ya entendía lo rara que se había puesto. No era un secreto que Marcos y yo no nos tolerábamos.

Suspiré fastidiada cuando mi amiga abrazó al Indeseable. Estaba tan concentrada mirándolo mal que ni siquiera oí lo que se decían.

«Míralo, saludando tan tranquilito a Amanda. Como si no hubiera mancillado mis sábanas».

—¿Cómo estás, Elena? —Lucas me saludó con dos besos, como de costumbre.

—Bien. —Intenté esbozar una sonrisa sincera.

El marido de mi amiga destilaba simpatía por los poros. Sus rizos color chocolate y su diente mellado le daban un aspecto aniñado a su rostro. Siempre tenía las palabras adecuadas, era capaz de hacerte reír con sus bromas y nunca perdía las formas. Suponía que tener un cargo importante en ciberseguridad ayudaba a mantener el estrés bajo control. Al contrario que su amigo, que parecía encantado de recibir atención femenina. Lucas estaba enamorado de Amanda desde el minuto uno, aunque lo suyo en el instituto no había cuajado. Era casi igual de alto que Marcos, pero él tenía la constitución más fina. Lucas nunca pisaba un gimnasio y no le daba importancia a su físico; en eso nos parecíamos. En eso y en ponernos lo primero que encontrábamos en el armario, no como Marcos y Amanda, que iban tan impecables que cualquiera diría que el día anterior habíamos estado los cuatro de boda. En el instituto no habíamos tenido mucha relación; él iba dos cursos por delante, con Marcos y Amanda, pero desde que había empezado a salir con mi amiga, él también había sido una constante en mi vida. Además, acababa de casarse con lo más parecido que tenía yo a una hermana, lo que lo convertía en familia.

La eterna pregunta era cómo podía juntarse con alguien tan imbécil como Marcos.

—¿A mí no me das un beso, Ele? —inquirió Marcos.

Hice de tripas corazón por mis amigos. Le dediqué una sonrisa más falsa que la de la madrastra de Blancanieves y me acerqué a él. Solo que, en vez de darle una manzana envenenada, le di un beso fugaz en la mejilla. Quise apartarme, pero el condenado tuvo que ponerme la mano sobre la cintura, y ese pequeño contacto bastó para ponerme nerviosa.

«Repugnante, sencillamente repugnante».

Lo fulminé con la mirada y a él le hizo gracia. Una de las peores cosas de Marcos era el sonido melodioso de su risa, que encandilaba como el flautista de Hamelin.

Giré sobre los talones y vi a mi amiga enlazada con pasión a su marido. Estaban tan inmersos en su mundo de amor y fantasía que no habían visto nuestro incómodo saludo. Casi lo agradecí, pues lo último que quería era que Amanda se enterase del desafortunado incidente que había tenido lugar en mi dormitorio por la mañana.

«Y durante la noche».

—¿Qué tal tu estómago? —Marcos me susurró cerca del oído.

—Revuelto desde que has aparecido —masculé.

Él se rio y yo me estremecí.

—¿Mariposas? ¿Tanto te gusto?

—Creo que no me has entendido. Intento contener las arcadas.

Avancé hacia mis amigos dispuesta a separarlos y acabar con aquello cuanto antes. Carraspeé sonoramente y le dediqué a Amanda una cara de póquer.

En un intento de redimirse, Amanda se sentó a mi derecha durante la cena y me salvó de tener a Marcos al lado. No es que la situación hubiera mejorado mucho, porque lo tenía enfrente, pero por suerte eso ponía algo más de distancia entre nosotros.

Estuve la mayor parte del tiempo concentrada en mi comida. Corté con parsimonia el pollo y los espárragos trigueros, y aplasté el arroz blanco con el tenedor.

Como era de esperar, la conversación giró en torno a la boda: lo guapa que había ido Amanda, lo deliciosa que había estado la comida, lo elegante que era el lugar que habían escogido, y todas esas cosas que recuerdas de una boda al día siguiente. Metí baza en contadas ocasiones. Era una cobarde y no quería enfrentar a dos depredadores al mismo tiempo. Por un lado, teníamos a Marcos, con el que me negaba a mantener contacto visual, y por otro, a Amanda, que ya sospechaba que me pasaba algo. Mastiqué la comida en silencio y me centré en Lucas, que contaba la anécdota de cómo uno de sus primos había roto una silla al caerse al final de la velada.

—Chicos, ¿cómo acabasteis la noche? —preguntó Lucas—. No os vimos iros.

Tragué saliva intentando mantener los nervios a raya.

—Es verdad —apuntó Amanda—. Os buscamos al final y no os encontramos.

—Yo me fui a casa. No me encontraba bien —respondí sin apartar los ojos del plato.

Estaba segura de que para Amanda mi actitud no había pasado inadvertida, pero no me avasallaría a preguntas delante de nadie.

—Nunca te había visto beber tanto, Elena. Hubo un momento en que me amenazaste y todo. —Lucas me miró divertido—. Me dijiste que si no trataba bien a tu Amy me ibas a dar de comer a los tigres del zoo.

Todos se rieron y yo asentí incómoda.

«Genial. Otra cosa más que no recuerdo».

—¿Cómo te fuiste a casa? —quiso saber Amanda.

En lugar de contestar, me metí más arroz en la boca del que era capaz de masticar. Eso me daría el tiempo suficiente para pensar una respuesta coherente. Solo esperaba que Marcos mantuviese la boca cerrada por una vez en su vida. A fin de cuentas, la intuición me decía que yo le caía tan mal como él a mí, y ahora que se le había pasado la embriaguez seguro que me consideraba una mancha negra en su impecable currículo de conquistas.

—Yo he pasado una noche increíble —indicó Marcos con picardía.

Casi me atraganté al oírlo repetir las mismas palabras que había pronunciado por la mañana.

—¿En serio? ¿Con quién? —Amanda se inclinó sobre la mesa.

Marcos se recostó con calma en la silla y me devolvió la mirada desafiante. Le dediqué una mueca de advertencia y le hice un gesto negativo y casi imperceptible con la cabeza. Estaba indicándole a las claras que no contase nada.

—Si te dijera quién era, no te lo creerías —respondió él con una sonrisa maligna.

Me estaba provocando, como siempre que estábamos delante de nuestros amigos. Esa vez, él jugaba con ventaja y lo sabía, mientras que yo ni siquiera recordaba lo que había pasado entre nosotros.

—Vamos, no seas así, ¿la conocemos?, ¿estaba en la boda? —insistió mi amiga. Ya salía su vena cotilla a relucir; como periodista Amanda no tendría precio. Podría dejar su trabajo de recepcionista y unirse a *Equipo de investigación*, ella misma lo decía.

—¿En la boda? —Marcos puso gesto pensativo—. Sí —respondió rotundo.

—¿Es guapa? —Amanda siguió con el interrogatorio.

—Bueno, no está mal.

—Por favor, dime que no era ninguna de mis primas —rogó Lucas—. Porque Sofía me preguntó si tenías novia.

«¡Ja! ¿La rubia?».

No sé por qué no me sorprendía. Sofía se había acercado a nosotros para felicitar a Marcos por el discurso que había dado durante la ceremonia. Pero yo sabía que en realidad se había sentido atraída por su estatura, la anchura de su espalda y esos bíceps que parecían decir: «Eh, me paso la vida haciendo pesas, ¿quieres que te alce al vuelo y te lo haga contra la pared?».

Además, todos sabíamos que mi discurso había sido más emotivo que el suyo.

—¿En serio? —Amanda dio una palmada emocionada.

—No era Sofía. La familia queda fuera de los límites.

—¿Podemos cambiar de tema? —gruñí fastidiada.

—¿Te molesta? —Marcos entrecerró los ojos.

—No, pero me trae sin cuidado con quién te acuestes.

«Y menos si la descerebrada he sido yo misma», me corté de añadir.

—¿Y tú cómo sabes que me he acostado con ella? ¿Me estabas espiando?

Lo pisé más fuerte de lo que era mi intención. Marcos apretó los labios, pero no dijo nada.

—¡Por supuesto que no, idiota! —respondí roja de rabia.

—Chicos, recordad vuestra promesa —musitó Amanda sin perder la calma.

Días antes del enlace, Amanda nos había hecho prometer que nos trataríamos bien: antes, durante y después de la boda. Según ella, ya tendríamos tiempo de volver a odiarnos cuando ellos estuvieran en las Maldivas.

Sabía que era el momento del típico comentario de Lucas para relajar la tensión. El patrón que seguíamos era siempre el mismo. Marcos y yo tratábamos de comportarnos, no podíamos, Amanda mediaba y, por último, Lucas soltaba alguna broma.

Decidí volver a centrarme en la comida, pinché un trozo de espárrago con el tenedor y mastiqué en silencio.

—Tío, no hay más que verte el cuello para saber que has pasado la noche con alguien —rio Lucas.

—Esa mujer se pegó un buen festín después del banquete. —Amanda se unió a las bromas—. ¡Menudo poder de succión!

Dirigí la atención a su cuello y se confirmaron mis peores sospechas. Allí, luciendo reciente y llamativo, había un chupetón que no era precisamente discreto. Abrí la boca en un gesto de terror y sorpresa. ¿Yo había hecho eso? Por la mañana estaba tan abrumada que ni siquiera se lo había visto.

—Increíble. —Sin querer, manifesté el pensamiento en voz alta.

—¿Qué pasa, empollona? No me digas que es la primera vez que ves un chupetón... —Marcos se mofó.

Iba a contestarle cuatro cositas, pero Amanda me apretó la mano con suavidad.

Durante los minutos siguientes el silencio reinó en la mesa.

Marcos y yo intentábamos calmarnos para no discutir mientras que Amanda y Lucas se comunicaban con la mirada.

Dios, qué asco daba a veces presenciar el tipo de entendimiento existente entre las parejas como ellos. El tipo de entendimiento que yo jamás compartiría con nadie. El tipo de entendimiento que se crea cuando tienes fe ciega en tu pareja y que aparece cuando conoces muchísimo a la otra persona. El tipo de entendimiento que a veces va acompañado de promesas de amor eterno y la certeza de que se cumplirá ese «para siempre». ¿Y por qué nunca lo tendría? Fácil. A mí solo me preocupaba el futuro laboral que me estaba labrando y no tenía tiempo ni ganas para nada más.

4

A dos metros de ti

Después de cenar Amanda tiró de mí hacia los servicios excusándose con los chicos. Una vez dentro, se apoyó contra el lavabo y comenzó a hablar:

—Sé que te pasa algo. —No me dejó protestar—. Te encuentras fatal.

—Me duele la cabeza.

—Eso es la resaca. Yo también quería morirme la primera vez. Mañana estarás mejor.

—Supongo.

—Sé que estás un poco triste porque me voy. Te entiendo, yo también me echaría de menos. Soy una amiga genial —bromeó—. Y sé que te preocupan los exámenes, aunque las dos sabemos que vas a sacar sobresalientes. —Amanda hizo una pausa y cogió aire—. Y entiendo que estés enfadada conmigo por no haberte contado que Marcos venía a la cena; imagino que eso no ayuda a tu dolor de cabeza, pero se me ha pasado por completo —murmuró arrepentida.

—No pasa nada.

Durante un segundo dudé si contarle lo que había pasado entre Marcos y yo. No quería decírselo porque ella vería algodones de azúcar donde yo solo veía un limón amargo y reseco de esos que te olvidas al fondo de la nevera. Ella ya tenía al «amor de su vida» y quería lo mismo para mí. Y, a veces, se le olvidaba que a mí eso no me interesaba. Yo estaba centrada en mí misma, en acabar mis estudios, encontrar unas prácticas y, a largo plazo, tener mi propia clínica. Todo lo que se saliese de ese camino no me interesaba. Pero a ella le encantaba eso de hacer de Cupido. Si me descuidaba, cancelaría su luna de miel y nos organizaría la boda a Marcos y a mí antes de que nos diéramos cuenta.

Ridículo, ¿verdad?

Marcos y Elena. Sí, ya decirlo sonaba horrible, como a título de película de terror, de esas alemanas malas de sobremesa.

Por mucho que Amanda lo apreciase, yo sabía que lo que había debajo de esa cáscara bonita era una personalidad horripilante.

—Es el mejor amigo de Lucas y para mí es como de la familia. Igual que tú. Te prometo que ya no es como en el colegio. Aunque a veces no lo parezca, ha madurado y sé que está haciendo un esfuerzo por llevarse bien contigo.

«Y tanto».

—Me gustaría que los dos siguierais estando en los momentos importantes de nuestra vida —continuó Amanda—. Y vive en Londres, tampoco es que vayas a tener que verlo a diario. Va a quedarse un tiempo en Madrid por su trabajo, pero, si no quieres coincidir con él, Lucas y yo organizaremos las cosas por separado. Sería una mierda tener que hacerlo porque os quiero a los dos.

—Lo sé.

Era consciente de que tenía que ser capaz de estar en la misma habitación que él sin comportarme como una perra rabiosa. Ya teníamos una edad y, por desgracia, íbamos a seguir viéndonos en las «grandes ocasiones».

En realidad todo eso ya lo tenía claro. Lo que no entraba en mis planes era haber compartido sábanas con él, y eso era lo que me descolocaba. Yo no era de líos de una noche, y menos con alguien que ni siquiera me agradaba. Así que no tenía ni idea de lo que iba a hacer. Mirarlo a la cara ya me producía vergüenza y enfado a partes iguales.

La única explicación al hecho de que estuviera otra vez a punto de llorar era que me sentía humillada en lo más profundo porque yo... yo no lloraba. Hacía tiempo que había sepultado las lágrimas muy hondo, donde ni siquiera yo misma podía encontrarlas. Mi vida no había sido como la de mi amiga: mientras que ella se había criado con dos progenitores, yo había crecido con un padre ausente y una madre que se había deslomado por mí, pero que se había ido demasiado pronto. Si algo había aprendido de la tristeza de mi madre, era que mi felicidad no podía depender de otra persona. Yo solo había tenido una relación seria y nunca había terminado de sentir aquello de las locuras y las mariposas. Yo no creía en esos amores de película en los que creía Amanda, pero me alegraba profundamente de que ella sí hubiera encontrado en Lucas lo que buscaba. Si una mínima parte de mí, a veces, creía en eso de las parejas era por haberlos visto a ellos dos tan acaramelados y contentos. Pero nunca tardaba demasiado en recordar todo lo que habíamos sufrido mi madre y yo, que tumbaba todos los cuentos y las fantasías.

Yo nunca estaba triste, ni llegaba tarde, ni me olvidaba de que había quedado. Yo era responsable. Eso, unido a que Amanda sabía la carga emocional que arrastraba dentro, justificaba por completo su preocupación.

—Els, ¿qué ocurre? Puedes contarme lo que sea. Estoy aquí.

Forcé una sonrisa y contuve las lágrimas, que amenazaban con independizarse de mis párpados.

—Estoy bien. Se me ha juntado un poco todo y me he puesto sensible, pero no hay nada de lo que preocuparse —aseguré cuando ella me abrazó.

—¿Seguro? —preguntó indecisa.

—Seguro. Anda, vámonos antes de que tu marido piense que te has dado a la fuga.

—¿Te imaginas? Como Bella en *Crepúsculo*, huyendo del aeropuerto por los baños.

—Estás fatal. —Me reí.

—Estoy fatal, sí. —Amanda se sumó a las risas.

Me lavé la cara mientras ella se retocaba el maquillaje. Después de unos minutos a solas con Amanda, me sentía mejor. Ya solo me quedaba aguantar un poco más y cuando mis amigos embarcasen podría irme a casa a dormir con la esperanza de despertar al día siguiente y descubrir que todo aquello había sido una pesadilla.

Amanda y yo caminamos de la mano hacia el control de seguridad; de vez en cuando me daba un suave apretón, lo que significaba que estaba emocionada y nerviosa.

—Aún no me creo que me haya casado —dijo—. ¡Que me he casado!

—Ya, ahora eres una señora casada.

—No me llames «señora», solo tengo veintisiete años —reprendió molesta.

—Pues no te oí regañar al niño que te llamó «señora» en el supermercado el otro día.

—Porque era la primera vez que me pasaba y me quedé paralizada.

—Lo que usted diga, señora Herrera.

Mi amiga puso los ojos en blanco y cambió de tema.

—El vuelo me da una pereza que me muero; menos mal que me he bajado un montón de películas.

—Bueno, piensa que el destino merece la pena. Espero que

me cuentes todo con pelos y señales a la vuelta; conociendo a Lucas estoy segura de que te espera alguna sorpresa.

—¿Tú crees? —Le brillaron los ojos.

—Creo que las dos lo sabemos.

Algunas de las cosas que hacía Lucas por Amanda eran muy románticas y no había más que ver la ternura con la que la miraba para saber que haría cualquier cosa por ella.

Lucas y Marcos estaban apoyados en uno de los mostradores que estaban fuera de servicio, tan enfrascados en su conversación que no nos vieron llegar.

Cuando el Indeseable se percató de nuestra presencia y clavó sus pupilas azules en mí, no sé por qué me temblaron las rodillas.

Me quedó claro que el novio debía de haberle dado el mismo discurso al padrino que el que la novia me había dado a mí, porque se estableció una tregua entre nosotros. Cuando llegó la hora de las despedidas volví a inquietarme. En cuestión de minutos Marcos y yo volveríamos a estar solos y no sabía cómo comportarme.

—Cuídate y no eches mucho de menos a mi esposa. —Lucas me dio un cálido abrazo.

Cuando nos separamos ya tenía a Amanda delante con los brazos abiertos y una sonrisa resplandeciente.

—Estudia mucho, pero no te quedes hasta las tantas, ¿eh? —Me dio un abrazo fuerte—. Te quiero, Els —concluyó depositando un beso en mi mejilla.

—Y yo a ti.

Amanda se alejó y fue a despedirse de Marcos. Se abrazaron e intercambiaron un par de bromas amigables.

—Marcos, ¿te importa acercar a Elena a casa, por favor? —preguntó Amanda lo bastante alto para que yo la oyera.

—No hace falta —intervine estupefacta.

—No seas boba, Marcos tiene que llevarse nuestro coche y no te vas a volver sola siendo de noche —expresó Amanda—. Yo siempre te acerco a casa y me quedo mirando hasta que entras en el portal sana y salva.

Se dio la vuelta y miró a Marcos expectante.

—No te preocupes. —Él asintió—. Yo la llevo.

—Gracias.

«¡¡Traidora!!».

—Mándame un mensaje cuando llegues —me pidió mi amiga—. ¡Nos vemos a la vuelta!

—Vale, y tú avísame al aterrizar —contesté en tono cansado—. ¡Pasadlo bien!

Amanda asintió antes de agarrar a su marido de la mano y darse la vuelta para enseñarle el billete a la señora del control de seguridad. Depositaron sus pertenencias en las bandejas grises, desaparecieron detrás de la cristalera y me dejaron sola ante el peligro.

No estaba segura de qué decir, así que recuperé el móvil del bolsillo esperando que hubiera algún mensaje interesante que contestar, pero no hubo suerte. Observé la pantalla mientras decidía qué hacer. Marcos estaba a mi izquierda; podía verlo con el rabillo del ojo. Suspiré aliviada al darme cuenta de que el metro todavía estaba abierto. No podía marcharme en taxi porque llegar hasta allí había acabado con las últimas reservas de dinero que tenía en la cartera. Mi economía no estaba como para tirar cohetes. Era estudiante de veterinaria y trabajaba solo durante los fines de semana en la floristería de una amiga de mi madre. El poco dinero que ganaba se iba en las necesidades básicas.

Ni siquiera me planteé la opción de volver al centro de la ciudad con él. No quería tentar de nuevo a la suerte y, desde luego, no pensaba disculparme, y seguro que él tampoco.

Saqué la tarjeta de transportes de la cartera. Apreté con fuerza el trozo de plástico que era mi pasaporte a la libertad y al fin lo encaré.

—Tengo el abono de metro, así que no hace falta que me lleves —informé. Él se limitó a mirarme con expresión hermética—. Pero gracias —añadí con rapidez.

Me di la vuelta dispuesta a marcharme antes de hacer ninguna tontería, como besarlo hasta que me sobrara la ropa. Solo conseguí dar dos pasos antes de que él me sujetara la muñeca con suavidad.

—Guarda eso, por favor. —Traté de ignorarlo y seguir andando—. Elena... Guarda eso, anda —insistió.

Otra vez que pronunciaba mi nombre completo. El chico debía de haberse dado un golpe fuerte en la cabeza, igual hasta había olvidado que nos odiábamos y que no teníamos por costumbre hacernos favores y menos usar nuestros respectivos nombres.

Se colocó delante de mí y me observó con intensidad.

«¡Alerta! ¡Nos atacan!».

Tenía unos segundos de lucidez antes de perderme en su mirada y ceder a mis instintos.

—No voy a contárselo a Amanda, así que puedes dejar de fingir ya —repuse con acidez.

—¿Fingir? —Se pasó una mano por el pelo. Siempre iba despeinado, pero estaba segura de que en realidad se tiraba horas dejándoselo así de revuelto a propósito.

—Amanda y Lucas ya se han ido, puedes volver a ser el tío más impertinente del mundo. Ya sé que los tienes engañados y piensan que eres un santo, pero a mí no vas a colármela.

En lugar de responder, Marcos se rio y eso me enfureció más. Por lo general era una persona pacífica. Sin embargo, en su presencia eso parecía imposible.

Con la mano que tenía libre intenté apartar la suya y hacer, sin éxito, que me soltara. Marcos posó la otra mano sobre la mía y, en cuanto sus dedos me acariciaron la muñeca, un escalofrío me recorrió el cuerpo y me olvidé de que lo que yo quería en realidad era apartar la mano.

Sin poder evitarlo, me fijé en la pequeña cicatriz que le adornaba el pómulo derecho. Era tan pequeña que si no supiera cuándo se la había hecho, ni yo misma sería capaz de verla. Su sonrisa cautivadora hacía juego con sus ojos encantadores. Era como una serpiente capaz de engatusarte con la mirada para clavarte los colmillos venenosos sin que te dieras cuenta. Tragué saliva al ver los primeros botones desabrochados de su camisa. Sentí que el espacio entre nosotros se reducía despacio y que desaparecía todo lo que teníamos alrededor. Recorrí con la mirada su piel expuesta hasta llegar al cuello. Di un respingo perceptible al observar el chupetón que no recordaba haberle hecho y noté que el deseo se transformaba en miedo y, después, en rabia. Esa marca roja me hacía sentir incómoda; era la garantía de que me había traicionado a mí misma, y no estaba segura de poder lidiar con tal sentimiento de culpa.

—Suéltame ahora mismo, imbécil —ordené furiosa.

—Esa boca, preciosa. —Negó con la cabeza un par de veces—. Ya te he dicho esta mañana que no te pegan las hostilidades —añadió recortando la distancia que nos separaba.

—Y yo te he dicho que no te acerques a mí, antropoide.

—¿Antropoide? —Marcos contuvo la risa.

—Mono con aspecto de hombre —le aclaré haciendo una mueca.

—Sé lo que significa —contestó entre risas—. Es asombroso que hasta para insultar seas una empollona.

Mi enfado aumentó conforme seguía mofándose, pero aguanté estoicamente sin cambiar de expresión.

—¿Me sueltas ya? —pregunté irritada.

—¿Vas a ser razonable?

—Siempre lo soy.

Enarcó una ceja inseguro. Los dos sabíamos que en su presencia tenía de razonable lo mismo que de mentirosa, es decir, nada.

—Eso es discutible —constató dando un paso en mi dirección.

—Para ti todo lo es. —Escapé de la cercanía de su cuerpo.

—¿Vas a dejar que te lleve a casa?

«No».

En cuanto me soltara, iba a correr como un guepardo. Una vez dentro del metro estaría a salvo, ya que, si él quería perseguirme, tendría que pararse a sacar el billete.

—Estoy esperando una respuesta, preciosa. —Se adelantó otro paso y se acercó de nuevo a mí.

—Te he dicho que no me llames «preciosa», y suéltame la mano. —Me separé de él todo lo que pude dejando los brazos extendidos por completo.

—¿Eso es lo que quieres? —preguntó con la voz cargada de erotismo.

Se acercó peligrosamente y yo alcé el mentón testaruda. Ya se había puesto en modo tiburón, pero no iba a dejarme intimidar.

—Sí. Eso es lo que quiero.

—¿Vas a correr si te suelto?

—Estoy demasiado cansada como para salir corriendo. —Mentí aunque notaba el cuerpo exhausto.

—Bien, porque, si corres, te alcanzaré, y cuando lo haga voy a susurrarte al oído que me muero por besarte. —Noté un ligero temblor en las piernas—. Si intentas huir de cualquier modo, voy a besarte. Si te alteras, o me insultas, como sueles hacer siempre, ya sabes cómo voy a callarte la boca. —Soltó todo eso con una serenidad aplastante, sin mover ni un músculo o demostrar emoción alguna. Se notaba que estaba acostumbrado a conseguir siempre lo que quería—. Si es lo que quieres, claro —añadió tras una leve pausa.

Dios, cómo lo odiaba.

Necesitaba alejarme y respirar algo que no fuera su colonia varonil para pensar con claridad.

Me soltó, pero no se movió. Caminé un par de pasos hacia atrás. Traté de calmarme y no soltarle de carrerilla todos los insultos que estaba pensando. Aún lo tenía demasiado cerca y lo último que mi corazón y yo necesitábamos era que me besara de nuevo. Eso solo traería más dilemas y, sumados a los que ya cargaba, tenía para una temporada. Cuando me separé lo suficiente, me atreví a hablarle.

—Si me besas, voy a gritar —advertí alzando la voz para que me oyera.

—En realidad, eso me viene bien, porque cuando abras la boca para hacerlo voy a meter la lengua dentro y no la voy a sacar hasta que te relajes.

«¡¿Qué?!».

Se me encogió el estómago hasta el tamaño de una pelota de golf para después expandirse de un tirón. Toda la sangre del cuerpo se me acumuló bajo las mejillas, que parecían de hierro incandescente.

«Suficiente».

Las cosas estaban descontrolándose a un ritmo vertiginoso, y cuando digo las cosas me refiero a las reacciones de mi cuerpo ante sus palabras. Me quedé inmóvil durante unos segundos. No sabía qué decir, ya que todo lo que sentía se resumía en un mudo ¡¡¡¡¡!!!!!

Cabreada con el mundo, y sin mirarlo, rebusqué en el bolso

el billete de metro. Habría jurado que lo había tenido en la mano hacía escasos segundos y en ese momento no era capaz de encontrarlo.

—¿Buscas esto? —Marcos agitó mi billete en el aire.

«¿Cuándo? ¿Cómo?».

Tenía que haber sido cuando me había acariciado las manos y me había abducido con el influjo de su mirada de serpiente.

—Eres... —empecé.

—¿Brillante?

No pronuncie la palabra «gilipollas», pero sabía que se había dado cuenta de que se lo estaba llamando con la mirada.

—Desesperante —afirmé molesta.

—¿En serio? Pues, si quieres recuperarlo, tendrás que cogerlo.

Sin más, se metió mi tarjeta en el bolsillo trasero del pantalón.

—Prefiero cortarme la mano antes que acercarla a tu... ahí —murmuré escandalizada.

—Entonces no te va a quedar otro remedio que dejar que te lleve a casa.

—No te soporto.

—Cuéntame algo que no sepa.

Cuando llegó a mi altura, atrapó mi mano y puso rumbo hacia el parking. Odiaba esos andares de abogado engreído.

Caminaba con la cabeza alta y tan seguro de sí mismo como lo hace una persona que sabe que la lengua es su punto fuerte y que siempre va un paso por delante del resto. Seguro que era ese tipo de abogado, de esos que entran con aires de Dios del mundo dispuestos a despellejar a los indefensos en favor de las grandes corporaciones, de esos que con palabras te llevan a donde quieren y de los que te dedican una sonrisa de suficiencia cuando te declaran culpable. Sí, Marcos era el tipo de persona que se salía siempre con la suya. Ya era así en el colegio, y hay cosas que solo empeoran con el tiempo. Y en ese momento también lo odié por eso. Por su seguridad y su confianza.

5

El viaje más largo

Nada más salir de la terminal nos topamos con una hilera de coches que llegaba hasta el infinito. Arrugué la nariz porque odiaba el olor de los tubos de escape. A mí me encantaba la naturaleza y respirar el aire fresco de la montaña, y aquello era justo lo opuesto. La brisa de la noche madrileña me acarició la cara y agradecí llevar la sudadera puesta; así no se me pondría la piel de gallina. Al menos, no por el frío. Se oía el ruido de los motores y de las ruedas de las maletas al ser arrastradas por el suelo. Detrás de nosotros, un grupo de personas conversaban animadas, el sonido llegaba a mis oídos como un eco lejano porque yo estaba sumida en nuestra burbuja silenciosa.

Marcos no me soltó la mano y yo tampoco se lo pedí. Observé nuestros dedos entrelazados y me sentí extraña. Darse la mano me parecía algo muy íntimo entre dos personas. Algo especial. Algo que no haces con cualquiera, y nosotros nunca habíamos tenido ese grado de confianza. Aunque no debería sorprenderme, ya que parecía que la noche anterior habíamos traspasado todas las fronteras de la intimidad. Es curioso cómo puedes besar a una persona que acabas de conocer, pero pocas se ganan el privilegio y la confianza necesarios para caminar de la mano por la calle.

Nada más entrar en el parking doblamos a la izquierda y nos

dirigimos hacia las máquinas de pago automáticas. Marcos se sacó la cartera del bolsillo, pagó y echó a andar hacia el coche. Me sujetó la puerta, yo resoplé por el gesto y no tuve más remedio que entrar.

Al sentarme en el asiento del copiloto me invadió el olor del cuero de los asientos y la fresa del ambientador favorito de Amanda. Me abroché el cinturón de seguridad, y entonces sucedió. Un recuerdo vívido de la noche anterior me sacudió la mente como un relámpago en plena tormenta.

—Si no te estás quieta, no podré abrocharte el cinturón —dice Marcos tratando de esquivar un beso mientras se me escapa la risa.

Molesta por su rechazo, giro el rostro y observo la calle.

—¿Adónde vamos? —pregunta el conductor del taxi.

—A la calle Ferraz, por favor —respondo.

El coche inicia la marcha y la ciudad se emborrona tras mi ventanilla.

Tengo la mente embotada por el alcohol, aunque no lo suficiente como para ignorar los escalofríos que me producen las caricias de Marcos en el brazo. Él desliza la mano por mi hombro hasta llegar a mi barbilla y, con una suavidad infinita, me gira el rostro. Me observa durante un par de segundos antes de decir:

—Estás preciosa.

Le sonrío tan ampliamente que estoy segura de que parezco el gato de Cheshire, el de Alicia en el País de las Maravillas. Él se tensa cuando le acaricio la mejilla. Veo la sombra de la duda surcarle el rostro y, sin pensarlo dos veces, tiro de su camisa en mi dirección y lo beso con intensidad.

El sonido de la puerta del conductor cerrándose me salvó de mi oportuna memoria.

—A tu casa, ¿no? —preguntó Marcos mientras trasteaba con el GPS.

Asentí sin decir una sola palabra. El fogonazo de nosotros dos besándonos me había dejado muda.

—¿Te ha comido la lengua el gato?

«Ojalá hubiera sido el gato y no tú».

Desconocía los motivos que me habían llevado a abandonar la boda de Amanda en compañía de Marcos, si bien podía hacerme una idea.

Había besado a Marcos.

Yo a él.

Después de repetirme mil veces a lo largo del día que había sido él el que me había engatusado a mí, y no al revés. Él era el tiburón hambriento y yo la cría de foca indefensa, pero en un giro dramático de guion se habían dado la vuelta las tornas. Yo lo había besado a él primero, y no había sido un beso cualquiera. Lo besé en cuanto percibí sus dudas respecto a subir a mi casa. ¿Eso me convertía en el depredador?

—¿Qué tal vas? ¿Quieres que ponga el aire? ¿Música?

—No hace falta que seas simpático.

—Joder, Elena, de verdad...

—¿Puedes dejar de pronunciar mi nombre? —solté en un tono más duro de lo normal.

—¿Por qué?

—Me molesta.

Nos mantuvimos en silencio el resto del viaje. El trayecto que no debía durar más de media hora se me hizo eterno, con todos los semáforos confabulándose en mi contra y poniéndose en rojo instantes antes de que tuviéramos que traspasarlos. Deseé con todas mis fuerzas que Marcos se saltara todos y cada uno de ellos, aunque él decidió aliarse con el enemigo y respetar las normas de circulación. Siendo el abogado estirado que era, no se saltaría la ley. En circunstancias normales habría disfrutado del paisaje nocturno que ofrecía Madrid, pero en ese instante fui incapaz de relajarme.

Me revolví incómoda al reconocer las fachadas de mi barrio; en cuestión de minutos estaría fuera de ese espacio agobiante que cada vez parecía más pequeño. Seguro que tardaría meses en volver a cruzarme con él y, para entonces, todo sería agua pasada, y, si no, siempre podía evitarlo hasta el último de mis días.

Lo miré de reojo. Las luces de la ciudad se le proyectaban de manera irregular sobre la cara llenándola de luces y sombras. Las sombras le acentuaban los pómulos y la línea de la mandíbula. Era guapo y había algo atrayente en él. Quizá fuera la combinación de unos profundos ojos azules que atravesaban las barreras de la lógica unidos a un pelo negro que lo convertía en una combinación irresistible. Tenía los labios apretados y el semblante serio. Si le molestaba mi descarado estudio, no dijo nada.

Al cabo de unos segundos, comprendí que habíamos parado. Estaba tan absorta contemplándolo que ni siquiera había notado que el coche ahora estaba aparcado en mi calle.

Impulsada por un sentimiento que no comprendía, agarré el manillar de la puerta, dispuesta a salir sin mirar atrás.

La puerta no se abrió.

Me acordé de Amanda y su maldito cierre centralizado. Gracias a ella y sus manías, no podría salir del coche hasta que él pulsara el botón que tenía a su izquierda.

—Tenemos una conversación pendiente —recordó.

—No hay nada de lo que hablar.

—Pues yo necesito hablar contigo de lo de anoche.

«Lo de anoche».

¿Qué esperaba que dijera?

Si la situación se hubiera dado con un desconocido, sería

más sencillo. Sin embargo, nosotros no éramos ajenos el uno al otro precisamente. Podría haberle gritado, mentido o mandado a tomar viento fresco, pero una parte de mí decidió ser sincera.

—No sé qué decir.

—¿No sabes qué decir? —Sonó incrédulo—. ¿Sobre qué, exactamente?

Pequeños destellos de la noche anterior empezaban a deslizarse por mi mente, quizá alentados por el sonido de su voz. Marcos y yo moviéndonos lentamente en la pista de baile. Marcos susurrándome algo en el oído y yo soltando una risotada tonta. Yo tirando de él en dirección a la salida. Marcos abriéndome la puerta del taxi. Marcos agarrándome de la cintura en el ascensor. Marcos besándome en la puerta de mi casa.

Marcos. Marcos. Marcos.

Agité la cabeza intentando sacar esas imágenes de mi mente, aunque tenía la convicción de que, ahora que las había visualizado, jamás las olvidaría.

Lo miré alterada y con ganas de soltar todo el aire que estaba conteniendo. Como si comprendiera lo que estaba pensando, su expresión se relajó y me frotó el hombro con cariño intentando reconfortarme. Apoyé la espalda en la ventanilla para alejarme de su electricidad lo máximo posible.

—Por favor, no me toques —susurré.

Retiró la mano despacio. Mi respuesta no le cayó bien y el mar en calma de su mirada volvió a agitarse.

—Intento ser paciente —aseguró revolviéndose el pelo.

Sus ojos parecían buscar una respuesta dentro de los míos; intentaba apartar las defensas que había levantado ante él, pero no iba a conseguirlo. Me miró con cautela, respetando los límites de distancia que yo había impuesto. Verlo con esa cara de pobrecito, esperando como un cachorro algo de comida, me dio pena. Mis reservas empezaban a ablandarse y eso no era buena señal.

—¿Podemos hablar? Creo que tenemos que aclarar lo que ha pasado, Elena.

Suspiré sonoramente al tiempo que trataba de descubrir el motivo que se escondía tras su empeño en hablar conmigo. Seguro que pretendía darme boleto y que solo estaba tomándose más molestias porque teníamos amigos en común y la desgracia de tener que coincidir en el futuro. Así que me adelanté:

—Voy a ahorrarte el discurso. Lo que ha pasado entre nosotros ha sido humillante. Créeme que, si pudiera volver atrás en el tiempo, lo haría y evitaría este bochorno. No hace falta que me des esquinazo porque no voy a perseguirte. Lo que hemos hecho no se puede remediar, pero te juro que, si pudiera derramarme una botella de ácido en el cerebro para olvidarlo, quemaría hasta la última de mis neuronas.

La incredulidad adornaba su rostro. Después de todo, yo era una santurrona, ¿no?

—Por suerte, no recuerdo ni la mitad de las cosas, pero sí lo suficiente como para saber que te has aprovechado de la situación.

Mis últimas palabras debieron de ser como un bofetón para él. Podía notar la frialdad de su mirada de iceberg clavándose en mi corazón como un puñal. Sabía que le había hecho daño y no me sentía victoriosa. No sentía la euforia del vencedor. En su lugar, una sensación desagradable se me asentó en el estómago. Yo no era así. Oí el sonido que indicaba que Marcos había quitado el cierre automático y, sin decir ni una palabra más, me bajé del coche.

En lugar de dirigirme al portal, caminé calle abajo. Necesitaba alejarme todo lo posible antes de pararme a pensar en lo que acababa de hacer, porque, si lo hacía, terminaría dándome la vuelta y disculpándome. Había sido injusta porque, hasta donde recordaba, había sido yo la que lo había invitado a subir.

No me di la vuelta para ver si Marcos se había ido o seguía estupefacto dentro del coche. En las últimas veinticuatro horas me había traicionado a mí misma, me había emborrachado y había actuado de una manera que jamás pensé que haría. Y, para colmo, había solucionado mis problemas convirtiéndome en Cruella de Vil, la villana que más odiaba. ¿Cuándo había dejado de ser un adorable cachorrillo de dálmata?

—Te has dejado esto. —Oí su voz dura cortar el silencio.

Mis palabras habían surtido efecto. Recompuse el rostro y me di la vuelta. Marcos sostenía en alto mi abono de transportes. Se acercó a mí dejando una distancia más que considerable entre nosotros y extendió el brazo. No me pasó inadvertido el cuidado con el que me dejó la tarjeta en la mano evitando rozarme la piel. Tampoco me dio tiempo a agradecérselo, ya que se marchó.

Yo me quedé allí plantada, viendo cómo se alejaba, incapaz de poner las ideas en orden. ¿Debía ir tras él y disculparme? Cinco zancadas después, Marcos resolvió la pregunta por mí, dio media vuelta y me miró. El enfado era evidente en sus ojos.

—Solo para que quede claro. —Retrocedió el camino andado—. No me he aprovechado de ti. —Paró en seco dejando un metro de distancia entre nosotros—. Yo jamás haría eso. Ni siquiera debería dirigirte la palabra después de lo que has dicho, pero la idea de marcharme y dejar que pienses todas esas cosas horribles sobre mí me parece insoportable. —Su voz sonaba rota—. Aunque no te lo creas, te respeté en todo momento y no fui yo el que inició las cosas. —Cogió aire antes de continuar—. Joder, Elena, ¿qué clase de desalmado piensas que soy? ¿De verdad me crees capaz de actuar así, o es que la mera idea de nosotros te resulta repugnante? Porque si es lo segundo, es un poco tarde para lamentarse. —Me miró directamente a los ojos antes de disparar la última pregunta—. ¿Tanto me odias?

—Yo... —titubeé.

¿Qué podía decirle? ¿Que estaba hecha un lío? ¿Que no soportaba haberme traicionado a mí misma de esa manera?

—Déjalo. —Marcos apretó la mandíbula—. No sé por qué me molesto. Eres una cobarde.

—No lo soy.

No era cobardía, sino instinto de supervivencia. Ser valiente es fácil cuando no tienes nada que perder, y ese todavía no era mi caso.

—¿Por eso has huido en cuanto he intentado hablar contigo? —Marcos me observaba impertérrito, con las manos dentro de los bolsillos.

—¿Y qué quieres que haga? —perdí los nervios. Sus acusaciones no hacían más que acrecentar mi batalla interna.

—Que digas algo. —Se acercó—. Y que dejes de fingir que no ha pasado nada entre nosotros.

—Para mí esto no es fácil —repuse aguantando su mirada de acero.

—Olvidaba lo sencillo que es para mí. De hecho, no sé qué parte ha sido mejor, si cuando te besaba y te has ido corriendo a vomitar, tu pisotón durante la cena o verte llorar porque lo que ha pasado entre nosotros es inconcebible para ti. Creo que la última se lleva la medalla de oro, ¿no crees?

—Entonces, ¿qué haces aquí?

—Intento hablar contigo.

—Por enésima vez, no hay nada de lo que hablar. ¡Te has confundido de chica!

—¿En serio? Yo creía que a quien besaba anoche era a ti, tengo pruebas que lo demuestran. —Se bajó el cuello de la camisa y me enseñó el chupetón.

—¿Pruebas? ¿Me estás tratando como a uno de tus acusados? —pregunté elevando el tono—. ¿Qué va a ser lo siguiente? ¿Subirme a un estrado para declarar? ¿Ponerme una demanda?

—Esto es increíble... —musitó más para sí mismo que para que lo oyera.

—¿Perdona?

Marcos se quedó callado un rato y yo aproveché para respirar hondo y tratar de relajarme. Cuando volvió a hablar, lo hizo lentamente, separando las palabras:

—Necesito que digas algo.

—No sé qué decir.

—¿Prefieres que empiece yo?

Sentí que el pecho se me agitaba y me encogí de hombros derrotada. Noté el nudo en la garganta que indicaba que de un momento a otro iba a ponerme a llorar. Otra vez.

—¿Vas a llorar?

Tenía ganas de llorar; sin duda, tener resaca no solo había hecho que sintiera que me había pasado por encima una apisonadora; el aplastamiento también era a nivel emocional.

—¿Podrías, por un segundo, dejar de pensar en ti misma? A mí tampoco me hace ni puta gracia verte así sabiendo que yo soy la causa.

—Necesito tiempo —pedí sin pensarlo.

—¿Tiempo para qué?

—Para pensar.

—«Necesito pensar» es la manera educada de mandarme a la mierda —terció con gesto serio.

—Estoy cansada. No estoy acostumbrada a beber y necesito dormir. —Me apoyé en la pared más cercana y cerré los ojos derrotada. No podía más, eran demasiadas emociones por un día. Y no estaba acostumbrada a perder los papeles de aquella forma.

—Vale, te acompaño. —No me dejó protestar—. El coche está en tu puerta, así que tengo que ir en la misma dirección.

Marcos se situó a mi derecha, como un perro guardián, y anduvimos en silencio. Nuestras manos se rozaron y un chisporroteo de energía me quemó la piel. Era indudable que, me gustase o no, tenía cierto influjo sobre mi cuerpo. Pero no podía dejarme llevar por un momento de debilidad, unos ojos bonitos y un puñado de besos. Y no necesitaba ninguna prueba irrefutable para saber que si lo hacía la única perjudicada sería yo.

—Espero que sepas que no vas a poder usar la excusa de «estoy cansada» eternamente. Mañana voy a venir y no pienso irme hasta que hayamos hablado —aseguró cuando llegamos a mi portal.

Sabía de antemano la respuesta que un abogado petulante y obstinado me daría; aun así, no pude evitar preguntar:

—¿No puedes dejarlo estar?

—No quiero dejarlo estar —sentenció.

6

Tenemos que hablar

Horrible.

Esa era la palabra que mejor resumía mi desempeño en el laboratorio a la mañana siguiente. Por primera vez en mi vida, me costaba seguir lo que decía el profesor.

—Es el primer día que copio apuntes desde que me siento contigo —susurró Bruno con su marcado acento vasco.

—Intento mantener los ojos abiertos.

—Puedes dormir tranquilamente, no creo que se entere —señaló con la cabeza al profesor.

—Eso sería una falta de respeto —cuchicheé ofendida.

—Tranquila, no voy a quitarte el puesto de mejor alumna de la clase solo porque te sobes unos minutos.

En sus ojos color miel vi diversión cuando me llevé el dedo índice a la boca para pedirle silencio.

Las dos horas siguientes fueron mortales. No recordaba un lunes tan cansado en mi vida. Era una persona responsable, apenas trasnochaba y eso estaba pasándome factura. Bueno, técnicamente lo de la noche anterior no contaba como trasnochar. Simplemente me habían dado las tantas pensando en todo lo que había pasado con Marcos y en lo que podía hacer para quitármelo de encima. No tenía ganas de lidiar con él. Para capullos, suficientes tenía en la floristería, y al menos esos luego florecían. Marcos era más como la mala hierba. Y ya sabemos qué pasa cuando no cortas la mala hierba a tiempo. Quería atender en clase, pero me distraje recreando momentos del día anterior, o más concretamente, EL MOMENTO, que no era otra cosa que el beso que habíamos compartido Marcos y yo al despertarnos.

«Elena, que te pierdes otra vez. Ya vale. Lo que pasó pasó».

Observé lo que el profesor escribía en la pizarra para evitar pensar en él, y más ahora que había descubierto que, si me concentraba, nuevos recuerdos de la fatídica noche de la boda hacían acto de presencia en mi cabeza. Cuanto antes dejase de pensar en ello, mejor. Claro que podía enterrar a Marcos en las profundidades de mi mente. Podía y debía.

Bruno hizo gran parte de la práctica mientras yo asentía sin prestarle toda mi atención.

—La boda de tu amiga tuvo que ser un desfase de la puta hostia.

Hacía tiempo que me había acostumbrado a sus palabrotas.

—Ni te imaginas. Ayer tuve una resaca espantosa. No vuelvo a beber.

—¿Tú con resaca? —Parecía tan sorprendido como yo—. Voy a tener que pedir un cambio de compañera si no quiero que mis notas se resientan —bromeó.

—Mira quién fue a hablar. El que se pasa los fines de semana tocando con su grupo en bares y bebiendo. —Le arrebaté el cuaderno de apuntes y seguí por donde él lo había dejado. Bastaba una pequeña alusión a mis notas para que me reactivara.

Como siempre, terminamos los primeros. Eso nos dejaba media hora libre antes de la comida.

—¿Vas a quedarte en la biblioteca después de clase? —me preguntó Bruno.

Tuve que alzar la cabeza para verle la cara mientras recorríamos el pasillo de la facultad. Bruno era la persona más alta que conocía, su uno noventa le habría servido para jugar en el equipo de baloncesto de la universidad, aunque él nunca había aceptado. Llevaba un año siendo mi compañero de laboratorio y aún me sorprendía la delicadeza con que lo hacía todo para tener las manos tan grandes. Imponía con su estatura, pero en cuanto cruzabas dos palabras con él su corazón humilde salía a relucir. Tenía el pelo oscuro y las cejas gruesas. La escala de colores de su ropa oscilaba entre el negro y el gris, y a menudo solía llevar camisetas de grupos musicales. A eso había que sumarle un pendiente, una moto y que cantaba bien. Sabía que varias compañeras de clase estaban interesadas en él, pese a que él no parecía interesado en nadie en particular.

—Creo que voy a irme a estudiar a casa. ¿Por qué lo preguntas?

—Por sí tomábamos algo en Moncloa. Se lo podríamos decir a Blanca también. —Bruno se tocó el aro de la oreja con despreocupación—. Ya sabes, tanto estrés no es bueno para rendir estudiando.

—Lo que no es bueno para rendir estudiando es irse por ahí en lugar de seguir con la cara enterrada en el libro —repuse sin rechistar—. Además, hoy Blanca se ha quedado en casa.

El chico torció el gesto disconforme.

—¿Otro día, entonces?

—Otro día... después de los exámenes.

—Joder, menos mal que estoy yo para disfrutar de la vida por los dos, ¿eh, renacuaja? —Me dio un golpecito cariñoso en la cabeza y yo le hice una mueca.

Pasamos el rato sentados en el césped. Me encantaba la sensación del sol en la piel, aunque no permanecía nunca el tiempo suficiente como para ponerme morena; siempre tenía cosas más importantes que hacer, como estudiar.

Se acercaban los exámenes finales y tenía que darlo todo para cumplir con el plan del año que me había organizado. Acabaría con todas las asignaturas y me dejaría para el cuatrimestre siguiente el trabajo de fin de grado y las prácticas en la clínica.

Bruno estaba contándome qué tal había ido su fin de semana cuando me vibró el móvil. La llamada entrante provenía de un número que no tenía guardado. Descolgué y me lo llevé a la oreja.

—¿Diga?

—Hola, Ele. —Me tensé al escuchar esa voz grave—. ¿Qué tal estás hoy? —preguntó Marcos desde el otro lado de la línea.

Me levanté y me alejé para que mi amigo no escuchara la conversación.

—¿Quién te ha dado mi número? —pregunté de manera brusca.

—¿Estás en casa? —Él ignoró mi pregunta.

—No.

—¿Quieres que te recoja para comer?

—No, gracias.

—¿Y para merendar?

—Tengo clase, así que no voy a merendar en ningún sitio.

—Veo que sigues enfadada.

—Harta de ti, más bien.

Su risa melódica me puso nerviosa.

—¿A qué hora sales?

—No lo sé. —Mentí.

Lo oí suspirar sonoramente.

—Anoche te dije que me pasaría hoy para hablar —recordó.

—Confiaba en que hubiera sido una pesadilla.

—Yo diría que fue más bien un sueño.

Las rodillas se me fundieron como la mantequilla ante su tono seductor.

—Bueno, voy a comer; te veo luego, preciosa.

—¡Te he dicho que no sé a qué hora salgo!

—Soy un hombre paciente, Elena. Sé esperar.

Se despidió y yo me quedé observando la pantalla del móvil sin comprender qué acababa de pasar. Y maldiciéndome por haber sentido un cosquilleo al oír que me llamaba por mi nombre.

Regresé al lado de Bruno arrastrando los pies.

—Me muero de hambre y tenemos clase dentro de una hora, ¿comemos? —preguntó.

Asentí todavía desconcertada por la llamada y estiré la mano para ayudarlo a levantarse y poner rumbo al comedor.

Mi día no podía haber sido más agotador, la clase de Exóticos había sido la más intensa del semestre. Al salir, lo único en lo que pensaba era en llegar a casa y acariciar a mi gata hasta dormirme en el sofá. Después de lo poco que había descansado el fin de semana, mi cuerpo estaba bajo mínimos. Me apoyé en la pared y esperé a Bruno, que salió resoplando y con la misma cara larga que el resto de la clase.

—¿Te llevo a casa? —preguntó—. Pareces un extra de *The Walking Dead*... La serie de los zombis —aclaró al ver que no lo entendía.

—Uf, no, gracias. Ya sabes que no me gustan las motos, cogeré el autobús.

Me despedí de mi amigo en la puerta del edificio y cada uno tiramos para un lado.

Barrí mi calle con la mirada buscando el menor indicio que indicara que Marcos estaba presente.

No lo encontré.

Traté de abrir la puerta del portal mientras hacía malabarismos para sujetar todos los libros con una mano. Observé mi reflejo en el cristal de la puerta; se me habían escapado unos mechones de la trenza y las ojeras me llegaban hasta los tobillos. No sabía si me apetecía más cenar y dormir, o darme antes un baño relajante con espuma. Pero tenía que terminar una práctica de clase para el día siguiente y eso era prioritario. Conseguí atinar con la llave en la cerradura y la giré. Por fin iba a tener mi momento de paz y relax. Tan ensimismada estaba en mis pensamientos que no vi la figura que se había parado detrás de mí.

—¿Te ayudo con eso?

«¡Mierda!».

Del susto se me escapó un pequeño grito y se me cayeron todos los libros al suelo.

7

Devuélveme mi suerte

Me llevé la mano al corazón para calmar mis latidos. Estaba claro que no podía bajar la guardia. Al girarme comprobé que, por desgracia, se trataba de Marcos.

Lo miré con los ojos ardiendo de furia.

Estaba impresionante con el traje de raya diplomática y el pelo perfectamente peinado.

«Maldita suerte la mía».

—Hola —saludó con una sonrisa.

—¿Eres idiota? —pregunté furiosa—. ¡Me has dado un susto de muerte!

—Ya sabías que iba a venir. No es mi problema que seas inusualmente despistada.

—La gente normal llama al timbre y no aparece por la espalda como un vulgar ladrón.

—Por suerte, no soy un ladrón, aunque no voy a negar que me encantaría verte gritar en otro tipo de situaciones. —Me guiñó un ojo con descaro.

Antes de que me diera tiempo a procesar sus palabras, la sangre ya me bullía bajo las mejillas.

Marcos se agachó para recoger mis pertenencias y yo me quedé clavada en el sitio. Me sorprendió el cuidado con el que apiló un libro encima del otro. Alzó la cabeza para mirarme y sentí que esos profundos ojos azules podrían atravesar mi muro de defensa. Asustada por el ritmo de mis pensamientos, di un paso atrás y le cerré la puerta del portal en la cara.

Apoyé la espalda contra el cristal y cerré los ojos. Estaba nerviosa y eufórica a partes iguales. Me tapé la boca con la mano y pensé en cómo me habría regañado mi abuela si me hubiera visto. Nunca había hecho algo tan maleducado, pero él sacaba lo peor de mí.

—Abre. —Lo oí hablar desde el otro lado.

—¡Olvídalo! —repuse lo bastante alto como para que me oyera.

—Si no abres, pienso llamar hasta que se queme el timbre.

Al girarme vi que se había levantado.

—Ya te mandará la factura de la reparación mi «abogado» —contesté triunfal.

—En ese caso, mi bufete te mandará todos estos libros en unos meses. —Su sonrisa se ensanchó—. Los exámenes son ahora, ¿verdad, preciosa?

Me quedé lívida.

¿Cómo era posible que siempre me pillara con algo?

«Es abogado».

Traté de recomponerme y fingir que seguía por delante en la carrera de ver quién quedaba por encima.

—Puedo sacarlos de la biblioteca —aseguré confiada.

—Claro, porque junio no es temporada alta para sacar un libro.

—Me los devuelves y te vas —ordené categóricamente.

—Estoy seguro de que podemos alcanzar un acuerdo, Ele.

«¿En qué momento que me llamase Ele había pasado de darme escalofríos a ponerme nerviosa?».

—¿A qué te refieres?

—Yo quiero hablar contigo y tú quieres recuperar tus libros.

—¿Me estás chantajeando?

—No. —Meneó la cabeza—. Te estoy ofreciendo un acuerdo beneficioso para ambas partes. Así que tómate tu tiempo para decidir. No tengo prisa —confesó mientras ojeaba con despreocupación uno de mis manuales.

Ni siquiera me paré a sopesar su propuesta; necesitaba los libros. El maldito tenía razón en algo de lo que había dicho, y era que en pleno mes de exámenes sería imposible sacar otros ejemplares de la biblioteca.

Abrí la puerta y lo miré con desconfianza. Cerró el libro y sus ojos se deslizaron por mi cuerpo acariciándome la piel con la mirada.

—Bonito vestido. —Me plantó un beso en la mejilla con familiaridad y se internó en el portal.

Me quedé en la puerta parada unos segundos estupefacta y roja como un tomate. Le arrebaté los libros con más fuerza de la necesaria y caminé hacia el ascensor. Recordé cómo nos habíamos dado el lote en ese espacio reducido la noche de la boda y decidí que lo mejor sería ir por las escaleras.

—El ascensor está averiado. —Dije lo primero que se me ocurrió.

Subí los escalones pisando como un elefante; quería que supiera que estaba furiosa y que no era bienvenido. La suerte estuvo de mi lado una vez más y, cuando llegamos a mi piso, salió una de mis vecinas del ascensor.

—Buenas tardes —saludó mientras arrastraba el carrito de la compra.

—Buenas tardes. —Le sonreí y me giré para abrir la puerta de mi casa.

Pensaba despacharlo en el rellano, pero sospechaba que mi vecina se quedaría observando tras la mirilla, por lo que tuve que invitarlo a pasar.

Marcos me siguió hasta el salón.

—¿No estaba estropeado el ascensor? —La burla en su voz era evidente.

—Pues lo habrán arreglado —solté molesta por encima del hombro—. ¡Quédate aquí!

No me apetecía verlo paseándose a su antojo por mi casa por segundo día consecutivo. Eso podría evocar recuerdos que intentaba enterrar en lo más recóndito de mi subconsciente. Dejé los libros sobre la cama, lejos de sus garras, y regresé al salón.

Marcos me miró divertido desde el sofá. Dio unas palmaditas a su izquierda para indicarme que me sentara a su lado.

—Prefiero quedarme de pie, si no te importa —dije colocando los brazos en jarras.

Marcos se quitó la americana y la dobló con cuidado. Se desanudó un poco la corbata y se repantigó en el sofá como si estuviera en su propia casa.

—Yo no me pondría tan cómodo. No vas a quedarte mucho.

Sonrió e ignoró mi comentario.

—¿Puedo coger un vaso de agua, por favor? —pidió educadamente—. Este calor es horrible. —Se desanudó un poco más la corbata y yo tragué saliva.

«Uf».

—Yo te lo traigo. Tú no te muevas.

Giré sobre los talones y me dirigí a la cocina. Era la excusa perfecta para salir un momento del salón y perderlo de vista.

Llené el vaso intentando no pensar en el gesto que había hecho para desanudarse la corbata. Por mucho que me escociera admitirlo, Marcos era un espécimen masculino muy agradable a la vista.

—¿Qué tal las clases? —Su voz sonó detrás de mí.

Di un respingo y me tiré parte del agua fría sobre el escote del vestido.

—¿Puedes dejar de aparecer de la nada? —Le tendí el vaso y le regalé una mirada venenosa mientras me secaba con un trapo.

Sus ojos bajaron a mi pecho y agradecí que fuera verano, porque lo último que necesitaba era que se me marcasen los pezones.

—Por mí no hace falta que te seques, me gusta el efecto mojado.

«Respira, Elena».

Estaba roja. Mitad mortificada por la vergüenza, mitad rabiosa. Lo sabía. Y él también. Quizá por eso decidió dejar el tema y regresó al salón sin añadir nada más. Lo seguí a regañadientes y me lapidé mentalmente al fijarme en cómo la camisa le marcaba la espalda.

Marcos volvió a sentarse en el sofá y yo hice lo mismo en el extremo opuesto. Coloqué todos los cojines que tenía entre nosotros a modo de barrera; cuanto antes quedase claro que no estábamos en el mismo bando, mejor. Él se rio y a mí se me revolvió algo en el interior.

Mi gata apareció caminando con elegancia y se subió a mi regazo de un salto. Al acariciar su pelaje sedoso me relajé y casi olvidé que estaba enfadada.

—Hola, bonita mía —saludé en tono cariñoso—. ¿Dónde estabas? ¿Me has echado de menos?

—¿Puedo? —Marcos dejó la mano suspendida a escasos centímetros de mi mascota.

Antes de que pudiera responder que no, ella cruzó la montaña de cojines para recostarse sobre sus piernas. Y observé atónita cómo ronroneaba al disfrutar con los mimos de Marcos.

«Como la dueña. De tal palo, tal astilla».

—Parece que te gusto, ¿no? —preguntó él mientras la acariciaba detrás de las orejas—. El sentimiento es mutuo, preciosa.

—No. —Negué con la cabeza—. Se comporta así con cualquiera, no te lo creas tanto.

—No me refería a la gata.

«¿Qué?».

En ese momento mi pequeña compañera peluda terminó de traicionarme, ya que echó la cabeza hacia atrás para que Marcos le acariciase el cuello. Eso sí que no lo hacía con cualquiera.

—¡Minerva! ¡Baja de ahí! —reprendí.

Asustada, la gata aterrizó en el suelo y se escabulló hacia la cocina.

—¿Minerva por McGonagall? ¿La de *Harry Potter*?

El nombre se lo había puesto Amanda, pero no iba a contarle la historia.

—¿Puedes limitarte a decir lo que hayas venido a decir y largarte? —pregunté fastidiada. Tenía una práctica que terminar y necesitaba acabar con aquella tontería cuanto antes.

Marcos se inclinó en mi dirección.

—¿Tienes alguna razón de peso para odiarme tanto?

—¿Una? —Levanté la ceja—. ¡Tengo cien razones para odiarte! ¿Quieres seguir añadiendo más a la lista? —Él me miró asombrado—. ¿Por qué te sorprende tanto? Tú también me odias a mí.

—Yo no te odio —aseguró mirándome con intensidad.

¿Era necesario que tuviera esos ojazos? Un bastardo como él no merecía ser atractivo; era injusto.

—Y creo que tú tampoco me odias a mí, Elena —añadió rozándome la mejilla.

Sentí que me vibraba el cuerpo al oírle pronunciar mi nombre. ¿Qué narices pasaba conmigo? ¿Desde cuándo dejaba que un tío influyera de esa manera en mí? Y no un tío cualquiera precisamente, sino el tío más narcisista que había conocido.

Marcos tiró un cojín y yo me agazapé más contra el reposabrazos del sofá. El sonido del segundo cojín impactando contra el suelo me despertó el sentido arácnido.

—¡Estate quieto! —exclamé de malas maneras. Recogí los cojines y los coloqué de nuevo en su sitio, protegiéndome de él.

Por segunda vez ese día lo oí reírse y, por segunda vez, se me retorcieron las tripas.

—¿Qué significó lo de la otra noche para ti? —Marcos preguntó de golpe, sin anestesia previa.

—Creí que eras tú el que iba a hablar.

—Tengo más interés en saber lo que tienes que decir tú.

—Yo no tengo nada que decir. Ya te lo dije.

—Y yo no me lo creo. —Apoyó las manos para impulsarse y se acercó a mí.

Odié sentirme acorralada como un ratón que estaba a punto de ser engullido por una serpiente.

—Creía que anoche te había dejado claro mi punto de vista.

—Y yo tuve la amabilidad de explicarte los hechos —añadió sin perder la compostura—. Aclarado ese tema, creo que puedes responder a mi pregunta. Es sencilla.

—¿Cómo quieres que responda si no recuerdo ni la cuarta parte de lo que ha pasado? —estallé perdiendo la paciencia.

Todo pasó en tres segundos.

Demasiado rápido para que pudiera evitarlo.

En el primero, toda la barrera de cojines estaba en el suelo. En el segundo, Marcos tiró de mí y terminé con la espalda contra el asiento, y en el tercero, su boca estaba peligrosamente cerca de la mía.

—Te voy a besar —declaró sin dejar de mirarme a los ojos—. Si quieres que me aparte, es el momento de decirlo.

Me quedé calladita.

Estábamos tan juntos que no tenía claro dónde empezaba su respiración y donde terminaba la mía. Me besó cerca de la oreja y en la mejilla, y cuando llegó a la comisura de mi boca, se detuvo. Mi ritmo cardiaco aumentaba con cada roce de sus labios a la par que disminuía el razonamiento mental. Me acarició la cara con los dedos y ese pequeño roce, lento y suave, derrumbó mis defensas. Me retorcí bajo sus atenciones; a fin de cuentas, soy humana. Giré ligeramente el rostro y presioné los labios contra su mandíbula. Él se estremeció y yo fui un poco más allá y lo besé cerca de la boca.

—Joder, no puedo más —murmuró antes de besarme. Nuestras lenguas se fundieron en una sola y el anhelo creció dentro de mi pecho. Yo lo besaba con pasión, pero él estaba siendo sumamente suave y moderado. Éramos dos fuerzas opuestas luchando por encontrar el equilibrio.

Marcos me acariciaba con delicadeza, sin exigencias, provocando en mi cuerpo sensaciones que hacía mucho tiempo que no sentía. Mi rabia se transformó poco a poco en algo más dulce y ese sentimiento influyó en mi manera de besarlo. Ya no estaba siendo una salvaje, me estaba dejando contagiar por su cariño y estaba comenzando a ser tierna yo también.

Las yemas de sus dedos recorrieron el perfil de mi rostro, desde la frente hasta la mandíbula, y mi corazón terminó de acelerarse.

De pronto, fui consciente de que mi cuerpo estaba completamente pegado al suyo. En otra circunstancia me habría parecido vergonzoso; sin embargo, en aquel momento solo deseaba estar más cerca de él. Como si el contacto total que manteníamos no fuera suficiente. La parte mojada de mi escote pasó de estar fría a quemarme la piel.

Sin que me diera cuenta mis manos cobraron vida propia y empezaron a explorar su espalda. Su respiración se agitó cuando dirigí las caricias hasta su cuello. Cerré los dedos alrededor del pelo de su nuca y él se apartó de repente, dejándome con ganas de más. No abrí los ojos y me quedé esperando a que volviera a unir su boca a la mía.

—Elena —murmuró con voz ronca.

Su tono cargado de erotismo mandó una descarga eléctrica por mi espina dorsal y junté las piernas con deseo. Lo miré sin responder porque no estaba segura de poder abrir la boca sin que se me escapara algún vergonzoso gemido.

Marcos apoyó la frente sobre la mía. Estaba tan cerca que me costaba ver sus ojos con nitidez, aunque sí podía apreciar el aspecto salvaje del océano azul. Las respiraciones agitadas de ambos se entremezclaban y nuestros labios se rozaban. Olvidé quién era él y quién era yo. Todo el enfado y la amargura habían desaparecido y habían dejado a su paso una sensación agradable. Yo estaba flotando en una nube tranquila y serena. Tuve la sensación de estar soñando porque despierta no recordaba haberme sentido así de bien, pero, como siempre, los sueños se acaban.

—Espero que esto te haya ayudado a recordar, preciosa —dijo incorporándose.

Y, de repente, me estrellé contra la realidad.

8

La bella y la bestia

La sangre se me congeló hasta tal punto que podía sentir las estalactitas atravesarme las venas y percibí un frío asolador donde se me había mojado el vestido.

—¿Me has besado para demostrar que tienes razón? —No pude evitar que la pregunta se escapara de mis labios.

Marcos me observó de manera hermética. Me incorporé rápido y me alejé de su maldito magnetismo.

No podía creerlo ni mirarlo a la cara. Lo peor de todo era que no comprendía por qué me molestaba más su comentario que el hecho de que me hubiera besado.

«Pues porque te ha gustado».

Agaché la cabeza y retorcí el borde de mi vestido en busca de un entretenimiento hasta serenarme y poder volver a razonar con normalidad.

—No te he besado por eso —explicó él acercándose a mí.

Colocó una mano sobre la mía y me obligó a detener el movimiento obsesivo que estaba arrugando la tela de flores. Me enfureció soberanamente el cosquilleo que se apropió de mi mano en cuanto me rozó. Avergonzada y dolida a partes iguales, aparté la mano con brusquedad. Él resopló, como si yo fuera una mascota recién nacida con la que hay que tener paciencia.

«Ignóralo. Por tu paz mental, ignóralo».

Lo oí ponerse de pie, pero yo ya estaba en algún lugar lejano, flagelándome por haber sido tan ingenua.

—No te he besado para demostrar que tengo razón —continuó cuando comprendió que yo no diría nada—. Aún no he llegado a ese nivel de arrogancia.

«Aún».

Alcé las cejas y él me sonrió con cariño.

—¿Quieres saber por qué te he besado?

«Sí».

—No.

Le devolví la mirada sin darme cuenta del poder que ejercía esa sonrisa sobre mí.

—Me gustas —aseguró convencido.

«¡¿Qué?!».

—Por eso te he besado.

Me levanté y me enfrenté a él. Estábamos a centímetros de distancia, pero ya no sentía el deseo de hacía unos minutos; estaba enterrado bajo capas de vergüenza, orgullo y miedo.

—Me gustas mucho, Elena —corroboró.

«Pero ¿qué está diciendo? ¿Se ha vuelto loco?».

Apoyé las palmas sobre su pecho e impedí que volviera a besarme.

—¿Se puede saber qué haces? —protesté con un nudo en el estómago.

El brillo de sus ojos se desvaneció.

—¿Vuelves a esconderte tras los altos muros de tu castillo, preciosa? —inquirió con gesto serio.

—Te he dicho que no me llames «preciosa» —contesté con rabia.

En lugar de responder, él se pasó una mano por el pelo. Parecía estar sopesando lo que diría a continuación.

Ya está. Volvíamos a ser el Marcos y la Elena de siempre.

Esos dos que no se soportaban. Esos que se sacaban de quicio. Después de todo lo que habíamos pasado, me parecía increíble que quisiera hacerme creer que tenía algún tipo de interés en mí. Y, aunque así fuera, yo no tenía ningún interés en gustarle a él. Ni a él ni a nadie.

—Elena, yo...

—No vuelvas a besarme. —Separé las palabras, una a una, para que el mensaje quedase claro.

Marcos sacudió la cabeza de un lado a otro y apretó los labios.

—Aclárame una cosa. ¿No quieres que te bese esta noche o nunca?

—Si vuelves a besarme... —No pude terminar mi amenaza.

—Si vuelvo a besarte, ¿qué? ¿Vas a devolvérmelo? —ironizó—. Porque hasta ahora es lo que has hecho.

Sus palabras me sentaron como una bofetada. Como si yo hubiese tenido elección, cuando era él quien se había tirado sobre mi boca.

«En realidad, sí has tenido elección».

—Será mejor que te vayas —espeté atravesando el salón.

—Pero ¿adónde vas ahora?

—¡A abrirte el puente levadizo!

Crucé el pasillo a toda velocidad, pero me adelantó y se colocó entre la puerta y yo. Suspiré con fuerza y él se cruzó de brazos.

—Esto es ridículo —repuse incómoda.

—Por fin estamos de acuerdo en algo.

—Apártate.

Él se limitó a ladear la cabeza y mirarme de manera penetrante.

«Maldito idiota».

—No te soporto —solté entre bufidos.

—¿En serio? —Marcos enarcó una ceja—. Pues en el sofá me soportabas muy bien.

Apreté los puños.

—Eres tú el que se ha abalanzado sobre mí como un primate.

—No he oído ninguna queja por tu parte. De hecho, parecía que estabas disfrutando igual que yo.

—Sin duda, he inhalado demasiado desinfectante en el laboratorio —mascullé de manera digna.

Estaba esperando una respuesta mordaz por su parte; a fin de cuentas, en eso se basaban nuestros encuentros verbales, pero Marcos contestó con una carcajada que aumentó mi mosqueo.

—Deja de buscar excusas tontas y asume la realidad.

—Ya lo intento. —No estaba segura de si era cierto—. Pero es intolerable.

—¿Por qué?

—Porque esto está mal. —Nos señalé a ambos.

Él agachó la cabeza hasta que quedó a mi altura.

—Cena conmigo —pidió decidido—. Por favor.

—Ni en un millón de años.

—Un trato es un trato, y te he devuelto los libros.

—En ningún momento he dicho que fuera a cenar contigo.

—Muy bien. Entonces, dime, ¿qué significó para ti? Necesito saberlo. —Acarició mi mejilla con suavidad, como había hecho minutos antes en el salón cuando había pronunciado las palabras prohibidas que no dejaban de repetirse en mi cabeza.

«Me gustas... por eso te he besado. Me gustas mucho, Elena».

Me tensé y él retiró la mano de mi rostro. Me sorprendía la facilidad que parecía tener para percibir mis estados de ánimo. El día anterior, en mi habitación, había sabido cuándo era el momento exacto de guardar silencio y esperar mi veredicto, igual que ahora.

A esas alturas tenía claras sus intenciones y estaba segura de que lo único que buscaba era alimentar su ego. Yo era la conquista más difícil de su vida y ni siquiera había tenido que sudar la camiseta.

Por otro lado, mis sentimientos eran un maremoto. No lo odiaba, pero tampoco lo soportaba. Y, desde luego, no podía olvidar de un plumazo todo nuestro historial de conflictos. Por ahora, seguía siendo más fácil culparlo a él de todos mis males que pararme a pensar por qué extraña razón se me aceleraba el pulso en su presencia.

Encontraba la situación demasiado complicada para mi cerebro, y yo en ese momento tenía que centrarme en estudiar. No podía tirar todos mis esfuerzos por la borda. Entonces, caí en la cuenta de que justo eso era lo que Marcos aportaría a mi vida, lo que menos necesitaba, lo que siempre acarreaban las personas como él: complicación.

—Nada.

—¿Nada? —Marcos arrugó las cejas como si no me entendiera.

—Me has preguntado qué significó para mí. Pues ahí tienes tu respuesta: nada.

—Creo que los dos sabemos que eso es mentira —respondió con serenidad.

—¿Me estás llamando mentirosa? —Me puse a la defensiva.

—Soy abogado. Parte de mi trabajo consiste en detectar y destapar las faltas a la verdad. Y tú lo único que estás haciendo es mentirte a ti misma porque a mí no me estás engañando.

—Si vas a responder por mí, no sé por qué me preguntas.

—No soy yo el que responde por ti. —Acarició mi mejilla y noté la sangre calentarse debajo de mi piel—. Eres tú misma.

Supe exactamente a qué se refería, no había podido evitar sonrojarme. Al parecer, no era la única en percatarse de las reacciones involuntarias que tenía mi cuerpo hacia él. Eso era jugar sucio y, una vez más, me sentí acorralada.

—Mira, ya está —alegué enfadada—. Me has preguntado. Te he respondido. Fin de la historia.

—Si quieres que me crea que te soy indiferente después de cómo acabas de besarme, vas a necesitar demostrarlo un poco mejor.

—Yo no necesito demostrar nada.

—Entonces yo lo tengo claro. No necesito más pruebas.

—¿Pruebas?

—Sí, pruebas, porque dices una cosa y luego haces otra que tumba tus argumentos.

Negué con la cabeza y torcí el gesto.

—Esto es lo último que necesito ahora mismo. Estoy a nada de los exámenes finales. Llevas aquí un buen rato y yo debería estar terminando un trabajo que tengo que entregar mañana a primera hora —expliqué agobiada.

Marcos abrió la boca para responder, pero le sonó el teléfono. Se lo sacó del bolsillo con rapidez.

—Tengo que contestar. Perdona.

Descolgó y no dejó de mirarme ni un segundo mientras hablaba. No tenía ni idea de quién lo había llamado, pero por el contexto parecía trabajo. Su expresión fue ensombreciéndose según escuchaba a la persona que hubiera al otro lado. Cuando colgó, volvió a guardarse el móvil y se mojó los labios antes de hablar.

—¿Cuándo acabas las clases?

—El miércoles.

—Vale. ¿Qué te parece si cenamos ese día? —Me hizo un gesto con la mano cuando abrí la boca para protestar—. Déjame terminar, por favor. Ahora tengo que resolver una cosa del trabajo y tú tienes que estudiar. Podemos cenar juntos el miércoles y hablar con calma.

—¿Para qué? Estamos todo el día peleando.

—Es parte de nuestro encanto.

—¿Qué encanto? —pregunté con dramatismo—. Si somos como la Bella y la Bestia.

—Bueno, ellos acabaron juntos, ¿no?

«Bien jugado».

Me mordí el labio indecisa.

—¿Qué me dices, Elena? ¿Una cena? —Marcos me miraba expectante.

—Una cena —accedí—. Y después me dejarás tranquila.

Una gran sonrisa se dibujó en su cara mientras asentía, y yo tuve la certeza de que estaba metiéndome en la boca del lobo.

9

Si supieras

Llevaba dos horas desconcentrada en la biblioteca. ¿El motivo? Estaba nerviosa porque había quedado con Marcos esa noche y no sabía adónde iríamos a cenar ni qué ropa ponerme ni qué iba a decirle.

«Eso tiene que darte igual. No es una cita. ¡Ponte a estudiar!».

Parecía una adolescente con las hormonas revolucionadas, me subían los calores cada vez que mi memoria traicionera me llevaba a visualizar a Marcos desnudo. Cuanto más evitaba pensar en ello, más se colaba la imagen en mi cerebro. Resoplé fastidiada y me abaniqué con furia con un folio doblado por la mitad, sin ser consciente de que el ruido estaba molestando a Blanca.

—¿Estás bien? —La voz de mi amiga apenas era audible.

«No. No estoy bien. ¿Recuerdas que te he hablado varias veces de mi enemigo de la adolescencia? Sí, Marcos, el Indeseable. El de los ojos azules infinitos y los labios carnosos. Sí, justo ese. Pues verás, me he acostado con él. En la boda de Amanda me emborraché hasta quemar la última neurona cuerda y me lo llevé a casa. Por supuesto que sigo detestándolo, pero el alcohol me ha provocado daño cerebral y ha hecho que, de alguna manera, mi cuerpo reaccione ante él. Y no me concentro porque no dejo de pensar que voy a verlo esta noche. Sí, Blanca, no tengo vergüenza. Y no, no tengo ni idea de lo que voy a hacer ahora».

Blanca sacudió la mano delante de mi cara y me sacó de mis pensamientos.

—Estoy bien —susurré.

Ella se subió las gafas de ver con desconfianza antes de desaparecer por el pasillo que daba a los servicios.

Blanca y yo nos habíamos conocido cuando retomé la universidad dos años atrás, y desde entonces ella, nuestra amiga Carlota y yo éramos inseparables. Ambas éramos responsables y organizadas, pero mientras que ella era impulsiva, yo pensaba las cosas antes de actuar. Blanca era práctica y directa. Su franqueza y sus ganas de proteger a los demás eran los pilares de su forma de ser. No regalaba sonrisas, pero cuando te ganabas su cariño te trataba como si fueras de su familia.

Leía por tercera vez la misma línea cuando mi amiga ocupó su silla de nuevo.

—Toma. —Me puso delante una Coca-Cola—. Esto hará que estés un poco menos acalorada.

Sonreí agradecida y abrí con cuidado la lata. Odiaba a la gente que hacía ruido en la biblioteca, sobre todo a las personas que aporreaban el suelo con los tacones, pero aquello era cuestión de vida o muerte.

El azúcar y las burbujas me ayudaron a relajarme y pude concentrarme. Estudié treinta minutos, que fueron los que Blanca tardó en pincharme con el boli para que fuéramos a comer.

Me senté a la mesa de siempre y esperé mientras Blanca se calentaba la comida. Lo último que me apetecía era llenar el estómago, que no había parado de incordiar en toda la mañana. Y no solo porque estuviera inquieta por los exámenes, también se me había contraído el millón de veces que había pensado en Marcos.

—Estás muy rarita. —Dejó los macarrones con queso en la mesa e instantáneamente el olor del orégano se me metió por la nariz.

—Huele genial.

—Gracias, pero no cambies de tema.

Me reí al ver su cara de enfado; Blanca indignada tenía mucha gracia. Era de mecha corta: si algo no le parecía bien, te lo decía sin tapujos.

—Estoy nerviosa por los exámenes.

Ella asintió y desvió su atención a mi comida.

—No me digas que solo vas a comer eso —dijo mirando inquisitivamente mi sándwich.

—No, también voy a comer esto. —Saqué de mi bolsa una manzana.

Ella puso cara de perro y empujó su comida al centro de la mesa.

—Para rendir estudiando hay que llenar la tripa, atontada.

Blanca y sus macarrones con queso hicieron que olvidara mis problemas durante un rato.

—Bueno, ¿qué tal la boda de Amanda? Que me tienes en ascuas desde el domingo que te pregunté.

—Fue genial. Amanda estaba guapísima, ¿quieres ver alguna foto?

Ella volvió a asentir y yo le enseñé las pocas que tenía en el móvil. Centré la conversación en el banquete para evitar hablar de...

—¿Y qué tal con el Indeseable?

Blanca llevaba medio año oyéndome despotricar sobre él. Cada vez que había tenido que verlo para hacer algo de la boda, me había descargado con mi amiga. Así que era normal que preguntara.

—Bien. Después de la ceremonia no lo vi mucho —mentí.

«Se pilla antes a un mentiroso que a un cojo», casi podía oír la voz de Blanca dentro de mi cabeza; le encantaban los dichos y los refranes, y tenía uno para cada ocasión.

—Bueno, pues mira qué bien. Ya no vas a tener que verlo más.

Sonreí incómoda y le pedí que me contase qué tal su fin de semana en Mallorca visitando a sus padres. Si empezaba a hablar de su isla, no paraba. Así que la escuché hablar con adoración de su playa favorita y me reí cuando se quejó de su palidez tras dos días enteros bajo el sol.

Cuando íbamos por el postre —un trozo de tarta de queso que había preparado ella— me vibró el móvil. Un número desconocido iluminó la pantalla y rechacé la llamada sin pensar. Blanca enarcó sus pobladas cejas, pero la corté antes de que pudiera preguntar diciéndole que era la compañía de teléfono.

Estaba segura de que era Marcos. Silencié el teléfono para evitar tener que dar explicaciones. Ya le mandaría un mensaje luego, cuando saliera de clase.

—Y va la tía y me dice que no piensa recoger la mesa porque está cansada, ¿sabes?

Volví a la tierra al escuchar el tono amargado de Blanca, que prosiguió:

—Cansada de estar de fiesta, supongo. Tiene un morro que se lo pisa. —Resopló—. Y luego se tira dos horas arreglándose para salir. Eso sí, como le menciones que limpie la sartén que ha usado: «Uy, Blanqui, no tengo tiempo» —apuntó imitando el tono de su compañera de piso.

—Tienes que hablar con ella —contesté.

—¿Otra vez? No soy su madre. Ya es mayorcita para saber cómo tiene que comportarse, y más si comparte piso.

—Se aprovecha porque sabe que vas a recogerlo tú. Habla

con ella una vez más y por lo menos trata de que ordene las zonas comunes.

Se atusó la melena oscura, que le llegaba hasta la cintura. Primero hacia un lado y luego hacia el otro. Blanca era una de esas personas que se toqueteaban el pelo constantemente.

—Qué ganas tengo de que me cumpla el contrato para librarme de ella y buscar otro piso con un compañero buenorro.

—Y limpio —añadí.

—Exacto, que lo limpie todo a su paso. Y que haga pesas. Yo tengo cada vez más claro que lo que necesito es algo como el marido de Elsa Pataky.

—¿Quién? —Se me escapó la risa.

Blanca me miró como si yo estuviera como una cabra por no saber a quién se refería y buscó una foto en su teléfono.

—Elena, a veces parece que no vives en la tierra. —Agarré el móvil y observé durante unos segundos la foto del hombre por el que suspiraba mi amiga—. Se llama Chris Hemsworth.

—Es guapo.

—¿Guapo? Está tremendo. —Sus ojos avellana relucieron—. Es actor, australiano y mide uno noventa. Es perfecto para mí.

—Es inquietante que te sepas todo esto de memoria.

—Lo sé, necesito desfogar con urgencia —aseguró ella—. Creo que las dos lo necesitamos. Y más en época de exámenes, así no estaríamos tan tensas.

«Díselo. Dile que tú desfogaste hace unos días».

Me salvó la hora.

—Tenemos cinco minutos para llegar a clase o el profesor no va a dejarnos entrar —contesté rápido.

Recogí las cosas, ignorando sus quejas, y la arrastré a toda prisa por los pasillos de la facultad.

Cuando salimos de clase me despedí de ella, que había quedado para estudiar con Bruno. De camino a la salida me aventuré a ojear el móvil y me asombró ver que tenía tres llamadas perdidas y multitud de mensajes. Las llamadas provenían del mismo número desconocido, la última era de hacía veinte minutos. Las ignoré y abrí WhatsApp. Lo primero que leí fueron los mensajes del grupo «Veterinarias explosivas», en el que estábamos Blanca, Carlota y yo. Esos mensajes me llenaron de felicidad: Carlota volvía antes de lo previsto de su Erasmus en Italia y nos escribía para quedar.

Lo segundo que leí fue la conversación de Amanda, donde me contaba cómo iba el inicio de su luna de miel y lo acompañaba de diversas fotos de la playa paradisíaca en la que se encontraba.

Me armé de valor y abrí la conversación pendiente. Leí el mensaje de Marcos dos veces:

> No puedo quedar hoy.
> Lo siento

Me quedé mirando la pantalla sin saber qué responder. Una vez más, había sido una imbécil. Había desperdiciado mi tiempo de estudio pensando en él mientras para él aquello era solo un juego. Seguro que el cretino estaba en su casa regodeándose a mi costa. Es que lo sabía. Sabía que aquello no era más que el broche final a su increíble hazaña. Lo peor de todo es que casi lo había creído cuando había dicho aquello de «me gustas mucho». Menudo numerito había montado para salirse con la suya. Y, encima, yo había estado dándoles vueltas sin parar a sus palabras y perdiendo el tiempo. Al comprender que había tenido razón desde el principio, me cabreé. Fulminé con la mirada la pequeña foto que aparecía al lado de su número (que no tenía guardado) y no pude evitar abrirla para verla más grande. Me arrepentí según lo hice porque, aunque me jodiera reconocerlo, salía favorecido mirando al horizonte, con el pelo revuelto y un abrigo de cuadros azul oscuro.

«Debería ser delito ser tan guapo».

Pero ¿qué demonios hacía yo suspirando por la foto de la persona que acababa de dejarme plantada? Cabreada conmigo misma y presa de un arrebato, bloqueé su número. Se acabaron las llamadas, los mensajes y se acabó Marcos. Si todavía me quedaba alguna duda, acababa de disiparla. Marcos era un engreído que no cambiaría nunca y yo no podía ser tan tonta de caer en su juego.

Pensé en él y despotriqué de camino a casa, pero una vez que llegué no gasté ni un segundo más. Me prometí que haría todo lo posible por sacármelo de la mente de una vez. Desperdigué todos mis apuntes sobre el colchón y me puse a estudiar como si mi vida dependiera de ello.

Comenzaba a anochecer cuando me sonó el móvil. En cuanto vi que se trataba de un audio de Amanda, me relajé. Mientras lo reproducía, me reí al oír cómo me contaba qué tal su inicio de luna de miel, las cosas que se había comprado y que estaba ilusionada porque al día siguiente vería delfines en alta mar. Por último, me recordaba que me echaba de menos y me pedía que me relajase porque aprobaría todo con nota.

Le contesté con otro audio, me concentré en hablar sobre la luna de miel y le aseguré que mi vida en esos días consistía en estudiar, estudiar y estudiar. Cuando terminé, me dejé caer contra la almohada y sentí que estaba metiendo la pata hasta el fondo con ella. Ya era la segunda vez que le ocultaba información y eso me hacía sentir incómoda.

Desde que murió mi abuela, Amanda se había preocupado en exceso por mí. Si supiera lo que había pasado entre Marcos y yo, aparecería en casa con una tarrina de helado bajo el brazo después de haberle dado una charla a Marcos sobre cómo tratar a la gente. Hasta ese punto se preocupaba por mí, algo normal teniendo en cuenta que ella era mi única familia.

Me pregunté qué me diría, o qué haría en mi lugar, y caí en la cuenta de que eso no tenía sentido. Amanda estaba enamorada del amor mientras que yo sabía que ese amor de película por el que pierdes la cabeza y haces locuras no era para mí. En mi corazón solo había hueco para amar y ayudar a los animales, y no necesitaba nada más. Porque ellos nunca te abandonan. Te dan su amor incondicional sin pedir nada a cambio. Querer a un animal es algo seguro. Querer a una persona significa arriesgarse a que te rompan el corazón y el mío ya estaba demasiado fragmentado. Las personas abandonan perros en las gasolineras cuando se aburren de ellos. Un animal jamás te dejaría tirada horas antes de una cena. Y a mí me resultaba más fácil conectar con ellos que con muchas personas. Yo no era el tipo de persona que se abre de buenas a primeras ni que se deja arrollar por los sentimientos.

Crucé los dedos y deseé con todas mis fuerzas que Marcos no volviera a aparecer para complicarme la vida y que aquello pronto no fuera más que un mal recuerdo.

10

Amor y otros desastres

¿Conocéis esa frase que dice algo como que cuando quieres algo el universo conspira a tu favor para que lo logres? Creo que era de Paulo Coelho. Es de esa clase de frases inspiradoras que quieres compartir y que pueden verse en agendas y tazas. Bonita, ¿verdad?

Pues bien, que no os engañen con frases de propaganda. El universo es un cabrón y cuando menos te lo esperas te golpea con toda la fuerza que es capaz de encontrar.

Mis plegarias fueron escuchadas. Marcos no volvió a llamarme ni escribirme, cosa que no me sorprendía porque lo había bloqueado. Sabía que era un acto inmaduro, pero tenía que centrarme en estudiar. Estaba en la recta final de la carrera y no iba a permitir que mis notas bajaran por una noche de desenfreno. Yo tenía un objetivo: graduarme y conseguir prácticas en una buena clínica, y eso era lo más importante para mí.

Pasé los días siguientes estudiando. No acampaba en la biblioteca porque quería demasiado a Minerva. Mis únicos planes para el fin de semana eran estudiar y trabajar en la floristería. El único rato de ocio que disfruté fue la cena del viernes con Blanca y Carlota. La velada se me pasó volando mientras escuchaba las aventuras de Carlota en Italia. Me reí tanto con algunas anécdotas que terminé con dolor de mejillas. Y, como siempre, fui la primera en marcharse, no sin antes prometer que el viernes siguiente saldríamos para festejar mi cumpleaños y el fin de exámenes.

El domingo salí tarde de trabajar, el verano siempre era temporada alta en el negocio de las flores. Para entonces ya tenía la guardia baja y Marcos no era más que un mal recuerdo escondido en una caja fuerte en el fondo del mar.

Atravesé la calle Arenal y me detuve cerca de la plaza de Oriente para comprar un helado de chocolate. Corría una brisa ligera, pero el calor era excesivo hasta que se ocultaba el sol.

Una vez en casa, llamé al restaurante italiano y esperé la cena viendo un documental de los gorilas de Uganda. Cuando estaba a punto de terminar, el sonido del telefonillo hizo que Minerva se sobresaltara y se perdiera de vista. Abrí la puerta del portal sin preguntar y fui a buscar el monedero. El timbre volvió a sonar para indicar que el repartidor ya estaba en mi piso. Regresé a toda prisa, abrí la puerta de un tirón y, entonces, el universo cabrón me golpeó el corazón con toda su fuerza.

Según lo vi se me contrajeron las tripas. Marcos dio un paso en mi dirección, sin apartar sus ojos escrutadores de mí, y la diferencia de altura entre nosotros se hizo más notable. La piel empezó a quemarme como siempre que lo tenía cerca. Era incapaz de apartar la vista de sus ojos azules. Me sumergí en esas aguas y durante todo el tiempo que estuve mirándolo él no demostró emoción alguna. Había sutiles diferencias respecto a la última vez que nos habíamos visto, y eso que solo había transcurrido una semana. Marcos tenía el pelo más revuelto de lo normal, como si se hubiese pasado la mano por él cientos de veces. Una barba incipiente empezaba a adornar su rostro y no pude evitar preguntarme cómo se sentiría esa barba arañando mi piel. Parecía cansado, como si llevara días sin dormir o, al menos, eso indicaban sus ojeras malva. Cuando centré la vista en sus labios deshidratados, se me resecó la boca. Estaba segura de que si me tocaba no sentiría chispas, directamente entraría en combustión y arderían hasta los cimientos del edificio. No sé cuánto tiempo pasé fantaseando hasta que al fin él carraspeó rompiendo la atmósfera en la que estábamos inmersos.

—Tú no eres el repartidor. —Me tembló ligeramente la voz cuando hablé.

«Estupenda apertura, Elenita».

—Asombrosa observación. —Su tono brusco cortó el aire como un cuchillo afilado.

Advertí que su ropa estaba bastante arrugada y eso, unido a todo lo anterior, lo hacía parecer un poco descuidado, nada que ver con el aspecto pulcro característico de él.

—¿Puedo pasar? —preguntó escuetamente.

De inmediato me hice a un lado y él entró en la estancia sin vacilar. Cerré la puerta sin saber si esa sería una de esas típicas decisiones tontas que al final terminan cambiando tu vida para siempre.

Me resultó raro que se quedara de pie en mitad del salón teniendo en cuenta que días atrás se había paseado por mi casa como si fuese la suya.

—¿Dónde puedo dejar esto? —Con la cabeza señaló su bolsa de viaje.

—Donde quieras.

Él se encogió de hombros y la dejó en el suelo.

—Eh —titubeé—. ¿Quieres algo?

—No, gracias. ¿Te importa si me siento?

—Claro.

Vale. Ahora sí que me sentía confundida. ¿Quién era ese extraño?

Se sentó en el sillón de una plaza y me dejó a mí el sofá grande. Sin saber cómo reaccionar, tomé asiento y me abracé las piernas. Marcos se frotó las sienes extenuado, se apoyó los codos en las rodillas y escondió la cabeza entre las manos. Parecía hecho polvo. Una sensación desagradable se abrió paso por mi pecho, el deseo que segundos antes me consumía se había convertido en hielo.

—¿Estás bien? —me aventuré a preguntar.

—Estoy destrozado.

—¿Qué ocurre?

—¿Acaso te importa? —Marcos levantó la cabeza—. Claro que no. A ti te da igual lo que me pase.

No contesté.

Marcos cogió aire antes de volver a hablar:

—Te llamé para cancelar la cena, pero no respondiste. Si lo hubieras hecho, habrías sabido que tuve que coger un vuelo de emergencia a Londres porque habían hospitalizado a mi hermana. Tuvo un parto prematuro y casi pierde al bebé... Estos últimos días han sido un infierno. —Hizo una mueca con el rostro—. He tenido que volver por un asunto del trabajo y sin conocer a mi sobrino, que está en una incubadora. Aunque supongo que todo esto te importa un bledo.

Se pasó una mano por el pelo y yo suspiré.

—Por suerte, mi hermana y el bebé están estables. Y, pese a todo eso, yo estaba preocupado porque no podía ponerme en contacto contigo. Así que supongo que tenías razón en algo sobre mí, y es que soy un auténtico gilipollas.

—¿Por qué dices eso?

—Porque por alguna razón todavía tengo esperanzas de que te abras conmigo y me dejes entrar.

«¡¡BOOM!!».

—No quieres hablar, me evitas, me bloqueas y yo ya no sé qué hacer. Lo he pasado de puta pena estos días y lo único que me apetecía era verte, joder. ¿Tiene eso algún sentido? —continuó sin darme tiempo a responder—. No, no lo tiene, porque creo que no te intereso lo más mínimo. ¿Y yo qué hago una y otra vez? —Me miró como un cachorro herido—. Venir a por ti. Eso es lo que hago.

Mentiría si dijera que su confesión no me había dejado abrumada. Lo único que tenía claro en ese momento era que prefería mil veces al otro Marcos, al que me hacía rabiar, en vez de al que parecía estar a punto de derrumbarse.

—No te preocupes, no voy a molestarte más —apuntó cuando comprendió que yo no diría nada—. En realidad, he venido a despedirme.

—¿Qué?

—No voy a volver a besarte. Si tan insoportable es esto para ti, estoy dispuesto a desaparecer, pero el problema es que no quiero. No sé si estoy ciego o solo soy gilipollas, porque a veces me da la sensación de que me correspondes. —Se humedeció los labios y eso captó mi total atención—. Me bloqueas, pero me has devuelto todos los besos, has jadeado, te has sonrojado, me has acariciado... Joder, es que no sabes lo que quieres y me voy a volver loco. —Inhaló y exhaló—. Necesito hablarlo aunque sea una vez. Después, si quieres, me echas y desaparezco para siempre. ¿Podrías hacer eso por mí?

Tenía algo de razón en eso de que no me aclaraba ni yo. Una conversación como adultos civilizados no haría daño a nadie.

Ni siquiera me lo planteé antes de asentir.

Marcos respiró aliviado.

—Supongo que me toca empezar a mí, ¿no?

Emití un sonido afirmativo.

—Me gustas. Ya lo sabes —declaró con seguridad.

—¿Y qué se supone que debo decir a eso? —pregunté—. Nos odiamos.

—Ya te dije que no te odio. Y sé que tú a mí tampoco.

—Supongo que no —balbuceé—. Pero tampoco puedes pretender ser mi amigo de la noche a la mañana. Después de... de tantos años y tantas... peleas.

—Créeme que ser solo tu amigo es lo último que pretendo.

—Y entonces ¿qué pretendes?

—Pasar más tiempo contigo y seguir conociéndote —aseguró decidido.

«¿Qué?».

¿«Seguir conociéndote» era lo que usaba para decir «acostarme contigo hasta que me aburra»?

Mi corazón metió primera.

—Estamos todo el día enfadados —repuse con amargura.

—No, simplemente nos gusta picarnos.

—Yo no puedo olvidar tan rápido nuestro historial de conflictos.

Por triste que él estuviera, y por mucho que eso me encogiera las tripas, no podía arriesgarme tan rápido.

—Todo eso podríamos hablarlo con tiempo y aclarar las cosas.

—Supongo, pero no quiero.

—¿Y qué es lo que quieres, Elena?

—Volver atrás en el tiempo y borrar la última semana de nuestra vida.

—Creo que no necesitas que te explique que eso no es posible.

—Pues, entonces, no quiero gustarte.

—Eso es un sentimiento, no una decisión. No puedo cambiarlo. —Centró sus ojos en mí y mi corazón subió otra marcha.

—¿Cómo esperas que te crea después de lo que ha pasado?

—¿A qué te refieres? —preguntó desconcertado.

—A todo. A que cada vez que nos vemos nos sacamos de quicio. Lo último que recuerdo es que en la boda no parabas de vacilarme —confesé herida—. Y, de repente, me despierto contigo, totalmente desnudos, y lo poco que recuerdo es que yo te insistí para que subieras. Me parece lógico estar hecha un lío.

—Ese lío podemos deshacerlo juntos. Hablando.

—No quiero que me engatuses con tu asertividad y salir mal parada de esto.

—¿Crees que quiero engatusarte? —preguntó en tono duro—. Parece que la última palabra de todo la tienes siempre tú. ¿Qué más da lo que yo diga, si tú sola decides por los dos?

—A mí esto me está costando mucho y le estoy dando demasiadas vueltas. —Me defendí con un argumento endeble pero cierto.

—¿Y crees que yo no? Que voy detrás de ti y lo único que haces es cerrarme la puerta en la cara...

—¿A eso se reduce todo? ¿A tu orgullo? —Traté de no perder los estribos.

—De todas las mujeres del mundo tengo que ir a fijarme en la única que no me soporta. —Habló para sí mismo, aunque lo oí perfectamente.

—Mejor me lo pones. Deshaz este sentimiento, o lo que sea, antes de que avance más.

—Esto avanzó hace mucho tiempo. Mucho antes de la boda, mucho antes de venir aquí. ¿Es que no te das cuenta? —Marcos empezaba a inquietarse.

Ya estaba. Íbamos a terminar discutiendo. Éramos una bomba de relojería a punto de estallar. ¿Quién sería el afortunado de cortar el cable erróneo y aguantar la metralla en la cara esa vez?

—De lo que me doy cuenta es de que todo este numerito es a raíz de que nos hemos enrollado. Y me parece que lo que quieres es seguir inflando tu ego y ponerte una medallita, pero no te voy a dar el gusto.

—¿Inflar mi ego? ¿Eso piensas que quiero?

—Eso parece, sí.

Marcos se enderezó y se pasó una mano por el pelo.

—Eres una cobarde. Prefieres pintarme como el villano de tu película, el tirano que solo quiere usarte, cuando si nos hemos enrollado es porque hemos querido los dos. Y cuando estoy aquí intentando hablar contigo y saber qué quieres y qué necesitas, mientras que tú ni siquiera me has preguntado qué quiero yo.

—No necesito preguntártelo porque ya lo sé: quieres regodearte.

—No sabes lo equivocada que estás. Lo único que quiero es saber qué es lo que te pasa por la mente cada vez que me miras.

—A Bécquer le encantaría que fueras su discípulo, pero yo sé que todo esto es porque nos hemos acostado.

Se puso de pie y yo lo imité.

—Dios mío, Elena, ¡que no nos hemos acostado! —señaló enfadado.

—¿Qué?

—Lo que has oído. No nos hemos acostado. Daba por hecho que lo sabías.

—No entiendo nada —mascullé estupefacta—. ¿Por qué?

Marcos se pinzó el puente de la nariz y cerró los ojos; cuando volvió a abrirlos había rendición en ellos.

—No quería que me odiaras al día siguiente. Por eso no quería subir. —La imagen de mí misma besándolo e insistiéndole atravesó mi mente—. No me malinterpretes, claro que quería subir —admitió—. Joder, me estabas besando. Tú a mí, y de qué manera. Siempre he sido yo el que ha dado el primer paso contigo y nunca es que hayas sido ajena a mí precisamente. Al principio, me dejé llevar. No sabes cuántas veces he pensado en eso a lo largo de los años, pero no quería que fuese así. No habiendo bebido. —Movió la cabeza de izquierda a derecha—. No quería que al día siguiente me culparas, ni que te sintieras mal contigo misma, y lo más importante: necesitaba estar seguro de que era lo que realmente querías y que no era solo el calentón del alcohol. Así que, tiré de todo mi autocontrol y me aparté de ti.

—Pe... pero yo estaba desnuda... y tú también —susurré incrédula.

—Tú solita te ocupaste de esa parte.

Enrojecí desde la punta de los pies hasta la raíz del pelo. Eso explicaba su ropa tirada por el suelo y mi vestido al lado de la puerta. Yo me había desnudado primero y después, lo había desnudado a él. Y así, el recuerdo que había tratado de sepultar con ahínco, se abrió paso por mi mente. Marcos decía la verdad y yo lo había sabido desde el principio, pero no había querido admitirlo.

—Te juro que no hicimos nada —prometió sin dejar de buscar en mis ojos una reacción a sus palabras—. Simplemente te abracé hasta que te dormiste. —Se inclinó en mi dirección con cara de preocupación—. Nuestra primera vez no podía ser así, ¿entiendes? Si follamos, quiero que lo recuerdes al día siguiente.

—Me temblaron las piernas por sus palabras—. Y quiero recordarlo yo también.

Miré hacia otro lado violentada. No podía aguantarle la mirada. Me superaba, y después de su confesión no sabía cómo se suponía que debía sentirme.

—Sé que para ti es difícil, que no sabes cómo encajar esto y que prefieres poner mil barreras y excusas antes que asumir que ya no podemos controlar esto —afirmó él con dulzura—. Te asusta que esto pase, pero tú y yo somos inevitables.

Me agarró de los hombros con suavidad y yo me estremecí ante la cercanía de su cuerpo.

—Estoy dispuesto a saltar todas tus barreras y no quiero presionarte, pero necesito algo que me diga que no estoy equivocado y que demuestre que tú también quieres que esté aquí —pidió con cautela—. Si no, tendré que marcharme, y sería una putada porque no quiero irme. Pero si eso es lo que de verdad quieres, respetaré tu decisión.

«¡Ostras! ¿Qué le digo?».

—Lo que me estás pidiendo es que salte por la ventana —recriminé.

—Y lo que estoy haciendo yo es *puenting* sin cuerda de sujeción.

Observé el suelo en silencio. Estaba tan abrumada que no sabía por dónde empezar a procesar toda la información que había recibido sobre él: lo de su hermana, sus sentimientos, su pesar, su rabia, mi atrevimiento, mis miedos. Todo.

—No puedo —musité.

Era oficial. Me había vuelto una gallina.

El calor de mi cuerpo desapareció en el instante en que me soltó. Recogió su bolsa y se dirigió hacia la puerta. Sus zancadas retumbaron en las paredes de mi casa y en las de mi corazón.

Mis piernas actuaron con rapidez, ignorando por completo mis pensamientos racionales. Estaba demasiado bloqueada para darle lo que me pedía, pero, por alguna razón que no entendía, no quería que se fuera. Lo seguí y, cuando estuve lo suficientemente cerca, agarré la tela de su camiseta para impedirle avanzar. Él se envaró automáticamente y se quedó rígido como un palo.

—No te vayas. —Susurré tan bajito esas palabras que no estaba segura de si él había podido oírme. Derrotada y temblando, apoyé la frente sobre su espalda. No tenía sentido seguir negando la evidencia. Me daba miedo terminar herida, si bien me asustaba más no volver a verlo. No tenía sentido negar las cosquillas que me despertaba y la atracción física que sentíamos al vernos.

Al cabo de unos segundos, Marcos dio un paso hacia delante y yo dejé caer la mano a un costado. Se giró despacio, como si temiera asustarme, y me miró con precaución. Sin apartar los ojos de mí, se agachó y dejó su bolsa con delicadeza en el suelo. Ambos sabíamos que ese pequeño gesto había supuesto un gran esfuerzo para mí. La atmósfera era tan intensa que el corazón me martilleaba contra el pecho con golpes secos. Mis ojos se dirigieron hacia sus labios entreabiertos y me quedé hipnotizada cuando se inclinó dispuesto a besarme. Su nariz rozó la mía y cerré los párpados para soportar mejor su acercamiento lento y tortuoso. De pronto, me vi catapultada contra su pecho y sus brazos me rodearon por completo.

—Elena —murmuró aliviado.

Algo se revolvió en mi interior, levanté los brazos y le rodeé la cintura con suavidad. Él correspondió a mi movimiento estrechándome con fuerza.

Al separarnos, Marcos sonreía tanto que tuve la sensación de que era la primera vez que lo veía tan contento. Justo cuando estaba pensando en ponerme de puntillas para besarlo, sonó el timbre y rompió el momento.

Esperé al repartidor al lado de la puerta, pagué y giré sobre los talones sosteniendo la caja de pizza. Marcos estaba de pie en mitad del salón, con las manos dentro de los bolsillos.

—¿Pizza? —pregunté engullendo todos mis temores.

Asintió y relajó los hombros.

—¿Qué llevo? —Marcos me siguió a la cocina.

Le di las servilletas y los vasos.

Sacudí la cabeza cuando tomó asiento en el sofá.

«Respira. Solo es un trozo de pizza. No te va a comer».

Conté mentalmente hasta diez antes de salir.

—La pizza cuatro quesos es tu favorita, ¿verdad? —preguntó antes de coger mi plato para servir un par de porciones.

Asentí. No sabía por qué él lo sabía, pero supongo que por la misma razón que yo sabía que él cogía mal el bolígrafo y le repugnaba el brócoli. Datos que es inevitable saber cuando te conoces desde hace diez años, supongo. O quizá era que nos habíamos fijado el uno en el otro.

Le dio un bocado a su porción y me tensé al recordar la sensación de sus dientes mordiendo mi cuello. Estaba convirtiéndome en una absoluta depravada.

«Elena, contrólate. Parece que jamás en tu vida te hayas acostado con alguien».

Necesitaba distraerme antes de dejar que mis pensamientos viajaran más allá de lo permitido para mi cordura. No quería terminar en la butaca de un terapeuta comiendo helado de chocolate a paladas y mordiéndome las uñas compulsivamente por exceso de deseo.

Casi sin darme cuenta, me sorprendí teniendo una conversación civilizada con él. Estuve tentada un par de veces de preguntarle por su hermana, pero decidí que era mejor dejarle sacar el tema si quería.

—¿Qué día terminas los exámenes?

—El próximo viernes. —Me puse a recoger la mesa sin mirarlo—. ¿Quieres algo de postre?

—Espera, te ayudo. —Su mano rozó la mía cuando fuimos a coger la caja vacía de pizza, y sentí la corriente fluir desde la muñeca hasta el corazón.

—Tranquilo, no hace falta —contesté apartándome de su contacto.

No me hizo caso y recogió el resto de las cosas. La cocina empequeñecía cuando Marcos estaba dentro.

—¿Quieres helado? —pregunté por encima del hombro mientras abría el congelador.

—Vale —aceptó.

—¿Chocolate, *brownie*, chocolate blanco, mango o arándanos?

—Lo mismo que tú.

—Siéntate, ahora lo llevo.

Marcos desapareció y pude volver a respirar con normalidad.

Coloqué una bola de helado de *brownie* y una de chocolate blanco en cada bol y espolvoreé virutas de chocolate por encima. Volví al salón y le tendí el recipiente azul celeste. Me senté en el sofá y subí las piernas.

Marcos gimió cuando se llevó la cuchara a la boca y yo casi me atraganté ante el sonido tan sexy. Me reprendí mentalmente. No podía empezar a pensar en él de esa manera otra vez. ¿Qué quería?, ¿terminar con él en la cama?

«Sí».

—No —solté en voz alta.

—¿Qué?

—Nada.

—Esto está buenísimo. —Se chupó el labio y, por una fracción de segundo, deseé ser yo quien lo hiciera.

Cuando terminamos, él bostezó y yo miré la hora. Me sorprendió ver que eran las once y media, el tiempo se había pasado volando.

—Debería irme. Supongo que querrás dormir y yo tengo que madrugar. —Marcos se levantó y se frotó los ojos—. Porque... quieres dormir, ¿verdad?

«Buen intento».

—Sí.

—¿Sola?

Asentí notando que se me contraía el cuerpo. Era mejor así. Todavía estaba abrumada con tanta información y con la cabeza hecha un lío.

—De acuerdo. Sola —murmuró más para sí mismo.

Recogió su bolsa y se dirigió a la puerta. Agarró el pomo y se dio la vuelta indeciso.

—Lo he pasado bien. —Habló con un tono que se me antojó adorable—. Podríamos repetir esto.

—Vale.

«Pero ¿qué haces?».

Le brillaron los ojos al sonreír. Se acercó con una lentitud pasmosa y detuvo la cara cerca de la mía. Tragué saliva con dificultad y escuché el ruido que hizo su bolsa al estrellarse contra el suelo. Colocó la mano al final de mi espalda y yo temblé. Nuestros alientos se mezclaron y, por primera vez, quería tenerlo más cerca.

—Elena... —Su voz sonó tan ronca que me calenté al instante—. ¿Quieres que te bese?

«Sí. Bésame».

—No.

Rozó la piel de mi cuello con la nariz y me mordí el labio para ahogar un gemido.

—¿Segura?

Asentí a duras penas y él se apartó.

—Antes te he dicho que no iba a volver a besarte —recordó mirándome con intensidad—. A menos que me lo pidas o que me beses tú primero.

Un cosquilleo me sacudió y fui consciente de que si no paraba, ya no habría fuerza en el mundo capaz de detenerme.

—Debería irme antes de tentar a la suerte.

Me desinflé como un globo.

—Gracias por la cena. Ha sido agradable desconectar un rato.

—No es nada —comenté restándole importancia.

—Una cosa más, ¿puedes desbloquear mi número? Me gustaría poder escribirte.

Asentí avergonzada.

Marcos me besó la mejilla y me guiñó un ojo antes de cerrar la puerta detrás de él. Y yo me quedé ahí plantada y agitada por lo que casi acababa de suceder.

11

Amor a medianoche

Nuestro casi beso me había dejado con ganas de más. Impulsada por el cosquilleo que sentía entre las piernas, eché un vistazo por la mirilla. Marcos se acariciaba la barba incipiente con la mirada perdida. En ese instante perdí el juicio sobre mis actos y mi personalidad B, la lujuriosa, tomó el control para que no tuviera que responsabilizarme de lo que sucediera de ahí en adelante.

Abrí la puerta de un tirón y di una zancada al pasillo. Marcos se volteó desconcertado al tiempo que se abría el ascensor. Sin pensarlo, tiré de su mano hacia el interior de mi casa. El pecho me subía y bajaba a toda velocidad. Él parecía sorprendido por mi arrebato y me miraba con precaución.

—¿Ele...? —Le puse un dedo en los labios y no lo dejé continuar. No quería que se terminara la magia.

Marcos me besó la punta del dedo y me temblaron las piernas al ver el maremoto que se estaba formando en sus ojos. El deseo que sentía era tan brutal que me notaba ligeramente mareada.

—Deja de mirarme así —masculló él entre dientes.

—¿Así cómo? —Intenté sonar inocente.

—Como si te murieras por que te quitara la ropa y te lo hiciera aquí mismo, en el suelo, al lado de la puerta.

Me sacudió un latigazo de deseo tan fuerte que tuve que apoyarme contra la pared. Marcos colocó sus manos a ambos lados de mi cabeza y se inclinó.

—¿Es eso lo que quieres? —susurró en mi oreja.

En lugar de responder eché la cabeza hacia atrás para darle un mejor acceso a mi cuello. Me mordió el pulso y yo exhalé un jadeo cuando lamió la zona donde había clavado los dientes.

—Vamos, Elena, lo estás deseando. Solo tienes que pedirme que te bese y lo haré.

—No pienso pedirte nada —resoplé con la voz entrecortada.

Su cara estaba a centímetros de la mía.

—Entonces, tendrás que besarme tú a mí. —La necesidad de su voz acrecentó las ganas de sentirlo más cerca.

Le mordí la mandíbula y él soltó el aire que estaba reteniendo y arrastró las manos hasta mi cintura.

Le eché los brazos al cuello y enredé los dedos en el pelo de su nuca. A cambio, él me apretujó más contra la pared. Lo único que se oía en mi pasillo eran nuestras respiraciones agitadas. Su mirada abrasadora sobre mi cuerpo no ayudaba a bajar el calor, que era tan insoportable que la ropa molestaba.

—¿Qué quieres, Elena? —preguntó con esfuerzo.

—No lo sé.

«Mentira como una catedral».

Sí lo sabía, quería que hiciera lo que había dicho minutos antes. Quería que me tirara sobre la alfombra y me hiciera suya allí mismo.

Sin dejar de mirarme a los ojos, metió la mano dentro de mi pantalón y repasó con el dedo índice la costura de mis bragas.

Casi me desmayé cuando retiró la mano.

No pude soportarlo más y, al tirar de su camiseta hacia arriba, la tela crujió bajo mis manos temblorosas. Él aumentó la fuerza del roce de su pelvis contra la mía y yo desabroché el botón de su pantalón con urgencia.

—¿Te gusta así? —Nuestros labios se rozaron cuando habló.

—Me gustaría más dentro —respondí desatada.

—Joder. Si sigues hablando así no vamos a llegar a la habitación.

Sonreí pagada de satisfacción. Me encantaba tener ese poder sobre él.

—¿En serio? —Me encajé un poco más contra él.

—Te voy a follar hasta que te vuelvas loca y tengan que encerrarte, pero primero vas a besarme —declaró cerca de mi oído.

Lo acaricié con lentitud por encima de los vaqueros y hasta ahí llegó su autocontrol.

Marcos me besó como nunca me han besado, llegando a cada rincón de mi boca y haciendo que me estremeciera por completo. Le mordí el labio y sentí un placer inmenso cuando gruñó con desesperación.

—Elena... —Pronunció mi nombre como una advertencia—. Intento contenerme, pero no me lo pones fácil.

—Es que no quiero que te contengas.

—¿Y qué quieres que haga?

—Quiero que me vuelvas loca, quiero que me encierren —contesté repitiendo sus palabras.

Sin mediar palabra, se agachó y me bajó los pantalones tocándome las piernas a su paso. Sin la barrera de los vaqueros, podía sentirlo más cerca, pero seguía sin ser suficiente. Me saqué la camiseta y, antes de que aterrizara en el suelo, tenía a Marcos besándome el pecho por encima del sujetador.

Nos deshicimos con rapidez de la ropa que nos quedaba, me subió al mueble del recibidor y, cuando rozó con la punta de su sexo el mío, justo en ese preciso instante, el sonido del despertador retumbó en las paredes de mi cráneo y me despertó.

—¡No me jodas! —gruñí medio dormida.

Rodé sobre la cama y apagué el despertador con más fuerza de la necesaria. No sabía si estamparlo contra la pared o tirarlo por la ventana. Maldije a mi subconsciente porque estaba segura de que esas imágenes iban a perseguirme el resto del día.

Amanecí más cansada que de costumbre y de un humor de perros. Había dormido poco y mal. Me había acostado cuando Marcos se había ido, pero no había sido capaz de conciliar el sueño. Estaba ocupada reviviendo cada segundo que él había pasado en mi casa. Se me aceleró el pulso al recordar la despedida donde casi nos habíamos besado. Una parte de mí estaba arrepentida de no haberlo hecho y la otra parte estaba decepcionada de que él se hubiera ido sin más. La centésima vez que pensé en cómo habría sido sentir el tacto de su barba en mi piel desnuda dejé de regañarme. Era inútil. Me dormí pensando en él y, como recompensa, tuve un sueño erótico de lo más explícito.

Lo peor de todo era que me había despertado mucho más caliente de lo que me había ido a dormir. Sopesé la posibilidad de autocomplacerme, pero cuando me di cuenta de lo que estaba a punto de hacer, corté de inmediato el rumbo de mis pensamientos.

¿Tocarme pensando en el Indeseable?

«Deberías empezar a llamarlo el Deseable, porque lo deseas bastante».

Me fui directa a darme una ducha helada que me despejara la mente y el cuerpo calenturiento antes de irme a la biblioteca.

La semana de exámenes pasó tan deprisa que cuando me di cuenta era viernes. Deberían darme un premio por haber conseguido estudiar sin desviar en exceso la mente hacia Marcos y por no haberlo llamado en mitad de la noche suplicando su presencia en mi cama. Desde que se había ido de mi casa el domingo, la frustración había aumentado. La idea de tocarme me había tentado en varias ocasiones, aunque rehusé hacerlo pensando en él. En ese momento no sabía la de veces que iba a hacer justo eso que tanto me estaba negando.

Durante la semana habíamos ido escribiéndonos antes de dormir. Era el único momento del día en el que miraba el móvil. En mis ratos de estudio en la biblioteca intentaba mantener el teléfono a buen recaudo para evitar tentaciones.

Cuando salí del último examen, lo único que me apetecía era irme a descansar. Pero había prometido cenar en casa de Carlota para celebrar mi cumpleaños y despedirnos de Blanca, que se marchaba de vacaciones a París al día siguiente.

No tenía ganas de festejar mi cumpleaños. Era el primero que celebraba sola. El año anterior aún estaba mi abuela y lo cierto era que haría lo que fuera por volver a ese momento y poder estar con ella un rato más. Se me hizo un nudo en la garganta y me obligué a pensar en otra cosa. La otra cosa fue, inevitablemente, Marcos.

De camino a casa de Carlota, Blanca y yo paramos en un bar. Tan pronto como mi amiga se apresuró sobre la barra para pedir, yo saqué el móvil del bolso. Algo revoloteó en mi interior al ver el nombre de Marcos en mi pantalla. Sonreí y leí su mensaje:

> Qué tal el examen?
> Te apetece cenar hoy?

La posibilidad de volver a verlo me ponía más alegre de lo que admitía, por lo que me apresuré a contestar:

> El examen bien.
> Hoy no puedo, tengo cena con mis amigas

Su respuesta no se hizo esperar:

> Qué pena!
> Me muero por verte ☹

«Me muero por verte». Mi corazón dio un salto mortal con esas palabras y mientras decidía qué contestar me llegó otro mensaje suyo:

> Pásalo bien, preciosa.
> Nos vemos otro día

Mentiría si dijera que no sentí cosquillas en la tripa cuando me llamó «preciosa».

«Una cosa es mandarle mensajes y otra muy distinta que te mueras por verlo tú también», me fustigué mentalmente.

—¿Por qué sonríes como una idiota? —preguntó Blanca.

—¿Qué? —Levanté la cabeza y me encontré con su mirada curiosa—. Eh, por nada.

—Pues ese nada parece algo. —Blanca dibujó comillas en el aire al pronunciar la última palabra.

El camarero colocó delante de nosotras las dos cervezas y unas aceitunas.

—Sí. Ese algo es que hemos acabado los exámenes y es mi cumpleaños —contesté chocando mi vaso contra el suyo.

Blanca asintió, le dio un largo trago a su vaso y yo la imité.

No solía beber, pero era una ocasión especial. Y, a lo mejor, si me bebía otras cinco cervezas conseguiría aplacar el fuego que Marcos prendía en mi piel.

Estaba claro que la cosa estaba descontrolándose y tenía que decidir qué era lo que de verdad quería.

«Sabes perfectamente lo que quieres. Quieres tirártelo», la voz de mi mente se reía a carcajadas.

Pues sí, era verdad. ¿Y qué? Me lo había imaginado tantas veces que ya convalidaba como película pornográfica.

Eso lo tenía claro, pero luego estaba el hecho de que nos habíamos sacado de quicio un millón de veces y que sentía que me estaba saltando mis principios.

«Eso lo hace más morboso».

Ya sacaría conclusiones al día siguiente. Esa noche no iba a pensar en el tema. Iba a disfrutar de la compañía de mis amigas; necesitaba desconectar o acabaría muriendo por un calentón.

Cuando encendimos la luz del salón de Carlota me encontré con una cuarta parte de la clase.

—¡Sorpresa! —gritaron ocho voces a la vez.

Mientras fulminaba a Blanca con la mirada, entendí que eso explicaba el rodeo que habíamos dado para llegar.

—La culpa es de Amanda. —Se exculpó ella con una enorme sonrisa—. Y teníamos que aprovechar que la familia de Carlota está de viaje.

—No todos los días se cumple un cuarto de siglo, amiga. —Carlota me abrazó y yo la recibí riéndome.

Todo el mundo se me echó encima y casi no me enteré de quién me estaba saludando.

El salón minimalista había mutado en una fiesta de cumpleaños. De las paredes colgaban guirnaldas en las que se podía leer «Felices 25», y había globos por todas partes.

Después de cenar, Blanca y Carlota me arrastraron a la habitación.

—Bueno, como ya sabes, Amanda está de luna de miel. Y pese a que no la conocemos mucho, ella también quería estar presente hoy. —Blanca me tendió su móvil, al que Amanda y Lucas habían mandado un vídeo de felicitación.

Cuando terminé de verlo me sentí un poquito triste. Me habría gustado que mis amigos también hubieran estado aquí.

—Toma. —Carlota sacó una caja de su armario—. Entrega especial de Amanda.

Levanté la tapa y leí la nota escrita a mano:

Ya sé que el negro no es tu color predilecto, pero me ha recordado a ti. Seguro que estarás guapísima.
Feliz cumpleaños, Els.
Te quiere.
Amy.

P. D.: ¡Envíame fotos!

Saqué el vestido de la caja y arrugué el ceño poco convencida. Sin duda, el negro no era mi color. A mí me gustaban los tonos vivos y los patrones florales.

—¡Pruébatelo, bomboncito! —animó Carlota riéndose.

Le hice caso. Cuando terminé de cambiarme, giré sobre mí misma y ellas aplaudieron.

—Estás guapísima. Déjame hacerte una foto —pidió Blanca—. Así se la paso a Amanda para que se quede tranquila.

Después de posar, me acerqué al espejo. Tuve que admitir que mi amiga había elegido bien. El vestido era totalmente de mi estilo, sencillo y llamativo a la vez. Me llegaba a la mitad del muslo, tenía la falda en forma de A, con la cintura entallada, las mangas abullonadas y el escote en forma de corazón.

—Con ese vestido ligas fijo —musitó Carlota.

—No me interesa ligar.

—Pues yo lo necesito. —Blanca hizo un puchero—. Menos mal que mañana me voy a la ciudad de *l'amour* —agregó imitando el acento francés.

—No te preocupes, Blanquita. —Carlota le pasó el brazo por encima del hombro—. Seguro que encuentras un francés con una buena *baguette*.

Las tres nos reímos estruendosamente.

—¡Ojalá! Anda, vámonos al bar ya, que necesito bailotear un poco.

Dos cervezas más tarde estaba lo bastante contenta como para exaltar los lazos de la amistad.

—En serio, Elena, eres mi ejemplo a seguir. —Blanca vociferaba para que la oyera.

—Y tú el mío, Blancanieves.

Las dos soltamos una risotada tonta. Me puse de puntillas para abrazarla. Una característica que tenían en común mis amigas es que todas eran más altas que yo, y aunque Blanca solo me sacaba cuatro centímetros, con los tacones que llevaba la diferencia de altura era más notable.

—¿Os abrazáis sin mí? —Carlota apareció sosteniendo tres botellines—. Con lo que os quiero yo...

Nos entregó las cervezas y nos abrazó.

—¡*Selfie* para Amanda!

Las tres sonreímos a la pantalla de su móvil.

—Venga, ahora sacando la lengua —dijo Blanca.

—Y ahora morritos. —Carlota hizo otra foto.

Mientras bailábamos, vi que detrás de mis amigas una pareja se besaba efusivamente y, sin querer, mi mente vagó hacia Marcos. Quería agarrar su pelo, besarlo, quitarle la ropa y...

Pero ¿qué hacía otra vez pensando en tirármelo?

¡Ay, madre! Si ya lo decía Virginia Woolf: «No hay barrera, cerradura ni cerrojo que puedas imponer a la libertad de mi mente».

«Ostras, Virginia, pues un cerrojo mental me vendría de perlas, y tirar la llave por un acantilado también. Necesito que mi imaginación deje de reproducir el sueño erótico con Marcos».

Las sonrisas achispadas de mis amigas me recordaron que me había propuesto no pensar en él y ya estaba incumpliéndolo. Enfadada conmigo misma, me excusé con ellas y me fui al baño. Seguro que un poco de agua fría en el cuello me ayudaría.

Unas quince canciones después, bailábamos animadamente «Shape of You», de Ed Sheeran, cuando Carlota me abrazó.

—Acaba de entrar un moreno que no te quita ojo —observó tambaleándose.

—Sí, claro. ¿No te estará mirando a ti? —Era difícil de creer que estando juntas alguien fuese a mirarme a mí. No es que yo fuera poca cosa, es que ella era impresionante.

Carlota era como un soplo de aire fresco en mitad de la contaminación de Madrid. Era la típica persona que siempre te arrancaba una sonrisa con sus ocurrencias y que te contagiaba su felicidad. Era mulata, tenía el pelo rizado y unos ojos almendrados preciosos. Blanca siempre decía que nuestra amiga podría ser modelo si quisiera, porque era tan guapa como Berta Vázquez, una de las protagonistas de *Vis a vis*. Yo no había visto esa serie, pero con su más de metro setenta y cinco, sus curvas y su vestido morado ajustado, era imposible no fijarse en ella.

—A mí ahora me van más las tías. Es una historia larga, ya te contaré. —Carlota levantó la mano para que no la interrumpiera—. Pero ese tío es guapísimo. Deberías ir ahí y presentarte.

Medité sus palabras. Quizá no fuera mala idea. Quizá debería ir a hablar con ese moreno para sacarme a Marcos de la cabeza.

Conforme la noche había ido avanzando y el alcohol haciendo mella en mí, no pude evitar pensar en él. Había pasado por todos los estados posibles: rabia al recordar que no me había besado días atrás, tristeza por no saber cuándo lo vería de nuevo, ganas de querer verlo, escribirle y besarlo. Y en ese instante estaba hecha un lío.

Alentada por Carlota, me volteé y se me cayó el alma a los pies al ver que el chico al que se refería era el objeto de mis quebraderos de cabeza.

Marcos me miraba con una expresión indescifrable.

¿Qué hacía allí?

Entré en alerta máxima en cuanto lo vi sortear a las personas en mi dirección. Cuando llegó a mi altura y extendió el brazo para tocarme me escabullí rumbo a la calle. El portero me colocó el sello de rigor en la mano, que me permitía volver a entrar en el local, crucé la calzada y me apoyé contra un árbol. Necesitaba unos minutos a solas para respirar y serenarme antes de volver dentro y encararlo.

Oí pisadas acercándose y recé en mi interior para que pasaran de largo, pero no tuve suerte. Conté mentalmente hasta diez y despegué los párpados.

Marcos estaba increíblemente guapo con el pelo despeina-do, camisa blanca y vaqueros negros.

—Hola —saludó con una sonrisa traviesa—. Estás preciosa.

Mi estómago se dio la vuelta como una tortita en una sartén, y me enfadé por ello. No sabía cómo me había encontrado y eso me mosqueaba. Se me había pasado lo suficiente el contentillo como para saber que me debía una explicación.

—¿Qué haces aquí? —pregunté de malas maneras—. ¿Has usado alguno de tus recursos de abogado para encontrarme?

Me crucé de brazos y lo miré con dureza. Marcos alzó las cejas sorprendido y asintió dolido.

—Sí —afirmó sacándose el móvil del bolsillo—. Este recur-so. —Tecleó algo en su pantalla y, entonces, oí mi voz embriaga-da reproducirse:

«¿Sabes qué? Estoy enfadada contigo. Y mucho. Yo... —ti-tubeé—. Me habría gustado verte esta noche. Y me molesta. Es que no sé qué hago pensando en ti. Estoy de fiesta con mis ami-gas y he venido al baño a enviarte un audio. —Suspiré sonora-mente—. Soy una masoquista. Y no quiero dejarme llevar por-que puedes hacerme daño, y como me lo hagas... Me voy a enfadar muchísimo más. Es que jo... —me lamenté—. ¿Por qué tienes que tener esos ojos tan bonitos? No es justo, no deberías estar bueno. Ya es complicado ignorarte sin que parezcas un modelo, ¿sabes? Eres demasiado guapo —dije arrastrando las palabras—. Me pregunto cómo tus clientes pueden concentrar-se en los juicios, deberías preguntárselo...».

El audio se terminó y comenzó el siguiente:

«Te voy a mandar la ubicación del sitio en el que estoy, por si quieres venir... La verdad es que me encantaría que vinieras a buscarme. Si quieres, claro, y si no quieres... pues mira, me da igual —agregué bruscamente—. Yo qué sé, es que estoy frustrada. Frustradísima. Que eres el Indeseable y estoy pensando en ti, es que eso no es sano. —Hice una pausa larga—. He soñado contigo —confesé mortificada—. El otro día, cuando te fuiste, soñé contigo y fue muy real... íbamos a... a... íbamos a hacerlo, a fo... ya sabes... a follar. Íbamos a follar, pero me desperté, y yo... yo no pienso en otra cosa desde entonces. Hoy querías quedar conmigo, ¿para qué?, ¿para follarme? —Se me escapó una risita—. Follar, qué palabra tan graciosa, ¿no? No sé por qué me da vergüenza decirla. Hoy tengo la lengua muy suelta, tanto que no la siento. Mira, estoy cansada de ser la cría de foca. Estoy cansada de estar alerta. Que yo prefiero ser el tiburón, ¿sabes?».

Por desgracia, se reprodujo un tercer audio:

«Te acabo de mandar la ubicación, espero haberlo hecho bien, pero que hagas lo que quieras, ¿eh? Que a mí me da igual. Yo no voy a pensar más en ti».

Cuando mi voz se apagó, la expresión de Marcos parecía que decía: «¿Y bien?».

—¿Qué esperas que diga? —pregunté furiosa—. ¿Que me avergüenzo?

Él sacudió la cabeza.

—Quiero que me expliques qué es eso de «el Indeseable», las crías de foca y los tiburones. Y, ya de paso —se inclinó en mi dirección—, puedes narrarme con todo lujo de detalles lo que has soñado —propuso en voz baja.

—Eres idiota.

—Y tú eres muy agradable cuando bebes —ironizó.

—¿Sí? Pues eso no parecía importarte en la boda. —Las palabras se escaparon de mis labios antes de que pudiera procesarlas.

—No pienso discutir hoy contigo.

—¿Por qué no?

—Porque ya es más de medianoche y oficialmente es tu cumpleaños —informó mirando su reloj.

«Espera, ¿qué?».

—¿Cómo sabes que es mi cumpleaños?

—Lo sé porque tú misma me lo dijiste una vez, ¿recuerdas?

Me quedé perpleja. No pensé que él fuera a recordar ese momento. Había pasado mucho tiempo.

—Me lo contaste cuando te faltaban tres días para cumplir los dieciséis.

Noté a la perfección que se me encendieron las mejillas.

—¿Por qué recuerdas eso? —cuestioné con un hilo de voz.

—¿Cómo podría olvidarlo?

12

Mi primer beso

9 años antes...

El último día de clase siempre me ponía melancólica. Si por mí fuera, las vacaciones de verano no serían tan largas. Aunque tenía muchos motivos para estar contenta: había sacado matrícula de honor en todo —excepto gimnasia—, terminaba mi etapa como estudiante de la E.S.O., faltaban tres días para mi cumpleaños y esa noche tenía mi primera cita con Álex.

Caminaba de vuelta al salón de actos cargando la caja que el profesor me había mandado buscar. Meses atrás me había apuntado a teatro para perder la timidez y, si la función de esa tarde salía bien, al año siguiente volvería a matricularme.

Faltaban horas para mi primera cita. Había leído que era normal estar nerviosa, pero yo estaba tranquila. Álex iba dos cursos por delante de mí y era el chico más inteligente de su clase.

Nos habíamos conocido nueve meses atrás, en el viaje a Escocia del colegio, y desde entonces pasábamos mucho tiempo juntos estudiando. La semana anterior me había acompañado a casa y me preguntó si esa noche después de la obra quería cenar con él. Según Amanda, lo más probable era que mi cita acabase con un beso, y eso era lo único que me inquietaba un poco.

No tenía experiencia y, pese a que me había documentado en el arte de besar, aún tenía dudas.

Repasé lo que sabía que tenía que hacer: lavarme los dientes, acercarme despacio y entreabrir los labios para construir la atmósfera adecuada, cerrar los ojos para que el cerebro se concentrase en el tacto y las sensaciones, y, por último, besar suavemente a la otra persona. También sabía las emociones físicas que experimentaría por el aumento de la oxitocina, como el incremento del ritmo cardiaco y los nervios.

Hasta ahí bien.

Pero ¿cómo sabría cuál era el momento adecuado para el beso? ¿Y si no había química? ¿Y si besaba mal? ¿Cuándo debía usar la lengua? ¿Sentiría las famosas mariposas? ¿Cuánto debía durar el beso?

Iba tan sumida en mi mundo que ni siquiera oí las pisadas que indicaban que no estaba sola.

—¡Eh! ¡Tú!

Me sobresalté, levanté la mirada y lo vi apostado al final del pasillo, señalándome con el dedo. La única persona por la que se vio mancillado mi impecable historial de conducta parecía estar dirigiéndose a mí. Lo ignoré y seguí caminando. Giré un recodo a la derecha y Marcos me cortó el paso.

—¿Adónde vas tan deprisa?

Intenté sobrepasarlo sin contestar, pero volvió a ponerse delante.

—Eh, que te estoy hablando, niña.

«¿Niña?».

—¿Estás sorda?

—La última vez que me hablaste me expulsaron tres días.

«Y casi perdí la beca», me corté de añadir.

—Así que perdona si no tengo ningún interés en malgastar saliva contigo y volver a pagar el pato —terminé con fiereza.

Marcos arqueó las cejas.

—Venga, por favor, nadie te va a expulsar... —La incredulidad de su mirada se hizo palpable también en su voz—. Si eres un angelito. Casi puedo verte la corona y las alas. —Se dibujó un aro imaginario encima de la cabeza.

Viniendo de otra persona, ese comentario me habría resultado halagador, pero su tono ofensivo me hacía querer rebajarme a su nivel y decirle que yo a él podía verle los cuernos y el tridente del diablo.

Pero no lo hice.

No quería arriesgarme a pelearme con él y que las cosas escalaran lo suficiente como para involucrar a algún profesor. Con el incidente de Escocia al inicio del curso ya tenía el cupo de humillación y decepción cubierto de por vida. Y ya me lo habían dejado claro: si volvía a meterme en líos, podía despedirme de mi beca.

—¿Me dejas pasar, por favor? —pregunté irritada. Él no se movió—. No tengo tiempo para tus tonterías. ¿Por qué no te vas con tu novia? Seguro que te echa de menos.

—Claudia no es mi novia.

—Chica lista. —Le hice una mueca.

Traté de esquivarlo por la derecha, pero se colocó en mitad de mi camino. Resoplé fastidiada y Marcos me miró con ojos escrutadores.

—¿Vas a acostarte con Moliner?

—¿Disculpa? —pregunté sorprendida.

—Me has oído perfectamente.

Se me tensaron los hombros por su atrevimiento.

—¿A ti qué te importa?

—Es lo que él va fanfarroneando por ahí, simplemente quería saber si era verdad.

—Lo que hagamos Álex y yo no es de tu incumbencia.

—¿Álex y tú? —Soltó una carcajada—. Ese tío...

—No me interesa tu opinión. —Lo corté, pero, por supuesto, me la dio de todos modos:

—Ese gilipollas lo único que quiere es meterte la mano debajo de la falda.

—¡Eso es mentira! —contesté herida.

—Y si no te has dado cuenta es que eres más tonta de lo que creía. Pasas tanto tiempo encerrada en la biblioteca que no te enteras de nada.

Enrojecí de los pies a la cabeza. Quería mandarlo a paseo, pero estaba tan avergonzada que no encontraba palabras.

—Vaya, ¿no me digas que creías que iríais a cenar en carruaje y que te devolvería intacta a las doce? —se burló—. Despierta ya, princesita; ese cerdo solo quiere acostarse contigo.

—Pues a lo mejor es lo que quiero yo también —repuse rabiosa.

—Pero ¿qué dices? —Marcos me miró estupefacto, parecía que le costaba asimilar mis palabras—. Eres una cría.

—No lo soy. En tres días cumpliré dieciséis.

—Sí que lo eres. Por favor, si te has puesto como un tomate en cuanto te he dicho que solo quiere acostarse contigo —ironizó.

Ese comentario fue la gota que colmó el vaso de mi paciencia.

Así que fui a darle donde más le dolía. La rivalidad de Marcos y Álex era un secreto a voces.

—A ti lo que te pasa es que le tienes envidia —Marcos soltó una carcajada cruel— porque saca mejores notas que tú.

—Más quisiera.

—Bueno, este año hemos ido a la olimpiada matemática Álex y yo. Y tú no. —Se puso serio y la rabia hizo acto de presencia tras sus pupilas—. ¿Lo ves? Eres patético.

Tragué saliva y me obligué a sostenerle la mirada con firmeza. No iba a dejar que me intimidase nunca más.

—No tienes ni puta idea de lo que dices. —Marcos habló en voz baja, con la mandíbula apretada y casi sin despegar los dientes, haciendo que entenderlo fuese casi imposible.

—¿Cómo dices?

—Que para ser una sabelotodo a veces no te enteras de nada.

Sin más preámbulos, se inclinó en mi dirección y me besó.

En cuanto sus labios rozaron los míos, se me cayó la caja al suelo y algo me estrujó las tripas. Esa sensación me recordó a la que experimenté instantes antes de los sesenta y tres metros de caída libre de la lanzadera del Parque de Atracciones.

Vértigo y adrenalina. Todo a la vez.

Marcos cerró los ojos y, cuando me dio el segundo beso, hice lo mismo. Me acarició el rostro desde la sien hasta la barbilla. Ese roce hizo que sintiera un extraño hormigueo y que le devolviera el beso con torpeza.

Compartimos un par de picos vergonzosos, pero cuando entreabrí los labios y noté su aliento cálido, se me agitó la respiración. Estaba tan nerviosa que, al inclinar la cabeza hacia un lado, le puse tanto ímpetu al movimiento que choqué mi nariz contra la suya. Cuando Marcos sacó la lengua y acarició con ella mi labio inferior, el resto del mundo desapareció.

Mi lengua cobró vida propia y buscó la suya con timidez. El corazón comenzó a martillearme contra el pecho a toda velocidad, como el de un colibrí.

¿Cómo era posible que me sintiera eufórica? ¿Y cómo sabía qué hacer si nunca había besado a nadie?

Acababa de descubrir que Marcos no tenía la lengua bífida, como siempre había creído. Y, lo peor, que me gustaba el roce de su lengua contra la mía.

Lo oí apartar la caja con el pie.

En ese momento, no me importaba que la persona a la que estaba unida fuese la que peor me caía del colegio. Guiada por mi instinto, le eché los brazos al cuello y lo atraje hacia mí. Él se puso rígido y dio un paso hacia atrás. Lo seguí sin separarme de su boca y continué besándolo hasta que sujetó mis muñecas y rompió el beso.

—Joder —murmuró estabilizándose.

Marcos tenía los labios enrojecidos y las pupilas tan dilatadas que casi no veía el azul de sus ojos. Su respiración parecía igual de acelerada que la mía.

—No deberías. —Me besó la mejilla—. Mirarme. —Apretó los labios contra mi barbilla—. Así —musitó antes de depositar un beso en mis labios.

—¿Así cómo? —pregunté cohibida.

—Como si quisieras volver a besarme —habló directamente en mi oído.

—Yo no te he besado. Me has besado tú a mí.

Lo oí reírse y, por primera vez en la vida, sentí una chispita. «Ay, ¿qué ha sido eso?».

Había leído que experimentaría sensaciones agradables, pero nadie me había dicho que un millón de fuegos artificiales explotarían dentro de mi pecho. Y eso hizo que lo besara otra vez.

Volví a entrelazar los brazos alrededor de su cuello y cuando noté sus dedos en la curva de la cintura, le mordí el labio inferior.

—No hagas eso.

—¿Por qué? —Me quedé desconcertada—. Amanda me puso una película donde la chica lo hacía y al chico le gustaba.

Marcos suspiró y no contestó. La calidez abandonó sus ojos dejando paso al hielo de las profundidades azules.

—¿He hecho algo mal? —pregunté herida—. ¿No te ha gustado?

—El único que ha hecho algo mal soy yo. No tendría que haberte besado. —Curvó el labio con una expresión amarga y se revolvió el pelo incómodo.

«Se ha dado cuenta de que ha besado a la empollona y se arrepiente».

—¿Qué?

Me quedé atónita.

—Lo que quería decir es que no tendría que haberte besado así —explicó señalándome.

—Entonces, ¿por qué lo has hecho? ¿Para reírte de mí?

—Joder, no te pongas así —me pidió—. Solo he dicho que no tendría que haberte besado de esa manera tan poco apropiada. Apuesto a que nunca te han besado así. —Terminó con expresión de superioridad.

—Pues no lo sé. No puedo comparar. —Desvié la mirada violentada y me crucé de brazos.

—¿Cómo que no puedes comparar?

Volví a centrar la vista en él sin contestar. Se había quedado perplejo y más pálido de lo normal.

—¿Qué? —Tragó saliva duramente—. Joder. No. No es verdad. Tú. —Me apuntó con el dedo—. Nunca. Has... Quiero decir... nunca... nadie.

Negué con la cabeza.

—Joder, lo siento —se disculpó.

«¿Me pide perdón por besarme?».

No tenía mucha experiencia en esos temas, pero algo me decía que disculparse después de besar a alguien no era lo que se suponía que debía pasar.

Antes de que me diese tiempo a pensar nada más, Marcos me agarró la cara y me besó otra vez. Ese beso fue más corto y, aunque me parecía un idiota, sentí sus labios sobre los míos tan suaves como un algodón de azúcar.

Todo había ido bien, pero, como cada vez que abría la boca, lo estropeó:

—Considéralo mi regalo de cumpleaños, cerebrito. Ahora vuelve a odiarme, ya tienes otra razón más. —Su tono volvía a ser agrio—. Te he robado tu momento especial que, supongo, estabas guardando para el descerebrado de Moliner.

—Deja de insultarlo.

—Bueno, ahora si ese gilipollas llega a besarte será en mí en quien pienses.

—Pero ¿qué dices? —Arrugué las cejas—. No voy a pensar en ti. A mí me gusta Álex —aseguré tratando de sonar convincente.

Su boca se endureció ante mi tono mordaz. Se echó hacia atrás y me miró con una mueca burlona. Todas esas sensaciones bonitas que había experimentado se esfumaron.

—No te creo.

—Me da igual.

—Esta noche, en mitad de vuestra cita, cuéntale que yo te he besado antes que él.

—Eres...

—¿Crees que podrías grabar su reacción? —Me interrumpió—. Pagaría por ver su cara. Veamos quién es el patético ahora —añadió con una mueca triunfal.

«¿Qué?».

Abrí los ojos horrorizada.

Lo que había dicho significaba que...

—¿Me has besado solo por hacerlo antes que Álex? —pregunté con un hilo de voz.

Me había robado mi primer beso. Y lo había hecho solo por quedar por encima de otra persona.

—Has sido un daño colateral. —Se encogió de hombros. La sonrisa de suficiencia seguía presente en su cara.

«¿Un daño colateral?».

No.

No lo había sido.

Él creía que con el beso había fastidiado a Álex, pero a mí acababa de hacerme sentir la chica más estúpida de la tierra.

Me había robado mi «momento» y todo lo que ello conllevaba. Lo que yo había sentido... nunca sabría si había sido por el primer beso en sí o porque lo había compartido con él. Y la segunda parte, solo de pensarla, me daba escalofríos.

Ya nunca tendría otro primer beso y él acababa de mancillar el recuerdo para siempre. Nunca podría compartir la historia con nadie. Ni siquiera con Amanda o con mi madre. ¿Qué iba a decirles? ¿Que me había dejado besar por el chico que no soportaba? ¿Que había sentido algo que no entendía y que él se había reído de mí?

El hielo de su mirada de indiferencia hizo que la sensación agradable que había experimentado en mi interior se enfriase. Estaba helada y eso no tenía sentido porque estábamos en pleno junio.

—No te lo tomes tan a pecho. No es para tanto —añadió.

«¿No es para tanto? ¿Mi primer beso?».

Apreté los labios. La humillación que sentía se adueñó de mi lengua:

—Te odio.

—¿Sí? Igual necesitas demostrarme otra vez lo mucho que me odias, santurrona —dijo dando un paso en mi dirección.

—No vuelvas a acercarte a mí jamás. —Retrocedí.

—No tienes que preocuparte por eso. Hoy es mi último día en el colegio, me marcho a la universidad. Voy a estudiar fuera.

—Me da igual adónde te vayas —contesté encogiéndome de hombros.

—Después del beso que acabas de darme, lo dudo.

Lo que me hizo sentir peor fue que tuviera razón. Sus palabras hirientes encerraban la verdad de que nuestro beso me había gustado. Que me hubiera pillado me hacía sentir vulnerable y estúpida por haber creído que había significado algo también para él, cuando no había sido más que otra artimaña para joderme a mí, o a Álex. O a los dos. No. Yo no había sido un daño colateral, yo había terminado siendo el objetivo de su ataque.

—¡Que te den! —Fue el único comentario ofensivo que se me ocurrió en ese momento.

No sabía dónde se iba a estudiar Marcos, pero esperaba que fuese como mínimo a Australia. Cuanto más lejos estuviese, mejor.

Antes de darle tiempo a contestar, recogí la caja del suelo y salí de allí a toda prisa.

—Cuídate, empollona —alcancé a oír mientras me alejaba—. Y no me eches mucho de menos.

Lo único peor que ese desafortunado encuentro sería que alguien se enterase. Porque, después de todo, había una cosa peor que la humillación. Ya lo había aprendido en Escocia gracias a él, y eso era la HUMILLACIÓN PÚBLICA.

13

Con derecho a roce

«¿Cómo podría olvidarlo?».

Una pregunta. Tres palabras. Y mi mundo terminó de ponerse del revés.

Marcos esperaba que yo dijera algo, pero todavía estaba asimilando el salto de trampolín que acababa de dar mi corazón. Porque no era la pregunta, era todo lo que iba implícito a su alrededor.

La vergüenza que había sentido al escucharme hablar en los audios con la lengua enredada y la risa tonta había dejado paso a la perplejidad.

No tenía sentido que Marcos se acordase de nuestro primer beso. Yo lo recordaba porque fue el primero, con los primeros nervios, las primeras dudas y el primer cosquilleo en la tripa. Siempre había estado convencida de que lo había hecho para joder a Álex y me había llevado a mí por delante. Ese beso para él no había significado nada, mientras que yo me sentí como una estúpida durante semanas. Él se había largado y yo me había quedado dolida y viendo que esa humillación que sentía se transformaba en rencor. Eso era lo que había pasado y los dos lo teníamos claro. Pero ahora, mientras me miraba como si fuese el cachorro de dálmata más bonito del mundo, me entraron las dudas. La determinación de sus ojos me decía que él recordaba ese momento tan bien como yo. Una vez más, me enfadé sola porque en mis planes no estaba enrollarme con un tío y perder el foco de mi objetivo de estudios y prácticas.

Pero aquello ya estaba fuera de mi control.

—Feliz cumpleaños. —Me besó la mejilla—. Me encantaría felicitarte como es debido, pero te dije que no volvería a besarte.

El rostro se me contrajo en una mueca de disgusto.

—¿Por qué pones esa cara? —Me colocó un mechón de pelo detrás de la oreja y me estremecí—. Ya sabes que solo tienes que pedírmelo y yo te besaré hasta que te apartes para respirar.

«Ay, madre».

Cogí aire y traté de pensar una respuesta coherente con la que no fuese a temblarme la voz. No me dio tiempo a saber qué pasaría a continuación porque alguien que gritaba mi nombre nos interrumpió.

—¡Elena, por fin te encuentro! ¡Tú, desconocido guapo! —Blanca señaló a Marcos—. Ahora no puede atenderte.

Mi amiga llegó a nuestra altura con los ojos vidriosos y una sonrisa risueña.

—Elenita, ¡que ya es tu cumple! —Me abrazó patosamente y me tiró de las orejas—. ¡Felicidades!

Después, se giró hacia Marcos y se subió las gafas de ver para observarlo con descaro.

—¿Quién eres? —preguntó con interés.

—Soy Marcos.

Blanca asintió un par de veces antes de hablar:

—Verás, Marquitos, es el cumpleaños de mi amiga. Entiendo que quieras ligar con ella, pero tendrá que ser otro día. Estamos celebrando su cumple —repitió para asegurarse de que él captaba el mensaje de que no pintaba nada con nosotras.

—Lo sé.

—¿Lo sabe? —Blanca me miró interrogante—. ¿Lo has invitado tú?

Asentí.

—No sabía que tuvieras ningún amigo que se llamase así.

—Pues ya ves —repuse nerviosa.

—¡Un momento! —Blanca se acercó para susurrarme al oído—. ¿Es el amigo de Amanda? ¿El Indeseable? —Continuó elevando el tono y yo volví a asentir—. ¡Hostia, Elena, no me habías dicho que Voldemort está bueno!

«¡Será bocazas!».

Miré a Marcos con cara de disculpa y vi que él luchaba por contener la sonrisa.

—Blanca, ¿podemos hablar luego, por favor? —pedí avergonzada.

—No. Carlota está esperando a que entres para pedirle al DJ la canción de Parchís. Así que, ¡vamos! —Me agarró del brazo y tiró.

—¿Puedes adelantarte? —Le supliqué con la mirada—. Voy en un minuto, te lo prometo.

Blanca resopló poco convencida, pero se fue. Cuando entró en la discoteca me giré para encarar a Marcos con las manos entrelazadas y los nervios haciéndome cosquillas en la garganta.

—¿Voldemort? —Subió las cejas—. La comparación ofende. Salta a la vista que yo soy más guapo.

Contesté con otra pregunta:

—¿Te quedas?

En cuanto pusimos un pie en la discoteca, Carlota se abalanzó sobre mí para felicitarme, seguida de Bruno y el resto de nuestros compañeros: Santi, Clara, Lola, Judit y Rocío. Cuando conseguí zafarme de todos los brazos, besos y tirones de orejas, les presenté a Marcos. Al instante sentí la mirada de Carlota taladrándome la nuca.

—He intentado pedirle al DJ la canción de Parchís, pero me ha dicho que no. —Blanca estaba indignada—. Se lo había prometido a Amanda.

—Mejor. —Suspiré aliviada—. Y no te preocupes, que le diré que me la has puesto tres veces.

En ese momento, apareció Bruno.

—Para la cumpleañera —dijo colocándome una cerveza en la mano—. Y para el recién llegado. —Le entregó otra a Marcos.

Bruno y Santi integraron rápidamente a Marcos en su conversación. Le preguntaron a qué se dedicaba y, antes de que pudiera oír su respuesta, Carlota tiró de mí hacia el centro de la pista.

—Así que... el moreno te buscaba a ti —dijo en tono jocoso—. ¿No decías que no te interesaba ligar?

Me encogí de hombros y ella ladeó la cabeza.

—¿Qué es eso de que ahora te van más las tías? —pregunté.

Carlota me imitó y se encogió de hombros.

—Es un amigo del colegio —claudiqué—. Le he mandado la ubicación hace un rato.

—¿Le mandas la ubicación a un amigo del colegio, por la noche, mientras vas borracha? —Carlota me miró con malicia—. ¿A quién quieres engañar?

—Es un amigo. En serio.

—¿Con derecho a roce?

Me ruboricé y ella lo entendió. Me cogió de la mano y me hizo girar sobre mí misma en un movimiento descompasado de la música.

—Creo que no debería entretenerte más.

Me guio bailando hasta donde estaba el resto y, cuando estuvimos cerca, me dio un ligero empujón. Me choqué contra Marcos y él me sujetó por el codo, que me quemaba como si tuviera pegado un hierro incandescente.

—Eres muy madura —le reproché mirándola mal por encima del hombro.

—De nada —contestó lanzándome un beso al aire.

Me volví y alcé el rostro para verle la cara.

—Perdón.

—No tienes que disculparte. —Marcos se agachó hasta quedar a la altura de mi oído—. Me gusta sentirte contra mí.

«Uf, ¿desde cuándo su voz había dejado de parecerme desagradable, para convertirse en el sonido más sexy del mundo?». Di un paso atrás para apartarme de él y su magnetismo, y le di un sorbito a la cerveza.

—¿Sabes qué? —preguntó recortando la distancia que nos separaba—. Me muero por besarte.

De manera inconsciente me acerqué un poco más a él deseando que lo hiciera. Y él volvió a hablarme al oído muy despacio:

—Aquí, en mitad de esta discoteca. O en el baño. O en la calle. O en tu portal. En todos los lugares y en todas las partes de tu cuerpo.

Me mordí el labio.

Necesitaba respirar otra cosa que no fuera su colonia, que se me había metido hasta el cerebro y me nublaba el juicio. Acalorada, giré sobre los talones y me dirigí al baño.

«Respira. Puedes hacerlo. Solo te está provocando», me repetía mientras me miraba al espejo.

Me mojé el cuello con un poco de agua para tratar de apaciguar el calor que no me dejaba pensar en otra cosa.

Sin duda, iba a ser una noche eterna.

Blanca me interceptó cuando salí de los servicios y me obligó a acompañarla a la cabina del DJ. Le dio tal sermón al chico que consiguió que introdujera en la lista las cinco canciones que quería. La convencí de quedarnos bailando ahí, lejos de Marcos, a cambio de mi cerveza.

Mi amiga cantaba a voz en grito uno de los temas que había pedido, «Con calma», de Daddy Yankee, mientras yo me reía.

Blanca borracha era puro teatro. Su vestido blanco de tirantes ondeaba al compás de sus movimientos. Estaba guapísima. Mientras bailábamos pasó por debajo de mi brazo girando sobre sí misma. La imité y mis ojos se toparon con los de Marcos.

—Si sigue mirándote así, te va a desgastar —dijo Blanca—. Si no me hubieras contado todas vuestras movidas, diría que le gustas. Bueno, y sin que me digas nada. Se ha presentado aquí, sin conocer a nadie, solo porque le has pedido que venga. Vamos, está más claro que el vodka que me acabo de beber.

La miré sin decir nada.

—Elena, ¿a ti te gusta?

Me mordí el labio mientras pensaba qué contestar. Era cierto que me atraía, pero seguía hecha un lío.

—Creo que es guapo —confesé.

—No te he preguntado eso. Te he preguntado si te gusta.

Cogí aire antes de decir en voz alta la palabra que me sentenciaría a cadena perpetua:

—Sí.

—¿Quieres tirártelo?

Asentí un par de veces.

—Entonces, ¿cuál es el problema?

—Pues que nunca nos hemos soportado.

—Ya sabes lo que dice el refrán: «Amores reñidos son los más queridos».

—Blanca, no digas tonterías.

—Vamos a ver, el chico te gusta. Y está claro que él va a hacer cualquier cosa que le pidas. ¿Que habéis tenido vuestras movidas en el pasado? Sí. Pero creo que todos tus problemas se acabarían si te acostases con él. Son todo ventajas: dejarías de estar tensa, pararías de darle vueltas y disfrutarías un rato. —Con cada razón que me daba fue levantando un dedo hasta tener tres en alto—. Lo mismo es malo en la cama y no te apetece repetir. Y si es bueno, pues eso que te llevas por delante. —Le entró la risa tonta—. ¿Cómo se te pasa la sed? Bebiendo, ¿no? Pues esto es lo mismo. ¿Cómo se te pasarán las ganas? —La pregunta era retórica porque ella continuó—: Tirándotelo. Así que, ya sabes, bebe y sigue con tu vida.

No me dio tiempo a sopesar su idea porque apareció Carlota.

—Otra copa para Blanca, que ya se ha acabado la suya. —Carlota reemplazó el vaso vacío de mi amiga por uno relleno.

—No, joder, Carlota que aquí dan garrafón y mañana tengo que coger un avión —se quejó ella—. Me va a tocar ir al aeropuerto como las famosas, con gafas de sol gigantes y gorra, para ocultarle a la prensa mi cara demacrada.

Carlota la ignoró y se dirigió a mí:

—Le estás echando un polvo tan bestia con los ojos que es incómodo veros.

Le dediqué una mirada de advertencia. Como diría Blanca, «El horno no está para bollos», y lo entendió.

Mis amigas se pusieron a cuchichear y aproveché su distracción para buscar a Marcos entre la gente. Charlaba con Bruno al final de la barra. Para entonces, el resto de mis compañeros se habían ido y solo quedábamos nosotros cinco. Mi amigo debía de haber dicho algo divertido, porque Marcos se estaba desternillando. Un escalofrío me recorrió la columna vertebral; pese a la oscuridad podía divisar su sonrisa perfecta. Cuando me pilló mirándolo, aparté la vista. Vi horrorizada que Blanca les hacía gestos con la mano para que se acercasen. Bruno se situó entre mis amigas y Marcos a mi izquierda.

Mis amigos procedieron a la entrega de regalos: una taza con una foto de mi gata, donde podía leerse «Madre orgullosa», y una camiseta en la que salía una caricatura de un aguacate con cara de gato. Ambas cosas me encantaron.

Blanca y Carlota se fueron al ropero a dejar la bolsa con los regalos; Bruno, a pedir otra cerveza, y yo me quedé sola con Marcos.

—¿Vas a contarme ya tu sueño? —preguntó.

Me agarró la cintura y me arrastró con él hasta ocultarnos detrás de una columna. Estábamos tan cerca que si me movía un par de centímetros podría besarlo.

—Estoy deseando saber lo que pasaba. —Su aliento rozó mi cara y me puse tan roja como una fresa.

—¿Puedes parar?

—¿Es que te pongo nerviosa?

Resoplé con fuerza y eso pareció divertirlo.

—Yo también tengo un regalo para ti. Estoy deseando dártelo.

Hice todo lo posible por no estremecerme por su comentario. Me aparté justo en el momento en el que regresaron mis amigas y me refugié en ellas.

Conforme pasó la noche mi paciencia fue diluyéndose como un azucarillo en un café. Marcos no desaprovechó ni una oportunidad de rozarme o susurrarme cosas al oído que hacían que mi voluntad de hierro flaquease.

Todo habría ido bien si no hubiese sonado esa canción, pero

cuando «Besos», de El Canto del Loco, comenzó a reproducirse a todo volumen, yo ya estaba al límite de mis fuerzas.

—La he pedido yo —informó Blanca orgullosa.

—¿Por qué has hecho eso? —preguntó Carlota extrañada—. Es viejísima.

—Quería una canción que hablase de mis necesidades —contestó ella—. Y gracias que no he pedido «Noche de sexo».

Notaba las vibraciones de la música retumbando en las paredes del bar y en las de mi corazón.

—¡Y eso es lo que quiero, besos, todas las mañanas me despierten besos! —chillaban ellas mientras se chocaban y reían.

Sentí los ojos de Marcos abrasándome la piel. Él atendía a lo que le decía Bruno sin dejar de mirarme. Era como si fuera él quien estuviera cantándome esa canción, como si estuviera diciéndome que eso era lo que más deseaba en el mundo, atrayéndome hacia él como el flautista de Hamelin.

Quizá Blanca tuviera razón y aquello fuera algo tan básico como beber agua cuando tienes sed. Podría coger lo que necesitaba de él y seguir con mi vida. A lo mejor si me dejaba llevar podría volver a centrar la cabeza donde debía y mis neuronas volverían a funcionar con normalidad. O quizá acostarme con él podría convertirse en el peor error de mi vida si terminaba herida.

En algún punto había perdido el foco. Ya no me peleaba con él, ahora peleaba contra mí misma. Casi podía escuchar al angelito en mi hombro derecho y al demonio en el izquierdo discutiendo entre ellos y advirtiéndome de las consecuencias.

—Tíratelo, tíratelo —susurraba uno.

—¡No lo hagas! ¡Nos dejará tiradas! Si juegas con el diablo, te quemarás —contestaba el otro.

—¿Qué más da eso? Ya estamos ardiendo. Vamos, ve ahí, quítale el tridente, súbete encima de él y tíratelo en su trono. Déjate llevar.

—No sucumbas a la tentación. Seguro que se acostará contigo y luego te dirá: Y, tú... ¿te llamabas...?

Mis ojos se encontraron con los de Marcos, que me observaba con intensidad. Tragué saliva. Casi podía verlo recostado en su trono, sin camiseta, sujetando su tridente y con una sonrisa ladeada que parecía decir: «Vamos, ven aquí, lo estás deseando».

Uf.

¿Me estaba encariñando del diablo?

«Te acostarías con él aunque tuviera cuernos y la piel roja, asúmelo».

Y las llamas me absorbieron.

Me imaginé besándolo allí mismo, delante de toda la discoteca. Y no un beso discreto. No. Un morreo de esos que te dejan temblando con ganas de más. Y, entonces, dejé de bailar.

No podía culpar a la bebida de lo que estaba a punto de hacer, ya que para ese momento se me había pasado el contentillo. Resuelta, me di la vuelta y me despedí de mis amigas.

—Venga, Elena, que es tu cumple y hemos terminado los exámenes —insistió Carlota.

—No vamos a dejar que te vayas sola. —Blanca sacudió la cabeza.

—No voy a irme sola.

Ellas se miraron y se rieron como locas.

—Vamos, que vas a llevarte a ese tío al huerto. Nos lo puedes decir —se jactó Carlota.

—¿Podéis ser más infantiles? —pregunté.

—Avísanos cuando llegues.

—Vale.

—Y acaba con él —añadió Blanca—. O que acabe él contigo. Lo que prefieras.

No tenía claro qué iba a hacer, pero no tenía ganas de pararme a pensarlo dos veces.

Marcos se encontró con mi mirada febril mientras bebía de su cerveza.

—Bruno, te llaman las chicas. Han pedido no sé qué canción —expresé al llegar a su altura.

Él asintió y se abrió paso hacia donde se encontraban mis amigas.

—¿Me acompañas a casa? —pregunté tragándome mis miedos.

—¿Qué? —Marcos se señaló el oído para indicarme que no me entendía por el volumen de la música.

Los últimos acordes de «Besos» se apagaban cuando se agachó para oírme mejor.

—¿Me acompañas a casa? —repetí.

Marcos se incorporó con una sonrisa petulante en el rostro, le dio un trago a su cerveza y la dejó vacía sobre la barra. Después me agarró de la cintura y casi me desmayé.

—¿Me cuentas tu sueño?

—No.

—Venga, cuéntamelo.

—Que no. ¿Me acompañas o no?

—¿Tan pervertido es que no se puede decir en voz alta?

Tragué saliva y no le contesté. ¿Qué iba a decirle? ¿Que había fantaseado con que me lo hacía sobre la alfombra? ¿Contra la puerta de mi casa? ¿En el sofá?

—Acompáñame a casa —ordené perdiendo la paciencia.

—Me parece que te gusta demasiado lo de dar órdenes. ¿Eso es lo que hacías? ¿Me ordenabas que te hiciera cosas sórdidas? —Se humedeció los labios y eso captó toda mi atención—. Vas de niña que no ha roto un plato en su vida y en el fondo eres una pervertida.

«Suficiente».

Adiós a mi matrícula de honor en autocontrol.

Lo cogí la mano y, sin darle tiempo a reaccionar, tiré de él hacia la calle dispuesta a terminar lo que habíamos empezado en la boda de Amanda y Lucas.

Mis pisadas resonaban en la calle desierta.

—¿Qué te pasa?

—¿Tú qué crees? —contesté furibunda—. No puedes venir diciendo esas cosas como si nada.

—¿Por qué no?

—¡Pues porque no! Llevo años pensando que te dio igual lo que pasó en el instituto y ahora vienes a decirme otra cosa.

Marcos se paró en seco, lo que me forzó a detener los pasos a mí también. Lo único coherente en lo que era capaz de pensar era en que me ardían los dedos al tenerlos entrelazados con los suyos. Y me fastidiaba porque, por mucho que me molestase admitirlo, el contacto me gustaba.

—¿Cómo me va a dar igual nuestro primer beso?

No respondí.

Lo solté y me crucé de brazos. Estaba confundida y cachonda.

—¿Por qué estás tan enfadada?

—Ya te lo he dicho. No puedes venir diciendo esas cosas porque se me llena la cabeza de preguntas y no paro de darles vueltas.

—Y tú sí puedes mandarme esos audios, ¿no? Porque, obviamente, yo no me quedo rayado de cojones con tus idas y venidas: que si ven a verme, que si no vengas, que si paso de ti, que si estoy pensando en follar contigo.

Enrojecí de pies a cabeza, pero eso no hizo que se detuviera.

—Todas esas cosas las has dicho tú solita. Y lo peor de todo es que a mí me da igual lo que me digas con tal de que hables conmigo. Que llevo una semana acostándome como un niño el día antes de Navidad solo porque me das las buenas noches. Y por supuesto que les doy vueltas a las cosas, porque no quiero dar un paso en falso y que vuelvas a esconderte o a bloquearme. Al menos ahora, si te escribo, me contestas, y, si te llamo, me respondes.

—Bésame. —Hablé tan bajito que dudaba que me hubiera oído.

Marcos se tensó y me miró con expresión divida. Los ojos le brillaban de emoción, pero por encima de todo eso había una interrogación enorme.

—¿Me has pedido que te bese?

Asentí sin mirarlo.

—¿Por qué?

—Porque estoy enfadada contigo.

—¿Y puedo saber por qué? —Mientras hablaba se acercó a mí despacio, tratando de contener la sonrisa.

—Pues porque estoy cansada de luchar contra lo inevitable —confesé derrotada—. No me quedan fuerzas para negar la evidencia y no tengo más autocontrol disponible. Estoy harta de pensar en los pros, en los contras y en lo que arriesgo. Te he mandado un audio porque ni cuando estaba con el contento de las cervezas podía dejar de pensar en ti. Y estaba bebiendo justo para dejar de pensar en ti —solté de carrerilla—. Y estoy enfadada porque me da vergüenza comportarme así. Yo soy responsable, estoy centrada en mis estudios, no bebo y no actúo por impulso. Y, sobre todo, porque tú eres tú y yo soy yo, pero es que no puedo más. —Negué con la cabeza—. Me dijiste que no volverías a besarme a menos que yo te lo pidiera y eso es lo que estoy haciendo, así que no sé a qué estás esperando.

—Si te beso no voy a poder detenerme. —Marcos me agarró la cara con ambas manos—. Porque yo tampoco puedo más, Elena. Porque yo tampoco dejo de pensar en...

No pudo seguir hablando porque lo besé. Y antes de que pudiera procesar lo que acababa de pasar, su lengua entró en mi boca arrasando con todo el miedo y todas las dudas a su paso.

Porque ya lo había dicho él, éramos inevitables.

14

Antes del amanecer

Nuestras lenguas chocaron con tanta fuerza que me sorprendió que la onda expansiva no hiciera estallar las lunas de los coches. La colisión fue total. Éramos fuego y hielo. Pasión y dulzura. Por primera vez fui yo la que tomó la iniciativa, Marcos estaba siendo demasiado moderado y yo no podía más. Me lo había negado demasiado tiempo y ahora que lo tenía delante lo quería todo de golpe. Tiré de sus hombros obligándolo a agacharse más para profundizar el beso. Le mordí el labio inferior y se le escapó un gemido que me pareció el sonido más sensual del mundo. La rabia y la vergüenza se convirtieron en lujuria pura. En ese momento lo decidí: me acostaría con él, superaría la irremediable atracción que sentía y seguiría con mi vida. Era adulta, podía tener una noche de pasión sin complicaciones.

Sin pensar en que estábamos en mitad de la calle y que alguien podría vernos, le metí la mano por debajo de la camisa y le acaricié la espalda. Él se estremeció tanto o más que yo. Trasladé la mano hasta su estómago y entonces se apartó. Marcos tenía la respiración agitada y las pupilas tan negras como la noche estrellada de Madrid.

Respiró hondo tratando de serenarse.

—¿Sigues enfadada conmigo? —Sacudí la cabeza—. Así que...

—Cerró los dedos en torno a mis caderas y me calenté otra vez—.

Lo único que tengo que hacer para que me perdones es ¿seguir besándote?

Asentí a la par que enredaba los dedos en torno al cabello de su nuca. Había descubierto que me encantaba hacer eso y me gustaba la cara que él ponía.

—La de discusiones que podríamos habernos ahorrado, ¿no crees? —preguntó en voz baja.

Presa de mi propio deseo, tiré de él hasta juntar sus labios con los míos. Ahora que había empezado a besarlo sin reservas era incapaz de parar. Si hubiera sabido que sentiría ese torbellino de emociones, me habría dejado llevar mucho antes.

No sé cuánto tiempo tardamos en recorrer lo que nos quedaba para llegar a mi casa porque nos paramos en cada portal para besarnos como si el mundo se fuera a acabar al día siguiente. Nos besamos contra las puertas y contra las paredes de los edificios.

Estaba deseosa por llegar a mi habitación y acabar con aquel anhelo arrollador que me corroía las venas, pero la atracción que sentía era tan brutal que no podía hacer otra cosa que no fuera besarlo o tocarlo constantemente. Sus manos estaban en todas partes: en mi cara, en mi cuello, acariciándome los brazos y apretándome la cintura. Y las mías tampoco paraban quietas.

No sé cómo conseguimos llegar al portal con la ropa puesta. Lo besé mientras buscaba a tientas las llaves dentro del bolso y solo me separé de su boca para abrir la puerta. En cuanto puse un pie dentro del portal, atrapó mis caderas y me atrajo de vuelta. Mi espalda se chocó contra su pecho y él me besó la parte posterior de la cabeza antes de girarme y colocarme frente a él. Cuando nuestros cuerpos volvieron a estar pegados, se me antojó ridícula la mera idea de haberme apartado de su boca por algo tan nimio como tener que abrir una puerta. Me apoyó contra la pared de baldosa y me devoró los labios de manera salvaje.

A pasos lentos y sin despegarnos, nos encaminamos hacia el ascensor y de ahí a la puerta de mi casa.

Arrojé las llaves y el bolso sobre el mueble del recibidor. Me descalcé en mitad del salón y me sorprendió no tener sus manos recorriendo mi cuerpo.

Marcos estaba recostado contra la puerta de la entrada. Parecía que un tornado acababa de pasarle por encima, tenía el pelo revuelto, la respiración entrecortada, los labios enrojecidos y la camisa por fuera del pantalón.

—Si me quedo, ¿vas a echarme cuando te despiertes? —preguntó.

—No. —Sacudí la cabeza en un ademán negativo y él se relajó.

Nos encontramos a mitad de camino y, como nos había pasado en la calle, nos estrellamos como dos fuerzas que se atraen y están destinadas a estar juntas. Deslizó las manos por mi cuerpo y las piernas me temblaron tanto que agradecí que estuviera sujetándome la cintura. Atrapé su labio inferior entre mis dientes y se le escapó un sonido grave que me removió hasta el último milímetro del cuerpo.

Se me encogió el estómago al comprender que ya no había vuelta atrás.

Estábamos a punto de cruzar una línea de no retorno y me moría por hacerlo. Apoyé la mano en su pecho y sentí sus latidos contra mi palma. Cuando nos separamos para coger aire, me miró con las pupilas tan dilatadas que consiguió que aumentara la humedad entre mis piernas.

—No puedo más —murmuré.

Se acercó a mí con lentitud; parecía que le costaba un esfuerzo enorme no arrancarme el vestido. Me retiró el pelo del hombro y presionó los labios contra mi piel.

—Yo tampoco. —Me acarició el cuello con la nariz—. Necesito que me digas adónde quieres que vaya. —Estaba tan ida que no pensaba con claridad—. Elena, necesito saber dónde quieres que te haga el amor. —Clavó los dientes en mi pulso y jadeé. Con la mano temblorosa señalé el final del pasillo.

Nos dirigimos a mi habitación con torpeza y decisión, sin apenas despegarnos. Su espalda se chocó contra la puerta, pero no pareció importarle. Éramos un enjambre de besos, manos y caricias.

Los círculos que trazaba con el pulgar sobre el hueso de mi cadera iban a hacer que perdiera la poca cordura que me quedaba. No podía soportarlo más. Llevé la mano a su intimidad y lo acaricié por encima del pantalón. Lo miré a los ojos, ejercí un poco más de presión y entonces él perdió el control.

Aplastó su mano contra mi muslo, justo donde estaba el borde de mi vestido, y la arrastró hacia arriba subiendo la tela a su paso. Me quedé sin aire cuando coló el dedo índice dentro de mis bragas y me acarició sin prisas. Jadeé y me mordí el labio con tanta fuerza que podría haberme hecho una herida.

—¿Quieres que...?

—Sí. —Asentí interrumpiéndolo—. Por favor.

Marcos deslizó un dedo en mi interior y yo inspiré con brusquedad.

—Joder —resopló.

Le lamí la comisura del labio. En respuesta, él volvió a mover la mano y yo cerré los ojos dejándome llevar por la infinidad de sensaciones que asolaban mi interior.

—Necesito que me desabroches la cremallera —pedí cuando la ropa fue un estorbo que pesaba contra mi piel.

Giré sobre los talones y le di la espalda. Marcos se deshizo del vestido acariciándome los hombros con suavidad. La prenda se cayó al suelo y la aparté con el pie. La carne se me puso de gallina al notar su aliento cálido contra la nuca. Posó una mano en mi estómago y con la otra me apretó un pecho por encima del sujetador. El corazón me latía con tanta violencia que tuve que girarme despacio porque tenía la certeza de que en cuanto Marcos me rozase estallaría.

—Joder, eres preciosa.

—Ya me habías visto desnuda antes —respondí mientras desabrochaba los botones de su camisa con dedos temblorosos.

—Pero ahora puedo tocarte con libertad.

Sentí un cosquilleo enérgico en las tripas cuando dijo eso. Terminé de quitarle la camisa y bajé las manos por su pecho hasta llegar al abdomen.

—No tienes ni idea de lo que me estás haciendo sentir. —Me agarró las manos, que ahora desabrochaban la cremallera de su pantalón, y me guio con delicadeza hacia la cama. Se quitó los vaqueros y se tumbó sobre mí cuidando de no aplastarme.

Cubrió de besos mi cuerpo entero mientras yo me retorcía impaciente. Apretó sus labios contra mi tobillo, contra mi muslo y mordió la curva de mi cadera.

Estábamos en terreno de nadie, descubriéndonos el uno al otro, pero yo no tenía ganas de seguir explorando, yo quería llegar a mi destino.

—Tócame. —Me falló la voz.

Me ardía la entrepierna como nunca. Me sentía como los animales que estudiaba en las páginas de mis libros, desesperada por encajar mi cuerpo contra el suyo y obtener el placer que anhelaba.

Sus dedos alcanzaron la costura de mis bragas y me miró pidiéndome permiso; tiré de él hacia arriba y lo besé. Nos desprendimos de la ropa interior y el corazón me dio un vuelco cuando lo sentí junto a mí.

—¿Estás segura de que esto es lo que quieres? ¿No es porque has bebido?

—Me he puesto un poco contenta y ya se me ha pasado —aseguré.

Marcos me miró indeciso.

—Necesito saber que estás totalmente segura.

—Llevo pensando en esto toda la semana. —Le acaricié los brazos—. Sobria, mientras estudiaba en la biblioteca, mientras me duchaba, mientras desayunaba, mientras estaba de fiesta con mis amigas y mientras me desvestía cada noche antes de dormir. No hay nada en el mundo que me apetezca más que sentirte dentro de mí. —Terminé rozando sus labios con los míos.

El deseo se adueñó de sus ojos.

Abrí el cajón de la mesilla de noche y busqué a tientas los preservativos. Dejé uno sobre la almohada, al lado de mi cabeza, y lo miré expectante. Las dudas abandonaron su rostro y le cambió la expresión. No dejó de mirarme a los ojos mientras se colocaba la protección y se me contrajeron las tripas de impaciencia.

Se colocó entre mis piernas y empujó contra mí. Me mordí el labio y él esperó sin moverse hasta que volví a relajarme. Cuando se introdujo por completo en mí arqueé la espalda y él apretó la mandíbula.

Sabía que estaba diciéndome algo porque lo veía mover los labios, pero el pulso me latía con tanta violencia que no lograba oírlo. Ya que no podía entenderlo con palabras, lo besé. Necesitaba dejar fluir todas esas sensaciones porque eran demasiado grandes para poder contenerlas.

—Muévete —rogué restregándome contra él.

Marcos apoyó su frente sobre la mía. Se retiró y, cuando volvió a penetrarme, los dos gemimos con fuerza contra la boca del otro. Repitió el movimiento y tuve que apoyar la cabeza contra la almohada porque tenía la sensación de que iba a perderla. Él aumentó el ritmo, pero no era suficiente para mí. Doblé las piernas porque necesitaba sentirlo más cerca, y cuando llegó hasta el fondo grité tan alto que estuve segura de que había despertado a los vecinos.

Alentado por mi placer, comenzó a moverse sin tregua sobre mi cuerpo.

—Marcos —gemí al límite de mis fuerzas. Se detuvo y yo abrí los ojos para ver qué iba mal.

—Es la primera vez que dices mi nombre —explicó con los ojos brillantes.

Le aparté un mechón de pelo que se le había caído sobre la frente y le sonreí como si lo viera por primera vez.

—Elena... —Se retiró y volvió a introducirse en mí con lentitud.

—Marcos —repetí en voz baja—. Más rápido.

—No —negó en un murmullo apenas audible—. Tengo que hacértelo lento. —Se apartó—. No quiero que esto se acabe pronto. Quiero hacerlo... —Volvió a entrar en mí y casi morí de placer—. Toda la noche contigo.

Gemí por sus palabras y por lo que me hacían sentir, y cuando no pude más contraje las paredes contra él.

—Joder —masculló—. Quiero memorizar tus gemidos. Quiero que se me queden grabados en el cerebro para siempre.

—Para de decir esas cosas —jadeé—. Que no aguanto más.

Nos separamos y nos reencontramos tantas veces que perdí la cuenta. Las emociones eran tan potentes que me arrastraron a las profundidades azules de ese océano que había evitado durante tanto tiempo. Y así, entre jadeos, caricias y palabras bonitas, nos dejamos ir a la deriva por primera vez.

Marcos se retiró con cuidado y sentí un vacío enorme cuando dejamos de ser uno.

Permanecimos en silencio mientras recobrábamos la respiración. Estaba un poco nerviosa porque no sabía qué decir ni qué estaría pensando él. Creía que después de acostarme con él la atracción tan demoledora que sentía se evaporaría, pero no fue así. No entendía por qué el corazón seguía latiéndome a toda velocidad, sin intención de relajarse.

Marcos me observó con los ojos chispeantes de emoción; tenía la sensación de que estaba tratando de transmitirme un millón de cosas con ellos. Quizá estaba tan abrumado como yo y no encontraba las palabras. Tenía la certeza de que él esperaba que fuese yo quien decidiese hacia qué lado íbamos a caer, porque lo que ocurriera a continuación definiría lo que iba a pasar entre nosotros. Siempre hay un antes y un después, y el nuestro fue cruzar la línea de la pasión.

No sabía qué quería él, pero yo tenía claro que no me apetecía que se moviera ni un centímetro. Quería que se quedara donde estaba, entre mis piernas, y mirándome como si yo fuese una estrella fugaz todo el fin de semana, pero no pensaba decírselo. Yo también prefería que fuera él quien rompiera la brecha del silencio.

Sin querer, desplacé la vista de sus ojos infinitos a sus labios enrojecidos. Recordé todo lo que esa boca me había hecho sentir segundos antes y, guiada por algo que era superior a mí, separé la cabeza de la almohada. Marcos se inclinó y nos encontramos a medio camino en un beso tierno. Esa vez nuestras lenguas se reconocieron sin prisas y sin urgencia. Volví a recostarme sobre la cama y él me siguió sin separar su boca de la mía.

Hizo amago de retirarse, pero lo agarré del brazo y se lo impedí. Necesitaba seguir notando su piel contra la mía. Quería quedarme un ratito más en esa burbuja cálida que habíamos creado, donde solo estábamos él y yo, y donde todo lo demás era secundario.

—Te estoy aplastando —dijo en tono de disculpa.

En lugar de responder, cerré las piernas alrededor de su cintura y moví la cabeza de derecha a izquierda.

—Vale. Captado. —Se le escapó una risita—. No me muevo.

Volví a relajarme y lo liberé de mi agarre. Le acaricié la muñeca y él entrelazó sus dedos con los míos y aplastó nuestras manos unidas contra el colchón, a la altura de mi cabeza.

—No quiero que se termine este momento.

—Yo tampoco —confesé.

Le di un suave apretón en la mano y eso lo animó a seguir hablando:

—El primer día que me desperté aquí te dije que para mí la noche había sido increíble, ¿te acuerdas? —Asentí—. Increíble esta vez se queda más que corto —aseguró con una sonrisa pícara.

Acaricié su rostro con la mano libre y lo besé. Me sentía de la misma manera, pero las palabras se me atascaban en la garganta y no tenía el valor necesario para decirlas en voz alta. Nunca pensé que Marcos fuese a parecerme tan deseable, pero era inevitable no sentir multitud de cosas que me ponían nerviosa y me removían hasta lo más profundo del estómago a la vez.

—Joder. No me sonrías así, por favor —se lamentó—. Haces que quiera decirte muchas cosas y no sé si debería porque no quiero asustarte. Y me acojona no saber lo que estás pensando porque yo estoy muy a gusto. Aquí. Contigo —puntualizó separando las palabras.

No quería que sus ojos dejasen de brillar, por eso me aventuré a decir algo que para mí suponía mucho:

—Yo también estoy a gusto.

Marcos volvió a besarme con suavidad. Después, me agarró por la cintura y nos giró a ambos hasta que nos quedamos de lado, mirándonos el uno al otro.

Incapaz de contenerme, le acaricié la mejilla despacio y él cerró los párpados. Pasé el dedo desde su mandíbula a su cuello, donde tracé círculos hasta que vi la pequeña marca roja y morada que resaltaba en su piel.

Retiré la mano y solté una maldición casi inaudible.

—¿Qué pasa?

—Te he vuelto a hacer un chupetón —expliqué en voz baja—. No me he dado cuenta. Lo siento.

—Me da igual —declaró decidido—. Me encanta lo mucho que te entregas. —Enredó su brazo alrededor de mi cintura y me atrajo contra él.

Me ruboricé por completo ante su tono sensual. Lo cierto era que estaba volviendo a calentarme otra vez sin necesidad de que él hiciera nada.

—Sé lo que estás esperando que diga —admitió con una sonrisa burlona. Arrugué las cejas sin entender a lo que se refería—. Ahora sí. Feliz cumpleaños. —Me guiñó un ojo y yo negué con la cabeza.

—¿A esto te referías cuando decías que tenías un regalo para mí? —Lo miré incrédula.

—No. —Se rio y me besó—. Este regalo lo hemos disfrutado los dos, ¿no?

Se me encogieron los dedos de los pies por el deseo. Si empezábamos a hablar de lo que acababa de pasar iba a tirarme sobre él otra vez. Él pareció entender por dónde iban mis pensamientos y la sonrisa se le congeló en el rostro. Su expresión volvió a oscurecerse y se sentó en la cama.

«No digas que no te lo advertí», casi podía escuchar al angelito regañarme.

—¿Te vas? —pregunté tratando de esconder mis emociones.

—No. —Me miró entre sorprendido y herido—. ¿Quieres que me vaya?

Negué con la cabeza y me senté yo también.

—Me gustaría que te quedaras.

—Entonces, me quedaré.

—Pero, si quieres irte, no pasa nada —aseguré poco convencida.

—Me encantaría pasar todo el fin de semana en tu cama. Besándote —dijo antes de apretar sus labios contra mi cuello—. Acariciándote. —Continuó deslizando el dedo por mi esternón—. Y oyéndote repetir mi nombre.

Era increíble cómo mi corazón podía subir de marcha tan rápido.

Se levantó para ir al baño y le miré el culo con descaro. Cuando cerró la puerta, me dejé caer sobre la almohada y suspiré sonoramente.

«Madre. Mía».

Salió al cabo de unos segundos y mi mirada hambrienta descendió por su torso hasta detenerse en su anatomía.

—¡Eh, empollona! —Marcos carraspeó—. Mis ojos están aquí arriba —bromeó señalándose la cara.

Aparté la vista y me tapé con la fina sábana. De pronto, me sentía demasiado desnuda, vulnerable y expuesta.

El colchón se hundió cuando Marcos se recostó a mi lado.

—¿Ahora te da vergüenza? —Me apartó la sábana de la cara y me acarició la mejilla.

No contesté.

—¿Me explicas qué es eso de la cría de foca y el tiburón?

—Está claro, ¿no? —Me encogí de hombros—. En la cadena alimenticia una es la presa y el otro su depredador.

—Y déjame adivinar, ¿yo soy el depredador?

Asentí y Marcos soltó una carcajada que reverberó dentro de mí.

—Si yo soy el tiburón, tú estás a punto de darme caza con

un arpón. ¿No te das cuenta de que eres tú la que me tiene totalmente atrapado?

Esas palabras me provocaron un terremoto en el interior del pecho.

«Elenita, este chico podría derrumbar nuestra fortaleza».

—¿Qué pasa por esa cabeza?

—Yo... —titubeé—. No creí que fueras a acordarte del beso del instituto.

—Te lo he dicho antes. Fue nuestro primer beso, me acuerdo a la perfección.

—Ya... es que... nunca pensé que significase lo mismo para ti que para mí. Es decir, a mí nunca me habían besado y tú parecías más que experto en la materia. Y me sorprende que lo recuerdes porque lo hiciste para fastidiar a Álex... y a mí.

Se le crispó el rostro.

—Joder. A veces se me olvida la imagen tan pobre que sigues teniendo de mí. —Yo guardé silencio porque seguía esperando una respuesta. Se pasó una mano por la cara y me miró con remordimientos—. Te besé para putearlo, sí. Lo había oído contar ilusionado que no iría a la fiesta porque había quedado contigo. Y a mí solo me importaba quedar por encima de él. Así que me inventé aquello de que lo había oído fanfarronear sobre acostarse contigo. Teníamos una rivalidad insana que empezó con los estudios y en algún momento fue más allá. Quería que te asustaras lo suficiente como para no quedar con él y que se jodiera su cita —confesó antes de suspirar profundamente—. Por entonces, yo no pensaba con claridad. Me topé contigo, nuestra conversación se descontroló y me sentí sobrepasado. Te besé por impulso y cuando quise darme cuenta de lo que estaba haciendo... no pude separarme de ti. —Cogió aire y me miró arrepentido—. He pensado mucho en ese beso a lo largo de estos años.

—¿Por qué?

—Porque me tiré sobre ti como un animal en celo, sin pensar en lo que tú querías, y eso no está bien. No procesaba lo que estaba sintiendo y estaba jodido. Era un adolescente que estaba enfadado con la vida, pero no contigo. Por suerte para todos, he evolucionado.

—Ya —musité en voz baja.

—Me cabreé y se me fue de las manos. —Suspiró al hacer una pausa—. Y luego, cuando me enteré de que era tu primer beso, me sentí un capullo integral. Quería disculparme, pero solo me salió volver a besarte. Como si eso fuese a solucionarlo... Dios, es que era un puto gilipollas... Lo siento.

Asentí y no dije nada mientras procesaba toda la información que acababa de recibir

—Después de besarte, me quedé viéndote actuar en la obra de teatro.

Enrojecí de pies a cabeza otra vez. Mi primera actuación encima de los escenarios había sido pésima.

—Se me olvidaron las líneas un par de veces porque estaba pensando en nuestro beso.

Marcos chasqueó la lengua y apretó los labios. Era como si estas palabras que *a priori* eran inocentes estuvieran desvistiendo nuestras almas, dejándonos más desnudos de lo que ya estábamos.

—Por si sirve de consuelo, el tiro me salió por la culata porque me pasé la noche entera pensando en ello. Me fui a la fiesta de fin de curso con Lucas. —Siguió con gesto ausente—. Recuerdo que iba hablándome en el autobús y no le estaba haciendo ni puñetero caso. El conductor estaba haciendo tiempo porque faltaba Amanda, que llegó tarde porque se quedó contigo hasta que te recogió Moliner, quien por supuesto fue la gran ausencia de la noche. Fue una mierda. Y la verdad es que sentí celos porque él tenía la atención de la única persona de la que yo jamás la tendría, porque me detestaba. Estaba en esa discoteca viendo cómo todos se divertían y no podía sacarte de mi cabeza. Lo imaginaba besándote y saboreando las fresas de tu cacao y me cabreaba muchísimo...

—No lo besé esa noche. —Lo interrumpí con el corazón en la mano—. No pude. Estuve toda la cena pensando en lo que había pasado entre nosotros y me sentía fatal. Estaba enfadada conmigo misma y contigo también, porque si no nos hubiéramos besado habría disfrutado de mi primera cita. Estuve ausente toda la noche y, pese a eso, Álex me pidió una segunda cita.

—Y empezasteis a salir.

—Y empezamos a salir —corroboré.

Permanecimos callados unos minutos asimilando lo que acabábamos de decirnos. Quizá era la atracción que parecía haber existido siempre entre nosotros lo que nos había llevado hasta mi cama. Traté de concentrarme en sus ojos, porque si dejaba ir a mi mente más allá terminaría pensando en qué habría pasado si no se hubiera ido, y eso no tenía sentido. Él entendió una vez más todo lo que pasaba dentro de mi cabeza y no me dejó tiempo para darle vueltas.

—Volviendo al tema interesante... —dijo con el tono pícaro que tanto me gustaba—. ¿No vas a decirme si ha sido mejor que en tus sueños?

Lo miré incrédula y no contesté.

—¿Me voy a quedar sin saber si la realidad supera a la ficción? —preguntó acercando la boca a la mía.

—Sí. —Me reí de su cara.

—Soy abogado. Estoy seguro de que podemos llegar a un acuerdo para hacerte confesar.

—Puede que sí o puede que no. Tendrás que ganártelo.

«¿Por qué has dicho eso en ese tono tan sexual?».

—¿Cómo?

Me mordí el labio antes de hablar.

—Podemos volver a repetir lo que acaba de pasar —respondí notando que me aceleraba—. Y si me gusta lo suficiente puede ser que empiece a darte pistas.

Marcos volvió a mirarme de esa manera tan intensa que hacía que me derritiese por completo.

—Lo sabía —reconoció inclinándose para darme un beso—. Sabía que eras una pervertida.

Le di un golpecito en el hombro y él se rio. Perfilé su labio con mi lengua y la sonrisa fanfarrona desapareció de su rostro. Y me dejé llevar por lo que quería hacer sin darle importancia a nada que no fuera lo que Marcos me hacía sentir.

Cuando terminamos de arrasar todo con nuestra pasión empezaba a amanecer. Los rayos de sol que se colaban a través de la persiana llenaron mi habitación de luz y de un nuevo horizonte de sentimientos por descubrir.

15

Novio por una noche

Lo primero con lo que me encontré al abrir los ojos fue un torso desnudo.

Alcé la cabeza y la visión de Marcos dormido fue como una patada en las tripas. Respiraba pausadamente y un mechón de pelo se le había caído sobre la frente.

Enterré la cara contra la almohada y recordé todas y cada una de las veces que había entrado en mí. Nos habíamos acostado tres veces. De la primera podía culpar a la lujuria, pero las otras habían sido premeditadas. Al rememorar los hechos se me aceleró el pulso. No solo por los orgasmos, también por las sensaciones que había experimentado con las palabras que me había susurrado.

Ahora que era de día todo parecía más real que la noche anterior. ¿Qué pensaría él? ¿Seguiría queriendo quedarse? ¿O ahora que ya se había acostado conmigo preferiría marcharse? ¿Se sentiría igual de desconcertado que yo?

Él parecía siempre tan seguro de lo que hacía y lo decía todo con tanta convicción que yo lo creía. Me moví en el colchón y lo desperté sin querer.

—Buenos días, preciosa —murmuró con voz somnolienta.

Estaba medio dormido y apenas podía despegar los párpados. Abrió un poco un ojo y cuando me vio sonrió de lado.

—¿Me das un beso?

Lo besé y me dio vértigo saber que, si me lo pedía, le daría tres mil besos más.

«Uy, tres mil, dice... ¡Qué ingenua!».

Asustada por mis propios pensamientos, salí de la cama en dirección al baño. Cuando cerré la puerta detrás de mí, solté el aire que había estado conteniendo.

«¿Qué hago?».

Blanca se había equivocado. Ni Marcos era malo en la cama ni yo había superado la atracción devastadora.

Respiré hondo y su olor, que estaba impregnado en mi piel, me inundó las fosas nasales. Marcos olía siempre a colonia amaderada. Eché una ojeada al espejo antes de perderme en el vapor que desprendía la ducha. Tenía el pelo revuelto y los ojos brillantes. Hacerlo con él me había sentado estupendamente.

—Felices veinticinco —felicité a mi reflejo.

Dentro de la ducha escogí el jabón con la esencia más fuerte que tenía; necesitaba eliminar su olor de mi cuerpo por mi bienestar mental. Mientras me bañaba, me convencí de que era una persona adulta que podía tomar decisiones tales como acostarme con otra sin sentimientos de por medio.

«Ayer le prometiste que no ibas a echarlo. Dado lo que te ha hecho sentir, deberías invitarlo a desayunar, ¿no?».

Creía que después de haber compartido cama con él me asolaría la culpabilidad, pero me sentía renovada.

Salí del baño sin tener ni idea de lo que iba a hacer, envuelta en una toalla y con el pelo empapado. Me sorprendió ver mi habitación vacía, aunque supe que no se había ido porque su ropa estaba en el suelo junto a la mía. Recordé la adoración con la que Marcos me había quitado el vestido y sentí un cosquilleo.

«Eres una pardilla».

Me encontré a Marcos tumbado en el sofá. Minerva descansaba sobre su pecho y él la acariciaba. Me quedé unos instantes parada en el dintel de la puerta viéndolo hacer carantoñas a mi gata. Ella ronroneó, reclamando más atención, y él se rio por lo bajo. A lo mejor sí era buena idea eso de invitarlo a desayunar después de todo.

«Tú quieres que te desayune a ti».

Agité la cabeza y me acerqué a ellos. Le quité a Minerva de encima y la dejé en el suelo después de dedicarle unas palabras amorosas.

—Buenos días —saludé sentándome a horcajadas sobre él.

—Y tanto. —Sonrió incorporándose hasta sentarse.

Atraída por su magnetismo, me incliné y lo besé dando rienda suelta a la pasión. Enredé las manos en su pelo y él me agarró las caderas. Lo único que separaba nuestros cuerpos era la ropa interior. Me froté contra él y me estremecí desde la raíz del pelo a la punta de los pies al sentir que se endurecía debajo de mí.

—No puedo —musitó al abandonar mi boca—. Va a sonar el timbre y necesito que confíes en mí.

—¿De qué hablas? —Arrastré la palma por su pecho hasta su abdomen y no pude continuar mi camino porque me sujetó la muñeca.

—Por mucho que me apetezca que me metas la mano en los calzoncillos, ahora no puede ser —farfulló apartándose.

Me bajé de su regazo sintiéndome una idiota.

—No sé hacia donde está yendo tu mente, pero, por si no me he explicado bien, me apetece mucho que me la toques —aseguró decidido—. Me apetece muchísimo, pero tengo que vestirme porque voy a tener que bajar a coger una cosa. Y necesito que no hagas preguntas y que te encierres en tu habitación hasta que te avise.

Lo miré con desconfianza, pero no me dio tiempo a preguntar.

—No quiero empezar nada que no pueda terminar, pero en cuanto suba puedes hacerme lo que quieras —propuso con descaro, antes de besarme el cuello.

Junté las piernas con deseo. La verdad es que me había puesto como una moto con lo que había dicho. Antes de que pudiera preguntarle qué estaba pasando, sonó el timbre. Marcos se levantó de un salto y se vistió a toda velocidad. Abrió por el telefonillo y regresó a toda prisa al salón.

—Vete a tu cuarto, por favor, y cierra la puerta —pidió.

Regresé a mi habitación arrastrando los pies. Estaba confusa y caliente. Me tiré en la cama y Minerva saltó a mi lado.

—Eres una traidora, ¿lo sabías? —pregunté después de darle un beso—. No puedes tirarte a sus brazos así. Se supone que tienes que estar de mi parte. Tienes que arañarle y bufarle para que se vaya.

Ella maulló en respuesta y suspiré. Tenía claro que, si pudiera contestarme, me diría lo mismo que le dijo Mushu a Mulán: «Deshonra sobre toda tu familia. Deshonra sobre ti y deshonra sobre tu vaca».

Suspiré y cerré los ojos. Quizá fuera una deshonra, pero la realidad era que a mi cuerpo le apetecía muchísimo volver a acostarse con él.

Cuando fue a buscarme ya me había vestido. Al regresar al salón me quedé pasmada. En la mesa había pizza cuatro quesos, croquetas y sushi. Marcos me observaba con emoción y cautela a partes iguales. Me agarró por los hombros y se inclinó en mi dirección, cerré los ojos para recibir un beso; sin embargo, me puso de cara a la mesa.

—Ahora sí. Feliz cumpleaños —susurró en mi oreja—. No sé cuál es tu comida favorita, pero estas son las cosas que te he visto comer. —Se calló y se pasó una mano por el pelo—. Si no te gusta, podemos guardarlo y comer otra cosa —continuó al ver que yo no decía nada—. Ah, también he pedido una tarrina de helado; eso sí sé que te gusta, y te he comprado un trozo de *brownie*, por si querías soplar una vela. —Su voz fue perdiéndose hasta apagarse por completo.

Me quedé mirándolo sin saber gestionar mis emociones.

Él respiró hondo antes de abrir la boca de nuevo:

—La pizza es del mismo sitio que el domingo pasado, ¿verdad?

«Chico observador».

Asentí y volví a posar la mirada en él.

Bordeé la mesa y me paré a escasa distancia de su cuerpo.

—Gracias —musité.

Le agarré las mejillas y le di un beso profundo. No habría discusiones. Mi yo interior había alzado bandera blanca y se había rendido a los encantos del bando enemigo. La enorme sonrisa que se dibujó en su rostro me dio la razón. Sin duda, ese día habría paz.

Mientras comíamos le pregunté por su hermana y le conté con pelos y señales mi último examen. Él me miraba atento, como si lo que le contaba fuera lo más interesante que hubiera oído en su vida. De postre comimos helado y guardamos el *brownie* para la cena. En algún punto de la conversación acordamos que también se quedaría a cenar.

—¿Qué sueles hacer en tu cumpleaños?

—Normalmente paso el día con Amanda. El año pasado lo celebramos aquí porque mi abuela... —Me corté y me recompuse lo más rápido que pude—. No sé... no tenía nada pensado. Hay un documental nuevo que quiero ver, pero no creo que te interese —expliqué atropelladamente—. Se llama *Love and Vets*, es sobre una clínica veterinaria.

—Pon lo que quieras, Elena. A mí no me importa mientras pueda quedarme contigo —respondió en ese tono sereno que tanto lo caracterizaba.

«¿Oyes eso? Es otro golpe que le ha pegado a tu muro. Con el siguiente va a hacer una grieta».

Cuando recogimos la mesa, Marcos se fue a su casa para ducharse y cambiarse de ropa. Eso me daría el tiempo que necesitaba para devolver la llamada a Amanda sin tener que dar explicaciones a nadie. Al despedirse me dio un morreo que me dejó sin respiración al lado de la puerta. Regresé a mi cuarto, reuní todo mi valor y le devolví la videollamada a mi amiga. Descolgó al segundo tono chillando:

—¡Felicidades, Els!

—Gracias. —Sonreí.

—¿Te gustó el vestido? —preguntó ansiosa—. Ya sé que es negro, pero lo vi tan tú que no pude resistirme.

—Sí, me gustó mucho. Mil gracias.

«A Marcos también le gustó».

—¿Qué tal le salió el examen a mi señorita estudiosa?

—Bien. La verdad es que el de ayer fue más complicado de lo que pensaba, pero bueno... Como recompensa me he comido un helado de chocolate negro de esos que tanto te gustan.

—¡Muy bien! —Se subió las gafas de sol gigantes y se las colocó en la cabeza—. ¿Qué tal ha ido la semana?

—Bien, poca cosa, estudiando y haciendo exámenes.

«Y tirándome a Marcos».

—Lo bueno es que ya has terminado. —Amanda me devolvió la sonrisa—. ¿Qué tal lo pasasteis ayer? ¿Hasta qué hora estuviste de fiesta?

—Lo pasamos muy bien y... me fui la primera —añadí con la boca pequeña.

—Como Cenicienta.

Resoplé fastidiada y ella me sacó la lengua.

—¿Qué tal está Lucas?

—Bien, todavía no se cree que una tía tan guapa como yo se haya casado con él. Soy un partidazo.

—Creída —oí decir a Lucas antes de que su cara apareciera en la pantalla—. ¡Feliz cumpleaños!

—¡Gracias!

—Elena, tienes que rescatarme. —Lucas fingió estar aterrorizado—. Mi mujer me tiene de fotógrafo todo el día. Estoy de luna de miel y trabajando a tiempo completo.

—Venga ya, no seas idiota. —Amanda le besó la mejilla.

—Todas esas fotos que te manda las hago yo. Me tiene esclavizado para Instagram.

—Ya será para menos —repuse riéndome—. Además, son bonitas, deberías estar orgulloso.

—Es que la modelo es guapísima —bromeó Amanda—. Oye, ¿qué vas a hacer hoy?

—Pues... —«¿Qué le digo?»—. Voy a ver un documental. —«Eso es verdad»—. Estoy cansada y no me apetece salir de casa. —«Eso es verdad a medias».

—Tenemos que dejarte, empieza nuestra actividad programada en cinco minutos —informó Lucas—. Ya recibirás fotos después.

Me reí al despedirme de mis amigos.

Después de colgar, me tiré sobre la cama y me cubrí el rostro con las manos. Estaba encadenando las mentiras con Amanda y me sentía una sucia criminal.

No quería pensar en cómo ni cuándo iba a contárselo a mi amiga. Primero tenía que poner en orden lo que sentía y hasta entonces no se lo contaría a nadie.

«Mientras lo decides, puedes acostarte con él otra vez».

Antes de que me diera tiempo a sopesar si era una buena idea o no, mi entrepierna palpitó de deseo. Claramente, a mis hormonas revolucionadas les parecía la mejor idea de la historia.

Cuando Marcos me sonrió, mi corazón dio un saltito. Había cambiado su camisa por una camiseta gris que tenía tres botones en la parte de arriba, y llevaba unos pantalones negros.

—Hola —saludó.

—Hola. —Me eché a un lado y lo dejé pasar.

Casi no me dio tiempo a cerrar la puerta cuando ya lo tenía encima. Se inclinó para besarme y, cuando plantó una mano en mi cintura, sentí Madrid arder.

—Los botones de la camiseta son de adorno —informó contra mi oído—. Para que no te desesperes desabrochándolos como ayer.

—Qué considerado por tu parte —respondí con voz entrecortada.

Se separó y todo mi cuerpo gritó enfadado. Me agarró la mano y tiró de mí hasta el salón.

—No tenías que comprarme nada. —Acepté la bolsa que me tendía.

—Lo sé, pero quería hacerlo.

Rasgué el papel del regalo sin cuidado y descubrí uno de los libros de veterinaria que Marcos había recogido cuando se me cayeron en la calle.

«Un chico muy observador».

Suspiré porque lo que estaba sintiendo no era normal. Y me daba miedo.

—Así no tendrás que sacarlo de la biblioteca.

—Este libro es muy caro —dije sin despegar los ojos de la tapa.

—¿Te gusta?

—Me encanta. —Levanté la vista para mirarlo y él sonreía.

—Pues ya está. —Se encogió de hombros restándole importancia al hecho de que acababa de comprarme el manual más caro de clase—. En la bolsa también hay unos Post-it. Me he fijado en que siempre llevas los libros llenos de marcadores.

Esa confesión demolió algo en mi interior.

«Ahí la tienes, Elena. La primera raja en tu muro indestructible».

Saqué los marcadores de la bolsa y me derretí cuando vi que eran de gatitos.

Lo besé con ternura y le di las gracias.

—Venga, pon ese documental.

Nos sentamos en el sofá y no sé cómo terminé acurrucada en su regazo mientras colocaba marcadores donde recordaba haber puesto los del ejemplar de la biblioteca. Cuando terminamos el primer capítulo lo pausamos para que Marcos fuera al baño. Cogí el móvil y me topé con un par de notificaciones y un audio de Blanca. Me llevé el teléfono a la oreja y oí a mi amiga hablar más inquieta que de costumbre:

«Hola. Eh, ¡felicidades otra vez! Espero que acabases la noche bien. Nos tienes en ascuas, que te hemos preguntado por el grupo y no has dicho nada. Estoy en el aeropuerto, mi vuelo sale enseguida. Ayer, con las prisas, te dejaste los regalos y te va a llamar Carlota para dártelos. —Hizo una pausa antes de continuar—. Quería llamarte, pero no sé si estás sola y prefiero hablar contigo primero porque eres la más responsable... En fin, que anoche me lie con Bruno. A ver, solo fue un beso tonto, pero yo qué sé... Después de la discoteca fuimos a comer algo porque no quería coger el coche hasta que se me pasase la moña y cuando se me pasó, pues... lo llevé a casa y sucedió. Nos liamos a saco durante un par de minutos. La verdad es que fue un palazo cuando nos separamos... Yo qué sé... Soy una kamikaze, ¿verdad? Si yo lo que quería era liarme con un parisino que me llamase *"mon amour"*. En fin, luego me dices qué opinas. Te aviso cuando aterrice. Un besote».

Contesté a Blanca sin perder el tiempo y también aclaré por el grupo que no estaba sola.

—¿Todo bien? —preguntó Marcos volviendo a ocupar su sitio.

—Mi amiga Blanca se ha liado con Bruno —expliqué incrédula dejándome caer a su lado.

—Ah, pero ¿no son pareja?

—No. —Arrugué el ceño y lo observé sorprendida—. ¿Por qué dices eso?

—No sé, lo supuse por cómo la miraba.

—¿Y cómo la miraba?

—Pues como te miro yo a ti.

«¡Toma ya! En toda tu cara y sin avisar».

Marcos me acarició el brazo y me di cuenta de que me había quedado rígida. No podía seguir diciéndome esas cosas que ponían mi mundo del revés.

—Marcos... —Me dolió pronunciar su nombre. Su sonrisa era encantadora y no quería que se desvaneciera—. ¿Y si vamos despacio? —le propuse, aunque parte de mí quería arrastrarlo a la cama y no dejarlo salir en un mes.

—Define «despacio».

—Pues paso a paso. Por ejemplo, me gustaría que te quedaras hoy a dormir, pero mañana trabajo.

—Una cosa no excluye la otra. Puedo quedarme a dormir y cuando te vayas a trabajar me voy.

La perspectiva de pasar una segunda noche con él me atraía más de lo que estaba dispuesta a admitir en voz alta. Sus ojos parecían un tsunami a punto de arrasar con todo y era difícil resistirse y no dejarse engullir por las olas.

Podía hacer eso.

Podía pasar una noche más con él y ponerle fin a aquello por la mañana.

—Trato hecho —acepté.

Y él volvió a sonreír provocando una raja en las paredes de mi corazón.

16

Porque lo digo yo

Lo que empezó con Marcos quedándose a dormir terminó convirtiéndose en Marcos quedándose a desayunar. Por primera vez en mi vida estuve a punto de llegar tarde a la floristería. Y es que cuando estaba lista para salir por la puerta, el ambiente se caldeó lo suficiente como para que la falda de mi vestido terminase en mi cintura mientras lo hacíamos en el sofá. Mi cuerpo no parecía cansarse del suyo y me autoconvencí de que un último encuentro no haría daño a nadie.

Cuando llegó el adiós en mi portal me tensé por si se generaba una situación incómoda. Con un desconocido la despedida sería fácil porque no tendría que verlo nunca más. Con Marcos el adiós era temporal, porque en el futuro volveríamos a cruzarnos por nuestros amigos en común. Abrió la boca para decir algo, pero volvió a cerrarla. No sé si estaba igual de abrumado que yo o si notó lo que pasaba dentro de mí, porque, en lugar de hablar, me cogió la nuca y me besó con intensidad. Después, se despidió con un: «Nos vemos, Ele».

La mañana se me pasó rápido entre desembalar pedidos y preparar unos arreglos florales que recogerían a mediodía. Comí con Carlota, que fue a darme los regalos, y hubo una cosa que dijo antes de despedirse que hizo que saltaran todas las alarmas:

—Ese tío te ha puesto una sonrisilla en la cara.

Su comentario inocente me dejó una sensación desagradable arañándome la tripa.

«¿Tenía una sonrisilla?».

Era cierto que me sentía más relajada y un poco más contenta, pero lo achacaba a la sincronía increíble que habían tenido nuestros cuerpos, y a que había dormido profundamente después.

Y entonces caí.

Se suponía que iba a acostarme con él y seguir con mi vida. Sin embargo, durante un día y medio, Marcos y yo nos habíamos comportado como una pareja: se había quedado a dormir, nos habíamos acurrucado en mi sofá, habíamos cenado juntos y me había hecho un regalo de cumpleaños. Todo eso no cuadraba con la definición de lío de una noche. Como tampoco lo era haber pasado la mañana pensando en lo bien que me había hecho sentir.

Resoplé frustrada.

¿Qué hacía dándole vueltas al tema? Seguro que él estaría tan tranquilo en lugar de suspirando como un adolescente.

Por suerte, la tarde fue lo bastante ajetreada como para mantenerme la cabeza ocupada.

Volvía caminando a casa del trabajo cuando me sonó el móvil:

> Cenamos?

El mensaje de Marcos me provocó un tirón en las tripas y eso acrecentó el agobio que había nacido con el comentario de Carlota. Con el calor de las siete de la tarde tocaba asimilar lo que había pasado. Me había derretido en la cama con una persona a la que conocía desde hacía tiempo y que nunca me había caído bien. Y ahora, que me había convencido de que no daría señales de vida, me escribía, ¿y yo me estremecía solo por una palabra? Pero ¿qué estaba haciendo?

No era seguro seguir por ese camino. Marcos me había hecho daño en el pasado y podría hacérmelo otra vez. Y yo no podía perder el tiempo con tonterías, yo necesitaba centrarme en mi trabajo de fin de grado y en buscar prácticas en una buena clínica. Ya me había acostado con él, no había necesidad de repetir. Estaba hecha un lío y el calor agobiante de la ciudad tampoco ayudaba. Así que hice lo único que podía hacer cuando estaba así: ir a Los Alpes, mi heladería favorita, a por un «abinao», el helado del chocolate más potente que tienen. Caminé hasta el parque del Oeste y me senté en un banco. Y, sin querer, mientras degustaba mi helado, me encontré pensando en las últimas cuarenta y ocho horas de mi vida.

¿Quería quedar con él?

Puede.

¿Debía?

No.

Era cierto que nunca había tenido esa conexión física con nadie. Y eso había estado genial. Pero, aparte de eso, estaba la otra parte, la que era peligrosa. Él había dicho que yo le gustaba, que quería seguir conociéndome; se había disculpado por nuestro beso de la adolescencia y había reconocido que él también había pensado en ello...

¿Y qué se suponía que debía hacer yo con toda esa información? ¿Creer que él era una persona distinta a la que yo conocía?

Intenté poner mis ideas en orden.

Para empezar, no te puede gustar alguien a quien no conoces. Te puede atraer físicamente, pero nada más. Para seguir, lo peor que había dicho había sido aquello de «haces que quiera decirte muchas cosas y no sé si debería». ¿En serio? ¡No puedes decir esas cosas! Y, para terminar, ¿qué hacía dándole vueltas otra vez? Quizá todo el entramado de mi cabeza procedía de que nunca había tenido una aventura de una noche.

«Dos noches».

Ni tampoco me había emborrachado ni dado vueltas a las cosas. Y todo eso había llegado a mi vida con él. La dueña de mi vida era yo, y no un puñado de sensaciones que no entendía y unos ojos bonitos. Y más teniendo en cuenta que el dueño de esos ojos solo era un abogado engreído.

Yo era más inteligente que eso.

Con las ideas claras, tiré la tarrina vacía a la papelera y puse rumbo a casa.

Saludé a mi gata y me dejé caer en el sofá con el móvil en la mano. Hacía una semana que él había aparecido en mi puerta con su bolsa de viaje y su cara de pena. No podía dejar que nadie alterase así mi vida. Cuanto antes cerrase el tema, antes me olvidaría. Así que le respondí con una palabra:

> No

Dejé el móvil en la mesa y cogí el manual de veterinaria que todavía olía a nuevo. Lo abrí y los Post-it se me cayeron en el regazo. Era surrealista que el abogado engreído me hubiera regalado unos marcadores de gatitos. Y más aún lo era imaginar a Marcos entrando en una papelería con su traje y su corbata pegada al cuello en busca de esto. Sujeté los marcadores y suspiré. Era un detalle bonito.

No tardé en recibir su respuesta:

> Por qué?

> Porque no quiero

> Creía que anoche lo habíamos pasado bien.
> Y esta mañana, y ayer por la tarde...

Enrojecí y dejé el móvil sobre la mesa. No debía contestar a ese mensaje. Si le contestara estaría yendo por el camino que había decidido evitar. Abrí el manual y me concentré en leer, eso siempre conseguía distraerme.

Creía que sacándolo de mi vida conseguiría aclararme, pero cada vez que veía el libro recordaba lo tierno que había sido en mi cumpleaños y lo bien que se sentían sus besos en mi piel. Sabía que él no me escribiría hasta que contestase a su mensaje. Era la primera vez que dejaba en visto a alguien y no me sentía del todo bien. Todo el mundo merecía una respuesta, y dos días después, desde la soledad de mi cama, se la terminé dando:

> Lo pasamos bien, pero no quiero quedar

Y, por supuesto, él tuvo que contestar:

> Pues yo quiero seguir conociéndote

¿Era necesario que fuera tan directo?

> Pues yo a ti no.
> Lo que ha pasado ha sido un desliz.
> No volverá a ocurrir

> Un desliz sería si hubiera pasado una vez.
> Lo que tú y yo hemos hecho ha sido
> intencionado y reiterado

> No vas a convencerme.
> Me sacarías de quicio antes del postre

> Eres tú la que utiliza la lengua para insultar

> Como si tú no tuvieras la lengua afilada...

> Ya te demostré lo que puedo hacer con la lengua.
> Los dos sabemos que podemos usar la boca para
> hacer cosas mucho mejores que sacarnos de quicio

El calor me subió como un ramalazo desde el centro del cuerpo. Jamás me había calentado tanto con un mensaje.

> Qué quieres que conteste a eso?

> Quiero que contestes que sí,
> que me digas que lo pasaste genial
> y que te mueres por repetir.
> Y también quiero que me pidas que vuelva a besarte

Madre mía. ¿Se podía ser más creído? Su pedestal era tan alto que seguro que tenía que escalar cada noche para subir.

> Sigue soñando

Tres días.

Tres días más fueron los que tardé en cometer otro desliz. Habíamos ido escribiéndonos de vez en cuando. En algunos mensajes simplemente nos preguntábamos qué tal el día, pero había otros que me provocaban un vuelco en el estómago. Yo intentaba concentrarme en mis obligaciones, pero siempre terminaba respondiendo. Algunas veces le contestaba con un:

> No te aguanto

Pero otras le había seguido el juego. Y pese a que no dejaba de fustigarme cada vez que le contestaba, había veces que me ponía tan nerviosa que algo se agitaba en mi interior. Como aquella vez que me envió el artículo.

> Qué es eso?

Un artículo que respalda mi afirmación.
Ahorraríamos agua duchándonos juntos

> Prefiero bañarme con una cubomedusa

He tenido que buscar qué es...
Me ofende que prefieras la compañía
de un animal letal antes que la mía,
aunque supongo que yo también
podría provocarte un fallo cardiaco

> A mí me ofende tu falta de vergüenza

Solo me preocupo por el medioambiente.
Deberías seguir mi ejemplo

Cada vez era más complicado resistirse a esos mensajes, así que cuando esa tarde me dijo:

Perdona que no haya contestado antes, estaba en el gimnasio.
Aunque preferiría sudar la camiseta contigo 😜

No pude resistirlo más y me dejé llevar por el calentón:

He pedido pizza y va a sobrar.
Quieres venir?

Muy sutil, empollona

Antes de llegar al postre ya estábamos liándonos apasionadamente. Ni siquiera nos desnudamos, y mientras lo hacíamos le dije que no podía quedarse a dormir. Por eso cuando se subió los pantalones para marcharse lo dejé ir. Se despidió en la puerta de mi casa diciendo:

—Llámame cuando te apetezca otro trozo de... pizza. —Enrojecí y fui incapaz de contestar—. Nos vemos, Ele. —Me guiñó un ojo antes de meterse en el ascensor y yo tardé unos segundos en reaccionar y cerrar la puerta.

Pasé todo el día siguiente recordándome que si no quería terminar como mi madre lo mejor era no volver a escribirle.

No tenía ni idea de abogacía, pero sabía que, si se celebrase un juicio, me declararían culpable. Para justificar la negligencia de haberlo subido a casa la noche de la boda podía recurrir al alcohol, pero aquello ya no tenía justificación posible. Era culpable de haber sucumbido a la tentación, con el agravante de haberlo hecho queriendo. Seguro que me caerían un par de mesecitos más por nocturnidad y alevosía. A lo mejor podía pedir libertad bajo fianza, pero tenía toda la pinta de que iba a acabar de nuevo entre rejas por reincidente. Quizá podía pedirle a Marcos una indemnización por daños y perjuicios, porque desde que nos habíamos besado en la boda parecía haber sufrido daño cerebral. Era lo que justificaba el deseo que sentía, ¿no? O quizá podía salir impune y culpar a mi personalidad B, la lujuriosa.

«O quizá puedes asumir que te gusta acostarte con él», pensaba una parte de mí.

«O puedes callarte y no contárselo a nadie. Sin pruebas no hay delito. Es su palabra contra la tuya. Y es a ti a quien llaman "santa Elena". Niégalo. Corre un tupido velo y huye mientras puedas», pensaba la otra.

Acabé prometiéndome que no le dejaría salirse con la suya. El problema no era que fuera obstinado. El verdadero problema era que fuera tan sexy. Tampoco ayudaba que mi mente traicionera me enviase imágenes de lo que habíamos hecho. Y daba igual que estuviese en la biblioteca, viendo un documental o comiéndome un helado. Mi frustración seguía aumentando.

Dos días.

Dos días más duró mi autocontrol y volví a invitarlo a cenar. Tenía claro mi propósito: cenar y acostarme con él.

—Hoy tampoco vas a quedarte a dormir —le dije según abría la puerta y tiraba de su camiseta.

—Por supuesto que no.

Esa noche les di una patada a mis propósitos.

Pero la culpa no fue mía. Yo tenía claro que quería echarlo, pero cuando se levantó de mi cama para vestirse lo vi desnudo y las palabras se atascaron en mi garganta, y los pensamientos racionales se fueron a la Patagonia cuando mi cerebro le mandó una descarga eléctrica a mi entrepierna.

La despedida de la mañana siguiente en mi portal fue un poco más larga que las anteriores. Parecía que nuestros cuerpos se resistían a separarse, después de haber pasado la noche juntos.

—¿Te das cuenta de que nos conocimos en las olimpiadas de

matemáticas...? —Asentí cuando me agarró de las caderas—. Y ahora parece que estamos compitiendo en las del sexo.

—¡Shh! ¡Que te va a oír alguien! —Me sonrojé por su comentario y él me dedicó una sonrisa ladeada con la que me temblaron las piernas.

—Nos vemos, empollona.

—Adiós, idiota.

Eché a andar hacia la biblioteca con una certeza aterradora: aquello me estaba gustando demasiado.

17

Cuando nos conocimos

10 años antes...

Conocía a Marcos de los pasillos del colegio, pero la primera vez que reparé en él de verdad fue en las olimpiadas de matemáticas de la Universidad Complutense. Los dos habíamos sido los alumnos con mejores puntuaciones en nuestra escuela y por eso nos llevaron a la competición de la Comunidad de Madrid.

En el descanso me senté en las escaleras de la facultad de Matemáticas y me maldije por no haber cogido la chaqueta. Con los nervios de la prueba me la había dejado dentro del aula, que permanecería cerrada durante la siguiente media hora. El frío de marzo se me coló en los huesos y me hizo temblar. Tiré de las mangas del jersey hacia abajo, pero no fue suficiente.

Resignada, saqué de la mochila la comida que me había preparado mi madre: un sándwich de atún, una barrita energética y un zumo de melocotón. Le di un mordisco al bocadillo y me quedé ensimismada escuchando el canto de los pajaritos.

—¿Tú eres la otra alumna del colegio? —preguntó alguien.

Me giré en la dirección de la que provenía la voz y me encontré con Marcos y su pelo de punta. Se sentó a mi lado y me observó con interés durante unos segundos que se me hicieron eternos.

—Me llamo Marcos. —Se presentó tendiéndome la mano.

Ya sabía quién era. Por mucho que mi vida fueran los libros y el conocimiento, tenía ojos en la cara y me había fijado en el chico más guapo del colegio.

—Yo Elena —respondí cuando tragué la comida.

—¿Cuántos años tienes?

—Catorce, ¿y tú?

Sabía que Marcos iba dos cursos por delante de mí.

—Voy a cumplir diecisiete.

Sonreí con timidez antes de darle otro mordisco a mi tentempié.

—Bueno, ¿qué tal te ha salido el examen? ¿Era complicado el de tu nivel?

—Me he atascado un poco en el tercer problema, pero luego ha ido rodado —contesté—. ¿Qué tal el tuyo?

—Bien.

La brisa me removió el pelo, que se me había escapado de la trenza, y me castañetearon los dientes. Lo único que separaba mi piel del frío era el uniforme del colegio, que consistía en una falda plisada, una camisa blanca de manga larga, la corbata y el jersey. Menos mal que le había hecho caso a mi madre y me había puesto leotardos de lana esa mañana.

—¿Y tu abrigo?

—Me lo he dejado dentro.

Marcos se puso de pie, se quitó su chaqueta de plumas y me la tendió.

—No hace falta, gracias.

—Sí hace falta. Tienes los labios azules y si coges frío no vas a poder terminar el examen.

—Eh... —titubeé indecisa.

—A cambio aceptaré tu barrita porque estoy muerto de hambre.

—Yo... pero... —Se me aturullaron las palabras en la garganta.

—No le des más vueltas. Estás helada y yo tengo hambre. Los dos salimos ganando.

Acepté el intercambio y me puse su abrigo; me quedaba tan grande que tuve que subirme las mangas. Le sonreí y le di las gracias. Él simplemente se limitó a encogerse de hombros y restarle importancia.

Después de terminar la segunda parte del examen regresamos juntos hasta Moncloa, lo que nos llevó más de media hora de paseo y charla agradable. Cuando le devolví la chaqueta en mi puerta empezó a gustarme. De la manera en que puede gustarte un chico a esa edad, cosa que se reducía a que era guapo y le gustaban las matemáticas.

Una chorrada de tomo y lomo.

Mi enamoramiento duró cuarenta y ocho horas.

El lunes me lo crucé por los pasillos y como una tonta fui a hablarle. ¿En qué estaría yo pensando? Él estaba apoyado en la pared, al lado de los baños, y charlaba con una chica rubia, que más adelante me enteraría de que se llamaba Claudia.

—Hola, Marcos —saludé animada.

Él giró el cuello despacio y, durante un instante, me miró como si yo fuese transparente. Parpadeó un par de veces, como si le costase enfocarme. Después, arrugó las cejas y me preguntó con indiferencia:

—Y tú... ¿te llamabas? —Hizo una pausa y me dedicó una mueca burlona—. ¿Sabes qué? En realidad me la suda.

Me quedé paralizada.

Yo había ido a saludarlo con toda la ilusión del mundo y él... ¿ni siquiera recordaba mi nombre?

Tampoco ayudó la mirada de desprecio que me obsequió su acompañante.

Ni siquiera dio tiempo a que se generase un silencio incómodo porque la chica se enrolló la corbata del uniforme de Marcos en la mano en un ágil giro de muñeca. Le susurró algo al oído y ambos se rieron y me ignoraron por completo. No me hacía falta saber qué se habían dicho para entender que se reían de mí. Y, por si no me había quedado claro, él me miró con altanería y ella resopló con desdén.

Por desgracia, tardé unos segundos en reaccionar y en darme cuenta de que las personas que me rodeaban estaban observándome con pena.

«Pero ¿cómo es posible? Si el sábado fue majísimo».

Casi podría decirse que, de un día para otro, él había pasado de ser simpático a un desagradable. Y yo no lo entendía. No le había hecho nada.

Con tan solo tres frases, Marcos me había hecho sentir como si yo fuese una rata de laboratorio que no era digna de hablar con un dios como él. Y las caras de los pocos testigos que habían presenciado la escena confirmaban mis sospechas.

Me apreté los libros contra el pecho y me fui a toda prisa. Nunca en mi vida me había sentido tan estúpida como en ese momento.

Ese día la vergüenza que sentí acabó desbordándose y transformándose en pena hacia mí misma. Y no fue hasta tiempo más tarde cuando comprendí que yo no tenía la culpa de sus borderías. De lo único que podía culparme yo era de haber dedicado más tiempo a pensar en un chico que a centrarme en un libro.

Después de ese menosprecio en público, creí que él no podría hacer nada para caerme peor, que nos limitaríamos a ignorarnos y ya está, pero tan solo unos meses después descubriría lo equivocada que estaba.

18

La proposición

A Amanda le fascinaban los globos de helio, para ella cualquier excusa era buena para comprar uno. Cuando era pequeña sus padres le regalaron uno en forma de dálmata y se le escapó. La pequeña Amanda se quedó mirando cómo el globo ascendía en el aire y estuvo llorando toda la tarde.

Los globos de helio tienen dos posibles finales: o se desinflan al perder el aire o explotan porque al subir se hinchan tanto que llega un momento que no dan más de sí. Nunca sabías qué iba a pasarle al tuyo, pero ambas opciones conducían al mismo final: la pérdida del globo. Ese era su triste y cruel destino, y no importaba lo mucho que quisieras que tu globo sobreviviera porque no podías hacer nada. La moraleja de esta historia es que cuanto más alto subes mayor es la caída. Ya lo dijo Isaac Newton: «Todo lo que sube tiene que bajar».

Esa mañana ni siquiera intenté frenar los pensamientos que sabía que no debería tener. Me descubrí recordando el día en que se me cayeron los libros y en sus palabras al recogerlos: «Te estoy ofreciendo un acuerdo beneficioso para ambas partes».

Y entonces se me ocurrió.

¿Y si le proponía tener una aventura hasta que se fuese a Londres? Luchar contra mí misma me tenía agotada y prefería emplear mi energía en buscar información para el trabajo de fin de grado. Y, para qué engañarnos, también en acostarme con él. Con la idea en la cabeza busqué información en internet acerca de los romances de verano. Dos cosas se me quedaron en la cabeza como las más importantes: establecer la duración y tener claro que era sin compromiso y sin sentimientos. Era una idea tan buena que no sabía cómo no se me había ocurrido antes. Éramos adultos; si queríamos, podíamos mantener un idilio hasta que él se fuera y separarnos sin dramas y sin hacernos daño. Eso era un acuerdo beneficioso para ambas partes, ¿verdad?

«Verdad».

Estaba claro lo que tenía que hacer, solo tenía que encontrar el momento adecuado para sacar la conversación.

Yo odiaba no tener las cosas planeadas. De ese modo, sabiendo qué día se pondría punto final, la dueña de mi vida volvería a ser yo y no mis hormonas revolucionadas. No podía dejarme arrastrar por unos ojos bonitos, pero quizá sí pudiera hacerlo por lo que su cuerpo le hacía sentir al mío.

El siguiente desliz no se hizo esperar. Publicaron la nota de la asignatura que me faltaba por saber, me pusieron un sobresaliente.

¿Y qué hice?

Salté emocionada y se lo conté a Marcos.

A Marcos, antes que a mis amigas que estudiaban conmigo. Según le envié el mensaje me agobié ante la magnitud de lo que eso representaba. Acababa de pasarme algo bueno y él era la primera persona a la que se lo había contado. Preocupante, ¿verdad?

Recibí su respuesta mientras les preguntaba a Carlota y a Blanca qué tal les había ido a ellas.

> Enhorabuena, empollona!
> Lo celebramos cenando por ahí?

«¿Cenar por ahí?».
Me subió un puntito el agobio.
«¿Como en una cita real?».
Eso era peligroso. Una cosa era cenar en mi casa y otra ir juntos a un restaurante bonito para celebrar que había aprobado. Eso lo hacían las parejas, no los amigos con derechos.

En mi casa estaba en territorio seguro. Si él trataba de hablar de algo peliagudo, podía besarlo hasta que se le olvidase lo que iba a decir. En cambio, salir a cenar implicaba tener conversaciones reales que prefería evitar.

> Mejor vente a casa

Sin darle tiempo a responder, dejé el móvil en la mesa y me encaminé hacia la ducha, donde el sonido del agua se mezcló con el de mis resoplidos frustrados.

Según le abrí la puerta Marcos me cogió en brazos. Cuando me dejó en el suelo me llenó la cara de besos. Parecía más contento que de costumbre.

—Mi hermana ha conocido a su bebé —informó con una sonrisa radiante.

—Eso es genial. —Sonreí yo también—. Me alegro mucho.

Se sacó el móvil del bolsillo y me enseñó una foto. En ella se veía a una chica más mayor que él, con el pelo largo del mismo negro que el suyo y los ojos del mismo azul profundo. Sostenía en brazos a un bebé que era más pequeño que los recién nacidos que había visto.

—Lo de los ojos hipnóticos es de familia, ¿no?

—Sí, los tres los tenemos azules. Lo hemos heredado de mi madre, pero los más bonitos que he visto son los tuyos.

—No seas mentiroso. Los ojos marrones no tienen nada de especial.

—Pues a mí los tuyos me vuelven loco.

Marcos me besó con ganas y una vez más me perdí dentro del maremoto de sensaciones que escapaban a mi control.

No habíamos tocado el tema de Londres y yo seguía sin saber cuándo se iría, pero verlo tan contento era una fuente de energía que enterraba mis preocupaciones. En algún momento tendría que regresar a la realidad, pero, mientras tanto, yo seguía a gusto flotando con mi globo. Cuando terminamos de cenar se excusó para llamar a su hermana y yo fui a la cocina para darle un poco de privacidad. Mi casa era pequeña. Y mientras le llenaba el cuenco a Minerva escuché sin proponérmelo toda la conversación. Lo último que dijo antes de despedirse captó mi atención:

—Nos vemos pronto.

«¿Pronto será mañana? ¿Será la semana que viene? ¿O será dentro de un mes?

»Pregúntaselo y sal de dudas».

Me acordé entonces del reloj de bolsillo que llevaba el conejo de *Alicia en el País de las Maravillas* y, por primera vez, sentí el tiempo como una losa pesada que cargaba a la espalda.

Tiempo.

Todo era cuestión de tiempo.

Y si yo lo sabía, ¿por qué estaba intranquila?

El corazón se me hizo un poco más pequeño ante la perspectiva de la despedida. Me quedé en la cocina esperando a que apareciera mientras les ponía cemento a esas grietas que amenazaban con tumbar mi muro. Era mejor sellarlas entonces que llorar cuando todo se desplomase.

—¿Qué te pasa?

Marcos estaba recostado contra el marco de la puerta, con el móvil en la mano y cara de preocupación.

—Nada —aseguré mientras sacaba la tarrina de helado del congelador. En ese momento una bola cremosa de chocolate negro era lo que necesitaba para sentirme mejor.

—¿Y por qué no me miras a los ojos?

Me giré y me lo encontré más cerca de lo que esperaba. Estaba especialmente guapo, con el pelo perfectamente peinado y los ojos brillantes. Tan guapo que me entraron unas ganas irremediables de besarlo y olvidarme de todo, pero no podía hacer eso.

—¿Quieres helado? —pregunté en voz baja.

—Lo que quiero es que me cuentes qué está pasando. —La preocupación se trasladó a su voz.

—¿Cuándo te vas? —solté de golpe.

—¿Adónde?

—A Londres. —Me encogí de hombros—. Vives allí. Es inútil postergar la conversación más tiempo.

Volví a cruzarme de brazos y Marcos se puso serio, se mordió el carrillo por dentro y soltó aire por la boca.

—En agosto. No te lo he dicho antes porque me pediste que fuéramos despacio y no pensé que quisieras hablar de ello.

Guardé silencio.

Se apretó el puente de la nariz y volvió a suspirar. Los ojos le brillaban un poco menos y se me formó una bola en el estómago.

—Elena, ¿qué estamos haciendo?

—No lo sé. —Me froté la frente—. Pero que te quedes a dormir no entra dentro de la definición de ir despacio.

—Pues no me pidas que me quede —contestó de forma automática—. No puedes pretender invitarme y que yo diga que no. No tengo fuerza de voluntad y me gusta demasiado tentar a la suerte.

Asentí sin decir nada porque tenía razón.

—La pregunta es simple: ¿quieres que me vaya?

—No lo sé. Estoy hecha un lío —confesé abrumada—. No sé lo que quiero.

Él torció el gesto y asintió; parecía estar sopesando las respuestas que le daría.

—Quizá con unas cuantas preguntas podamos arrojar un poco de claridad al tema. ¿Quieres que me quede hoy a dormir contigo?

Moví la cabeza de arriba abajo en un gesto afirmativo. Me apetecía más de lo que era razonable.

—¿Quieres que vuelva mañana después del trabajo?

Volví a asentir.

«Te sentencias tú solita».

—Solucionado. —Me dedicó una sonrisa reconfortante—. Ni tú quieres que me vaya ni yo quiero irme.

—¿Y qué vas a hacer cuando quiera que te vayas de verdad?

—Pues... irme. —Casi podía sentir el dolor de su voz retorcerme por dentro—. Me joderá, pero voy a respetar todas tus decisiones. Creo que es importante que lo sepas.

—Entonces, mientras quiera que te quedes, ¿vas a hacerlo?

Reflexionó unos segundos antes de responder un rotundo:

—Sí.

Sentí que en ese monosílabo iban implícitos un millón de sentimientos capaces de convertir mi globo de helio en uno aerostático en el que entraríamos los dos.

—¿Y si seguimos haciendo esto hasta que tengas que volver a Londres? —La pregunta escapó de mis labios antes de que pudiera contenerla, pero supuse que era mejor dejar las cartas sobre la mesa cuanto antes—. Tú quieres quedarte un poco más conmigo y yo quiero que te quedes. Tú tienes tu vida allí y yo tengo que buscar unas prácticas aquí... Podemos estar juntos hasta entonces o dejarlo ya, antes de que haya ningún malentendido más. Lo que prefieras. —Mientras esperaba su respuesta, los nervios me retorcieron por dentro—. ¿Qué me dices? —Me balanceé inquieta bajo su atenta mirada.

—Pues que estoy más loco de lo que pensaba —musitó al inclinarse para besarme.

—Es un plan perfecto —admití separándome lo justo para coger aire—. Pero tienes que prometerme que va a durar hasta que te vayas. —Le metí las manos por debajo de la camisa y él me besó el cuello—. Te irás cuando acabe el verano y cada uno seguirá con su vida, sin dramas —terminé con la voz entrecortada.

Marcos volvió a arrasar mi boca y yo me dejé llevar una vez más.

Después de ese punto de inflexión yo me quedé más tranquila sabiendo que lo nuestro tenía una fecha límite.

Unos días más tarde, salí de la cama antes que él. Quería acercarme a la biblioteca a recoger unos manuales que necesitaba para empezar el trabajo. Me preparé un bol con fruta y yogur griego, y me serví el café en mi taza favorita, la de los Aristogatos que me había traído Amanda de Disneyland, y le agregué un poco de nata. Me había levantado golosa, quizá por lo dulce que había sido Marcos la noche anterior.

—¿Hay otro de esos para mí? —Me agarró la cintura y me estrechó contra su pecho.

Le di mi taza. Y cuando terminé de hacer otro café para mí él ya se había terminado el suyo.

—Me encantaría quedarme un rato más —dijo metiéndose una cucharada de yogur en la boca—. Pero tengo una reunión a las diez. Debería irme a casa para ducharme y salir como un rayo, así que voy a vestirme ya.

Hice un mohín. Le prefería desnudo o, en su defecto, en ropa interior. Él esbozó una sonrisa arrogante y me apartó el pelo del hombro.

—Esta noche puedes desvestirme otra vez. —Su aliento me rozó la oreja y me puse más que nerviosa—. Y mañana y pasado mañana.

Me dio un beso fugaz y abandonó la cocina sin decir nada más. Traté de calmar mi respiración acelerada, pero no lo conseguí. Le di un sorbo al café y salí con la taza al salón en busca de mi gata. Marcos apareció con los vaqueros puestos y metiéndose la camiseta a toda prisa por la cabeza. Maldijo por lo bajo algo que no llegué a entender. Cruzó la estancia en dos zancadas y me lamió el labio con tanta alevosía que me temblaron las piernas. Plantó sus manos en mi cintura y me besó sin reparos. En cuanto nuestras lenguas se rozaron la atmósfera volvió a estar cargada de electricidad. Y en ese momento me di cuenta de que o llevaba el móvil en el bolsillo o estaba disfrutando de lo lindo.

—¿Se puede saber qué haces? —pregunté con la respiración acelerada—. No me hagas esto cuando tienes que irte.

—Tenías nata en el labio —explicó de manera inocente—. Si no lo hubiera hecho, no habría parado de pensar en ello el resto de la mañana.

Me guiñó un ojo y me soltó.

—Hasta luego, preciosa —murmuró por encima del hombro.

Cerró la puerta detrás de él y yo me quedé unos segundos asimilando el calentón que tenía. Si en ese instante hubiera sabido que mi globo estaba a punto de explotar, lo habría convencido de que se quedase un poco más.

Regresé a casa con tres libros apretados contra el pecho. Marcos ya me esperaba en el portal, los viernes siempre terminaba a mediodía. Le conté mi jornada mientras subíamos en el ascensor. Cuando cerré la puerta de casa ya nos besábamos como si no existiera en el mundo nada más importante que eso. Me separé para dejar los libros en la mesa. Quería terminar lo que habíamos empezado esa mañana y necesitaba las manos libres. Antes de que pudiera volver a besarlo me vibró el teléfono. Tenía la cabeza echada hacia atrás y Marcos no paraba de morderme el cuello, cosa que dificultaba que encontrase el móvil en el bolso. En cuanto vi que era Amanda di un paso en la dirección opuesta a su cuerpo e hice un gesto con la mano para que se callase.

Respiré hondo y descolgué con el corazón latiéndome a toda pastilla.

—¿Qué haces llamándome? —pregunté con la voz entrecortada—. Te van a cobrar una millonada.

—¿Por qué? Si ya estoy de vuelta. Acabo de aterrizar —informó en tono jovial—. Pareces agitada.

Dirigí la vista hacia el causante de mi estado y, horrorizada, fui testigo de cómo Marcos se desabrochaba los botones de la camisa sin dejar de mirarme. Sus ojos brillaron con malicia cuando lo repasé de la cabeza a los pies.

—Els, ¿me oyes? —La voz de mi amiga me devolvió a la conversación.

—Eh, sí, perdona. —Le lancé una mirada asesina a Marcos y me di la vuelta. Si no veía su torso desnudo quizá podría concentrarme en juntar dos palabras sin parecer idiota.

—Te decía que estoy reventada, pero que si quieres puedo acercarme a tu barrio a cenar. Quiero verte y además te he traído una cosa. ¿Tienes algo que hacer?

—No —aseguré nerviosa—. Me parece un buen plan.

«Bueno, iba a cenar con Marcos».

—Perfecto, pues luego te aviso con la hora. Calculo que podría estar por allí sobre las ocho. Creo que Lucas va a llamar a Marcos porque sigue en Madrid. Así que bajaremos juntos.

—Eso es genial —repuse incómoda.

—Vale, pues nos vemos esta noche. Un besito.

—Otro para ti.

Colgué y me quedé de espaldas unos segundos valorando qué decirle a Marcos. Me di la vuelta y verlo sin camisa y con los vaqueros desabrochados terminó de excitarme.

—He pensado que el resto de la ropa querrías quitármela tú —dijo con voz grave.

Sujeté el móvil con fuerza y me entraron unas ganas terribles de tirarlo a la basura. Marcos se acercó a mí como una pantera y le coloqué una mano en el pecho para impedirle continuar.

—No puedes quedarte más días a dormir —informé con la vista clavada en la pared.

—¿Qué dices?

Me encogí de hombros y dejé caer la mano.

—Amanda ha vuelto —continué sin mirarlo—. Lucas va a llamarte.

—¿Y eso importa por...?

—Porque es mi amiga —lo interrumpí y clavé los ojos en él—. Y quiero que siga siéndolo.

—¿Y qué tiene que ver eso con nosotros?

«Nosotros».

—Lo que tiene que ver... Es que no quiero contarle que nos estamos viendo. No quiero que lo sepa nadie —conseguí decir al fin.

Marcos abrió los ojos como platos y se quedó más blanco de lo normal.

—¿Por qué no? —preguntó después de unos segundos.

—Pues porque no está bien.

—¿Qué no está bien? —Su expresión se ensombreció—. Elena, ¿qué es lo que quieres decirme?

—Que de ahora en adelante tenemos que ser más cuidadosos. No quiero que me pillen.

—¿Que te pillen? —Se le escapó una risa amarga—. ¿Qué eres? ¿Una niña que ha robado unas chucherías?

Marcos tensó la mandíbula. La temperatura de la habitación descendió en picado.

—Yo... —titubeé—. Pensaba que íbamos a mantenerlo en secreto.

—¿En secreto? —El brillo de sus ojos se apagó por completo—. Hablas de nosotros como si estuviéramos cometiendo un crimen. Me hablas de la misma manera que hablo a los acusados en los juicios y, Elena, lo que estamos haciendo no debería parecerte un delito. —Su cara se convirtió en una mueca triste.

Permanecí callada.

—No estamos haciendo daño a nadie —continuó—. Y no deberíamos tener que escondernos, pero por la forma en la que me miras sé que da igual lo que diga porque ya has sentenciado lo que va a pasar conmigo. —Abrí la boca para contestar, pero él sacudió la cabeza—. Haces que esto parezca sucio, como si fuéramos culpables de algo, y estar con alguien no debería ser así. —Hizo una pausa y supe que lo que diría a continuación iba a escocerme—. Y si te sientes así... No tengo nada más que decirte.

—No entiendo qué tiene de malo que esto se quede entre nosotros —repuse sin entender por qué se estaba liando tanto.

Marcos se abrochó los pantalones y volvió a calzarse.

—Ese es el problema, tú solo piensas en lo que te interesa. En el fondo, sigues pensando que soy el villano que se ha colado en tu castillo de cristal —dijo dolido mientras se abotonaba la camisa—. Me estás echando y no quiero irme porque me gusta estar contigo. Me gustas tú.

—No me conoces.

—Sí te conozco. Sé muchas cosas sobre ti —aseguró acercándose—. Sé que siempre llevas el pelo trenzado, que organizas la ropa por colores, que llenas los libros de anotaciones y que cuando bebes te ríes y te enfadas. Nunca dices palabrotas y quieres a tu gata más que a nada. Eres más cabezota que Amanda, que ya es decir, y estás tan unida a ella que parecéis hermanas. Sé que eres adicta al helado y que siempre llevas flores en la ropa. Odias las sorpresas y tienes clarísimo lo que quieres hacer con tu futuro. —Marcos se calló de repente. Para entonces se me iba a salir el corazón por la boca—. Y también sé que contraes la tripa cuando tienes un orgasmo —continuó en un susurro—. Y que te encanta agarrarme el pelo. Y, por encima de todo, sé que por mucho que te cueste admitirlo no quieres que me vaya.

—Tienes que dejar de decir esas cosas —rogué.

—¿Por qué?

—Porque me agobian y porque los dos habíamos llegado a un acuerdo.

Marcos torció el gesto y asintió estupefacto. Sin duda, no era la respuesta que esperaba.

—Me voy. Avísame cuando recuperes la valentía —dijo con amargura.

—No tienes por qué irte todavía. He quedado con Amanda dentro de un rato.

—No pienso quedarme dentro de tu cama para que me uses cuando te interese —reprochó—. Joder, Elena, que llevo casi dos semanas durmiendo contigo y quieres deshacerte de mí escondiéndome en el armario.

Iba a decirle que eso no era cierto, pero el sonido de su móvil nos interrumpió. Se pasó una mano por el pelo con desesperación y observó la pantalla.

—Es Lucas. Voy a contestar —explicó rápido—. No te preocupes, que no le voy a decir nada. —Me besó la frente—. Adiós, Elena.

Descolgó y saludó animadamente a su amigo. Me miró por última vez con el rostro desencajado antes de cerrar la puerta. Y así fue como mi globo explotó en mil pedazos. Porque eso es lo que pasa cuando no sujetas bien la cuerda: sin que te des cuenta se te escapa entre los dedos.

19

Sin reservas

Con una sensación desagradable en el cuerpo, me quedé mirando la puerta que Marcos acababa de cerrar. Creía que las cosas entre nosotros estaban claras. Por eso no entendía por qué me acusaba de utilizarlo. Yo no tenía intención alguna de contárselo a nadie porque ¿qué sentido tenía contar que estaba en una relación que ni yo misma comprendía y que tenía fecha de caducidad?

Mientras me hacía la trenza francesa frente al espejo, recordé sus palabras: «Sé que siempre llevas el pelo trenzado».

Para darnos una lección a ambos me deshice la trenza y me dejé el pelo suelto. Observé durante un rato el vestido que había dejado sobre la cama y que tenía pequeñas flores de lavanda. «Siempre llevas flores en la ropa».

Guardé la prenda en el armario y busqué otra cosa. Estuve tentada de ponerme el vestido negro que llevé en mi cumpleaños, pero descarté la idea al recordar que Marcos me había desnudado cuando lo llevaba puesto. Lo último que necesitaba era ponerme algo que me recordase a él. Al final opté por una falda vaquera y una blusa amarilla pastel.

Ese día no habría ni trenzas ni flores.

Por lo general no me maquillaba más allá de la máscara de pestañas, pero ese día usé todos los productos de belleza que me había regalado Amanda.

En cuanto puse un pie en la calle me estrujó como una boa constrictora. Amanda le ponía tanto ímpetu a todo que hasta me dio un cabezazo.

—¡Ay! Perdona tía, la emoción —dijo frotándose la frente—. ¿Cómo estás? —Me echó un brazo por encima del hombro y me dio un beso en la cabeza.

—Bien. ¿Y tú? —Ladeé el rostro para mirarla.

—Reventada, pero bien. —Me soltó y me escaneó de arriba abajo—. Deberías dejarte el pelo suelto más a menudo, tienes una onda preciosa y estás guapísima.

—Gracias, tú también —admití sonriendo. Amanda estaba estupenda con el conjunto malva de top y pantalón corto, que junto a los pendientes y el colgante dorado resaltaban el moreno de su piel—. Se nota que has tomado el sol.

—¿A que sí? —Sonrió orgullosa—. Y eso que odio tumbarme y no hacer nada. ¿Tú qué has hecho?

—Poca cosa, estudiar y ver documentales.

—Podrías venirte a mi piscina un día. Pasas demasiado tiempo en casa.

«Te ibas a desternillar si supieras por qué razón he estado en casa».

—Por cierto, me he dejado tu regalo en el maletero. Cuando me recoja Lucas te lo doy y así lo saludas —agregó ella entrelazando su brazo con el mío.

—¿Al final habéis bajado juntos?

—Sí. Él ha quedado con Marcos. No sé si pedirán algo o si cenarán por ahí.

Tragué saliva y asentí como si la cosa no fuera conmigo. Lo último que me apetecía era encontrarme con ellos. Y tampoco me entusiasmaba quedarme en casa, llevaba dos semanas allí metida con el susodicho y prefería salir un poco. Cualquier cosa era mejor que estar en un espacio cerrado que irremediablemente me recordara a él. El rato que estuviese con Amanda quería estar con ella de verdad. No quería tener la mente centrada en el chico que me tenía hecha un lío.

—¿Y si cenamos en Malasaña? —Alcé las cejas en un movimiento sugerente—. Seguro que te mueres por unas croquetas.

—Es inquietante lo bien que me conoces.

Terminamos en una tasca del centro que estaba a unas pocas paradas de metro de mi casa y que tenía unas de las mejores croquetas de Madrid.

Amanda enarcó una ceja cuando pedí cerveza.

—Tú no sueles beber.

—Hoy me apetece. —Me encogí de hombros—. Lo raro es que tú pidas agua, siempre que salimos cenas con cerveza o vino.

—Vengo de estar no sé cuántos días a base de mojitos y margaritas. Necesito un respiro —bromeó haciendo aspavientos con las manos—. Te juro que tengo depresión posvacacional.

—Eres una exagerada.

—En serio, tía, lo he buscado en Google y cumplo todos los requisitos. Acabo de llegar y ya estoy triste, apática y sin ganas de vivir. —Me miró con cara de corderito degollado y yo me reí—. ¡Qué duro es volver a la realidad!

—Creo que cualquier persona que regresase de una playa

paradisíaca estaría triste. El problema es que no te gusta tu trabajo, por eso no tenías ganas de volver.

—La verdad es que no he echado de menos el trabajo —admitió masajeándose las sienes—. Bueno, y a ti, ¿cómo te ha ido? ¡Cuéntame novedades!

El camarero apareció y dejó en la mesa una ración de croquetas, una de patatas bravas y otra de pulpo a la gallega. Como siempre, Amanda se quemó la lengua por ansiosa y me reí.

Mientras cenábamos le resumí cómo me habían ido los exámenes y la idea que tenía para el trabajo final. También le conté que me habían llamado de una clínica para hacerme una entrevista la semana siguiente, motivo por el que estaba contenta y nerviosa. Ella se interesó por conocer mi vida social, pero evadí la pregunta con una verdad parcial diciéndole que Blanca estaba en París, que Carlota estaba en Benicasim y que de Bruno no sabía mucho porque había desaparecido del mapa después de haberse liado con Blanca. Amanda los conocía a todos, por lo que estuvo más que cautivada por el tema. Me asombró que, al igual que Marcos, no le sorprendiese la noticia; según ella, Bruno era demasiado transparente. Después de asegurarle cien veces que no sabía nada más, cambiamos de tema y conseguí que la atención se centrase en ella y en su luna de miel. En cuanto se puso a contarme su viaje se le iluminaron los ojos. Me enseñó fotos de lo que había comido y visitado, y de playas de arena blanca y agua cristalina. Llegamos a una foto en la que salía besándose con Lucas e inevitablemente comenzó a hablar de él de manera enternecedora. Amanda se emocionaba mucho por todo. Si algo le gustaba, te lo vendía como si fuera lo mejor que le había pasado en la vida y daba igual que fuera una película, un nuevo destino de viaje o las últimas croquetas que se había comido. Cuando hablaba de

Lucas un brillo especial se adueñaba de sus ojos y conseguía que por unos segundos quisiese sentir eso también. Lo malo era que yo no creía en eso. Yo creía en mí misma, en mi futuro y en salvar a todos los animales que pudiera, y no necesitaba nada más para ser feliz. Las historias de amor mágicas, interminables e imposibles eran para gente como ella, para los creyentes.

La noche en Madrid estaba increíble, con una temperatura ideal, una luna llena amarilla, el murmullo del gentío y la compañía de mi mejor amiga. Una pareja pasó de la mano y recordé la noche del aeropuerto y la de mi cumpleaños. En ambas ocasiones, Marcos y yo habíamos caminado de la mano por la calle. Le di un sorbo a mi cerveza y traté sin éxito de sacarlo de mi mente. Quizá beber tenía el efecto contrario en mí, seguramente porque no estaba acostumbrada a ello, y me hacía recordar en vez de olvidar.

—¿Tú crees que soy aburrida?

—No, ¿por qué? —Amanda arrugó las cejas.

—Te ha parecido raro verme con el pelo suelto, ¿a que sí?

—Sí, porque llevas tanto tiempo con trenza que cuando te veo con el pelo suelto me sorprende, pero eso no es aburrido. Lo aburrido es llevar el pelo suelto siempre como yo, que no tengo ni puta idea de hacerme trenzas bonitas como tú. Si supiera y tuviera paciencia, te aseguro que iría por la vida como Daenerys Targaryen... una de *Juego de tronos* —añadió al ver que no tenía ni idea de a quién se refería.

Asentí con la vista clavada en el vaso.

—¿Te pasa algo? —Amanda buscó con la mano la mía y me dio un apretón.

—No. Nada. He estado limpiando toda la tarde y estoy cansada. Además, creo que me tiene que venir la regla. —Me excusé con agilidad.

—Vaaaale. —Parecía poco convencida—. ¿Sabes cómo se quitan todos los males?

Sacudí la cabeza porque sabía lo que iba a decir.

—¡Yendo de compras! ¿Tienes algo que hacer mañana?

—Trabajar. ¿Y no arrasaste antes de irte de luna de miel?

—¿Y qué pretendes que haga? —Se encogió de hombros—. Yo no puedo no comprarme ropa. De todos modos, quiero algo nuevo para el cumple de Lucas. Quizá lo celebremos en la casa de la sierra. ¿Cuento contigo?

—Como si tuviera opción.

Amanda entrecerró los ojos y yo me reí.

—Lo digo porque si Marcos sigue aquí, Lucas querrá invitarlo. Y mantengo lo que te dije en el aeropuerto: si no te apetece verlo, no hay problema; me lo dices y ya está.

—No te preocupes. Me da igual —aseguré. «Es él quien no va a querer verme a mí».

Amanda bostezó como un oso que acaba de despertarse de su hibernación y acabó con los ojos vidriosos.

—Perdona —musitó tapándose la boca a destiempo—. El *jet lag*. Voy a preguntar a Lucas cómo va, ¿vale?

Ante la mención de Lucas mi mente vagó a Marcos y a la cara triste con la que me había mirado antes de irse. Comprendí que la sensación desagradable se debía a que tenía remordimientos. ¿Debería disculparme?

—Lucas está terminando de cenar. ¿Te importa si nos acabamos la ronda y nos vamos? Le he dicho que me recoja en tu casa.

Antes de que me diese cuenta, el rato con Amanda había pasado y Lucas había aparecido en mi portal. Saludó a su mujer con un beso en los labios y se giró hacia mí.

—¿Qué tal? —Lucas me dio dos besos.

—No tan bien como tú. —Sonreí.

—Obviamente. Yo vengo de estar en la playa.

—Con un pibón de mujer —añadió Amanda.

Lucas y yo nos reímos.

—Eres una creída —respondió mirándola con adoración.

Y yo, sin proponérmelo, me acordé de Marcos otra vez.

—Lucas, ¿qué tal tu cena? ¿Qué habéis hecho? —pregunté agarrándome un mechón de pelo con desinterés.

—Bien. Hemos cenado chino en casa de Marcos.

—Genial —respondí—. Bueno, me alegro de haberos visto.

Me despedí y Amanda me aseguró que me escribiría al día siguiente para ver cuándo quedaríamos otra vez.

—¡Els, espera! —Amanda gritó desde el coche—. ¡El regalo!

Agarré la bolsa que me tendía; dentro había una postal y una guía de las catorce especies de tiburones que habitaban las Maldivas.

«¿Casualidad?».

—¿Por qué tiburones?

—Porque recordé que habías visto un documental sobre no sé qué especie. Tampoco te creas que podía traerte otra cosa que no fuera un sujetador de cocos o figuritas de madera talladas. —Se rio.

—Gracias. —Sonreí yo también.

—Ya me contarás qué te parece.

Asentí y ella me abrazó fugazmente a modo de despedida. Subí corriendo a casa para dejar la bolsa y volví a salir minutos después.

Recordaba dónde vivía Marcos. Un día lo había acompañado hasta su portal antes de irme a trabajar. No sabía el piso; por eso, cuando estuve cerca me armé de valor y lo llamé.

Respondió al tercer tono:

—No deberías llamarme. La llamada se va a quedar registrada y alguien podría verla.

—Estoy en tu portal —contesté ignorando su comentario punzante.

—No creo que sea una buena idea. Lucas podría presentarse por sorpresa y, ¿qué vas a decirle? ¿Tienes una coartada pensada por si te pilla? —preguntó en tono sarcástico.

—¿Puedo subir?

Lo oí suspirar.

—Tercero A.

—Ahora te veo —musité antes de colgar.

En el ascensor me atusé el pelo y me pareció una buena idea desabrocharme el primer botón de la blusa.

«¿Por qué haces eso? Y lo más importante de todo: ¿Qué piensas decirle?».

Antes de que pudiera llamar con los nudillos su puerta se abrió de par en par.

Marcos también se había cambiado de ropa, llevaba un pantalón de chándal gris y una camiseta blanca. Nunca lo había visto en ropa deportiva y estaba muy atractivo. Tenía el pelo revuelto y la mirada apagada.

—Hola —saludé.

—Hola. —Se apartó de la puerta y me hizo un gesto con la mano para que pasara.

Pensaba seguirlo al interior de la casa, pero él se quedó al lado de la entrada mirándome con ojos escrutadores. Al final se cruzó de brazos y se apoyó contra la pared.

—Nunca te había visto en chándal —apunté sin saber qué decir. Él se limitó a observarme con gesto cansado—. Llevo el pelo suelto.

—Ya.

—No llevo flores en la ropa. Y sí que digo palabrotas.

Ladeó la cabeza y cuando habló su voz sonó cansada:

—Elena, ¿qué haces aquí?

—Yo... —titubeé—. Quería disculparme por lo de antes.

—La culpa no es tuya, el gilipollas soy yo.

—¿Por qué dices eso?

Él apartó la mirada y yo cogí aire y empecé a desenredar ese enorme ovillo de lana que eran mis sentimientos.

—Me gustas más de lo que tenía planeado —solté con aplomo.

Marcos me miró sorprendido y yo seguí:

—Ojalá no me gustases, pero es así. Y quiero seguir viéndote, pero no quiero que se entere la gente. Quiero disfrutar de esto sin dar explicaciones. Y lo siento... Siento mucho haber metido la pata, creía que pensábamos igual —me justifiqué—. Y ya sé que no es excusa, pero tengo miedo de esto. Por eso me agobio, por eso intentaba poner distancia. Tengo miedo de que salga mal, de estropearlo y de que me hagas daño. Porque yo no soy así. Yo estoy centrada en mi futuro y esto se sale de lo que tenía organizado. Antes has dicho que solo pienso en lo que yo quiero y es verdad. Nunca te he preguntado qué es lo que tú quieres, pero porque... Tú siempre vas con la lengua por delante diciendo todo lo que piensas sin filtros. Y yo ni siquiera sé qué decirte porque no tengo claro lo que pienso... —Hice una pausa y traté de buscar las palabras adecuadas—. ¿Puedes decirme lo que quieres? —pregunté con el corazón en un puño.

Abrió la boca y volvió a cerrarla.

—Lo que yo quiero da igual. —Marcos sacudió la cabeza.

—Dímelo, por favor.

—Lo que yo quiero es colocarte detrás de la oreja el mechón de pelo que siempre se te escapa de la trenza. Quiero abrazarte mientras duermes y decirte que eres preciosa cada mañana. Pero no creo que eso sea lo que quieres oír.

«No puedes alegrarte por que te diga esas cosas»; ignoré la vocecita que siempre estaba alerta y me tiré al océano sin chaleco salvavidas:

—¿Quieres seguir viéndome hasta que tengas que irte? —No le di tiempo a contestar y solté todo lo que pensaba de carrerilla—. No sé hasta dónde voy a poder darte y sigo sin querer estar bajo la vara de medir de nadie. No tengo ganas de que me juzguen ni de que opinen sobre lo que estamos haciendo. Ni de dar explicaciones. Y entiendo que no quieras aceptar algo así, pero prefiero ser sincera. No pretendo que te lleves una idea equivocada o que pienses que estoy utilizándote. Si hacemos algo, me gustaría que sea porque queremos los dos. Pero, si no piensas igual que yo, lo entiendo. Y si no quieres volver a besarme, pues... no pasa nada —terminé con un hilo de voz.

—Yo a ti quiero besarte constantemente —aseguró despegándose de la pared. Se quedó a escasos centímetros de mi cuerpo—. Porque yo no pienso lo mismo que tú, Elena. Yo... lo siento.

Mi corazón dio un salto gigantesco y descendió en picado.

Me acarició la mejilla y las mariposas de mi estómago aletearon furiosas por alzar el vuelo a la libertad.

—Me asusta que sepas tantas cosas sobre mí y me asusta querer seguir conociéndote. Y, sobre todo, me asusta pasármelo bien contigo y que me guste tu manera de ser porque siempre he pensado que eras odioso —confesé en un susurro.

—¿Has dicho que te gusta mi manera de ser? —Me sujetó la cara con las manos y me dedicó una sonrisa pícara—. Y yo que pensaba que solo me querías por mi físico y por lo que te hago sentir con mi p...

Lo corté besándolo con más ímpetu del que me había propuesto. Busqué su lengua dejando fluir todos mis sentimientos y enseguida se caldeó el ambiente.

—Elena —pronunció mi nombre con voz ronca—. Me estás besando de una manera poco apropiada.

—Lo sé. —Acerqué la mano a su entrepierna y terminé de acelerarme porque con el chándal lo sentía muchísimo más.

—Para. —Se apartó y me miró con ojos hambrientos—. Si no quieres que te lo haga contra la pared, al lado de la puerta, como en tu sueño.

La cara se me coloreó completamente, pero eso no hizo que nos detuviéramos. Él bajó las manos por mi espalda y me apretó el culo, deslizó los dedos hacia arriba y me subió la falda.

—¿No quieres hacérmelo aquí? —Sin darle tiempo a responder, metí la mano dentro de su pantalón.

—Joder. —Me besó el cuello y yo se la agarré con firmeza—. Quiero hacértelo en mi cama.

Marcos me cogió en brazos y, sin dejar de besarme, cruzó la casa. Una vez en su habitación me dejó en el suelo, cerca de la cama. Intercambié posiciones con él y lo empujé contra el colchón. Él se quedó sentado mirándome como si yo fuese lo que más deseaba en el universo. Desplacé la mirada de su pelo revuelto a sus labios enrojecidos y sentí una punzada de deseo entre las piernas.

Me senté encima de él quedándome al mando de la situación. Marcos aferró mis caderas y me froté contra él mientras lo besaba con pasión. La falda se me subió lo suficiente como para poder tener libertad de movimientos y al balancearme lo sentí duro contra mí. Quiso desabrocharme los botones de la blusa, pero se lo impedí.

—No puedo esperar —murmuré contra sus labios—. ¿Dónde tienes los condones?

Marcos nos movió a ambos hacia la izquierda y abrió el cajón de la mesa. Lo apremié para que cogiera uno y le mordí el cuello con ganas.

—Gracias por cumplir mi fantasía de la adolescencia.

—¿Qué fantasía? —pregunté con el pecho subiéndome y bajándome a toda velocidad.

—Follar contigo en mi habitación. No sabes cuántas veces me lo he imaginado.

Sus palabras y su tono de necesidad me estremecieron por completo. Presa de mi propio deseo desmesurado, le bajé el pantalón lo suficiente para que su miembro quedase liberado y lo besé ansiosa mientras se colocaba la protección. Gemí sonoramente cuando me apartó las bragas y se colocó en mi entrada. Me sujeté a sus hombros y descendí para que mis caderas se encontrasen con las suyas.

—Elena —jadeó.

—¿Qué?

—Que es mejor de lo que había imaginado —contestó con la voz ahogada.

Tenerlo dentro de mí era muy íntimo y eso me llevaba a ser sincera:

—Si seguimos adelante quiero que sea entre nosotros. No estoy preparada para estar en el radar de nadie, quiero ir a mi ritmo —dije sin dejar de moverme—. Además, podría ser divertido seguir fingiendo que no nos soportamos delante del resto —le susurré al oído.

Marcos se echó un poco hacia atrás y me regaló una sonrisa lasciva.

—Joder, sabía que eras una empollona morbosa.

—Marcos... —Me paré y lo observé seria.

—Tú mandas —contestó al besarme.

Volví a moverme y me dejé llevar por las sensaciones que me asolaban el cuerpo, buscando el placer que necesitaba para apagar el calor de mi pecho. No tardamos en estar recubiertos de sudor. Esa noche el orgasmo fue más brutal que todas las veces anteriores. Quizá porque lo hice sin reservas y porque al fin había reconocido, en voz alta y a mí misma, que Marcos me gustaba y con ello había perdido una de mis capas protectoras. Mientras lo hacíamos no dejamos de mirarnos a los ojos y me di cuenta de que los suyos tenían un brillo nuevo, especial y distinto al que había visto hasta el momento. Como si de alguna manera hubiera comprendido lo que yo sentía, como si pudiera escuchar dentro de su corazón los latidos del mío.

Permanecimos un rato en la misma posición mientras se nos calmaba la respiración. Marcos seguía sujetándome las caderas y yo le había rodeado el cuello con los brazos. Se recostó un poco más en la cama sin dejar de besarme y me retuvo pegada a él.

Poco después me levanté y me coloqué la ropa.

Su cuarto tenía casi tantos libros como el mío y parecía más un despacho que un dormitorio. El escritorio estaba al lado de la ventana y sobre él había una montaña de papeles, un portátil y unos cuantos libros apilados. Cogí el ramillete de flores que Marcos había llevado en la solapa del traje y lo miré a él sorprendida.

—¿Por qué tienes esto aquí?

—Porque es un recuerdo de la boda —explicó desde la cama.

—Pensé que lo habrías tirado.

—Lo hiciste tú, no voy a tirarlo. —Se levantó y se acercó a mí—. Además, estuviste dando una turra tremenda con las flores. «Son preservadas, por favor, ten cuidado cuando las toques. Quita esas manazas, ya te lo pongo yo. ¡Que tengas cuidado, idiota, que solo he hecho tres! Ni se te ocurra tirarlas, ¿eh?» —bromeó imitando mi tono de voz. Le di un puñetazo cariñoso en el brazo y él se rio—. Pusiste el mismo empeño en hacer el ramillete que en que entendiera que tenía que ser cuidadoso. —Se inclinó y acarició con sus labios los míos—. Sois todos unos frikis: entre tus florecitas, Lucas dándome la mano del rey de *Juego de tronos* para que fuera su padrino...

—Yo también fui el equivalente a mano de la reina —interrumpí sonriente.

—Y fíjate, ahora no puedes quitarme las manos de encima —soltó con una sonrisa fanfarrona.

Volví a dejar el ramillete donde estaba, al lado del pin de la mano del rey.

—¿Cuándo supiste que Lucas estaba pillado por Amanda?

—Cuando me dijo que Amanda tenía una mente preciosa —respondió mirándome con intensidad—. Y tú, ¿cuándo supiste que ella se había enamorado de Lucas?

Nótese que yo dije «pillado», y él, «enamorado».

—El día que me dijo que Lucas era tan guapo que se quería morir. —Me reí al recordarlo—. Por cierto, ¿qué tal con Lucas? —Lo agarré de la mano y le acaricié la palma con el pulgar.

—Bien. Nos hemos puesto al día. ¿Qué tal tú con Amanda?

—Lo mismo. Hemos cenado en el centro y luego hemos ido a tomar algo.

—¿Has venido envalentonada por el alcohol? —preguntó colocándome el pelo detrás de la oreja.

—No. He venido porque he querido. De todos modos, has dicho que soy graciosa cuando bebo.

—Sí, la única persona que me parece graciosa y adorable estando ebria eres tú.

Me sonrió y me temblaron las paredes del corazón. Nerviosa, me di la vuelta y seguí inspeccionando su cuarto. Al lado de la orla del colegio había una foto del viaje a Escocia.

—¿Por qué tienes esta foto colgada? —pregunté sorprendida.

—No sé. —Se encogió de hombros—. Supongo que porque sales tú.

Lo miré incrédula.

—No me lo creo.

—Pues, lo creas o no —me abrazó por la espalda y me estrechó contra él—, el viaje a Escocia fue revelador para mí.

20

Los imprevistos del amor

10 años antes...

Cuando estaba a punto de empezar cuarto de la E.S.O. me llevaron al concurso europeo de matemáticas por primera vez. No fue una sorpresa ser una de las candidatas elegidas para representar al colegio, porque siempre sacaba buenas notas y me esforzaba por destacar. Vivía con mi madre, que saltaba de un trabajo a otro, y solo contábamos con la ayuda de mi abuela, que recibía una pequeña pensión por viudedad. Si podía permitirme el lujo de ir a un colegio privado era gracias a la beca por mi rendimiento académico.

Quince alumnos pasaríamos poco más de una semana en Escocia, donde competiríamos contra las sedes que tenía nuestro colegio en otros países. El campeonato duraría dos días y se celebraría en Edimburgo. Después visitaríamos el norte del país y regresaríamos a Madrid desde Glasgow.

Mis compañeros se despidieron rápido y se alejaron como si les diera vergüenza que los vieran con sus padres. No lo entendía. A mí no me importaba que me vieran abrazar a mi madre al despedirme de ella. La echaría de menos, aunque sabía que sería ella quien me extrañaría más a mí. Mi madre se pasaba el día trabajando y cuando llegaba por la noche yo ya había hecho la cena o había pasado por casa de mi abuela a por un táper de proporciones épicas.

Al pasar el control de seguridad, Clara, la profesora, sacó de su bolso un papel arrugado y lo desdobló.

—Chicos, ya sé que algunos de vosotros os lleváis bien, pero otros estáis aquí solos y no conocéis a nadie. Quiero que os ayudéis en todo lo que podáis y no quiero que nadie se sienta excluido. Para facilitar las cosas he dispuesto los asientos por orden alfabético, ¿de acuerdo? —Nos miró a todos para ver si alguien tenía alguna duda—. Cuando os llame, acercaos a por vuestra tarjeta de embarque.

Todos asentimos y ella se dispuso a leer la lista.

—Aguilar, Marcos. —Clara llamó en voz alta.

El aludido se adelantó y recogió su billete. Llevaba todo el verano sin verlo. Estaba diferente. Su rostro parecía un poco más adulto y era mucho más alto.

—Aguirre, Elena. —La profesora me nombró—. Te sientas con Marcos.

Una sensación de horror se me instaló en el estómago. Me aparté resignada y me coloqué lo más lejos que pude de él. No quería mirarlo, pero estaba segura de que su cara sería de fastidio, igual que la mía. Tampoco quería hacer un drama de ello. Apenas habíamos vuelto a cruzar palabra desde que él se había olvidado de mi nombre, por lo que sería como ir al lado de un desconocido. Aunque, después de lo estúpida que me había sentido ese día, nadie podía culparme por preferir sentarme con cualquier otra persona.

Cuando llegué a mi fila Marcos ya se había acomodado en el asiento de la ventanilla, que era el mío, y ni siquiera despegó la vista de su teléfono.

Mejor.

Casi era mejor no hablar y no tener que recordarle que me llamaba Elena.

Me abroché el cinturón de seguridad y leí el folleto de seguridad dos veces antes de dejarlo en su sitio. Sabía que los aviones eran uno de los medios de transporte más seguros del mundo, pero me daba miedo la incertidumbre de no saber cómo me sentiría. Me había documentado y era consciente de que podría marearme, tener molestias en los oídos e incluso náuseas.

—¿Es la primera vez que montas en avión? —Marcos me observaba con curiosidad.

—¿Cómo lo sabes?

—No quiero recalcar lo evidente, pero te agarras al reposabrazos con tanta fuerza que parece que te han condenado a pena de muerte.

Avergonzada, aflojé el agarre. Con el rabillo del ojo lo vi ponerse de pie y recoger sus cosas.

—¿Me dejas pasar?

¿De verdad tenía que esperarse a que me abrochara el cinturón para levantarse? Suspiré y me coloqué en el pasillo para permitirle salir. Él se apostó a mi lado y me miró con cautela.

—Ponte en la ventanilla —sugirió haciendo un gesto con la mano para que pasara—. Seguro que así te tranquilizas y dejas de berrear.

—Estoy tranquila, gracias. —Entrecerré los ojos. Su amabilidad no era de fiar, así lo había demostrado con la puntillita que había añadido al final.

El señor al que estábamos cortando el paso resopló impaciente.

—Venga, está esperando la gente. —Me apremió con la mano para que me diera prisa—. Además, el asiento de la ventanilla es el tuyo.

Accedí a sentarme en la ventanilla porque era lo que prefería.

—Si te entran náuseas, coge una de esas bolsas. —Señaló el bolsillo del asiento delantero—. Ni se te ocurra vomitarme encima.

No le contesté.

Con un poco de suerte el resto del viaje lo haríamos en silencio. Cuando el avión arrancó observé absorta las explicaciones de las azafatas.

—¿Vas a ponerte de pie y aplaudir cuando terminen? —Marcos me lanzó la pregunta en tono mordaz. Adiós a mi esperanza de que mantuviera la boca cerrada—. Ni que estuvieras en un musical del West End de Londres.

—Es normal que atienda, es la primera vez que monto en avión —reproché molesta por la burla que iba implícita en su comentario—. Y descuida, que si quiero aplaudir no tengo que pedirte permiso.

Marcos ladeó la cabeza y su cara se transformó en una mueca sarcástica.

—Apuesto a que es la misma cara de adoración que pones en clase. —Parecía estar a punto de reírse de mí—. He oído que eres una empollona.

Abrí mi libro de matemáticas por una página al azar e intenté concentrarme en leer.

—Seguro que te sabes ese libro de memoria.

Hinché los carrillos y dejé que el aire saliera despacio.

«No le contestes, Elena. No merece la pena».

Leí por segunda vez la misma línea decidida a ignorarlo.

—¿No te aburres?

—¿Aburrirme leyendo? —Torcí el cuello y lo miré con los ojos como platos—. ¿Qué clase de persona se aburre leyendo? —Agité la cabeza de izquierda a derecha. Ese chico y yo no encajaríamos nunca.

Eché un vistazo rápido por la ventanilla. El avión estaba ascendiendo. Para no ponerme más nerviosa, volví a concentrarme en el libro. Si hubiera encendido el cronómetro, podría haberme dado cuenta de que treinta segundos era el tiempo máximo que Marcos podía estar callado.

—Joder, qué putada que me haya tocado con la más aburrida de todo el colegio.

—Pues vete —repuse ofendida.

Marcos se desabrochó el cinturón de seguridad y echó un vistazo por encima de su hombro.

—No puedo. No hay ni un maldito asiento libre —se quejó.

¿De verdad le resultaba tan molesta mi compañía? Si lo único que quería hacer yo era ir concentrada en mis ejercicios de mates...

¿Sería así de maleducado con todo el mundo? ¿O solo conmigo?

—Puedes sentarte en el servicio —le propuse—. Y ya de paso cierras la puerta —le contesté divertida por mi ocurrencia.

Mi intento de insulto no tuvo el efecto deseado. Marcos, en lugar de tomárselo a mal, se rio. Y yo apreté los labios fastidiada. Su risita era odiosa. Parecía que él tenía que quedar siempre como el aceite: por encima.

—No pienso encerrarme en el baño. Para un día que tienes suerte en tu vida, no quiero arrebatártela.

—¿Suerte? —Cerré el libro y lo miré resignada.

—Sí. Ahora mismo eres la pasajera con más suerte de todo el avión. Sé de más de una a la que le gustaría ocupar tu asiento.

«Será creído...».

Sacudí la cabeza incrédula. Nunca había conocido a alguien tan presumido.

Volví a abrir mi libro, saqué el estuche, el cuaderno y la calculadora de la mochila.

Treinta segundos más tarde, mi acompañante ya estaba molestando otra vez.

—Seguro que eres de esas que les hacen la pelota a los profesores. El mayor drama de tu vida es sacar menos de un nueve, ¿a que sí?

«Ojalá».

Lo miré con los ojos entornados y dije:

—Y el tuyo, que, si te callas, revientas, ¿verdad?

—Te estoy haciendo un favor al dirigirme a ti.

—Si quieres hacerme un favor, abre la puerta y tírate.

—No quiero morir tan joven.

—No creo que fuera una gran pérdida para la humanidad. —Le dediqué una mueca y me encontré con una sonrisa maliciosa.

—Tiene gracia que los dos vayamos al concurso de mates. Tú y yo —dijo señalándonos a ambos con el dedo índice—. Debemos de ser el primer caso de la historia en el que uno más uno no suma, sino que resta.

—Pues mira, en eso te doy la razón, porque tú restas siempre.

Le sostuve la mirada unos segundos antes de voltearme hacia mi libro. No volvería a mirarlo en lo que quedase de viaje.

Por suerte, esa vez Marcos batió su propio récord de mantener la boca cerrada. No sabía cuánto tiempo habíamos estado callados. Lo que sí sabía era que mis intentos de estudiar estaban siendo un fracaso. Al cabo de un rato me atreví a echarle un vistazo. Marcos estaba girado hacia mí completamente dormido. Transmitía mucha paz, quizá porque tenía la boca cerrada y no podía decir ninguna estupidez.

Como no me observaba, me resultó más fácil resolver el problema. Cuando comprobé que la solución era correcta sonreí de alegría.

—¡Por fin! —Oí la voz de Marcos cerca de mi oído y me sobresalté—. Es imposible dormir con tu aporreo sobre la calculadora, Estela —se quejó.

«¿Acaba de llamarme Estela?».

—Entiendo que te guste estudiar, pero parece que te va la vida en ello.

—Si no quieres que nadie te moleste, ponte tapones o cámbiate de sitio —contesté de malas maneras.

—Al menos, podrías tener la decencia de disculparte —dijo acercándose a mí con aspecto desafiante—. Me has despertado.

Si pensaba que iba a disculparme lo llevaba claro.

—Preferiría tirarme por la ventana sin paracaídas antes que pedirte perdón, Mateo —pronuncié «Mateo» con retintín.

«¡Chúpate esa, idiota!».

En vez de contestar, se sacó el iPod del bolsillo, desenredó el cable de los cascos a toda velocidad y se los puso. Permaneció el resto del vuelo con la vista clavada en el pasillo y en cuanto pudo salió sin mirar atrás.

«Este chico es más complicado que los problemas de mates avanzadas».

En el vestíbulo del hotel la profesora repartió las habitaciones. Yo compartiría cuarto con Lucía, una chica de mi curso.

Nuestra habitación era espaciosa. De las paredes grises colgaban un par de cuadros de siluetas de ciervos, las lámparas eran antiguas, y el suelo, de madera. La luz blanquecina entraba por el ventanal desde el que podía verse la calle. Había dos camas separadas, ambas con colcha de cuadros escocesa. El baño era bastante moderno en comparación con la estética tradicional de la habitación.

Colgué en el armario mi ropa, dejé el neceser en el servicio, y en el perchero, mis prendas de abrigo. Lucía extendió su maleta en el suelo y la abrió por completo. En ese momento entendí que existían dos tipos de personas a la hora de viajar: las que lo sacan todo de la maleta y lo colocan, y las que no.

—¿Quieres hacer algo? —me preguntó Lucía.

Eran las doce de la mañana del domingo y teníamos el día libre. El lunes y el martes teníamos los exámenes de matemáticas y de ahí en adelante haríamos turismo.

—¿No vas a repasar nada para mañana? —dije sorprendida.

—Somos los alumnos más listos del colegio. Si necesitásemos repasar, no estaríamos aquí.

Caí en la cuenta de que tenía razón y además me vendría bien despejarme. La temperatura de Edimburgo a mediados de septiembre era más fría de lo que estaba acostumbrada, por lo que a mi conjunto de vaqueros y camiseta blanca le añadí un jersey rosa. Mientras Lucía se duchaba fui en busca de mis compañeros de curso. Probé suerte llamando a la puerta que teníamos enfrente, pero mi querida estadística jugó en mi contra y abrió Marcos.

—¿Qué quieres? —preguntó de mal humor.

—Buscaba a Raúl y Miguel.

—Ya están abajo. ¿Algo más?

—No.

—Pues disfruta de tu día. Adiós. —Sin darme tiempo a replicar, cerró la puerta.

Apreté los puños y volví a mi habitación enfadada.

Cuando Lucía terminó de arreglarse fuimos al vestíbulo en busca del resto.

—Dos más en la lista para salir —murmuró Clara mientras garabateaba los nombres de las dos en su cuaderno.

—Que sean tres. —La voz de Marcos sonó detrás de mí y deseé que me tragara la tierra.

—Marcos, Álex y tú sois los responsables de grupo por ser los más mayores —dijo la profesora—. Tenéis todos mi teléfono y lleváis en la cartera el papelito que indica vuestro nombre, dirección y el contacto de vuestra familia, ¿no?

Después de asegurarle a Clara tres veces que así era, salimos del hotel.

La mañana soleada pasó más rápido de lo esperado y fue bastante bien. El castillo era tan grande que a todos nos impresionó. Aunque lo más sorprendente fue oír a Marcos hablar en un inglés perfecto. Nosotros estudiábamos la mitad de las asignaturas en inglés, pero él parecía bilingüe. Más tarde me enteré de que su madre era inglesa.

Aunque habíamos pasado un rato agradable, me incomodaban las miradas de adoración que Lucía le dirigía a Marcos. Él parecía comportarse en presencia de otras personas. Sobre todo si eran chicas como Lucía; parecía encantado con eso de que le bailaran el agua.

Cuando el martes terminamos el último test el cerebro me pesaba tanto que solo quería descansar. Entrada la tarde teníamos la cena de despedida con el resto de los colegios con los que teníamos relación y que habían participado en la competición: Reino Unido, Italia y Francia.

Me di una ducha calentita y comencé a prepararme cuando faltaba una hora para salir. Para la cena mi madre me había comprado un vestido verde pastel, sencillo, de tirantes y con la falda en forma de A. Para ser adolescente no era muy dada al maquillaje, por eso simplemente me puse cacao en los labios. Amanda, mi vecina y amiga, me había regalado uno que tenía un poco de tinte rojizo y que me gustaba porque sabía a fresa. Rematé el look haciéndome una trenza alta que coroné con un coletero en forma de lazo.

Mientras esperaba a Lucía escribí a mi madre y le envié una foto para que viera cómo me quedaba el vestido.

Poco después, mi compañera salió del baño con una falda cortísima.

—¿Crees que le gustará? —me preguntó girando sobre sí misma.

—¿A quién?

—A Marcos —respondió como si le hubiera hecho la pregunta más tonta del mundo.

—Seguro. —Traté de fingir una sonrisa convincente, pero no me salió—. No entiendo por qué te gusta alguien con una personalidad tan cambiante.

—Salta a la vista. Es guapísimo —explicó de manera obvia.

¿A eso se reducía todo? ¿A que era guapo?

«¡Qué triste!».

A las cinco nos reunimos en el vestíbulo con el resto.

Cuando estuvimos todos la profesora nos guio hasta el comedor que habían reservado para la cena. Cada asiento tenía un cartel con nuestros nombres y la bandera del país al que pertenecíamos. En un esfuerzo por que confraternizáramos, los profesores nos habían mezclado. Me tocó al lado de un italiano llamado Flavio y una francesa llamada Clemence. El resto de la mesa la componían otro chico francés, un chico y una chica británicos, y enfrente de mí, como no podía ser de otra manera, Marcos.

La cena fue agradable. Clemence y Flavio resultaron ser extrovertidos. La conversación fluyó sin problemas entre nosotros. Marcos se comportó hasta llegar al postre.

Los camareros sirvieron pudin de chocolate, té y pastas. Aparté la taza con disimulo. No entendía cómo a la gente le gustaba algo que parecía agua sucia y que olía mal.

—Se te va a enfriar. —Marcos me habló en español.

—No me gusta.

—¿Por qué no pruebas a echarle leche? Está bueno.

Lo miré indecisa y él, para dar ejemplo, se sirvió un poco de leche en el suyo. Flavio se ausentó para ir al servicio y su asiento lo ocupó Alejandro Moliner, un chico de clase de Marcos con el que apenas había hablado. Saludó a toda la mesa y giró la silla en mi dirección para charlar conmigo. Comentamos los problemas de nuestros respectivos exámenes y terminamos debatiendo sobre los usos de las matemáticas en la vida cotidiana.

—Por favor, sois más aburridos que el problema tres del examen de hoy —dijo Marcos con un tono que destilaba ironía.

—Yo me lo estoy pasando bien —respondí escuetamente.

—Creo que tenemos conceptos diferentes de lo que significa pasarlo bien.

—Por lo menos yo he resuelto el examen entero. No como tú —le contestó Álex a Marcos.

Antes de que él pudiera hacer otro comentario hiriente, Álex me invitó a dar un paseo.

Por ser una ocasión especial la profesora nos dejó libertad con la única condición de que regresáramos a las ocho y media.

Paseamos por las calles colindantes y terminamos sentados en un parque. La mayor parte del tiempo conversamos sobre los estudios. Él me contó que quería estudiar empresariales y yo que me estaba planteando estudiar veterinaria. Lo pasamos tan bien que casi se nos pasó la hora. Cuando llegamos a la puerta de mi habitación me paré para despedirme de Álex.

—Me lo he pasado genial esta noche. Mañana podríamos repetir.

—Eh, sí, claro —accedí ruborizándome—. Ha estado bien hablar con alguien que me entiende.

En ese instante me fijé por primera vez y de verdad en mi acompañante. Tenía los ojos del mismo marrón claro que el pelo y una sonrisa sincera y bonita.

Álex se agachó para besarme la mejilla y sonrió al apartarse justo cuando la puerta que tenía delante se abrió. Marcos salió sujetando un vaso de lo que parecía Coca-Cola.

—Los que faltaban —dijo. Dentro de su habitación había más gente—. ¿Queréis un poco de ron? —Nos ofreció el vaso y yo di un paso hacia atrás y lo miré horrorizada—. Os invitaría a pasar, pero nos aguaríais la fiesta con vuestro aburrimiento.

Yo no contesté y Álex suspiró sonoramente antes de despedirse de mí y entrar en la habitación contigua a la de Marcos.

Ni siquiera me dio tiempo a comprender qué había estado a punto de pasar entre nosotros si nadie nos hubiera interrumpido cuando la desagradable voz de Marcos llegó a mis oídos otra vez.

—Y tú. —Me apuntó con el vaso en alto—. ¡Qué vergüenza! Si la profesora viera a su ojito derecho en mitad del pasillo a punto de enrollarse con el primero que pasa...

—Eres imbécil.

—Menos mal que he aparecido a tiempo y he evitado el bochornoso espectáculo.

—Lo que yo haga no debería importarte.

—Y no me importa. Sencillamente me parece asqueroso.

—Más asqueroso ha sido ver cómo ligabas con la francesa durante la cena —contesté con fiereza.

—¿Estás celosa? —Marcos entornó la puerta de su cuarto—. ¿Es que te habría gustado que me liase contigo?

¿Qué?

Sentí que el calor me subía a las mejillas.

—¿Te estás poniendo roja? —Me dedicó una mueca burlona—. ¡Patético!

—¡Antes me liaría con el monstruo del lago Ness! —exclamé rabiosa. No sabía por qué sus palabras me afectaban tanto como para perder las formas—. Al menos él no tiene enfermedades de transmisión sexual.

Cerré la puerta de mi dormitorio con más fuerza de la necesaria y prácticamente salté dentro de los pantalones del pijama. Cuanto antes me acostase y olvidase lo que acababa de pasar, mejor.

El penúltimo día en Escocia entendí el verdadero significado de la palabra «enemigo».

Cuando nos bajamos del autobús en Glasgow, después de haber pasado el día de excursión, la profesora decidió registrar las mochilas de todos. En el autobús había oído cuchichear a varias alumnas y sospechaba que había una botella de alcohol circulando. Yo, que no bebía ni me saltaba ninguna norma, estaba tranquila. Tan tranquila que no me lo pude creer cuando la profesora se agachó al lado de mi mochila y la oí decir:

—Elena, eres la última persona de la que me lo esperaba.

Clara se incorporó con la botella de whisky en la mano y me miró con una cara de decepción que hasta hoy todavía no he olvidado.

—No es mía. —Fue lo único que conseguí decir.

Estaba estupefacta.

No tenía ni idea de cómo había llegado eso ahí, pero no era mío.

Giré la cabeza hacia la derecha, en busca de un culpable, y cuando mis ojos se encontraron con los de Marcos, él apartó la mirada. Y entonces lo comprendí. El único momento del día durante el que no había vigilado la mochila había sido cuando me había quedado dormida en el autobús, y la persona que había ido sentada a mi lado las últimas tres horas era él. Marcos debía de haberla metido en la mochila mientras yo dormía. Estaba segura.

Y no pensaba cargar con la culpa.

—Es suya. —Señalé a Marcos. Estaba tan alterada que no sé ni cómo conseguí que me salieran las palabras

—No es mía. —Él se adelantó y se colocó a mi lado.

La profesora desvió la vista de él a mí, un par de veces, como si estuviera tratando de discernir quién de los dos decía la verdad.

—¡La has metido en mi mochila cuando me he dormido! ¡Estoy segura! —recriminé exaltada.

Él ni se dignó a mirarme.

—No sé de qué está hablando —le dijo Marcos a la profesora sin perder la compostura.

¿Qué?

¿Por qué me hacía eso?

¿Qué le había hecho yo?

Miré a la profesora desesperada en busca de auxilio. Ella apretó los labios, se acercó a la papelera y tiró la botella. Regresó a nuestro lado y suspiró sonoramente. Parecía decepcionada.

—El lunes, a primera hora, quiero verte en el despacho del director —me dijo.

«¿El despacho del director?».

Aquello tenía que ser una pesadilla.

—Profe, la botella no es mía. —Hice una pausa porque noté un nudo en la garganta y no quería ponerme a llorar delante de mis compañeros—. De verdad.

Ella me miró desilusionada y él, por primera vez desde que había empezado el viaje, guardó un silencio sepulcral. Por fortuna, Álex salió en mi defensa:

—Elena dice la verdad, la botella no es suya.

—Uf, ya tiene que salir el caballero de las espuelas de oro —susurró Marcos por lo bajo.

—¿Cómo dices? —le preguntó Álex.

—Que estaba claro que ibas a salir en defensa de «tu novia» —contestó Marcos sin perder la calma.

—No es mi novia.

—Bueno, chicos, ya está bien. —La profesora medió entre ellos y después me miró a mí—. Es su palabra contra la tuya, pero la botella te la he pillado a ti. —Abrí la boca para protestar, pero ella no me dejó—. El lunes, a primera hora, te espero en el despacho del director —repitió—. Hoy no tienes permiso para salir del hotel, y mañana en el avión de vuelta te sentarás conmigo. Esto que sirva de ejemplo para todos —terminó alzando la voz y mirando al resto.

Asentí sin decir nada más.

Los ojos me escocían. No sé cómo, pero conseguí aguantarme las lágrimas hasta llegar a la soledad de mi habitación.

Me tumbé en la cama y dejé salir la frustración en forma de lágrimas. Agradecí que mi compañera se hubiera ido a disfrutar de su rato libre porque odiaba que la gente me viera así.

Todos sabían que esa botella no era mía y solo Álex había

abierto la boca para defenderme. Y qué decir de Marcos. Sabía que no le caía bien, pero no esperaba que llevase su rencilla conmigo tan lejos.

EXPULSADA.

Mi cerebro había dejado de registrar las palabras que me entraban por los oídos tras haber escuchado esa palabra.

Lo peor que me podía pasar en la vida estaba pasándome. La vergüenza de ver la decepción en la cara del director y de mi profesora no era nada comparado con saber que me echaban del colegio tres días y que habría un claustro para decidir si me quitaban la beca de estudios o no. A todo eso había que sumarle la cara apenada de mi madre.

Mi primer día de curso se convirtió en el peor.

Deshonra.

Vergüenza.

HUMILLACIÓN.

Eso era lo que sentía cuando salí del colegio media hora después de que hubiesen abierto las puertas.

Creía que el fin del mundo llegaría con los cuatro jinetes del Apocalipsis. Pero para destruir mi mundo solo había hecho falta uno.

Lo peor de todo fue salir del colegio y encontrarme con el causante de todos mis problemas. Marcos llegaba tarde. De su mano caminaba una niña más pequeña. Intenté transmitirle con la mirada el daño que me había hecho, pero él clavó la vista en el infinito y ni siquiera se dignó a girar el cuello para mirarme.

Lo único que deseé en ese momento fue que algún día se dieran la vuelta las tornas. Marcos y yo pasamos de ser amables a fingir que no existíamos y ahora a llevarnos mal. Y yo no había podido hacer nada, el curso de nuestra relación lo había marcado él. Sin duda, su último año en el colegio pintaba larguísimo.

21

Noches de tormenta

—¿En qué piensas?

—¿Por qué dices que el viaje fue revelador para ti? —respondí con otra pregunta, sin apartar la mirada de la fotografía.

—Pues porque me di cuenta de que me gustabas y de que no tenía posibilidades, y, lo peor de todo, de que ni siquiera debería intentarlo porque cuando se acabase el curso me iría a Londres.

—¿Cómo te iba a gustar? Si estábamos todo el día enfadados. De hecho, fue en ese viaje cuando empezamos a caernos mal.

—Bueno, a mí no me caías mal.

—Pues tú a mí sí —aseguré de manera rotunda—. Por ejemplo, en esta foto. —La señalé con el dedo—. Ni siquiera quería salir a tu lado.

No lo oí reírse, pero sentí su pecho vibrar contra mi espalda.

—Lo importante es que ahora te caigo extremadamente bien. —Marcos se asomó sobre mi hombro derecho y me besó la mejilla.

Recosté la cabeza contra su pecho y suspiré.

Los paralelismos entre aquel momento y el de la fotografía eran evidentes. En ambos Marcos estaba detrás de mí, en uno de ellos yo no quería ni que me rozara y ahora me encantaba que me abrazase.

—Te indignaste cuando te dije que el té era una bebida pretenciosa. —Se me escapó una risita y me giré entre sus brazos.

—Soy medio británico —señaló de manera obvia—. El té es una institución para mí. De todos modos, el último día lo probaste con leche y te gustó —recordó con una sonrisa de suficiencia—. Y eso que decías que era para pijos malcriados.

—Tú dijiste que alguien con el paladar tan amargado como el mío sería incapaz de apreciar un buen té.

Parecía que Marcos estaba haciendo un esfuerzo por no partirse de risa.

—Yo recuerdo las cuatro horas de autobús hasta el lago Ness —explicó con gesto pensativo—. Tenías una bolsa de golosinas y no querías compartir.

—No seas mentiroso —refunfuñé—. Te di ositos.

—Para que me callase y te dejase leer tranquila.

Bufé y él se agachó para besarme.

—Yo quería pasar el viaje lo más apartada posible de ti y nos tocaba siempre juntos por el dichoso orden alfabético.

—Yo, en cambio, estaba la mar de contento porque sabía que me reiría contigo.

—Dirás a mi costa.

Reprimió otra carcajada.

—Contigo y a tu costa. —Asintió—. Es que te ponías hecha una furia por todo.

Le di un pisotón suave y giré el rostro cuando intentó besarme.

—Me ponía así por tu culpa. Y para que quede claro: no me gustabas ni un uno por ciento.

—¿Ni un uno por ciento? —Marcos se llevó una mano al

pecho—. Aguirre, eso son declaraciones durísimas. Vas a romperme el corazón.

Me aparté de él y me senté en el borde de la cama con las piernas cruzadas.

—Pues ya ves. Cero. Me dabas igual —afirmé.

Marcos se sentó a mi lado.

—Yo sí me había fijado en ti, por eso buscaba cualquier excusa para hablar contigo —admitió con una sonrisa ladeada.

Estaba acostumbrada a conocer solo mi punto de vista y tenía la sensación de que si tiraba del hilo también podríamos desenrollar su ovillo de lana.

—Que conste que lo de botella me ofendió profundamente —confesé levantándome—. No solo no quisiste jugar, sino que conseguiste que nadie quisiera. —Me crucé de brazos para hacer énfasis en mis palabras y que comprendiera que todavía estaba molesta—. Dijiste que no querías arriesgarte a que te tocase besarme y se te contagiase mi aburrimiento.

Marcos tiró del bolsillo de mi falda para colocarme entre sus piernas.

—Siento haberme metido tanto contigo. La verdad es que era un capullo. —Me besó la tripa y, cuando levantó la cabeza, reconocí en su mirada el mismo brillo intenso que había visto mientras hacíamos el amor—. No quería arriesgarme a que me tocase besarme contigo porque iba a estar jodido cuando no quisieras saber nada de mí. Y tampoco quería ser testigo de cómo besabas a Álex.

Me quedé sorprendida por sus palabras, pero no descrucé los brazos.

—Creía que yo no te gustaba —musité.

—Yo también lo creía, de ahí que te diga que fue revelador el viaje.

—¿Por eso eras tan antipático con Álex y conmigo? Aparte de vuestra rivalidad, quiero decir.

—Un poco sí —confesó arrepentido—. No era bueno controlando las emociones ni hablando de mis sentimientos.

—Me parecías un idiota integral. Y no entendía tu actitud, me hacías un comentario sarcástico y al minuto siguiente camuflabas un gesto amable bajo tu mirada arrogante.

—Tú tampoco te quedabas atrás. En repetidas ocasiones dijiste que preferías besar al monstruo del lago antes que a mí. Eso fue un puñetazo en todo mi orgullo.

—Oh, pobre Marquitos —dije con un tono fingido de lástima—. Debió de ser duro enterarse de que no todas las chicas babeaban por ti.

—Un poco —reconoció—. Estés donde estés, Marcos del pasado, merecerá la pena. Elena ahora pasa de tu cara, pero en el futuro te va a babear encima, en el sentido literal de la palabra.

Le di un golpecito en el brazo y él me agarró las caderas.

Recordé el encontronazo que habíamos tenido y que fue el desencadenante de que no pudiera ni verlo. Después de la excursión en barco por el lago Ness, teníamos una hora libre. Mientras los demás compraban souvenirs, yo bordeé el lago y me senté en un banco para leer mi guía. Marcos me asustó y en un acto instintivo le tiré la guía, con tan mala suerte que rebotó y se cayó al agua. Ese día me enfadé muchísimo, aunque todo empeoró dos días después, cuando la profesora me registró la mochila.

—La pelea del lago Ness fue uno de nuestros peores momentos. Estuve a punto de empujarte al agua.

—¿En serio? —Marcos se echó hacia atrás y ladeó la cabeza—. Para mí el peor momento fue el cumpleaños de Lucas en la sierra. Nos reencontramos cuatro años después de que me hubiera ido del colegio, ¿te acuerdas?

—Sí —coincidí—. Esa semana nos llevamos especialmente mal.

Le hundí los dedos en el pelo y se lo revolví con cariño.

—Creo que te faltó poquísimo para hacerme un corte de mangas, pero eres demasiado educada. —Se rio al recordarlo—. Lo pasé fatal, estuve empalmado casi toda la semana. Si hubieras estado soltera, habría tardado tres segundos en llamar a tu puerta de rodillas rogando un poco de cariño.

Mi tripa dio un saltito de trampolín ante su confesión. Visualicé al Marcos de veintidós años yendo a buscarme en mitad de la noche y caí en la cuenta de que eso habría sido interesante.

—Cada vez que me llamabas Ele quería ponerte un candado en la bocaza y tirar la llave.

Marcos sopesó mis palabras y levantó las cejas de manera sugerente antes de decir:

—Menos mal que has encontrado una buena manera de que me calle la bocaza, ¿eh?

—Sí. —Asentí inclinándome—. Ahora sé lo que tengo que hacer para que cierres el pico —susurré antes de presionar mi boca contra la suya—. Por cierto, hablando de la casa de la sierra, Amanda me ha dicho que nos va a invitar al cumpleaños de Lucas.

—¡Qué suerte! Así podré devolverte el favor y cumplir tu fantasía. —Deslizó las manos por mis piernas haciéndome estremecer.

—¿Qué fantasía? —pregunté con el corazón acelerado.

—La de hacértelo en el baño mientras todos están fuera celebrando. —Se levantó y se pegó a mí—. Ahora sé que te pone que te puedan pillar, ¿verdad, Ele?

La cara se me puso tan roja como una amapola.

—¡Que no me llames así! —contesté avergonzada—. Y te equivocas. No me pone.

Marcos me colocó el pelo detrás de la oreja y me miró con una mueca burlona.

—Ya... Tú lo que quieres es que volvamos a fingir que nos llevamos mal. —Sus labios rozaron los míos peligrosamente—. Quieres llamarme gilipollas delante de todos mientras por dentro te mueres por echarme un polvo sin piedad como acabas de hacer —terminó en un murmullo ronco.

«Uf».

—Yo no te he hecho eso. —Le puse mala cara. «Bueno, ni siquiera te has descalzado para tirártelo»—. Y ya vuelves a ser un bocazas.

—Pues ya sabes lo que puedes hacer... —Me guiñó un ojo de manera descarada.

—¿Tirarte el código civil a la cabeza?

—Muy graciosa. —Me hizo una mueca—. Por cierto, ¿quieres algo? ¿Un té? ¿Agua? Ya sabes que después de hacer ejercicio hay que hidratarse. —Sonrió sin un ápice de vergüenza—. ¿Y helado? He comprado los que te gustan.

—Creo que sabes que no puedo decir que no a eso.

—Vamos. —Me agarró la mano y tiró de mí en dirección al pasillo.

De camino a la cocina, me enseñó la casa, que constaba de cuatro habitaciones, dos baños, un salón con terraza —de la que automáticamente sentí envidia; siempre había querido tener mis plantas al aire libre— y la cocina. Era bastante amplia y la estética era sencilla, apenas había decoración. Las paredes desnudas le daban un aspecto frío, que no pegaba nada con la calidez de Marcos.

Me senté en una silla mientras él ponía agua a hervir. El congelador estaba repleto de cajas de pizza y helado. Una sensación cálida se apoderó de mi pecho al ver que había escogido las marcas que me gustaban.

—¿Quieres quedarte a dormir? —preguntó con desinterés mientras servía el té.

—Mañana trabajo y no me he traído ropa.

—¿Quieres que te acompañe a tu casa entonces?

Lo sopesé un instante.

—Prefiero quedarme —aseguré mirándolo a los ojos.

A Marcos se le iluminó la cara como si acabase de darle la mejor noticia de su vida.

Un rato más tarde volvía a estar sentada en su cama disfrutando de un refrescante helado de limón. Marcos se había quedado en la silla para dejar la taza en la mesa.

—En realidad, me fijé en ti cuando te conocí. Cuando salí al descanso del examen y te vi sentada en las escaleras, tiritando y con el pelo revuelto. Estabas tan guapa que fui como un mosquito hacia la luz.

Les di vueltas a sus palabras unos segundos y le hice la pregunta que llevaba rondándome la cabeza unos días:

—¿Por qué no me saludaste en el colegio el lunes siguiente? —Abrió la boca para contestar, pero yo continué—. Me dejaste tu chaqueta, dimos un paseo y lo pasamos bien. Y luego me ignoraste y me sentí como una idiota porque llevaba todo el fin de semana pensando en ti.

—¿En serio? —Parecía atónito.

—Sí, a ver, tenía catorce años —me excusé—. Me parecías guapo y te gustaban las matemáticas, ¿qué iba a hacer? —Me encogí de hombros y él me contempló con ternura—. Todo había ido bien entre nosotros, pero actuaste como si fuera transparente, me diste un corte brutal y nunca entendí por qué.

Su expresión se ensombreció y se concentró en la cucharilla que movía con gesto ausente. Supe entonces que lo que iba a oír no me iba a gustar. Me estiré para dejar la tarrina sobre la mesa y me quedé a la espera con las mariposas de mi estómago retorciéndose inquietas.

—¿Te acuerdas de Claudia? —preguntó al cabo de un rato. Nuestras miradas se encontraron y asentí dos veces—. Su primo pasaba drogas. —Inspiró sonoramente y soltó la cucharilla—. Aquel día cuando me saludaste estaba colocado. Era la primera vez que fumaba. Recordé algo luego, pero no estaba seguro de si me lo había imaginado —explicó con amargura—. Llevaba un par de días quedando con Claudia para beber whisky. No sé cuáles eran sus motivos, pero yo estaba pasando una época jodida en casa y era mi manera de desquitarme con la vida. Esa mañana me contó que su primo pasaba y me pareció una buena idea probarlo. Lo siento, fui un gilipollas contigo. —Paró para coger aire y por cómo me miró tuve claro que lo que iba a decirme terminaría de destrozar a mis mariposas—. Mi padre maltrataba a mi madre. Por eso nos fuimos a Londres cuando acabé el colegio. Una asociación nos ayudó a salir de ese infierno, la misma con la que estoy colaborando ahora. No sé si lo sabías, pero estoy especializado en violencia de género.

—No lo sabía —susurré con un nudo en la garganta.

—El cumpleaños de Lucas en la sierra... cuando me encontraste con el ojo morado y el corte en la nariz. —Asentí, temiéndome lo peor—. Me lo hizo mi padre.

Mis ojos volaron a la cicatriz que tenía debajo del ojo y sentí que algo se aplastaba dentro de mí.

—¿Por qué no me lo dijiste? —le pregunté con un hilo de voz—. Te acusé de ser un gilipollas que se había metido en una pelea.

—Bueno, no te faltaba razón en ninguna de las dos cosas.

Permanecimos unos segundos callados.

Quería preguntarle muchas cosas, pero había aprendido que

cuando alguien comienza a contarte algo que ha marcado su vida es mejor dejar que termine. Es mejor respetar su espacio y dejar que esa persona comparta lo que quiera o lo que pueda, porque bastante difícil es ya de por sí encontrar valor y voz para contar tu historia.

—Al principio evadí el problema así —continuó él—. Era demasiado grande para mí y yo solo era un chico triste que se ponía la música a todo volumen para escapar de la realidad. Me pasé un año entero huyendo de mi problema y habría continuado si no me hubiera pillado el profesor de química fumado en el servicio. Llamó a mis padres con la mala suerte de que quien recibió la noticia fue mi padre. Ese día cuando llegué a casa fue la primera vez que lo vi pegar a mi madre. La acusó de ser una mala madre y le dijo que la culpa de que me hubiera descarriado era suya. —Los labios se le curvaron hacia abajo y deseé poder borrar esa mueca triste de su cara para siempre—. Supongo que él se sentiría un padre ejemplar maltratando a mi madre y poniéndole los cuernos —apuntó con ironía. Sacudió la cabeza y apretó los labios—. Mi madre lo escondió bien, tardamos meses en darnos cuenta. Fue Gaby, mi hermana mayor, quien se la encontró un día llorando y maquillándose un moretón del brazo. No sé cómo mi madre logró convencerla de que se callase, pero la cosa no tardó en explotar y mi padre comenzó a ser violento con ella delante de nosotros. Primero verbalmente, luego le siguieron los empujones y los enganchones del brazo, y bueno... te puedes imaginar el resto. —Se frotó los ojos con la mano.

El silencio reinó en la habitación unos segundos. Tenía el estómago tan encogido que si abría la boca vomitaría.

Hacía calor, pero tenía la piel de gallina.

No sabía cómo reconfortarlo porque yo también tenía un agujero donde se suponía que debía tener el corazón.

Quería estirar la mano y tocarlo, o sentarme en su regazo y abrazarlo, pero algo me mantenía quieta, a la espera de que siguiera hablando.

—Gaby encontró la asociación gracias a un panfleto en su universidad —murmuró él. El brillo de sus ojos había terminado de apagársele—. Un día fuimos y les contamos a dos mujeres lo que pasaba en casa. Ellas nos escucharon y nos aconsejaron, y salimos de allí viendo la luz al final del túnel. Mi madre no quiso saber nada, nos decía que las marcas eran porque se había dado un golpe con un mueble y eso, pero todo cambió el día que mi padre le dio un bofetón a mi hermana. Creo que en ese momento algo le hizo «clic» en la cabeza. Ese verano, antes de empezar mi último curso en el colegio, fuimos los tres a la asociación. Por aquel entonces la única que no entendía lo que estaba pasando era Lisa, mi hermana pequeña.

Marcos se calló y volvió a sorber de su taza. Yo tenía los puños tan apretados que me estaba clavando las uñas en las palmas.

—Mi madre se lo contó todo a mis abuelos y ellos organizaron la salida del país. Nos compraron los billetes y nos acogieron en su casa. Mi padre trató de denunciar a mi madre porque Gaby y yo éramos mayores de edad para irnos, pero a Lisa le quedaban unos años y no podía llevársela sin su consentimiento. Mis abuelos consiguieron convencerlo de que no denunciase a cambio de quedarse con esta casa. Y él, como es un puto egoísta que lo único que valora es el dinero, firmó el consentimiento que permitiría a mi hermana salir del país.

Intenté concentrarme en su rostro para no pensar en esa sensación incómoda que me oprimía el pecho y que no me dejaba respirar con regularidad. Le dediqué una mirada significativa con la que traté de transmitirle que estaba escuchándolo y que estaba ahí para él, y eso pareció animarlo a continuar.

—Esperamos a que Lisa fuera mayor de edad para que mi madre le mandara los papeles del divorcio. Mi padre se negó a firmarlos. Los días iban pasando y mi paciencia hacía aguas. Por eso cuando Lucas me contó lo de su fiesta de cumpleaños me pareció una buena excusa para venir. Él acababa de empezar con Amanda y no hablaba de otra cosa. A veces te mencionaba a ti también. —Una sonrisa pequeñita se asomó a su cara, pero la alegría no le llegó a los ojos—. Así que lo vi claro: me quedaría con Lucas y aprovecharía para hacerle una visita a mi padre. Quedé con él aquí. No sé qué era lo que esperaba de mí, pero definitivamente no que le exigiera que firmase los papeles del divorcio y que se fuera de la casa de mi madre. Enseguida comenzó a gritarme. —Hizo una pausa y se inclinó hacia delante—. Ir a terapia me ayudó a comprender que necesitaba comunicarme y que necesitaba explicarle a mi padre el daño que nos había hecho para poder avanzar. Traté de que entendiera todo el sufrimiento que nos había causado y por qué no era justo que viviera en una casa que no era suya.

Marcos se masajeó las sienes y yo contuve las náuseas. Ya no era solo lo que me estaba contando, sino la manera en que lo hacía. Estaba tranquilo, pero una parte de él parecía estar lejísimos. Y mientras hablaba veía atisbos de aquel Marcos adolescente que caminaba seguro por la vida, aunque en el fondo era un chiquillo asustado que cargaba a la espalda un peso que nadie debería soportar.

—Me pegó dos veces. —Con esa frase se me rompió el alma—. Le paré el puño a la tercera y tuve que controlarme para no partirle la cara. Lo amenacé y le dije que o firmaba los papeles y se largaba, o me iba directo a comisaría para que la policía viera la cara que me había dejado. Se rio y me dijo que eso no me serviría de nada. Cuando le conté que estudiaba derecho y que conocía lo suficiente la ley como para saber que le esperaría una temporada en la cárcel, firmó los papeles y se largó. Llamé a un cerrajero de emergencia y cambié la cerradura. Volví a la casa de la sierra con la sensación de haber cerrado una etapa de mi vida. —La angustia de su mirada y la tristeza de su voz hicieron que sintiera unas ganas terribles de abrir la ventana y gritar—. Guardé los papeles y bajé a la piscina. Me abrí una cerveza, y después otra, y otra. Había vuelto a la casilla de salida y solo quería olvidar. Cuando agarré el cuarto botellín apareciste tú y todos los demonios se callaron de repente.

Tardé unos segundos en comprender que Marcos no iba a continuar hablando. Me impulsé hasta quedarme sentada en el borde de la cama, apoyé los pies en el suelo y me incliné hacia delante.

—Siento mucho que hayas tenido que vivir eso.

—No se lo he contado a mucha gente —musitó.

—Lo entiendo.

—No lo habría superado si no hubiera ido a terapia y si no hubiera canalizado haciendo deporte toda esa rabia que sentía. No busco excusarme de un comportamiento estúpido, solo quiero que sepas que en ese momento no era la persona que soy ahora.

Me daba mucha pena que se justificase por compartir esa parte tan dolorosa de su vida. Y me horrorizaba que se hubiera criado en ese ambiente y que él y su familia hubieran sufrido tanto a causa de otro ser humano. Sentía el corazón desgarrado y no encontraba las palabras adecuadas para expresarme. Agradecí no ser una persona que llora con facilidad porque, de lo contrario, estaría hecha un mar de lágrimas. Pero eso no importó. Oí un trueno a lo lejos y fue el cielo madrileño el que derramó las lágrimas por nosotros.

—La botella de tu mochila... fui yo —confesó arrepentido—. Me llegó el chivatazo de que Clara iba a registrar las mochilas y tú estabas al lado. —Respiró hondo—. Si me hubieran pillado a mí, mi padre... —No hizo falta que terminase la frase—. Y tú eras tan aplicada y tan buena... que no creí que fueran a expulsarte. Lo siento.

Estaba tan abrumada que solo me salió decir:

—Casi perdí la beca y te odié por eso...

Él abrió los ojos sorprendido.

—No lo sabía...

—Da igual.

—No da igual —negó—. Y lo del beso...

—Ya está hablado —interrumpí. No necesitaba que volviera a disculparse por eso.

—Va a sonar patético, pero durante mucho tiempo el reconocimiento de los profesores por mis notas suplía el cariño que no tenía de mi padre. Por eso cuando llegó Álex y esas felicitaciones empezaron a ser compartidas no pude soportarlo. Al final nuestra rivalidad llegó a un punto insano. —Guardó silencio durante un minuto eterno—. Elena, siento mucho todo el daño que te hice.

Asentí con un suspiro.

—Yo también lo siento. En multitud de ocasiones dije que eras un niño malcriado y también me metí contigo.

Él meneó la cabeza en un ademán negativo.

—Me hacía gracia todo lo que decías enfadada.

Nunca había sentido una conexión semejante con nadie como la que sentí en ese instante con él. Por eso las únicas palabras que salieron de mi garganta fueron las que solo unas pocas personas me habían escuchado decir:

—Mi padre abandonó a mi madre cuando se enteró de que estaba embarazada. No sé quién es —susurré—. Yo tampoco se lo he contado a mucha gente. No soporto ver las miradas de pena del resto. Y mi madre... murió hace un par de años de cáncer.

Marcos me miró afligido.

Los dos estábamos marcados por la ausencia paterna y esa similitud sí que no podía apreciarse a simple vista en una fotografía. Colocó una mano en el colchón cerca de la mía, pero no me tocó. Era como si estuviese dándome, una vez más, la posibilidad de elegir a mí. Tracé con el pulgar el dorso de su mano mientras me preguntaba cómo alguien podía tener tan poca humanidad para romper así a otras personas.

La historia de Marcos me había conmovido profundamente. Ambos éramos supervivientes, y lo importante era que nos habíamos sobrepuesto a esa pena que era tan infinita como un océano imposible de abarcar con la mirada. La línea que acabábamos de traspasar no tenía retorno. Seguíamos siendo nosotros porque esa parte siempre nos había acompañado, pero era imposible que después de aquello siguiéramos viéndonos de la misma manera.

Con el sonido del segundo trueno sentí algo resquebrajarse dentro de mí. Él me sostuvo la mirada y la sensación pesada de mi estómago se apaciguó un poco. Parecía que teníamos mucho que aprender el uno del otro, y eso empezaba por dejar atrás los prejuicios y los daños del pasado.

—Gracias por confiar en mí y por contarme esta parte de tu vida —fue todo lo que dijo—. No sé si quieres seguir hablando de ello y no te voy a presionar, pero estaré encantado de escucharte cuando quieras.

Y así fue como Marcos le hizo la segunda grieta a mi muro.

Esa noche dormimos más juntos que nunca.

Esa noche apoyé la cabeza en su pecho y me dormí escuchando el sonido rítmico de sus latidos que, de alguna manera, habían conseguido acompasarse con los míos.

Esa noche soñé que alguien se ahogaba y yo no llegaba a tiempo con el salvavidas. Y también soñé con muros de piedra que se derrumbaban sin que pudiera evitarlo.

22

La princesa prometida

5 años antes...

Amanda dio un saltito cuando le abrí la puerta. Nos íbamos unos días a la casa de la sierra de Lucas porque cumplía veintidós años.

Me eché al hombro la bolsa de viaje y la miré impaciente mientras ella saludaba a mi abuela.

—¿Solo llevas esa bolsa? —me preguntó Amanda de manera inquisitiva.

—¿Y tú de verdad necesitas llevar una maleta cuatro por cuatro? —respondí en el mismo tono.

Ella entrecerró los ojos y yo le saqué la lengua.

—Cariño, ¿has cogido la chaqueta? —Mi abuela se levantó con ayuda de su bastón—. Que por la noche refresca.

—Sí, tranquila. —Le di un beso en la mejilla.

—No se preocupe, Teresa, que yo llevo chaquetas de sobra —intervino mi amiga.

—¿Cuántas veces te he dicho que me llames Tere? —preguntó mi abuela mirándola—. No perdáis el vaso de vista —añadió mirándonos.

—Abuela, yo no bebo. Dale un beso a mamá de mi parte. —Me despedí con la mano desde la puerta—. Os veo en unos días.

Eran las seis de la tarde y el calor de primeros de agosto era insoportable. Fue una odisea llegar hasta el coche de Amanda cargando su enorme maletón.

De camino escuchamos la lista de música que ella había creado para el cumpleaños. No paraba de repetir que estaba nerviosilla y a mí me hacía mucha gracia. Llevaba unos meses saliendo con Lucas y, por lo que me contaba, se había pasado una hora decidiendo qué ropa se pondría.

Según nos bajamos del coche oímos el ruido de la música que provenía del interior de la casa y las voces amortiguadas de los asistentes. Después de llamar al timbre un par de veces, Amanda se hartó y saltó la verja con una agilidad asombrosa.

—Gimnasio —informó orgullosa cuando me abrió para que pasara.

La seguí por el camino de piedra de la entrada hasta el jardín trasero, donde estaban la piscina y la barbacoa. Era la casa más rústica que había visto nunca, con los suelos y los techos de madera clara, las paredes blancas, los muebles antiguos y robustos, y la chimenea de piedra.

En cuanto Amanda divisó a Lucas, tiró sus cosas al suelo y corrió hacia él.

—¡Felicidades, mi amor! —gritó al lanzarse a sus brazos.

Conocía poco a Lucas, pero me caía estupendamente. Irradiaba positivismo y hacía feliz a mi amiga.

Amanda arrastró a su novio al interior de la casa bajo el pretexto de darle su regalo de cumpleaños y no me quedó más remedio que integrarme. La mayor parte del tiempo estuve hablando con Noelia e Inés, antiguas compañeras de clase de Lucas y Amanda.

Un ratito más tarde estaba en la cocina reponiendo el cuenco de los hielos cuando sonó el timbre. Al entender que mis amigos no tenían intención de bajar, pulsé el botón que abría la verja. Esperé un par de segundos y me quedé pasmada al abrir la puerta de la entrada. Tenía delante a la última persona a la que esperaba ver esa noche.

Marcos me miró durante unos segundos que se me hicieron eternos. Parecía que me observaba con todo lujo de detalle y aproveché para hacer lo mismo con él.

Habían pasado cuatros años desde nuestro fatídico beso y ese fue el último día que lo vi.

Su rostro había perdido los rasgos infantiles y había ganado nuevos ángulos: una mandíbula definida y unos pómulos marcados. Tenía una ligera barba incipiente y el pelo igual de alborotado que siempre. Sus ojos azules seguían siendo intensos y casi podría decirse que era... ¿guapo?

«Atractivo», me corregí.

Estaba más alto y parecía más musculoso. El uniforme del colegio había sido reemplazado por una camiseta gris clara, vaqueros y deportivas.

El alma se me cayó a los pies al ver a su lado una maleta pequeña y comprendí que cabía la posibilidad de que fuese a quedarse un par de días, igual que yo.

—Hola, cuánto tiempo. —Su voz sonó más grave de lo que recordaba.

—¿Qué haces aquí? —pregunté de malas maneras.

Una vez más, en cuanto abrió la boca perdió el atractivo:

—¿Tú qué crees? He venido a verte.

—¿Qué? —Agarré el pomo con fuerza.

—¡Qué tonta! —Se rio—. ¿Te lo has creído?

Si tuviera el poder de Medusa ya lo habría convertido en piedra con mi mirada gélida.

—Tengo sed —informó esquivándome.

Se adentró en la casa y lo seguí mosqueada.

—No has contestado a mi pregunta.

—Mira, empollona, si tanto te interesa mi vida, te diré que estoy en España de visita. Y, por si no lo has notado, es el cumpleaños de mi mejor amigo.

—A mí tu vida no me interesa. —Me crucé de brazos y golpeé el suelo con el pie, impaciente por perderlo de vista.

—Joder, Ele, no te sulfures.

«¿Ele?».

Lo observé atónita abrir el mueble y coger un vaso. Era evidente que conocía la casa.

—¿Una copa? —preguntó mientras se servía un whisky.

—Yo no bebo —murmuré ofendida.

—¿Sabes? —Despegó los ojos del vaso para mirarme—. Eres demasiado rígida para tener solo veinte años.

—¿Sabes? —Hice una mueca—. Tu aspecto no pega nada con lo borde que eres.

Él se rio y me enfurecí un poco más.

—Me agrada ver que tú no tienes ese problema. —Levantó el vaso e hizo un brindis en el aire—. Borde por dentro y por fuera.

Lo fulminé con la mirada y él le dio un trago a su bebida sin apartar los ojos de mí. Valoré la posibilidad de contestarle y dejarlo por los suelos, pero, como decía mi abuela, «No hay mayor desprecio que no hacer aprecio».

—Por cierto, Ele, bonito bikini. —Me repasó de arriba abajo sin ningún tipo de vergüenza y mandé lejos mi propósito de ser amigable.

—Eres increíble —contesté furibunda.

—Suelen decírmelo a menudo. —Esbozó una sonrisa arrogante—. Y ya que lo has reconocido en voz alta estaré encantado de compartir ducha si quieres, preciosa. —El tono con el que murmuró «preciosa» iba cargado de intenciones.

Me puse roja de rabia y no pude contener la lengua:

—No me ducharía contigo ni aunque fuese un harapo mugriento que llevase meses sin lavarse. —Agarré el cuenco de los hielos con más fuerza de la necesaria y salí al jardín.

La noche empezó bien. Actué como si Marcos no existiera y él hizo lo mismo conmigo. Se quedó con Lucas preparando la barbacoa y yo me mantuve alejada del cumpleañero. Después de cenar Amanda apareció con una tarta de chocolate, cantamos el «Cumpleaños feliz» y Lucas sopló las velas. Después recogimos entre todos y mi amiga cambió a una *playlist* de música más marchosa. Yo aproveché la interrupción para subir a mi habitación y llamar a mi novio. Álex estaba en Andalucía visitando a su familia materna y no había podido ir.

Cuando regresé escaneé la congregación de gente para unirme a Amanda y esquivar al idiota.

Me aposté al lado de mi amiga y observé a Marcos, que asentía atento a algo que le contaba Noelia. Chocaron las cervezas y por la sonrisa embobada de ella supuse que estarían ligando.

—¿Qué te pasa? —Amanda me dio un golpe en el hombro con el suyo—. Parece que te ha mirado un basilisco —agregó divertida. Le gustaba hacer referencias a *Harry Potter* y por ella habíamos incorporado algunas palabras como esa a nuestro vocabulario. Los basiliscos eran serpientes gigantes que podían matarte o petrificarte solo con los ojos. Ella siguió el curso de mi mirada y lo entendió—. ¿Sigue cayéndote tan mal como en el colegio?

—Peor —contesté secamente.

—Pues se va a quedar a dormir también.

Suspiré y Amanda sorbió de su pajita.

—¿Bailamos? —preguntó mientras hacía movimientos exagerados de cadera—. Venga tía, que he metido un montón de canciones en la lista para bailarlas contigo. —Apuró su vaso y me arrastró a una zona más alejada y peor iluminada.

Gracias a que Amanda lo daba todo bailando conseguí pasármelo bien y disfrutar durante un rato.

—Amandita. —Marcos apareció de la nada y le echó el brazo por encima del hombro—. Tienes a mi Lucas enamorado perdido.

Los ojos de ella se iluminaron tanto que parecían dos enormes faros. Miró a Marcos con expresión soñadora y supe que estaba vendida.

—¿Te ha dicho algo? —se interesó.

—Que quería darte un beso, pero que estabas ocupada bailando —contestó él.

«¡Qué oportuno!».

Amanda me miró con cara de disculpa antes de decir:

—Enseguida vuelvo.

En cuanto desapareció, Marcos se giró en mi dirección y su sonrisa se empequeñeció al ver mi gesto reprobatorio.

—¿Te lo estás pasando bien? —quiso saber.

—Hasta que has llegado sí, así que gracias por amargarme la noche.

Marcos se acarició la barbilla sopesando mi respuesta.

—Pues para estar amargándote la noche no dejas de mirarme.

«Pillada».

—Solo para saber dónde estás y no acercarme —aseguré.

—No me ha dado esa impresión.

—Eso es porque tu arrogancia no conoce límites. —Le dediqué una sonrisa falsa y me escapé a la mesa de las bebidas.

Como no podía ser de otra manera, él se situó a mi lado para servirse una copa.

—¿No te cansas de fingir que no te gusto? —susurró cerca de mi oído.

«¡Será creído!».

—Siento pincharte el globo, pero tengo novio —mascullé de mala gana.

Marcos abrió los ojos sorprendido, probablemente se esperaría que una empollona como yo fuese una beata. Lo miré complacida por haberlo dejado sin réplica posible y me uní a los amigos de la facultad de Lucas.

El día siguiente fue harina de otro costal.

Estaba desayunando tranquila mientras leía un manual de clase cuando apareció Marcos en bañador y camiseta. Tenía todavía cara de dormido, con los párpados ligeramente hinchados y el pelo revuelto. Se colocó la mano encima de los ojos a modo de visera para que no le molestase la luz y me hizo un gesto con la cabeza.

—Buenos días, Ele.

—Buenos días —saludé secamente.

Marcos soltó una risita antes de desaparecer dentro de la casa. Para mi total desgracia reapareció minutos después con un café, se sentó en la tumbona contigua y trató de darme conversación.

—¿Qué has desayunado?

—Un zumo y un plátano —respondí sin apartar los ojos del libro.

—¿Y qué estás leyendo?

—Un libro de clase.

—¿Puedes elaborar tu respuesta un poco más?

En ese momento salieron Lucas y Amanda de la mano. Por la sonrisa de mi amiga supe por qué habían tardado en hacer acto de presencia.

—Buenos días —saludó Lucas estirándose.

—¿Habéis desayunado? —preguntó Amanda.

Contestamos que sí y ella se sentó a los pies de mi tumbona. Le dio un mordisco a su tostada de mermelada y me miró.

—¿Qué lees?

—El libro de parasitología que te conté. —Levanté el libro lo suficiente para que pudiera verlo.

—¿El de la uni?

Asentí y cerré la tapa. Me acercó la tostada y le di un bocado.

—Os cuento lo que hemos pensado Lucas y yo para hoy —informó ella—. ¿Qué os parece si pedimos pizza, nos quedamos descansando en la piscina y esta noche salimos a cenar por la feria?

Yo me encogí de hombros. Iba a tener que aguantar la presencia de Marcos, así que, aunque el plan fuese ir a acariciar gatitos adorables, me parecería una tortura.

—Por mí bien —contestó Marcos.

—Por mí también —repuse con desgana.

Amanda aplaudió y extendió la mano moviendo los dedos para que le devolviera su tostada.

Marcos se acercó hasta el bordillo y se quitó la camiseta, sin ningún tipo de pudor, para lanzarse al agua con su amigo.

—Solo me separaré de ti para echarme la siesta con Lucas, el resto del día soy toda tuya —me prometió ella.

Acto seguido arrastró una de las tumbonas al sol y se embadurnó el cuerpo en crema solar. No eran ni las doce de la mañana y el calor ya era abrasador. Se subió las enormes gafas de sol y trató de permanecer tumbada mientras me daba conversación. Supe que no iba a durar mucho bajo el sol porque le aburría soberanamente. Y, en efecto, al par de minutos sacó el móvil con el pretexto de sacarnos una foto juntas y se sentó conmigo a la sombra.

Después de comer, ellos se fueron a sus respectivas habitaciones y yo continué con mi lectura en el jardín hasta que Amanda me secuestró para hacer sesión de mascarillas.

Me prestó una camiseta vieja de propaganda y ella se puso otra parecida encima del bañador para no manchar nuestra ropa. Puso música en su móvil y yo cerré los ojos mientras ella me untaba con delicadeza el rostro. Luego se colocó frente al espejo y repitió la operación consigo misma.

—Pareces un pitufo —me reí al verle la cara azul y los pelos saliéndose del moño deshecho.

—Eh, no —negó horrorizada—. Me parezco más a Mística de X-Men. Ella también está buenísima. Gracias.

Mientras nos pintábamos las uñas fue la primera vez que Amanda me confesó que se veía saliendo con Lucas bastante tiempo.

A las siete de la tarde rebuscó en su maleta la ropa que se había comprado para ponerse esa noche. Tiró sobre la cama unos pantalones cortos, una blusa blanca y una americana rosa palo.

—Voy a ducharme ya —anunció y lo tomé como señal para regresar a mi habitación.

No tenía por costumbre arreglarme dos horas antes, pero dado que ella disponía de baño dentro de su habitación y yo tenía que compartirlo con Marcos, decidí empezar con tiempo.

—Els, ¿me haces luego una trenza, por favor?

—Sí, claro. —Sonreí—. Ven a buscarme cuando estés lista.

Una vez en mi habitación abrí el armario donde había colocado la ropa el día anterior y seleccioné unos vaqueros y una camiseta amarilla.

Entré en el baño con decisión y me quedé paralizada. Quise

con todas mis fuerzas que se abriera una grieta bajo mis pies y me tragara la tierra porque dentro estaba Marcos quitándose la camiseta. Cuando nuestras miradas se encontraron grité y cerré la puerta con más ímpetu del necesario. Antes de que pudiera practicar una huida rápida, oí la madera crujir y Marcos asomó la cabeza. Me repasó entera y sus labios se curvaron lentamente en una sonrisa de medio lado.

—¿Has cambiado de opinión? —preguntó con picardía.

—¿Qué?

—En lo de ducharnos juntos.

—¡No! —chillé escandalizada.

—¿Por qué gritas? —Marcos me sostuvo la mirada—. Soy yo el que debería pedir auxilio, pervertida.

—¿Es que no sabes poner el cerrojo? —recriminé elevando la voz.

—¿Y tú no sabes llamar o es que ya no sabes qué hacer para verme desnudo?

—¡Pero qué dices! —exclamé sonrojándome—. ¡Que tengo novio!

Los ojos de Marcos se convirtieron en dos rendijas y respiró con fuerza.

—Si cambias de idea, ya sabes dónde encontrarme. —Me dedicó una sonrisa fanfarrona y cerró la puerta.

Tiré mis cosas sobre la cama y caminé de un lado a otro como un león enjaulado. Estaba tan abochornada que quería morirme. Lo peor había sido su expresión chulesca, que significaba «Ya sabía yo lo que vendrías a buscar». Escribí a Álex para distraerme y me quedé intercambiando mensajes con él hasta que Amanda entró en mi habitación vestida y maquillada.

—¿Todavía estás así?

—El baño está ocupado. —Fue lo único que dije en tono antipático.

—¿Qué te pasa?

—No lo aguanto, Amanda.

—¿Qué ha hecho ahora?

—Respirar —contesté después de la pausa dramática.

Después de cenar en un bar de tapas paseamos por el recinto ferial. Desde el incidente del baño, Marcos y yo solo nos dirigimos la palabra cuando fue estrictamente necesario. A lo largo de la velada descubrí que estudiaba derecho en Londres y que vivía con su madre y su hermana pequeña.

Amanda trató de convencerme de montar en una horrible atracción que no me inspiraba ningún tipo de confianza. Cuando comprendió que no iba a conseguir su propósito, se giró hacia su novio con una sonrisa persuasiva.

—Lucas...

—¿Es necesario?

—Me hace muchísima ilusión.

Lucas suspiró resignado y mi amiga tiró de él para comprar los tíquets.

Marcos y yo nos quedamos atrapados en un silencio incómodo. Aproveché para consultar el móvil; tenía un mensaje de Álex en el que me decía que se iba a la cama.

—¿Estás escribiendo a tu novio? —La voz de Marcos sonó cerca.

Lo ignoré y seguí tecleando.

—¿Con quién estás saliendo? —insistió hablando por encima de la música estridente.

—¿Por qué te importa? —Guardé el móvil.

—No me importa. Solo quiero saber si tu gusto ha mejorado con los años. La última vez que te vi estabas a punto de tener una cita con Moliner y tendrás que reconocer que eso era tener el listón bajísimo. —Me miró expectante y yo apreté los labios—. Después de eso no se puede ir a peor, ¿no? Quiero decir, no hay nadie más insulso que él.

—Deja de insultar a Álex. —Separé las palabras y traté de mantener la compostura.

Él alzó las cejas y me miró asombrado.

—¡No me jodas! ¿Estás saliendo con Moliner? —Parecía que le costaba creerlo—. ¡Qué predecible y aburrido, Ele!

—No me interesa tu opinión.

—Tu gusto en tíos deja mucho que desear.

El enfado terminó de apoderarse de mí y tomó el control de mi lengua.

—Pues teniendo en cuenta que te devolví el beso hace cuatro años es más que evidente. —Me arrepentí según las palabras abandonaban mi boca, pero ya no podía recogerlas.

—Uf, eso duele, Ele. —Se llevó la mano al pecho y me miró con pena fingida—. Vas a romperme el corazón.

—Eso es imposible. No tienes.

Sin decir nada más, me acerqué a la parte de la atracción por donde se bajaban Amanda y Lucas, y lo dejé con la palabra en la boca.

A las tres de la mañana me entró hambre y bajé a por algo de picar. Llevaba un par de horas leyendo, me había acostado enfadada y no conseguía conciliar el sueño. Traté de hacer el menor ruido posible al pisar los escalones que delataban con sus crujidos.

Cuando estaba a punto de entrar en la cocina oí un ruido detrás de mí. Asustada me volteé y me encontré con Marcos en ropa interior. Con el torso al descubierto, acaparando atención. Con el pelo revuelto y una irresistible sonrisa de medio lado que se desvaneció conforme desplazaba la mirada de mi mueca de terror al resto de mi cuerpo. Cuando sus ojos volvieron a mi cara, me miró de la misma manera que yo miraba a los animales: como si fuera adorable.

—¿Se puede saber qué haces aquí? ¡Me has dado un susto de muerte! —susurré mosqueada.

—He oído un ruido y pensaba que eras un ladrón —replicó también en voz baja.

—Pues ya has comprobado que no. ¡Lárgate!

Lo miré irritada y me di la vuelta.

Saqué la tarrina de Ben & Jerry's del congelador y me apoyé contra la encimera. Me llevé la cuchara a la boca y cuando levanté la mirada me lo encontré recostado contra el marco de la puerta, de brazos cruzados, ajeno a su parcial desnudez. Aparté la vista enfadada cuando vislumbré la fina línea de vello que ascendía hasta su ombligo.

«Asqueroso. Sencillamente asqueroso».

—Venía a arrasar la nevera, igual que tú... —explicó de manera inocente.

«¿Y tienes que hacerlo en calzoncillos?», pensé irónicamente.

Se colocó delante de mí y mis ojos se toparon con su pecho desnudo.

—Necesito llenarla de agua. —Agitó una taza frente a mi cara.

Me aparté a regañadientes del fregadero y me situé lo más apartada posible. Metió la taza en el microondas y se apoyó contra la encimera.

—Cuando no puedo dormir, me tomo un té.

—Por mí como si bebes arsénico —contesté en tono ácido.

—¿Tienes que ser siempre tan simpática?

—¿Y tú tienes que ser tan irrespetuoso como para ir en ropa interior? Es asqueroso.

—Pues si tanto te molesta, no mires.

«*Touché*, querida».

—Eres tan arrogante que no sé cómo no te ahogas al mirarte en la piscina. Te va a pasar como a Narciso. —Se me escapó una risita maléfica—. Sabes a quién me refiero, ¿no?

—Te repites más que el ajo.

—El de la leyenda —continué como si no lo hubiera oído, riéndome yo sola—. El que era tan guapo que se enamoró de su reflejo y se ahogó.

Despegué la vista del helado porque me extrañó que no me hubiera dado una réplica mordaz.

—Has insinuado que soy guapo. —Su sonrisa engreída se ensanchó aún más.

—No es verdad —puntualicé nerviosa—. He dicho que Narciso lo era.

—Lo estabas comparando conmigo. Es lo mismo. —Me regaló una mirada triunfal antes de sacar la taza del microondas.

El calor me subió a las mejillas.

La broma se había vuelto en mi contra y no me gustaba la manera en la que me observaba. Sentía que me podía acariciar la piel a distancia y era escalofriante. Pasé de largo y guardé el helado en el congelador.

—¿A qué viene esa prisa, Ele? —Hice caso omiso de sus palabras y lavé la cucharilla en silencio—. No te enfades, ya sabía que pensabas que era guapo.

Perdí la paciencia y cometí el error de responder:

—Madre mía, tu ego es tan grande que no entra en la cocina.

—¿Sabes otra cosa que también es muy grande? —Se inclinó hacia el fregadero. Si pensaba que iba a intimidarme con su chulería, lo llevaba claro.

—¿Tu estupidez? —contesté de camino hacia la puerta—. Lo sé, es infinita —dije antes de salir de la cocina.

El domingo fuimos al parque natural de Peñalara e hicimos una ruta donde Amanda y Marcos demostraron ser los que estaban en mejor forma física. Me encantaba tanto estar en la naturaleza y respirar aire puro que me olvidé de la presencia de Marcos. El día se me pasó rápido y cuando quise darme cuenta ya estábamos de vuelta. Pedimos comida china y cenamos mientras veíamos una película en el salón. En cuanto la peli terminó, la parejita subió a toda prisa a su cuarto. Marcos se había dormido en el sofá y Lucas decidió que era mejor dejarlo descansar. Así que subí a ponerme el pijama y, al igual que la noche anterior, decidí leer antes de dormir. Solo que en vez de en mi habitación, bajé al jardín porque no quería arriesgarme a oír ningún sonido amoroso proveniente del cuarto de mis amigos.

Me senté en la tumbona y disfruté de mi helado y de las estrellas. Desde el centro de Madrid nunca podían apreciarse por la contaminación lumínica.

Poco después oí la puerta corredera. Marcos barrió el jardín con la mirada hasta que sus ojos se posaron en mí.

—¿Piensas comerte todo ese helado tú sola? —preguntó al llegar a mi altura, y yo asentí—. ¡Qué egoísta!

—Está buenísimo —afirmé con sorna. Clavé la cuchara en el helado de nuevo y, sin que me diera cuenta, él me arrebató la tarrina.

—Pero ¿qué haces? ¡Ni se te ocurra! —exclamé escandalizada—. ¡Coge otra cuchara! No quiero que se me peguen tus enfermedades.

Marcos se llevó mi cuchara a la boca con lentitud deliberada. Me miró fijamente y la chupó hasta dejarla limpia.

—Eres asqueroso —afirmé levantándome.

—¿Qué más te da? Ya hemos compartido babas.

Me puse roja de rabia, levanté la mano para hacerle un corte de mangas, pero me detuve al recordar cómo me regañaría mi abuela si me viera. Ya no estábamos en el colegio. Ahora no tenía una beca que perder y no podrían expulsarme de la universidad por su culpa. Eso significaba que podía ser igual de insoportable que él.

—¿Quieres un poco? —preguntó acercándome a la cara la cuchara que acababa de chupar—. Está buenísimo.

—Eres...

—... imbécil —terminó por mí—. Me sé tu retahíla de insultos de memoria: idiota, neandertal, patán, bastardo, arrogante... —Lo dijo intentando imitar mi tono de voz—. ¿Sigo?

—Eres tan... cargante —contesté.

—Ese es nuevo. Me lo apunto.

—Ten cuidado —advertí—. Estás muy cerca de la piscina y si te caes por admirar tu imagen no pienso ayudarte.

—Tranquila, tengo buenos reflejos, no voy a caerme. —Marcos rebañó lo que quedaba del helado y eso me molestó aún más.

—Pues a lo mejor te empujo y así me libro de ti.

—Esas tenemos, ¿eh? —Marcos dejó la tarrina vacía en la mesa y se dirigió a mí. Antes de que me diera tiempo a reaccionar, me pasó el brazo por debajo de las piernas y me cogió en brazos; mi rostro se quedó a centímetros de su cuello.

—¿Qué haces? —Me revolví inquieta tratando de soltarme.

—Te acerco a la piscina para que seas tú la que vea su reflejo.

—Ni se te ocurra —amenacé. Marcos puso cara de «no me tientes» y terminé de enfadarme—. ¡Suéltame ahora mismo! —exigí de malas maneras—. ¡He dicho que me sueltes, idiota!

—A sus órdenes.

Sí.

El idiota me soltó.

Y sí, grité antes de rodearle el cuello con un brazo y agarrar su camiseta con la mano libre. Oí su risa en vez del sonido que haría mi cuerpo al chocar contra el agua. Al darme cuenta de que solo había sido un amago y de que no me había tirado de verdad, me aparté y lo miré extrañada.

—¿De verdad creías que iba a soltarte así?

—Bájame. Ya —siseé.

Me dejó con delicadeza en el bordillo, lo fulminé con la mirada y él se rio. Agradecí que la habitación de Lucas y Amanda diese a la calle y no a la piscina, porque iba a decirle cuatro cosas a aquel idiota.

—Deberías ver qué cara has puesto —se jactó.

Con ese comentario se me nubló la mente y, sin pensarlo dos veces, lo empujé. No me dio tiempo a reírme porque, en un giro dramático de los acontecimientos, me agarró de la cintura y los dos nos caímos. Cuando mi cuerpo entró en el agua, la piel se me puso de gallina. Era verano, pero por la noche bajaba la temperatura. Sin soltarme, Marcos nos sacó a la superficie y yo traté de darle una patada. Me moví con torpeza tratando de no hundirme; él hacía pie, pero yo no. Mi pecho subía y bajaba a toda velocidad, jamás en mi vida había estado tan rabiosa. El insulto que iba a gritarle se me quedó atascado en la garganta. Marcos tenía el pelo pegado a la cara y casi le cubría los ojos, tenía los labios entreabiertos y me observaba con cautela. Caminó de espaldas, sin quitar sus manos de mi cintura, y me arrastró con él a la parte baja de la piscina, donde yo hacía pie.

Me soltó y se quedó quieto mirándome.

No me moví y él tampoco.

Gran parte de su torso sobresalía del agua y tenía la camiseta totalmente pegada. Su respiración se espesó y la mía también. Alcé la vista hacia su rostro y, sin poder evitarlo, estiré el brazo y le aparté el pelo de la frente con suavidad. Él cerró los ojos y se agachó en mi dirección a la vez que yo me ponía de puntillas. Le miré los labios involuntariamente. Solo nos separaban un par de centímetros. Antes de que pudiera reaccionar, se apartó bruscamente y salió de la piscina impulsándose por el bordillo. Se fue sin mirar atrás, dejándome sola y hecha un mar de dudas.

El lunes cuando me desperté me quedé encerrada en mi habitación. Después del «suceso paranormal» de la noche anterior, lo último que me apetecía era ver la mirada de suficiencia de Marcos y oír sus comentarios sarcásticos.

Yo estaba con Álex, lo quería y no veía a Marcos de esa manera. De hecho, en ningún momento había sentido nada de lo que se decía en las películas románticas.

Amanda llamó a mi puerta y entró en cuanto contesté que podía pasar.

—¡Vamos, levanta, koalita! ¡Que tengo una buena noticia!

—¿Cuál?

—Hoy no tienes que aguantar a Marcos —anunció—. Se ha ido a pasar el día a la ciudad.

Eso me puso de buen humor y consiguió que saliese de la cama. Sin duda, ese fue el mejor día de todos los que pasé allí. Me bañé en la piscina con Amanda y por la tarde fuimos a un centro comercial. Al atardecer nos reunimos con Lucas para ir al cine y cenar. Cuando llegué a casa me fui directa a mi habitación y llamé a Álex. Esa noche me acosté con una sonrisa en la cara. En unos días vería a mi novio y todo volvería a la normalidad.

Después de media hora dando vueltas sobre el colchón, bajé al jardín con mi libro bajo el brazo. Seguro que tomar un poco de aire fresco me sentaría bien. Cuando me acerqué a la parte donde estaba la farola, lo vi. Del susto se me cayó el libro y Marcos, que acababa de agarrar un botellín de cerveza, se giró en mi dirección.

Me quedé impactada al ver el estado en que se encontraba.

—Estupendo. —Cerró los ojos—. La que faltaba.

A sus pies descansaban tres botellines vacíos. Recogí el libro y me acerqué a él.

—¿Qué te ha pasado? —pregunté en un susurro.

—Nada.

—Estás sangrando —constaté. Me agaché para verle la cara. Él giró el rostro contrariado y le dio un trago a su cerveza—. Mírame.

Marcos me hizo caso y se me encogió el corazón cuando le vi la cara iluminada por la luz de la luna. Tenía el ojo derecho morado y adornado por un par de heridas, un corte en la nariz y otro en la ceja. Tenía los ojos enrojecidos e hinchados. Su cara estaba rota, pero más allá de las heridas, a un nivel emocional que no era capaz de comprender. Se le veía triste.

—¿Qué ha pasado? —volví a preguntar—. ¿Dónde estabas?

—Por ahí.

—¿Te has metido en una pelea?

—La respuesta es obvia, ¿no crees?

—¿Por qué?

—Me aburría.

—¿Me tomas el pelo?

Él se encogió de hombros y volvió a beber.

—¿Estás borracho?

—¿Qué más te da?

—Eres un egoísta, ¿lo sabías?

Marcos soltó una carcajada agria que me retorció el estómago de manera desagradable.

—¿Te hace gracia? —Fruncí el ceño y apreté los labios.

—Muchísima —aseguró con sorna—. ¿No ves cómo me río?

—Eres un maldito egoísta. Desapareces todo el día sin decir adónde vas ¿y vuelves así?

Marcos levantó las cejas y emitió un quejido.

—¿Qué pasa, Ele? ¿Me has echado de menos?

—Es que no me puedo creer que seas tan gilipollas como para haberte metido en una pelea. —Lo miré decepcionada.

—Pues ya ves, así soy yo.

Me quedé allí plantada, tratando de darle sentido a la imagen que me llegaba al cerebro.

—¿Te has visto la cara? —dije incrédula—. ¿Te das cuenta de que podría haberte pasado algo peor?

Él se levantó y se acercó a mí dando un traspié.

—Estás muy guapa con tu pijama blanco de estrellitas —dijo arrastrando las palabras—. Anoche en el agua se te transparentaba.

Me envaré y sentí que la vergüenza se apoderaba de mí. Entré en la casa enfadada y dolida, dispuesta a encerrarme en mi habitación, pero en un acto impulsivo dejé el libro, cogí el *kit* de emergencias del botiquín y volví a salir.

Extendí la mano para que me diera la botella y él me sonrió como el idiota borracho que era.

—Bienvenida a la fiesta, preciosa.

Vacié la botella al lado de un árbol.

—¿Se puede saber qué haces? —preguntó molesto.

—¿A ti qué te parece?

—Que eres aburridísima.

—Cállate y siéntate —ordené.

Alargué la mano para evaluar los daños de su cara. Antes de que pudiera rozarle echó la silla hacia atrás y se alejó.

—No me toques —pidió con voz trémula.

—Solo voy a curarte la herida. —Traté de que su comentario no me afectase.

—No soy uno de los cachorros heridos que estarás acostumbrada a ver en tus clases. No necesito nada de ti.

—Se te va a infectar.

—Me da igual.

Apreté los labios para que no me temblaran.

—¿Tanto asco te doy que ni siquiera quieres que te toque? —No pude contener la pregunta.

—¿Asco? —Marcos me miró con los ojos vidriosos y una mueca en el rostro—. No tienes ni puta idea de lo que dices.

—Entonces, ¿cuál es el problema?

—Joder, el problema es... —Se pasó la mano por el pelo con desesperación y miró hacia otro lado, como si mi mera presencia le provocase náuseas—. Mira, márchate. Por favor.

—No pienso irme sin que te cures las heridas.

—Aparca tus principios a un lado y déjame en paz. Soy mayorcito.

—Demuéstralo. —Alargué la mano con el *kit* de emergencias—. Cúrate tú solito y te dejaré en paz.

Marcos cogió el neceser de mala gana, empapó un algodón en Betadine y se lo apretó contra las zonas afectadas. Contrajo el rostro de dolor y soltó una retahíla de tacos que consiguieron que me diera pena. Cuando terminó lo arrojó a la papelera y me miró.

—¿Contenta?

Sin darme tiempo a responder, volvió a dirigirse a su silla, sacó otra cerveza de la nevera portátil y la abrió.

—Pero ¿qué haces? —pregunté perdiendo la poca paciencia que me quedaba.

—Si vas a darme uno de tus discursos moralistas, puedes

ahorrártelo. Ya he hecho lo que querías, así que márchate. —Empinó el codo y le dio un trago a la cerveza.

—¿Tu plan es quedarte toda la noche bebiendo? —Me crucé de brazos y contuve las ganas de arrancarle la botella de la mano.

—Hasta que me dé un coma etílico.

Sus palabras me sentaron como un jarro de agua fría.

—¿Te crees gracioso? —espeté elevando la voz—. No eres más que un niño malcriado que cree que todo el mundo está a sus pies.

—¿Es necesario que me insultes constantemente?

—Bueno, tú no quieres que te toque del asco tremendo que te doy, creo que eso es más insultante todavía.

Marcos volvió a reírse y yo noté la furia bullir por todo mi cuerpo.

—Ya sé lo que piensas de mí —logré decir al fin—. No es necesario que seas tan cruel.

Me volteé para marcharme, pero sus palabras me detuvieron:

—¿Quieres saber la verdad?

Me pudo la curiosidad, por lo que me giré y lo observé con desconfianza. Marcos se levantó y le dio otro trago a su cerveza antes de hablar.

—Anoche estuve a punto de besarte ahí. —Señaló la piscina—. Así que no. No quiero que me toques la cara porque no se me va a olvidar tu tacto en la puta vida —confesó atropelladamente—. Todavía me acuerdo de las fresas de tu cacao. Y te aseguro que las sensaciones que me provocas no se parecen en nada al asco.

—Pero yo...

—Sí, ya lo sé —me interrumpió—. Tienes novio y crees que soy imbécil. Me ha quedado claro las primeras ochocientas veces que lo has dicho. No hace falta que te regodees.

—Estás borracho —acusé con desprecio.

El Marcos bebido era más hiriente que el Marcos sobrio. Y que tratase de hacerme creer algo que no era verdad me parecía mezquino.

—Deberías irte a dormir, estás diciendo muchas tonterías.

—¿Tonterías? —Curvó los labios hacia abajo y asintió para sí mismo—. Solo estoy respondiendo a tus preguntas, que no sea lo que quieras oír no lo convierte en tonterías.

—Para de beber y acuéstate. Por favor —rogué.

Marcos me observó unos segundos, casi podía oír su batalla interna entre seguir discutiendo o irse a dormir. Cogí la nevera portátil y caminé hacia el interior de la casa.

Marcos pasó de largo y subí las escaleras detrás de él. Agarró el pomo de su puerta y me miró por encima del hombro.

—En realidad creo que eres preciosa —dijo desgarrado.

Sin decir nada más, se metió en su habitación y cerró la puerta. Y yo me quedé en mitad del pasillo sintiendo algo que no comprendía.

Al día siguiente amanecí cansada. Me había costado dormirme después del encontronazo con Marcos. Cuando bajé a desayunar Amanda y Lucas estaban en una tumbona besándose. Hice más ruido del necesario con los pies para que se percatasen de mi presencia y se separasen.

—Buenos días —saludé desganada—. ¿Habéis desayunado?

—Sí —contestó Amanda—. Pero puedo volver a comer.

Mientras desayunábamos Amanda no paraba de sonreír y mirarme emocionada.

—¿Se puede saber que te pasa? —pregunté extrañada—. ¿El amor ya te ha carcomido el cerebro? ¿Eres como uno de esos zombis de la serie esa que tanto te gusta?

Ella negó con la cabeza.

—Tengo una sorpresa para ti y estoy contenta.

Iba a intentar sonsacárselo, pero Marcos apareció vestido, con las gafas de sol puestas y la maleta. Nos quedamos en silencio al verlo.

—¿Marcos? ¿Estás bien? —Amanda se acercó preocupada. A pesar de llevar gafas, se le veían las heridas—. ¿Qué ha pasado?

—Amanda —Lucas la llamó. Ella se giró para mirarlo y él sacudió ligeramente la cabeza. Como si supiera perfectamente lo que pasaba.

En ese momento sonó el timbre y mi amiga salió disparada.

—¿Marcos? —preguntó Lucas.

El aludido se encogió de hombros y se quitó las gafas para que su amigo le viera la cara. El corazón se me encogió y solté un suspiro. El moretón del ojo era mucho más feo que la noche anterior.

—Joder. —Lucas maldijo levantándose—. Marcos, hay que...

—Lucas —advirtió él—. Luego hablamos.

Me quedé estupefacta y sin comprender nada viendo cómo Marcos se ponía las gafas de nuevo.

Amanda regresó con las manos detrás de la espalda y cara de que tramaba algo.

—Elena, ha llegado tu sorpresa —anunció.

Ella se apartó y mi novio salió al jardín sonriendo.

—¡Álex! —exclamé impactada.

—Hola, pequeña. —Me dio un beso rápido y me sonrió cuando se apartó.

—¿Qué haces aquí? —pregunté.

—Amanda me llamó hace unos días y se nos ocurrió que podía adelantar la vuelta para darte una sorpresa. —Me dedicó una sonrisa tierna.

Sonreí y noté los ojos de Marcos clavarse en mí a través de los cristales de sus gafas.

Álex se apartó para felicitar a Lucas. Después, se giró hacia Marcos y yo contuve el aliento.

—¿Marcos?

—El mismo. —El aludido asintió—. Moliner.

—Cuánto tiempo —respondió Álex estrechándole la mano.

—Sí. Lucas, ¿nos vamos ya? —preguntó Marcos apartándose de mi novio—. No me gustaría perder el avión.

Lucas se palmeó el bolsillo en busca de las llaves.

Álex se colocó a mi lado y me pasó el brazo por encima del hombro. Marcos y Amanda se abrazaron y mi amiga le prometió que en unos meses estaría incordiando en su casa. Cuando ella lo soltó, él se giró para mirarme por última vez.

—Nos vemos, Ele. —Fue todo lo que dijo antes de seguir a mis amigos al interior de la casa y desaparecer de mi vista.

23

La galería de los corazones rotos

Una vez aclaradas las cosas con Marcos las aguas volvieron a su cauce. Con la diferencia de que ahora conocíamos una parte muy íntima de nuestras respectivas vidas que nos había unido más.

El domingo Blanca y Carlota me recogieron a la salida del trabajo. Fuimos a tomar algo a un sitio nuevo que me había recomendado Amanda y que no se salía de precio para nosotras. Nada más sentarnos Blanca pidió una jarra gigante de cerveza y comenzó a relatarnos sus vivencias en la ciudad de la luz. Según ella se había enamorado de las calles de París, de los artistas bohemios, de las *crepes* rellenas y de la elegancia de Versalles. Carlota nos habló de los festivales que había empalmado en julio, empezando en Bilbao, siguiendo en Benicasim y terminando en Benidorm. Y yo no tuve mucho que contar, salvo que me había pasado el mes entero buscando prácticas y haciendo el trabajo de fin de grado.

El calor del bar era insoportable, había demasiada gente y no tenían aire acondicionado. Por eso nuestros vasos no tardaron en vaciarse. Íbamos por la segunda ronda cuando salió el tema amoroso y nuestro humor descendió en picado.

—¿Qué estás haciendo? —Le preguntó Blanca a Carlota—. ¿Estás con nosotras o en la luna?

Carlota, que no había soltado el móvil desde que habíamos llegado, se encogió de hombros sin apartar la vista de su pantalla y deslizó el dedo hacia un lado con gesto aburrido.

—Es el primer día que estamos las tres solas en meses y ¿estás buscando ligue en Tinder? —Blanca torció la boca con desaprobación.

—No estoy buscando ligue. —Carlota desplazó el dedo sobre la pantalla una vez más.

Blanca se asomó por encima del móvil y puso los ojos como platos.

—¿Estás buscando tías? Pero ¿qué me he perdido?

Ella volvió a encogerse de hombros y se guardó el teléfono en el bolsillo de su *short* de flecos.

—A ver, tengo que contaros una cosa... —Carlota se puso seria y se colocó el chaleco con nerviosismo—. En el Erasmus estuve viendo a... una persona —titubeó y nos miró inquieta—. A... una chica —terminó en un susurro.

—¡Eso es genial! Me alegro mucho por ti —contesté entusiasmada.

—¡Detalles! —Blanca movió las manos para indicarle que se diese prisa—. ¡Abre esa boquita y cuéntanoslo todo!

Carlota arrugó las cejas y nos observó como si fuéramos de otro planeta.

—¿No vais a decirme nada? —Blanca y yo la miramos interrogantes—. ¿Me habéis oído bien? He dicho que era una chica. Una chica —repitió haciendo énfasis en la palabra—. Una tía, una mujer, una hembra. ¿Lo habéis entendido? —Blanca y yo asentimos y ella ladeó la cabeza desconcertada—. ¿Y no me vais a decir nada?

—¿Qué quieres que te digamos?

—Pues si os parece bien, si os parece mal. ¿No os sorprende lo que acabo de soltar?

—A nosotras no tiene que parecernos nada. —Le agarré la mano y le di un suave apretón—. No deberías preocuparte por eso.

—Exacto. Yo me alegro por ti y me alegro de que hayas confiado en nosotras para contárnoslo. —Blanca le aferró la otra mano.

Ella relajó los hombros y nos devolvió el apretón. Le sudaban las palmas y le temblaban ligeramente. Parecía cansada y agobiada, cuando por lo general era toda sonrisas.

—Creo que soy bisexual, pero no estoy segura todavía. Sois las primeras personas a las que se lo cuento y, sinceramente, no creo que todo el mundo se lo vaya a tomar igual de bien. Empezando por mi familia.

Carlota era de Madrid. Se había criado allí, tenía veintitrés años, era estudiante y vivía con sus padres. Era entendible que le preocupase su reacción.

—Si te echan de casa, puedes venirte a la mía —aseguró Blanca—. Aunque como no encuentre piso rápido, en dos semanas estaré viviendo debajo de un puente. O en la cárcel, porque habré matado a mi compañera de piso.

Carlota y yo nos reímos.

—No hace falta que te lo diga, pero en mi casa también tienes la puerta abierta. Minerva y yo estaremos encantadas de que te quedes con nosotras.

—Gracias. —Sonrió débilmente.

Blanca arrastró la silla y se juntó más a ella. La imité y las tres nos fundimos en un abrazo torpe y sudoroso. Cuando nos separamos, Carlota tenía los ojos brillantes y una expresión de desaliento que me estrujó el corazón. Le aparté los rizos de la cara con cariño y ella me miró agradecida. Pese a que la noticia no me pillaba del todo de nuevas, no pude evitar sentirme triste por mi amiga. Le había costado un triunfo compartirlo con nosotras y no debería ser así. Nadie debería sentirse así.

—No me queda claro qué haces en Tinder si tienes novia —dictaminó Blanca.

—Ya no estamos juntas. Y necesito beber más si os lo voy a contar todo. —Se giró para pedir otra jarra—. En resumen: la conocí en clase, nos liamos en una fiesta, se quedó a dormir en mi habitación y no solo no follamos, sino que hicimos la cucharita. Yo nunca he hecho la cucharita, chicas. Y yo... Desde que nos besamos solo la veo a ella.

El camarero dejó en el centro de la mesa otra jarra enorme de cerveza y unas patatas fritas, que no tardaron en desaparecer. Carlota rellenó su vaso y el de Blanca, pero yo tapé el mío con la mano y negué con la cabeza.

—Estuvimos juntas el último cuatrimestre —continuó—. No dijimos explícitamente que éramos novias, pero actuábamos como tales: estábamos todo el rato juntas, viajando, comiendo, estudiando, follando... todo eso. —Se encogió de hombros y se concentró en la servilleta que estaba rompiendo de manera compulsiva.

Blanca se subió las gafas de ver y me hizo un gesto casi imperceptible con la cabeza, que parecía decir: «¡Vamos, di algo!».

—¿Y qué pasó? —me aventuré a preguntar.

—Un día quise darle una sorpresa. Compré un ramo de rosas. —Se interrumpió y me miró—. Recordé que una vez que fuimos a la floristería nos dijiste que significaban «amor». —La voz se le quebró y Blanca tuvo que animarla a seguir—. Fui a buscarla y... me la encontré besándose con un tío en su portal. Resulta que era su novio y yo era la otra.

Nos quedamos de piedra y sin encontrar las palabras adecuadas. No sabía cómo se lo había tomado Blanca, pero al oír el tono afligido de Carlota, sentí que me habían tirado un jarro de agua helada por encima.

—¿Estás segura de que era su novio? —Blanca alzó las cejas.

—Sí. Fue a buscarme aquella tarde mientras yo preparaba la maleta. Intentó besarme, pero no pude. Le dije que la había visto y me contó que llevaba con ese chico cinco años... Discutimos y nos dijimos cosas horribles.

Carlota bebió con más ímpetu de la cuenta y se le derramó un poco de cerveza por la comisura de la boca. Se limpió con el dorso de la mano y se le empañaron los ojos.

—Es que, joder, estuvo conmigo a la vez que tenía novio y no me lo dijo... porque si fuera un rollo... quizá podríamos haberlo hablado, pero ¿su puto novio de toda la vida? —Nos miró buscando consuelo y no pudimos más que asentir con compasión—. El resto ya lo sabéis, cogí mis cosas y volví a casa antes de tiempo. —Carlota hizo acopio de todas sus fuerzas para no derrumbarse.

El alma se me terminó de caer a los pies cuando añadió:

—Una pedrada en la cara me dolería menos que esto.

Era la primera vez que veía a mi amiga así. Ella nunca les daba importancia a las cosas, o eso parecía, porque era muy hermética con sus sentimientos. Y, sin embargo, acababa de vaciar su interior con nosotras.

Blanca me observó y suspiró; parecía dudar de si abrir la boca o no. Y si se metía era para decir las cosas tal cual las pensaba.

—¿Has vuelto a saber algo de ella? —quise saber.

—Sí —asintió—. Me escribe todos los días. Quiere que le dé otra oportunidad. Dice que está dispuesta a dejar a su novio, pero que necesita tiempo, que no sabe cómo se siente y que esto es complicado para ella. Y, joder, ¿qué voy a decirle? Si yo creía que era hetero hasta ayer.

—Comprensible —alegó Blanca—. Lo que sigo sin entender es qué haces en Tinder.

—Busco una distracción, pero no lo consigo. A los tíos ni los miro y a las tías les saco algún defecto.

—Pero, Carlota, te das cuenta de que estás enamorada, ¿verdad? —dijo Blanca sin rodeos.

—Eso no cambia nada. Lo nuestro es imposible por muchas razones. Empezando porque ni siquiera vivimos en el mismo país —contestó ella.

Ese comentario me atravesó como una bala. Inevitablemente pensé que Marcos vivía en Londres y que en dos semanas se iría.

—Eso da igual —afirmó Blanca—. Te coges un avión y en dos horas te plantas en el maldito Coliseo, en la Piazza Navona o en la puñetera Fontana di Trevi y lanzas una moneda o te comes un tiramisú. Lo que tú quieras.

Carlota apuró su vaso de un trago, sin contestar.

—¿Estás bebiendo como si fueras un extra de *Vikingos* para olvidarla?

—No. —Sacudió la cabeza y terminó de romperse—. Estoy bebiendo para olvidar lo que era yo cuando estaba con ella. Es que una chica con novio... ¿Se puede ser más desgraciada que yo? —Soltó una carcajada amarga—. En fin. Contadme algo que me ayude a distraerme, por favor.

Blanca se señaló discretamente con el dedo para indicarme que tomaba el relevo de la palabra.

—Pues creo que soy más desgraciada que tú —bromeó—. Me enrollé con Bruno en el cumpleaños de Elena.

—¿Qué Bruno? ¿Nuestro amigo? —interrumpió Carlota y Blanca asintió—. ¿Cuándo? ¿Cómo? ¿De verdad soy la única que esa noche no pilló cacho?

Blanca se miró las uñas, que iban a juego con su vestido rosa.

—Cuando te fuiste, yo seguía bastante perjudicada como para conducir. Así que Bruno me acompañó a por una hamburguesa al McDonald's. Estuvimos hablando un rato y cuando se me pasó la moña lo acerqué a su casa. Y no sé cómo, pero de pronto estábamos morreándonos. Al separarnos le pedí que se bajara del coche y me fui quemando rueda como Vin Diesel.

Carlota abrió la boca asombrada, pero Blanca prosiguió con su historia:

—Bruno me llamó al día siguiente. No se lo cogí y me fui a París. Intentó contactar conmigo durante tres días y pasé de él. Chicas, que hasta lo he bloqueado en las historias de Instagram —concluyó avergonzada.

—¿Y no has vuelto a hablar con él? —preguntó Carlota.

Blanca negó con la cabeza y se revolvió la raíz del pelo en un gesto nervioso. Se lo colocó primero hacia la derecha, después hacia la izquierda y al final bufó frustrada y volvió a hacerse la raya en el medio.

—Lo peor de todo es que en París no he ligado nada. Ni las gárgolas de Notre Dame me han mirado.

—A lo mejor sí te han mirado, pero tú tenías la cabeza en otro sitio —dijo Carlota.

—Sí, en San Sebastián. Es que, jo, ¿nadie va a enamorarse de mí? —se lamentó Blanca—. Con lo maja que soy yo, por favor. Soy maja, ¿verdad?

—Majísima —aseguré.

—La más maja y la más guapa —corroboró Carlota—. Eres un bomboncito.

Las tres nos reímos, probablemente porque íbamos un poco achispadas y porque reírse de una misma siempre era mejor que llorar.

—Voy a cambiar mi estado sentimental en Facebook a: «Maldita en el amor» —dijo Blanca—. Yo creo en el amor, pero empiezo a pensar que el amor no cree en mí.

—No exageres. Si me he enamorado yo, que estoy hecha de hielo, puede cualquiera —concluyó Carlota.

—Y entonces, ¿qué pasa con Bruno? —pregunté.

—Ni idea. Es que tampoco tengo claro para qué me llamó con tanta insistencia: ¿Para decirme que fue un error? ¿Por qué está interesado en mí? ¿Por qué no quiere volver a verme? —resopló—. Supongo que quiere que sigamos siendo amigos. Eso es lo que le diría yo. Aunque, claro, teniendo en cuenta que hemos roto la regla número uno de la amistad, pues no sé...

Era chocante ver a Blanca, que siempre tenía las ideas claras, darle tantas vueltas a algo.

—Deberías hablar con él —sugirió Carlota—. Pero hoy no, que estás bebiendo.

Blanca se rio mientras asentía:

—Como sigamos bebiendo así y no comamos nada, mañana vamos a tener resaca.

—Lo prefiero —aseguró Carlota—. La resaca me duele menos que el corazón roto.

Le froté el hombro con cariño. Odiaba la sensación de no poder hacer nada por ella.

—De verdad, chicas, me encanta cómo está subiendo el nivel de drama —ovacionó Blanca—. Si es que tiene razón mi padre, las desgracias nunca vienen solas.

Las tres asentimos y chocamos los vasos antes de volver a beber.

—Tú. —Carlota me dio dos palmaditas en la pierna—. ¿Qué ha pasado con el tío ese que te estabas follando?

—¡No grites! —regañé escandalizada.

—Esta necesita beber un poco más para que se le suelte la lengua. —Carlota me rellenó el vaso. Le di un sorbito pequeño, pero ella empujó el cristal contra mis labios y no me quedó más remedio que dar otro trago más.

—Es domingo y debería prepararme la entrevista del miércoles. No puedo emborracharme —aseveré.

—Tienes tres días y eres lo más. —Carlota ignoró mis quejas—. Te van a contratar seguro, así que, por solidaridad al grupo, debes beber y contarnos qué ha sido del tío alto de tu cumpleaños.

Me tapé la cara con las manos y respiré hondo.

—El tío alto se llama Marcos. Te lo presenté, ¿recuerdas? —Apoyé los codos en la mesa y me sujeté la frente—. Y lo que pasa con él es que lo estoy viendo.

—¿Perdona? —Carlota dejó el vaso y se inclinó en mi dirección.

—Entonces, ¿ya no lo odias? —preguntó Blanca asombrada—. ¿Dónde quedó aquello de «Muerto el perro se acabó la rabia»?

—¿Cómo que lo odias? —Carlota frunció el ceño—. ¿Me acabo de despertar de un coma y por eso no entiendo qué está pasando? Por favor, por partes. Y empieza desde el principio.

Le conté a Carlota todos los cabreos que había tenido cada vez que Marcos y yo habíamos tenido que hacer algo de la boda. También le dije que lo conocía desde el colegio y que nunca nos habíamos llevado especialmente bien. Y después les confesé a ambas el acuerdo al que habíamos llegado juntos.

—A ver si lo he entendido bien... —sopesó Blanca—. No solo ya no te cae mal, sino que has estado tirándotelo todo este tiempo. Y vais a tener un rollo de verano hasta que él se vuelva a Londres.

Asentí ante la atónita y embriagada mirada de mis amigas.

—Vamos, que te gusta.

—No. No me gusta —aseguré—. Bueno, puede que un poco... No lo sé... Me gusta un poco, sí, pero muy poco. —Ellas me miraron como si no me creyeran—. Vale, me gusta bastante —confesé en voz baja.

—Pero ¿te gusta o es algo más? —Blanca se subió las gafas de ver con el dedo índice y me observó serena—. Es decir, te mira y tú, ¿qué sientes?

—Pues cuando me mira... es como si me floreciera algo dentro.

—¡Hostia, Elena! —Blanca se tapó la boca con la mano—. ¡Estás pilladísima!

—No estoy pilladísima. —Me defendí—. Solo me gusta un poquito más de lo que tenía planeado.

—Cariño. —Carlota me agarró la mano—. Solo hay que verte la cara.

Suspiré y comencé a notar que una sensación desagradable e incómoda me marchitaba el interior. Golpeé la mesa rítmicamente un par de veces con las uñas. Pensé lo que de verdad quería decir, pero mi lengua embriagada bailó libre:

—Lo he intentado con todas mis fuerzas. De verdad. He intentado pasar de él, pero viene tan seguro de sí mismo a decirme todo lo que siente por mí y me confundo. He hecho todo lo posible por que no me guste, pero es que me sonríe y...

—... se te caen las bragas —concluyó Blanca por mí.

Asentí.

—Y cuando se ríe me dan ganas de tumbarme a su lado sin pensar en las consecuencias... Y no quiero. Si es que lo tengo clarísimo. Yo estoy centrada en mis prácticas y con Marcos solo estoy pasándomelo bien. Es algo pasajero.

Mis amigas me abrazaron y me instaron a seguir bebiendo.

¿Iba a terminar borracha otra vez?

Tenía pinta.

Con aquella ya era la tercera vez que me emborrachaba en un mes, y eso ya superaba con creces a todos los años pasados de vida juntos, donde el contador estaba a cero. Pero no quería pensar en Marcos y en lo que me hacía sentir, y hacía un mes que no veía a mis amigas. Mi comportamiento estaba justificado, ¿no?

«Por supuesto, las buenas amigas se apoyan y se sinceran».

—Amanda no lo sabe y ahora os lo estoy contando a vosotras. Soy la peor amiga del mundo —solté apenada—. Pero conociéndola sé que me pondría una corona de flores en la cabeza y me organizaría la boda con Marcos sin que me diera cuenta. Y no estoy preparada para eso.

Blanca me rodeó los hombros y me apretó contra ella; cuando me soltó continué hablando:

—No quiero saber lo que piensa Amanda porque eso solo complicaría las cosas. Ya me ha dicho un par de veces que si no lo soporto se lo diga, pero que no le gustaría tener que elegir entre nosotros dos. ¿Cómo voy a mirarla a la cara después de esto?

—¡Pues a mí me parece bien! —exclamó Carlota—. No tienes que dar explicaciones a nadie. Ni siquiera a nosotras. Eres una mujer libre y mientras tengas claro que en unas semanas todo ha terminado, lo único que te puedo decir es que disfrutes lo que dure.

—¿Tú le has dejado claro a él que esto se acaba cuando se vaya? —Asentí—. ¿Y él ha accedido a ocultarles la relación a vuestros amigos? —Volví a asentir y Blanca prosiguió—. Pues ya está, reina, ya se lo has dejado cristalino como el vodka. Ahora tienes que tener claro tú también que tienes dos semanas.

«Dos semanas».

El conejo de Alicia se manifestó dentro de mi cabeza y agitó su reloj.

Dos semanas y todo habría terminado.

Si lo tenía claro, ¿por qué estaba poniéndome nerviosa? Me pasé las manos varias veces por la falda del vestido tratando de alisar la tela y relajarme.

—El próximo fin de semana vamos a coincidir los cuatro en el cumpleaños de Lucas. —Escondí la cara entre las manos.

—¡Morbazo! —aplaudió Blanca—. ¿Y vais a hacer como si nada? —Se le escapó la risa cuando asentí—. Estoy alucinando con que la responsable del grupo esté viviendo semejante idilio secreto.

—¡Y luego va de santa!

—¡Por santa Elena! —Blanca y Carlota chocaron las cervezas.

—Debes follar por nosotras. Que al menos una de las tres disfrute.

—Sois muy maduras, ¿lo sabíais? Os reís, pero como esto se me escape de las manos voy a ser mucho más desgraciada que vosotras. Y como se entere Amanda...

—No es tu madre. Ya eres mayorcita para tomar tus propias decisiones —recordó Blanca—. Y no te confundas, ya eres parte del club de las desgraciadas, no hace falta que te pase nada más.

—Yo creo que deberíamos mandarlo todo a la mierda e irnos a vivir al Caribe —propuso Carlota—. Nos montamos un negocio de hacer collares de conchas y cuidamos a los animales de los lugareños.

Solté una carcajada al imaginármelo. Éramos tan dispares que sería curioso vernos en una playa paradisíaca montando un negocio.

Blanca levantó la jarra y le dio un trago antes de decir:

—Dentro de dos semanas podemos quedar aquí las tres, por si acaso estás de bajón y necesitas refuerzos.

—No voy a estar de bajón —confirmé molesta.

Las dos sonrieron al ver mi mirada asesina.

—Lo sé. Por eso he dicho «por si acaso». Y ahora quiero proponer un segundo brindis: ¡Por las desgraciadas!

Nuestras jarras tintinearon al colisionar y la cerveza se nos derramó encima de las manos. Cuando dejamos los vasos en la mesa Blanca dijo que nos veía doble y fue la señal inequívoca de que debíamos pedir la cena. La conversación permaneció ajena a nuestras vidas amorosas durante quince minutos, que fueron los que tardó Blanca en volver a la carga:

—No es por nada, pero somos bastante internacionales. —Casi se atragantó de risa—. Carlota coladita por una italiana, tú por un inglés y yo he ido a por un francés y me he jodido por culpa de un vasco. Con lo bonito que habría sido cambiar el nombre de grupo de WhatsApp a «Veterinarias sin fronteras» porque tuviéramos a una en Italia, a otra en Reino Unido y a mí en Francia visitando el Louvre con una boina y desayunando un *croissant*.

—Pero, entonces, ¿te gusta Bruno? —pregunté.

—Ni idea. Creo que yo no siento las maripositas esas que sientes tú, pero... el beso me gustó. Es que no sé qué pasó. Si yo nunca lo había mirado de esa manera y él a mí tampoco.

Carlota soltó una risotada.

—Bueno, eso de que él a ti tampoco... En el cumpleaños de Elena se le iban los ojos a tu vestido blanco cada dos por tres —dijo ella—. Es que estás buenorra con ese vestido. Seguro que sigue empalmado.

—Joder, que es mi amigo... —Blanca se masajeó las sienes y resopló frustrada.

Alcé el vaso y volvimos a brindar.

A Carlota le pareció buena idea que nos hiciéramos unas cuantas fotos. Subió su favorita a todas sus redes sociales con el *hashtag* «desgraciadas» y nos dio un ataque de risa.

—Lo bueno de que Elena esté saliendo con un abogado es que si matas a tu compañera de piso podría ayudarte a evitar ir a la cárcel —rio Carlota.

—No estoy saliendo con él. —Chasqueé la lengua molesta. En ese momento sonó el móvil de Blanca.

—¡Chicas, me ha mandado un mensaje Bruno! —Miró su pantalla horrorizada y la risa se nos cortó de golpe—. Dice: «He visto la foto que ha subido Carlota. No sabía que habías vuelto. Tenemos que hablar. Por favor, llámame, escríbeme o algo» —leyó Blanca en voz alta—. ¿Qué hago? ¿Lo llamo? ¿Le pido que venga y que me diga delante de vosotras lo que tenga que decirme?

—Ahora no —negó Carlota—. Estás borracha. Dile que mañana. Ahora vamos a dejar los móviles quietos y no vamos a llamar ni escribir a nadie. Hoy no hay ni Bruno, ni Marcos, ni... Greta.

Blanca y yo asentimos. No nos quedó más remedio que darle la razón. Ese día era para nosotras. Al día siguiente pensaríamos en todo lo demás. Aunque yo seguía intranquila y con la certeza de que en la pelea contra el paso del tiempo tenía todas las de perder.

Creía que no tenía hambre hasta que el camarero nos puso delante una tortilla de patata y unas bravas. Carlota me pasó un trozo y lo devoré sin enterarme.

—Deberíamos abrirnos un canal de YouTube y hacer dinero de nuestras desgracias. —Blanca pinchó una patata bañada en salsa y sopló para enfriarla—. Podríamos llamarlo «Desgraciadas sin fronteras», así combinamos lo mejor de los dos nombres.

Me reí y a Carlota casi se le salió la cerveza por la nariz.

—Yo lo veo —reconoció cuando se recuperó del ataque de risa—. Podemos hacer un vídeo que se titule: «¿Quieres descubrir tu sexualidad? Líate con una chica que tiene novio».

—Ah, se me ocurre también: «Consejos para liarte con tu amigo y destrozar vuestra amistad». —Blanca se tronchó de risa y nos aseguró que los vídeos de *tips* triunfaban.

Las dos me miraron esperando que hiciera mi aportación a la causa. Dije lo primero que se me pasó por la mente:

—«Cómo pillarte por un chico que ni siquiera te caía bien».

Ellas aplaudieron y las ideas fueron surgiendo sin más: «Cómo no conseguir mantener una relación a distancia», «Maquillaje perfecto para que te rompan el corazón», «Probando distintos tipos de vodka para superar una ruptura...». Y así fuimos riéndonos con cada ocurrencia, porque ¿qué otra cosa podíamos hacer?

Al llegar a la fase de exaltar los lazos de la amistad, recordé el día que las había conocido. Cuando me incorporé a la universidad, después de la muerte de mi madre y tras dos años de ausencia, tenía que repetir algunas asignaturas. El primer día de clase me encontré rodeada de caras nuevas. Pese a que no me costaba socializar, decidí sentarme sola en primera fila. Casi al final la profesora nos informó de que necesitábamos compañeros para el resto del semestre, y ellas recogieron sus cosas y se sentaron a mi lado sin decir nada.

—Oye, Carlota, tengo dos preguntas de carácter erótico-festivo. —Blanca masticó lentamente un trozo de pan que había sobrado—. La primera: ¿Es verdad que las mujeres son mejores amantes? Y la segunda: ¿Te llamaba *Bambina* o *Bellísima* mientras lo hacíais?

Traté de aguantarme la risa.

—Sí a la primera pregunta. Y no, me llamaba otra cosa que no pienso decirte —contestó guiñándole un ojo—. Uf, la echo de menos. ¿Queréis que os enseñe una foto? Es que tiene unos ojazos azules...

—¡Qué cabrona! —exclamé sin poder contenerme. Ellas me miraron sorprendidas porque yo nunca decía palabrotas—. Marcos también tiene los ojos azules. No es justo, lo complica todo.

Carlota asintió y nos enseñó una foto en la que salía al lado de una chica rubia de rasgos risueños. La Carlota sonriente de la foto no se parecía en nada a la Carlota que en ese momento esperaba nuestro veredicto con los labios apretados.

—Es guapa, ¿verdad?

—Pues no —contestó Blanca enfadada—. Es la persona más fea que he visto en mi vida porque le ha roto el corazón a mi chica. Tú mereces alguien como tú, que esté buenísima y que se vista con este rollito moderno tuyo. ¿Es que tú has visto el pelazo afro que tienes? Vamos, ya le gustaría a esa...

—¡Blanca! —le llamé la atención.

—Que da igual, chicas. Podéis decir lo que queráis. —Carlota soltó un hipido—. Si no estoy tan enamorada como pensáis. Es el alcohol, que me hace ser así.

—Lo mismo digo. Yo ni siquiera me había fijado en Bruno, así que no sé qué hago hablando de él.

—Y yo... no estoy pillada. A mi yo sobria le da igual que Marcos se vaya dentro de unas semanas. Lo tengo asimilado, pero bebo...

—... y te calientas.

—Justo. Es eso —aseguré tratando más de convencerme a mí misma que a mis amigas.

—Al menos, estamos juntas en la desgracia, ¿no? —Carlota volvió a chocar su vaso contra los nuestros.

—¿Os dais cuenta de que la más echada para delante está muerta de miedo? —Blanca señaló a Carlota—. La más responsable está viviendo un lío amoroso digno de telenovela. —Blanca apuntó su dedo índice hacia mí—. Y la que menos vueltas les da a las cosas —se colocó el dedo delante de la cara— es la que más rayada está.

—Es que el amor no tiene ningún puto sentido —puntualizó Carlota.

Un rato más tarde fui al baño mientras ellas decidían qué postre compartir. Y aproveché que me sentía un poco menos mareada para salir a la calle y llamar a Marcos. Tuve que taparme el oído porque el ruido de Madrid hacía que casi no pudiera oír el tono de la llamada. Se oían risas y el bullicio de la gente hablando. Era una de las cosas que más me gustaban de las calles peatonales del centro, sobre todo en fin de semana y en verano. Todo estaba tan vivo que daban ganas de no volver a casa.

—Hola, ¿qué tal lo estás pasando? —preguntó Marcos cuando descolgó.

—Mal.

—¿Qué ha pasado?

—Que eres guapísimo —acusé con dramatismo.

—Y eso es... ¿malo?

—Sí, porque no me concentro. Estoy con mis amigas de cuerpo presente, pero mentalmente estoy contigo. —Hice una pausa y resoplé—. Te odio.

—Creo que lo que querías decir es que te estás pillando por mí.

—Y tú por mí —respondí de forma automática.

—Yo ya llevo un tiempo pillado.

Me mordí el labio y deseé tenerlo delante para darle un beso que lo dejase sin respiración.

—En mi defensa diré que mi yo sobria no está tan pillada como te crees... Es solo el alcohol, que acentúa y amplifica.

—En tu defensa, ¿eh?

—Se dice así, ¿verdad, letrado? —Se me escapó una risita tonta—. También puedo decirte que soy inocente hasta que se demuestre lo contrario.

Marcos se rio y se me retorcieron angustiosamente las tripas.

—¿Dónde vas a dormir hoy? —pregunté conteniendo el aliento.

—Pues contigo en tu cama, contigo en mi cama o contigo en el hotel más cercano a donde estés.

—Me gustan las tres opciones. Decide tú y mándame un mensaje. Tengo que entrar ya, no debería estar llamándote —me lamenté de manera teatral—. Pero es culpa tuya, que eres demasiado mono.

—¿Mono? ¿En serio? —Marcos sonaba falsamente indignado—. ¿Estas otra vez borrachilla?

—Puede. Soy un poquito irresponsable, pero tienes que reconocer que tengo un encanto irresistible.

Marcos soltó una carcajada contagiosa.

—Sí, no hay más que verme. Me tienes totalmente hipnotizado.

«Te vas a pillar hasta las trancas», advirtió una vocecita desde el fondo de mi cabeza. Decidí ignorarla y le pregunté:

—¿Tú crees que tu bañera es más grande que la mía?

Lo oí respirar con fuerza y me reí como una adolescente.

—Pues... no lo sé.

—¿Puedo ducharme en tu casa...? —pregunté sin un ápice de vergüenza—. ¿Contigo?

—Joder, Elena. No deberías decirme estas cosas cuando estás borracha. Ahora no voy a pensar en otra cosa.

El deseo volvió a activarse en mi interior y decidí que lo más sensato era entrar antes de volver a dejarme en evidencia. El calor del bar ya era bastante molesto sin la necesidad de añadirle un calentón.

—Luego te veo, adicto a la justicia.

—Páselo bien, doctora Aguirre.

—Adiós, idiota.

—Te veo luego, preciosa.

Traté de borrar la sonrisa estúpida de mi cara, pero mis ojos chispeantes me delataron.

—No me puedo creer que hayas salido a llamarlo —increpó Blanca. Me encogí de hombros y suspiré.

—Déjame tu móvil —pidió Carlota.

—¿Para qué?

—Déjame tu móvil, tía. ¿Es que no confías en mí?

Le di el teléfono a regañadientes y esperé impaciente mientras ella tecleaba.

—¿Qué has hecho? —pregunté con desconfianza.

—Le he mandado tu ubicación a Marcos y le he dicho: «Ven a buscarme».

—¿Por qué has hecho eso?

—Pues porque solo te quedan dos semanas con él y a nosotras nos vas a tener aquí toda la vida. Si las dos últimas semanas que estuve con Greta hubiera sabido que serían las últimas, no me habría despegado de ella.

Me sentí agradecida y conmovida por sus palabras sin saber si tenía ganas de llorar o de darle un abrazo.

—Y también quiero cronometrar cuánto tarda el tío alto en aparecer por la puerta —se burló Carlota.

24

Esto es la guerra

Satisfecha y con los nervios a flor de piel.

Así salí el miércoles de la entrevista para las prácticas de veterinaria.

Me había pasado los dos últimos días buscando información de procesos de selección y buceando en artículos sobre cómo ir vestido, cómo comportarse, qué hacer para aplacar los nervios, consejos para superar entrevistas y repasando las preguntas tipo que solían hacerse. También investigué la clínica y sus valores, y me preparé alguna pregunta para hacer antes de despedirme: ¿tendría que hacer guardias?, ¿qué equipo médico me darían?, ¿cuándo me incorporaría?

Por las noches Marcos me había ayudado a ensayar entrevistas. Lo malo era que en bastantes ocasiones había terminado riéndome de su cara seria. Y en otras tantas él había acabado diciéndome que estaba contratada antes de darme un beso de esos que me hacían quitarle la camiseta rápidamente.

Cuando salí a la calle me recibió el calor seco de las cuatro de la tarde. Amanda ya me esperaba en doble fila engullendo un sándwich del Rodilla.

—Cuéntamelo todo. —Puso el intermitente y miró por el

retrovisor—. Por cierto, en el asiento trasero tienes la merienda.

Estiré el brazo para coger la bolsa y mientras comía le relaté con pelos y señales la entrevista. Las dos teníamos la sensación de que me había salido bien. Y eso bastó para ponerme contenta. Ella me habló de lo mustia que estaba después de incorporarse al trabajo, pero yo supe que en cuanto pusiéramos un pie en el centro comercial se animaría.

Saqué el móvil del bolso y me giré discretamente para mandarle un mensaje a Marcos.

> Ya he salido.
> Creo que ha ido bien,
> pero sigo nerviosa

Su respuesta no se hizo esperar:

> Tranquila.
> Seguro que sí.
> Cuándo te dicen algo?

Comprobé que Amanda seguía tratando de buscar la salida correcta de la carretera para contestar:

> De aquí a una semana.
> Estoy hecha un flan.
> Me tiembla todo

> Tienes nata en casa?

Su réplica me pareció un poco rara, pero le contesté un:

> Sí, por?

> Para comerme
> mi flan esta noche

> Marcos!!

> Te has puesto roja?

> Tú qué crees?

> Creo que eres una pervertida.
> Solo he dicho que me voy a
> comer un flan con nata.
> Si tú has pensado otra cosa,
> el problema lo tienes tú 😌

Las comisuras de mi boca se elevaron hasta formar una pequeña sonrisa. Le envié un emoticono con la cara roja ardiendo de enfado y guardé el móvil dentro del bolso.

Lo único malo de ir de compras con Amanda es que era tentador dejarse llevar por sus artimañas de adicta a la moda. Yo no tenía intención de gastar dinero, pero de cuando en cuando ella aparecía con una percha en alto y me decía:

—Esto te quedaría ideal.

Miré el mono corto de flores.

—Es bonito, pero no he cobrado todavía y no lo necesito.

Ella resopló frustrada y dejó la percha en su sitio.

Me alejé de ella antes de picar en alguno de sus cebos y seguí escaneando la tienda. Primavera y verano eran mis épocas favoritas para comprar ropa porque los escaparates y los burros estaban abarrotados de prendas coloridas.

Concluimos la tarde en una tienda de ropa interior donde

Amanda, una vez más, parecía que iba a hacer uso de su tarjeta. Mientras ella buscaba un sujetador de su talla yo di una vuelta por el establecimiento. Mis ojos fueron a parar a una prenda de lencería que atrajo por completo mi atención. Se trataba de un body rosa de tirantes y con aros. Era de tul semitransparente y tenía flores bordadas en las partes íntimas y en el estómago. Era tan bonito que podía considerarse amor a primera vista. ¿Era eso lo que experimentaba mi amiga con todas las prendas que se llevaba?

—¡Cómpratelo! —Amanda apareció como un demonio por encima de mi hombro—. Es perfecto y es muy tú. Además, puedes ponértelo con pantalones de tiro alto y con una camisa desabrochada encima, o usarlo de ropa interior. Doble función. Gasto inteligente —aseguró mientras se golpeaba la sien con el dedo índice—. Encima está rebajado, ni te lo pienses.

—¿No lo ves demasiado?

—¿Demasiado qué? —Amanda me colocó la percha en la mano—. ¿Sexy? ¿Elegante? ¿Bonito? ¿Favorecedor?

Me mordí el labio indecisa.

—Es increíble tu habilidad para hacer que me gaste el dinero —contesté rindiéndome.

—Piensa que nos complementamos a la perfección. Si hubiera venido sola me habría llevado siete modelitos en lugar de dos.

Me reí porque en eso tenía razón y la seguí al mostrador para pagar.

Cuando me dejó en casa me metí directamente a la ducha. Bajo el agua recordé que todavía no me había duchado con Marcos y me dije a mí misma que quizá esa noche podría llenar la bañera de espuma y bañarme con él. Esa era mi idea, pero después de cenar sushi en el sofá me quedé dormida sobre su hombro.

El jueves cuando me desperté Marcos ya se había ido. Tenía un mensaje suyo donde me decía que no había querido despertarme y que me vería después. Le di los buenos días y aproveché para escribir a Blanca, que se pasaría a por las llaves de mi casa para echarle un vistazo a mi gata el fin de semana.

Desayuné con calma y me dispuse a preparar la bolsa de viaje. Recolecté la ropa interior y saqué de la bolsa el body que había comprado la tarde anterior. Lo sostuve en alto y lo observé unos segundos. Era tan sugerente que se me calentó la sangre debajo de las mejillas.

Sacudí la cabeza y lo dejé con el resto de las cosas. Preparé el neceser y dudé si meter los preservativos o no. ¿Los cogería él? El corazón me dio un vuelco ante la posibilidad de la clandestinidad. Marcos y yo habíamos acordado no tener relaciones durante el fin de semana. Más bien yo le había hecho prometer que no las tendríamos. Él había accedido a regañadientes bajo la premisa de que no haríamos nada que yo no pidiese.

La parejita me recogió a las cuatro de la tarde. Conforme nos acercábamos a casa de Marcos me puse un poco nerviosa. Era el penúltimo fin de semana que pasaríamos juntos y no podía cometer ningún desliz si no quería que me pillaran en el último momento. Si no lo miraba mucho, podría conseguirlo.

«¡Tú puedes, Elena!».

Mi amiga se dio la vuelta en su asiento y me observó con dramatismo. Sabía que con los ojos estaba preguntándome: «¿Estás segura? Estamos a tiempo de dejarte en tu casa». Asentí y le sostuve la mirada hasta que la puerta trasera se abrió. Giré el cuello hacia la izquierda justo para ver a Marcos sentarse a mi lado.

—¡Lucas! —saludó él dándole una palmada amistosa en el hombro—. Amandita. —Se inclinó en su dirección y se dieron dos besos. Después, me miró serio y se acercó para besarme la mejilla—. Hola, Ele.

—Hola —contesté áspera.

Marcos tenía el pelo mojado, probablemente porque acaba-ba de ducharse. Su olor a colonia y loción de afeitar inundó el coche haciendo que pensar con claridad me resultara más difícil. Llevaba una camiseta azul que resaltaba el color de sus ojos, y vaqueros. Estaba tan guapo que aparté la mirada contrariada.

No habíamos terminado de salir de su calle cuando me sonó el móvil. Lo rescaté del bolso y vi que se trataba de un mensaje suyo:

Estás preciosa

Me quedé mirando esas dos palabras unos segundos y no respondí. Apreté el móvil con fuerza y volví a mirar por la ven-tana. En ese momento, subíamos el paseo de Moret, que estaba abarrotado de gente. El teléfono volvió a pitar.

Qué te pasa?

Suspiré y tecleé con más fuerza de la necesaria:

Nada

No se lo creyó. Colocó su bolsa de viaje en el asiento de en medio, metió la mano por detrás y buscó la mía. Intenté retirar la mano, pero él echó su chaqueta encima. Aunque Amanda se diera la vuelta era imposible que viera nada. Me relajé al sentir el contacto de su piel contra la mía. Mi móvil sonó por tercera vez:

Mejor?

Asentí sin despegar la vista de mi pantalla y giré la muñeca para entrelazar los dedos con los suyos.

El trayecto duró casi una hora y permanecí callada la mayor parte del tiempo. Teniendo en cuenta mi historial con Marcos, a nadie le sorprendería mi comportamiento pasivo. Me aventuré a observarlo un par de veces. Él, cuando notaba mis ojos encima, sonreía ligeramente, sin mirarme, mientras seguía atento lo que decían nuestros amigos. Encontraba admirable que pudiera hablar con normalidad mientras me acariciaba el dedo índice con el pulgar, a escondidas. ¿Es que no sentía los mismos nervios que yo?

—Creo que no tengo que preguntar de quién es la maleta gigante, ¿verdad? —Marcos se burló desde el maletero.

—Muy gracioso —respondió Amanda ofendida—. Ojalá te eches una novia que sea peor que yo y que viaje con dos maletas.

Mis ojos se encontraron con los de Marcos, que se había quedado serio.

Subí directa al segundo piso para dejar mis cosas tratando de no darle importancia al comentario de Amanda y evitando pensar que, en algún momento, Marcos se echaría novia. Dejé la bolsa en la silla, me senté en el borde del colchón y me tumbé parcialmente, sin despegar los pies del suelo. Suspiré y cerré los ojos hasta que oí un golpe suave en la puerta. Me incorporé sobre los codos esperando encontrarme a Amanda, pero en su lugar estaba Marcos apoyado contra la puerta y cruzado de brazos.

—¿Qué haces? —susurré nerviosa—. ¡Vete!

Él negó con la cabeza y me regaló una sonrisa pícara.

—Relájate. Están haciendo la lista de la compra —contestó en voz baja.

—Me da igual. Vete.

—Me encantaría tumbarme encima de ti. —De un paso se adentró en la habitación haciendo caso omiso de mi petición.

—¡Marcos! —cuchicheé—. Accedí a venir porque prometiste que ibas a comportarte.

—Eso estoy haciendo. Si no, ya te habría besado.

Me levanté y me crucé de brazos.

—Ya estoy nerviosa sin que me mires, por lo que imagínate si también me dices estas cosas.

Intenté empujarlo fuera, pero él fue más rápido y me robó un beso fugaz. Desplazó las manos a mi cabello, signo descarado de que quería convertir el beso en morreo, pero me aparté sacudiendo la cabeza.

—No tienes vergüenza —repuse molesta.

Él soltó una risilla maliciosa y se acercó a mi oído para susurrar muy despacio:

—La próxima vez que te pille te voy a meter la lengua hasta el fondo.

Me estremecí por sus palabras y la piel se me puso de gallina al sentir la calidez de su aliento contra mi oreja. Y decidí que a ese juego podíamos jugar los dos. Me eché hacia atrás y clavé la mirada en sus ojos brillantes.

—¿Solo la lengua? —pregunté alzando la ceja—. Prefiero que me metas otra cosa hasta el fondo.

Marcos me miró sorprendido. Le guiñé un ojo y bajé las escaleras de mucho mejor humor de lo que las había subido.

Fuimos los cuatro al supermercado y llenamos dos carros de bebida, carne para la barbacoa, pasta, pizzas, patatas, chucherías y helado.

—Gracias por venir —me dijo Amanda mientras trataba de decidirse entre dos paquetes de globos—. Sé que te supone un esfuerzo terrible aguantar a Marcos.

«Terrible. No te haces una idea de lo que grito mientras lo aguanto»; me corté de decirlo en alto y en su lugar musité un escueto:

—No podía perdérmelo.

Ella sonrió.

—Me sorprende lo bien que os estáis comportando hoy.

Asentí incómoda y cambié de tema.

—Me gustan más los globos de colores.

—Sí —coincidió—. Estaba pensando llevarme esos.

Una vez más me bajé del coche la primera. Al pasar por mi lado, Marcos me rozó la tripa con el dedo índice y yo di un respingo. Resoplé frustrada por su juego sucio y él me guiñó un ojo cuando nadie más miraba.

—¡Mierda! —exclamó Amanda—. ¡Lucas, no hemos comprado hielos!

—¿Estaban apuntados en la lista? —preguntó él juntando las cejas.

Amanda recuperó su móvil del bolsillo y consultó la lista que compartían.

—No. —Negó con la cabeza y miró a su marido con una sonrisilla insolente—. Pensaba que lo ibas a apuntar tú, te lo he dicho cuando estábamos en el coche.

—¡Qué morro tienes! —Lucas nos miró a Marcos y a mí—. ¿Vosotros le veis sentido a tener una lista y no anotar las cosas cuando se te acaban o se te ocurren? —Marcos se rio y yo sonreí—. Pues a mi mujer le parece genial tener una lista de la compra para no usarla.

Amanda soltó una carcajada y se acercó a Lucas. Le echó los brazos al cuello y le dio un beso corto en los labios. Cuando se separaron se sumergieron en su atmósfera de amor y fantasía, y yo tuve que desviar la mirada.

Después de haberlo colocado todo, Amanda nos obligó a ponernos el bañador.

Reemplacé mi ropa por un bañador amarillo y me coloqué encima un pantalón corto de lino blanco.

Salí inquieta de la habitación y llamé con los nudillos a la puerta de al lado. Marcos llevaba un bañador azul oscuro y se estaba poniendo una camisa de manga corta. En cuanto me vio arrojó la camisa sobre la cama y su sonrisa ladeada entró en escena:

—Sé que soy irresistible, pero pensaba que tardarías un poco más en reclamar mis atenciones.

Entorné ligeramente la puerta y me giré para verlo desabrocharse el cierre del bañador.

—No vengo a... —Me interrumpí y noté que se me calentaba el rostro—. Necesito que me saques de quicio —pedí en voz baja. Marcos abrió la boca, pero no dijo nada—. Amanda me ha dicho que le sorprende que estemos tolerándonos tan bien. Así que tienes que decir algo molesto para que no sospeche nada.

—Ya... seguro que es eso y no que eres una morbosilla. —Sonrió con perversidad y yo le lancé una mirada de advertencia—. No es que me entusiasme la idea, pero si es lo que quieres...

—Gracias —lo corté. Asomé la cabeza al pasillo para asegurarme de que seguíamos solos—. Bajo yo primero.

Éramos cuatro. No tenía mucha hambre porque habíamos pasado la tarde picoteando. Aun así, Amanda y Lucas prepararon cena para el pueblo entero. Dados sus escasos conocimientos culinarios, estaba gratamente sorprendida por el olor irresistible que salía del horno.

Sabía que la peor parte del día sería la cena porque no tendría escapatoria. Tendría que sentarme a una mesa con ellos tres y ser lo más convincente posible. Fui la primera en tomar asiento, Amanda me libró de ayudar en la cocina para mantenerme alejada de Marcos.

Apoyé el codo sobre la mesa y me sujeté la mandíbula con la palma de la mano. Me quedé ensimismada mirando las luces que adornaban los troncos de los árboles y que le daban al jardín un aire romántico. Alguien colocó delante de mí un plato azul y salí de mi mundo. Levanté la vista distraída y el corazón me dio un saltito. Marcos estaba guapísimo con la camisa blanca y la luz de los farolillos iluminándole la piel. Me sonrió de tal manera que casi me derretí como la cera de la vela que se quemaba en mitad de la mesa. Tenía la misma cara que cuando estaba a punto de besarme. Cuando se inclinó para colocar el resto de los platos, se acercó demasiado a mí. Oí la risa de Amanda en la lejanía. Miré por encima del hombro justo para ver a Lucas hacerle cosquillas dentro de la cocina.

—No me sonrías así, idiota —dije entre dientes.

—Pues no me mires —contestó en voz baja—. ¿Qué esperas que haga si estás tan guapa?

—Tú también estás guapo —confesé—. Y lo que espero es que actúes de manera convincente. ¿Se te ha olvidado que esto es un secreto?

Su vista viajó hasta la cocina para asegurarse de que nadie podría oírlo decir:

—No, preciosa.

Tuve que convencerme de que tenía que mantener el culo pegado al asiento y me repetí mentalmente que no podía besarlo. Él me guiñó un ojo y me susurró un «contrólate, Ele» que me hizo soltar una carcajada.

La cena fue agradable y la lasaña estaba buenísima. En algún punto Marcos y Lucas se enfrascaron en una conversación sobre un juego y Amanda me contó los planes para la fiesta de cumpleaños. El reloj de Lucas sonó y él consultó la notificación. Amanda le preguntó si se trataba de una confirmación de última hora. Mientras ellos hablaban, yo alisé la falda de mi vestido, incómoda, y retorcí un trozo de tela del borde. Marcos aprovechó la distracción de nuestros amigos para meter la mano por debajo de la mesa y detener el movimiento de mis dedos. Clavé la vista en nuestras manos, que se retorcían la una alrededor de la otra, y al igual que en el coche sus caricias lograron calmarme.

Poco después Lucas se levantó para ir a por el postre y Marcos lo acompañó.

—Els, ¿te acuerdas de Rubén? —Amanda apoyó los codos en la mesa y centró su atención en mí.

—¿El compañero de trabajo de Lucas? El que conocí en tu boda, ¿no?

—Sí, ese. Pues acaba de confirmar que viene mañana.

—Ah, vale. —Me encogí de hombros extrañada; por la cara de mi amiga pensaba que iba a contarme un cotilleo.

—Le preguntó a Lucas si tienes novio.

«¿Qué?».

—Pues que le diga que sí —respondí automáticamente—. El trabajo de fin de grado es mi novio.

Amanda resopló.

—Dios, pareces mi padre. ¿No crees que necesitas divertirte un poco?

—Lo que creo es que te gusta demasiado ser casamentera.

«Y eso reafirma mi idea de que he hecho bien en no haberte contado lo de Marcos».

Ella abrió la boca para replicar justo cuando Marcos dejó la tarta de queso entre nosotras.

—Hasta la empollona merece alguien más interesante. Ese tío es un pan sin sal —dijo Marcos sentándose.

Lucas llegó segundos después y nos repartió platos pequeños.

—Bueno, ¿y mañana viene alguien que conozca? —se interesó Marcos—. ¿O estaré condenado a hablar con Ele toda la noche?

—Pues vienen Inés y Noelia, y del colegio nadie más —contestó Amanda—. Por cierto, siempre he querido saberlo... ¿Te liaste con Noelia? Quiero decir, el verano que Lucas cumplió veintidós estabais muy juntos en la fiesta.

—Eres demasiado cotilla —fue lo único que Marcos respondió.

—Sí y yo no quiero atragantarme del asco con el postre —repuse molesta—. Gracias.

—¿Y qué es exactamente lo que te parece asqueroso, Ele?

Me giré en su dirección y entrecerré los ojos antes de responder:

—Que alguien tenga las pocas neuronas de liarse contigo.

—Te sorprenderías. —Su tono destilaba ironía.

—Lo único que me sorprende es tu falta de modestia. —Me

llevé la mano al pecho y puse cara de pena—. ¡Ay! Se nos ha olvidado poner un plato extra. Tu ego también querrá postre, ¿no?

—¿Un trozo de tarta? —Amanda intervino antes de que Marcos pudiera contestarme y puso fin a nuestro intercambio verbal.

Me rezagué mientras recogíamos la mesa porque Marcos se había quedado un poco más serio desde nuestra discusión fingida.

—¿Qué te pasa? —susurré.

—Me has ofendido profundamente —bromeó al tiempo que apilaba platos sucios.

Me relajé al ver que todo estaba bien.

—¿Me perdonas si te doy un beso?

Marcos miró por encima de mi hombro hacia la cocina. Volvió a centrar los ojos en mí y bajó aún más la voz:

—Va a tener que ser un morreo que me deje con la lengua rota.

—Hecho. Te voy a besar tanto que vas a tener que pedirme que pare.

—Si alguna vez hago eso, llévame a que me vea un especialista porque significará que he perdido la cabeza.

Le sonreí escuetamente y giré sobre los talones para llevar los vasos a la cocina.

Los chicos se fueron a pasear y Amanda y yo nos quedamos charlando en el jardín hasta que ella empezó a bostezar.

Al meterme entre las sábanas, la cama se me hizo grande. Echaba de menos a Marcos y no había podido darle un beso de buenas noches porque todavía no había regresado.

Media hora más tarde el crujido de las escaleras indicó que

Marcos y Lucas ya habían vuelto. Me lo imaginé tumbado en la cama con la cara adorable que ponía antes de dormirse y no pude evitar escribirle:

> Buenas noches

No puedes dormir?

> No

En mi cama hay espacio para los dos

> Por mucho que me apetezca dormir contigo,
> no voy a ir a tu cuarto.
> Es demasiado arriesgado

Me quedé mirando la pantalla mientras la palabra «escribiendo» aparecía y desaparecía varias veces. Bloqueé el móvil y suspiré, y entonces mi pantalla volvió a iluminarse:

Estás reconociendo que me echas de menos?

Se me escapó la risa porque casi podía verlo mirándome con su sonrisa burlona y respondí con dos palabras:

> Puede ser

Esperé su respuesta, pero dejó de estar en línea.

Oí el leve chirrido que hacía la puerta de mi cuarto al abrirse. Me incorporé justo cuando Marcos entraba en ropa interior.

—¿Qué haces? —susurré escandalizada.

—Shhh. —Se llevó el dedo índice a los labios para pedirme silencio.

El corazón me latía con tanta violencia que iba a darme un infarto. Antes de que me diera tiempo a echarlo ya se había colado en mi cama.

—¡Marcos! —advertí enfadada, mi voz fue un susurro.

—¡Elena! —repitió en el mismo tono haciéndome burla. Le di un golpecito en el pecho y él atrapó mi muñeca—. No puedes decirme que me echas de menos y esperar que no me cuele en tu cuarto.

—Yo no he dicho eso.

—Pues yo sí te he echado de menos. ¿Puedo dormir contigo? —preguntó poniendo cara de corderito degollado.

«Por supuesto».

—No —contestó mi yo responsable.

—¿Y si pones la alarma y me voy a las cinco de la mañana? Nadie va a estar despierto dentro de tres horas y nadie me vería salir de aquí. —Me mordí el labio indecisa y pude ver el triunfo de la victoria en sus ojos—. Sácame de esta miseria, por favor.

—Eres muy melodramático.

Él no dijo nada y yo resoplé siendo consciente de que iba a claudicar.

—Si digo que sí, es solo para dormir. No vamos a hacer otra cosa —sentencié.

—Vale. —Marcos sonrió—. Aunque, si te fijas, yo solo he hablado de dormir. Eres tú la que ha sacado el tema sexual.

—Yo no he sacado el tema sexual.

—Te traiciona el subconsciente, pero no te preocupes, que yo solo he venido a que me des el morreo que me has prometido antes.

Fui a protestar, pero él acalló mi réplica con sus labios y me besó con una necesidad agónica. La misma necesidad que se había ido acumulando en mi interior conforme avanzaba el día. Marcos me agarró de la cintura y me pegó contra él. Se apropió de mi boca y buscó con su lengua la mía. Cuando me aparté para buscar aire me recordó que le había prometido besarlo hasta que le doliera la boca y que todavía estábamos lejos de llegar a eso. Le devolví todos los besos y enredé las manos en su pelo y, contra todo pronóstico, él se limitó a abrazarme y a recordarme lo mucho que me había echado de menos. Y así, con sus caricias en mi espalda, fue como me quedé dormida contra su pecho.

25

Entre la guerra y el amor

El viernes fui la última en hacer acto de presencia.

Lucas y Amanda se bañaban en la piscina y Marcos estaba concentrado en su portátil.

—Buenos días —dije desde el umbral.

—Buenos días, Els. —Amanda nadó hasta el bordillo y Lucas me saludó con la mano—. Hay zumo recién hecho.

—Gracias. —Le sonreí y dejé el libro en una de las tumbonas.

Desvié la vista hacia Marcos, que me escaneaba de arriba abajo sin ningún tipo de vergüenza.

—Bella durmiente. —Marcos hizo una reverencia con la cabeza.

—Idiota —respondí antes de darme la vuelta.

Volví a internarme en la cocina, me serví un vaso de zumo y cogí una manzana. Regresé al jardín y me senté en una tumbona para leer mientras desayunaba. No llevaba ni tres líneas cuando me sonó el móvil. Sabía que sería un mensaje de Marcos:

> Buenos días, preciosa.
> Has dormido bien?

> Sí, y tú?
> Has desayunado?

Tus labios apetitosos podrían ser mi desayuno

No digas esas cosas.
Me distraes e intento leer

Le di el último bocado a la tostada y lo observé discretamente. Marcos se acercó y dejó su portátil en la tumbona contigua a la mía.

—¿Qué haces?

—Voy a tomar un poco el sol —contestó de manera inocente. Se colocó de espaldas a nuestros amigos. Y se quitó la camisa mirándome a través de los cristales de sus gafas de sol. Inevitablemente me fijé en su torso y su sonrisa engreída se estiró—. Me vas a desgastar de tanto mirarme —susurró.

Contrariada, aparté la mirada y volví a enfocarme en mi libro.

—¿Qué haces, empollona? —preguntó elevando la voz.

—Intento leer, pero contigo al lado es imposible.

—¿Te distrae mi belleza?

—Más bien tu estupidez —repuse en tono ácido.

Contuve la sonrisilla. Nuestro juego era divertido.

—¿Vas a pasarte el día leyendo?

—No tengo nada mejor que hacer.

En lugar de responder, me mandó un mensaje:

Se me ocurren un par de cosas más interesantes
que puedes hacer conmigo

—No tienes vergüenza —contesté en voz alta.

—¿Ya os estáis peleando? —Amanda se acercó envolviéndose en una toalla.

—Yo solo he venido a preguntarle qué está leyendo, pero, ya

sabes, tu amiga tiene el premio a la persona más simpática del mundo —replicó Marcos.

—Al menos no tengo el de la persona más bocazas de la tierra. Que parece ser que es el que te dan a ti año tras año.

—Chicos... —dijo Amanda cansada.

—Yo no he hecho nada. Estaba tranquila leyendo hasta que él ha aparecido.

—Si no has hecho nada no sé por qué te defiendes.

—Protesto, señoría. —Me mofé.

—¿Qué quieres que haga, Amanda? —Marcos se encogió de hombros—. Intento ser majo, pero no se puede.

—Lo que te falta de vergüenza lo tienes de ego.

—Deberías ser un poco más original a la hora de insultarme, así haces que sea facilísimo quedar por encima de ti.

Sopesé su respuesta unos segundos y me reí sola antes de decir:

—Eres más pesado que una ballena azul antártica.

—Dado tu ingenio en el arte de ofender a los demás, supongo que es el animal que más pesa del planeta.

Me reí, pero no como las veces anteriores, en las que lo había hecho por quedar por encima; esa vez lo hice porque su sonrisa era contagiosa.

—Es increíble que intentes ir de listilla constantemente.

—No lo intento. Lo soy.

—Marcos. —Amanda intervino, aunque se la veía bastante divertida—. ¿Sabes que tienes las mismas Ray-Ban que Edward Cullen?

Me fijé en sus gafas y me entró la risa otra vez. Yo no me había dado cuenta, pero Amanda siempre había estado un poco colada por ese personaje.

—El muy bobo no sabrá quién es.

—Por supuesto que lo sé —repuso haciendo una mueca—. Mi hermana estaba obsesionada con él.

Iba a contestarle, pero me sonó el móvil. Me levanté de un salto y corrí a la cocina.

—¿Diga?

—Hola, ¿puedo hablar con Elena Aguirre?

—Soy yo.

—¿Qué tal? Soy Susana, la chica que te entrevistó el otro día.

—Sí. Me acuerdo. —Los nervios me retorcieron el estómago con fuerza.

«Tranquila, Elena».

—Solo era para informarte de que has sido seleccionada para el puesto. ¿Sigues interesada en hacer las prácticas aquí?

—Sí, sigo interesada. —Intenté sonar profesional, aunque por dentro estaba saltando de alegría.

—Perfecto, pues voy a mandarte un mail con toda la documentación que necesito que me remitas. Te llamaré más adelante para confirmarte la fecha de incorporación.

—Vale, muchas gracias.

—¿Tienes alguna pregunta?

—No. —Estaba demasiado conmocionada como para hacer preguntas.

—Bueno, pues enseguida te mando un mail explicándote todo. No hace falta que me respondas hoy. No hay prisa.

Nos despedimos y me quedé mirando el teléfono sin creerme lo que acababa de escuchar. Marcos y Amanda me observaban, uno con curiosidad y la otra con preocupación, desde el otro lado de la cristalera. Respiré hondo un par de veces y salí al jardín sin ser consciente de que se había cumplido mi objetivo del verano.

—¿Y bien? —preguntó Amanda con la impaciencia que la caracterizaba.

—Me han cogido —informé en voz baja.

—¡Lo sabía! —Se tiró sobre mí y me abrazó—. ¡Pero qué orgullosa estoy de mi amiga!

Elevé la cabeza mientras ella me aprisionaba y me encontré con los ojos brillantes y la pequeña sonrisa que Marcos no era capaz de contener. Amanda me soltó después de dar juntas un par de saltos de emoción y fue corriendo a contárselo a Lucas.

—Enhorabuena, cerebrito —me felicitó Marcos.

—Gracias.

—Me encantaría...

—Lo sé —interrumpí—. A mí también.

Estaba contenta. Una parte de mí no se lo creía porque todo había pasado muy rápido y la otra parte pensaba que cuando estuviese tratando animales en la clínica Marcos ya no estaría.

—¡Elena! —Amanda me llamó—. ¡Ven! ¡Vamos a decidir qué pedimos de comer para celebrarlo!

Después de comer pizza, Lucas se echó la siesta y Marcos recuperó su portátil. Amanda, que no se despegaba de mí, se empeñó en ponerme una película romántica. Cuando acabamos, subió a arreglarse y yo salí al jardín a buscar a Marcos, que estaba nadando. Al verme, se acercó al bordillo y miró por encima de su hombro. Cuando se cercioró de que estábamos solos, me sonrió ampliamente y a mí se me calentó el corazón.

—Hola, preciosa —saludó apartándose el pelo de la cara—. Estoy muy contento por lo de tus prácticas.

—Yo también. —Sonreí—. Es superemocionante. —Él asintió—. ¿Has podido terminar lo que estabas haciendo del trabajo?

—Más o menos.

—Vale. Jo, tengo muchas ganas de besarte.

—Yo también.

—A ver si luego conseguimos quedarnos solos —suspiré—. Voy a ducharme.

—¿Me estás haciendo una proposición, Ele?

—No. Eso sería una imprudencia.

—Por ti estoy dispuesto a correr el riesgo —aseguró decidido—. Me da igual la condena que tenga que pagar después.

Me mordí el labio y él me salpicó. Estaba a punto de marcharme cuando me agarró el tobillo. Un hormigueo me subió por la pierna y se extendió por todo mi cuerpo.

—Me encuentro un poco mal.

—¿Qué te pasa? —pregunté preocupada.

—No lo sé. —Se colocó la mano en la frente como cuando uno trata de medirse la temperatura—. Pero creo que esta agonía solo se me pasará si me das un beso.

—Eres idiota. Te veo luego. —Me fui antes de hacer una locura, como meterme con él en la piscina.

Me duché con agua helada para apaciguar el calor abrasador que sentía entre las piernas. Seguro que el infierno estaría más frío. Resoplé frustrada mientras me lavaba el pelo. Ni siquiera tenía ganas de tocarme, quería que lo hiciese él. Llevábamos varios días sin acostarnos y mi cuerpo demandaba sentir el contacto de su piel de inmediato. Era una necesidad cada vez mayor y que me estaba carcomiendo.

Me desenredé el pelo con poca delicadeza y me lo dejé suelto para que se me secase al aire. Ya que no tenía relaciones, al menos quería sentirme sexy así que me puse el body. Y me vestí con una camiseta color crema y una falda blanca que tenía pequeñas florecitas rojas, ocultando la lencería por completo.

Por suerte, o por desgracia, en el pasillo me encontré con Marcos saliendo del baño. Mis ojos se deslizaron desde su cabello mojado a su torso y a la toalla que abrazaba su cadera. Estaba tan atractivo que podría hacérselo allí mismo.

—¿Ves algo que te guste? —preguntó con el mismo tono sensual que usaba en la cama.

Estaba bueno y lo sabía.

Y también sabía que lo deseaba.

—¿Tienes que salir así?—cuchicheé.

—¿Qué pasa, preciosa? ¿Estás controlando tus ganas de lanzarte sobre mí?

Torcí el gesto y asentí. El deseo se apropió de su mirada y me arrepentí de no haberme tocado en el baño. Si lo hubiera hecho, no estaría tan tensa y mis pies encontrarían la manera de alejarse de su magnetismo.

—Yo tengo las mismas ganas, Elena. —Se bajó un centímetro la toalla y yo tragué saliva—. Y solo te enseño lo que te estás perdiendo.

—No te preocupes, que a esto podemos jugar los dos —aseguré antes de bajar las escaleras enfadada.

Estaba acostumbrada a dormir con Marcos y su ausencia en mi cama se notaba. Cuando volvíamos de cenar nuestros amigos pararon a comprar un algodón de azúcar y Marcos aprovechó para tratar de convencerme de que durmiéramos juntos. Le dije que no y horas más tarde me arrepentí de haber rechazado su propuesta. Después de dar tres mil vueltas y de soltar más resoplidos que en mi vida, lo único que podía ayudarme a relajarme era un helado de chocolate. Así que me coloqué la bata de satén rosa y bajé a la cocina descalza.

Me agaché para abrir el congelador y me quedé indecisa unos segundos. Resoplé frustrada una vez más: no había helado de chocolate. Cosa que a priori era una tontería, pero en ese momento era un obstáculo más en mi camino para conciliar el sueño. Mis opciones eran limitadas: vainilla o *brownie*. Agarré el segundo y al darme la vuelta me choqué contra algo duro y cálido. Levanté la cabeza y me encontré con Marcos mirándome hambriento.

—¿Qué haces aquí? —susurré.

—Admiraba tu culo mientras estabas agachada —respondió con toda la sinceridad del mundo—. ¿Te he dicho alguna vez que tienes un culo precioso?

—¿Te he dicho alguna vez que eres un irresponsable?

—Sí. —Sonrió—. Millones de veces.

Bajé la vista por su torso desnudo y resoplé. Solo llevaba un pantalón de chándal corto.

—¿Qué piensas decir si nos pillan aquí?

—Que venía a por el postre. —Se adueñó de mis labios y yo, que no lo había besado en todo el día, me dejé llevar unos segundos.

—No, por favor. —Me alejé un par de pasos—. Lo prometiste —me quejé exasperada—. Nada de sexo.

—Vale. —Levantó las palmas en alto y me hizo una mueca—. Ya te lo he dicho, pervertida, que solo venía por el postre.

Me aguanté la sonrisa y él se pegó más de lo necesario a mí.

—¿Me das un poco o vas a ser una avariciosa?

Le tendí la tarrina y él la aceptó.

—¿Crees que la próxima vez podrías llevar una camiseta puesta? —Agarró mi cintura con la mano libre—. Marcos, que nos pueden pillar.

—Es que estás guapísima con esta bata. —Jugó con el lazo de satén y me estremecí—. Podría quitártela y sentarte sobre la encimera.

«Madre mía, me va a dar una taquicardia».

—Claramente no has venido a comer helado —respondí con

voz temblorosa. Le arrebaté la tarrina y me escabullí hacia la puerta—. Sube a dormir.

—¿No vas a darme un beso de buenas noches? —preguntó de manera inocente.

Retrocedí y le dediqué una mirada de advertencia, de la que él hizo caso omiso. En cuanto me puse de puntillas para darle un beso rápido, se pegó a mí todo lo que pudo y profundizó nuestro beso.

—Hasta mañana —susurré antes de salir al jardín.

Como cada vez que iba a esa casa, me recosté en la tumbona y contemplé las estrellas. Degusté mi helado en la compañía de los grillos que cantaban y que se vieron interrumpidos por el sonido de la puerta corredera.

—Te he dicho que venía a por el postre. —Marcos levantó la otra tarrina de helado en alto y se sentó en la tumbona contigua. Con la poca vergüenza que lo caracterizaba, la abrió y se llevó la cuchara a la boca—. Y tranquila, que se oían los ronquidos de Lucas. No van a venir.

Bajé las piernas de la tumbona y me senté de cara a él. Me escaneó de arriba abajo y sus pupilas se le ensancharon aún más.

—¿Qué llevas puesto?

Seguí el curso de su mirada y me di cuenta de que la bata se me había bajado por el hombro derecho lo suficiente como para revelar el encaje que había debajo.

—Es un body. Me lo compré el otro día —contesté encantada por su reacción.

—Ya. Joder. —Dejó la tarrina en la tumbona y se levantó—. ¿Puedo darte un beso? —preguntó agachándose.

—No. No puedes y no debes.

Se mordió el labio y suspiró.

—Vale, pues voy a darme un baño. Necesito relajarme.

—¿Por qué?

Lo observé mientras se deshacía de los pantalones y casi me atraganté al fijarme en el bulto de su ropa interior.

Nadó un par de largos sin detenerse. Las luces de la piscina me permitían disfrutar de los músculos de su espalda. Mi cuerpo quería ir por libre y me notaba al límite de mis fuerzas. Tenía claro que si Marcos me rozaba iba a abrasarme entera.

—¿No quieres darte un baño? —Sacudí la cabeza—. Venga, seguro que te mueres por que te bese.

Atraída por el tono suplicante que se escondía detrás de su seguridad, me acerqué al bordillo.

—Confías demasiado en ti mismo. Solo voy a meter los pies y tú vas a estarte quietecito.

—Descuida, no voy a hacer nada que no me pidas.

Me senté en el borde y metí los pies. El agua estaba tibia y era perfecta para bajar el calor que había comenzado a sentir desde que me había fijado en cierta parte de su anatomía.

Se sumergió en el agua hasta la barbilla y me miró levantando las cejas.

—Estaba recordando cuando nos caímos a la piscina...

—Dirás cuando me tiraste —lo corté.

—Tienes razón —se corrigió—. Cuando fuiste una maleducada que me empujó, ¿te acuerdas? —Asentí y me crucé de brazos expectante—. Pues me moría por besarte.

Nadó en mi dirección y se colocó cerca de mis piernas.

—Me moría por tocarte y... —Se calló de repente.

—¿Y...? —Lo insté a continuar.

—Si te metes, te lo cuento.

—Buen intento, pero no voy a bañarme contigo en ropa interior.

—Puedes meterte desnuda si así te sientes más cómoda.

«Uf, eso suena genial».

Junté las piernas con deseo y una imagen de Marcos haciéndomelo dentro del agua me cruzó la mente.

—¿Qué estás pensando para estar tan roja?

—Nada. —Me crucé de piernas y aparté la vista.

—Venga, dímelo; si me encanta que seas una pervertida. —Lo salpiqué con el pie y él atrapó mi tobillo. Se acercó y subió lentamente la mano por mi pantorrilla.

Forcejeé para que me soltase y la bata se me deslizó por el hombro de nuevo. Sentí cómo me desnudaba y acariciaba la piel con la mirada.

—Joder, debí de ser un grandísimo hijo de puta en mi vida anterior. Por eso estoy sufriendo esta tortura.

—¿Es una tortura tenerme aquí?

—No, pero sí lo es tenerte cerca y no tocarte.

—Me estás tocando la pierna.

—Ya, pero quiero tocarte otra cosa.

El corazón se me aceleró y metió tercera directamente.

—Aguirre, pareces un poco nerviosa. Yo puedo ayudarte a relajarte —aseguró de manera sugerente.

—No voy a hacerlo contigo en la piscina. Podrían vernos y no tenemos preservativos.

Debí suponer que alguien como él tendría respuesta para todo:

—Si te metes y te quedas en este borde nadie va a verte—. Marcos me separó las piernas y se colocó en medio, volvió a poner en marcha la mano que descansaba en mi pantorrilla derecha y la subió hasta mi muslo—. Y puedo hacerte otras cosas con los dedos y con la lengua. —Apretó los labios contra mi muslo y mi estómago dio un salto de pértiga.

—Marcos... —resoplé.

—Perdón. —Se disculpó malinterpretando mi reacción. Hizo acopio de toda su fuerza de voluntad y se alejó nadando hasta el bordillo opuesto, donde se quedó de espaldas.

Daba igual que se alejase, ya tenía el juicio nublado por el deseo colosal que necesitaba quitarme de encima. Con el corazón latiéndome a toda velocidad, me desanudé la bata y dejé que me resbalara por los hombros. Me quedé únicamente con el body de encaje que, aunque tapaba las partes delicadas, era bastante revelador y excesivamente transparente.

—Marcos. —Él se giró y soltó una maldición que no entendí—. ¿Puedes venir?

Cuando llegó a mi altura, me impulsé con las manos en el bordillo para meterme en el agua y él me atrapó para que no metiera la cabeza. Mi respiración se agitó porque sus manos estaban en mis costillas, cerca de mi pecho. Y porque la emoción de lo prohibido vibraba en mi interior. Enredé las piernas alrededor de sus caderas en busca de apoyo y Marcos me sujetó la cintura impidiendo que me pegase a él.

—No hago pie —me excusé.

—Ya.

—Tenías razón —murmuré mirándole la boca—. Me muero por besarte. —Le lamí la comisura del labio y saboreé el agua salada de la piscina.

Marcos me arrastró a la parte más profunda y más alejada de la puerta y me apretó contra el bordillo. Metí la cabeza debajo del agua para ver si aplacaba un poco el calor cegador que me chamuscaba la cara. Cuando salí le eché los brazos al cuello y volví a enroscar las piernas a su alrededor.

—No vamos a hacerlo aquí —aseguré—. Eso estaría muy mal.

—Estaría fatal —concedió agarrándome las caderas—. Mi madre tiene una casa en la costa con piscina. Podríamos ir el próximo fin de semana a modo de despedida —propuso contra mi boca.

—¿Quieres llevarme a la playa solo para hacérmelo en la piscina?

—No. Quiero llevarte a la playa para estar solo contigo, sin tener que mirar por encima de tu hombro para ver si alguien nos pilla. Por el mero hecho de disfrutar de tu compañía.

—Iré si me dices qué era lo que querías hacerme cuando nos caímos al agua hace años.

—Eso es chantaje. —Me besó el cuello y se me escapó un gemido—. Quería hacerte lo que te estoy haciendo ahora.

Me apretujé contra él.

Su piel estaba caliente y resbaladiza.

La situación era bastante excitante y me moría por ir un paso más allá.

—¿Te gusta mi ropa interior?

—¿Necesitas preguntarlo? —Me pegó contra él y cuando noté su erección casi exploté. Y no ayudó que él acariciase la tela a la altura de mi tripa—. Estás buenísima —articuló con voz ronca. Suspiré y cerré los ojos—. Me encantaría demostrarte lo buena que creo que estás. —Deslizó la mano hacia abajo y se detuvo cerca de mi intimidad sin llegar a rozarla—. Me gustaría ayudarte con esta frustración, pero me lo has prohibido. —Retiró la mano y abrí los ojos horrorizada.

—¿Qué haces?

—Me has pedido que me esté quietecito.

Mi mano danzó lentamente por su cuello y por su hombro rumbo al sur. Contrajo el abdomen cuando mis dedos pasaron por ahí y terminé acariciándolo por encima de la ropa interior.

—Elena... —Le cogí la mano y la guie hacia mi entrepierna—. Te gusta mucho provocar.

—En mi defensa diré que soy inocente...

—Hasta que demuestre que eres culpable.

—Iba a decir que no estoy haciendo nada malo. —Ejercí un poco de presión y él tensó la mandíbula—. Pero supongo que tengo derecho a llamar a un abogado.

—Tienes delante a uno que está deseando trabajar en tu caso.

—Yo no he hecho nada de lo que se me acusa.

—¿Ah, no? —Me clavó las manos en la cintura y me empujó contra él. Volví a suspirar al sentirlo—. ¿Y cómo llamas a lo que has hecho durante la cena?

—No sé de qué hablas.

—Me has agarrado la mano y te la has colocado en el muslo. Y cuando sabías que estaba mirando te has levantado la falda.

—No sabía que te gustaban tanto mis piernas.

—Me gusta todo de ti. —Metió la mano dentro del body y yo apreté los labios—. Todo.

Casi me morí cuando deslizó un dedo con facilidad en mi interior. Intenté meter la mano dentro de sus calzoncillos, pero no me dejó.

—Ahora estamos contigo, preciosa. —Me besó el cuello sin dejar de mover la mano.

Lo que hacía un rato me parecía inconcebible ya no me lo parecía tanto.

—Quiero tocarte —pedí mientras mis manos recorrían su torso con necesidad. Su piel estaba resbaladiza y me movía con torpeza.

—No hay prisa. —Movió la mano más rápido—. Prefiero hacerlo luego contigo.

—No, hacerlo no —jadeé—. No hay condones.

—Sí hay.

—Igualmente es un no. Que voy a hacer ruido.

—Tú tranquila, que yo te beso para que nadie te oiga.

Mi excitación despegó a toda velocidad a un punto que ya no tenía retorno. Me acarició con el pulgar sin dejar de empujar el dedo de mi interior y estuve perdida por completo.

—Quiero hacerlo contigo.

—Ya lo estamos haciendo.

—Marcos, quiero hacer el amor.

—¿Y cómo llamas a esto? —Me besó con dulzura—. Porque te lo estoy haciendo con mucho amor.

Suspiré con fuerza. Jamás había estado tan caliente.

Le mordí el cuello. En un último segundo de lucidez recordé que no debía hacerle ningún chupetón.

No me costó llegar al orgasmo. Probablemente porque Marcos llevaba dos días tentándome y porque lo necesitaba más que nunca. Cuando terminé, eché la cabeza hacia atrás y la apoyé contra el bordillo. No había pasado ni un segundo y mi cuerpo ya lo añoraba.

—¿Mejor? —preguntó con voz enronquecida.

Negué con la cabeza.

—Estaría mejor si pudiera sentirte dentro de mí, pero, si no quieres hacerlo, puedo contarte por qué cantan los grillos, para que se te pase el calentón.

—No, gracias. Me quedo con la primera opción. —Se inclinó para besarme con una pasión desmedida—. ¿Adónde quieres ir?

—No quiero ir a la planta de arriba y tampoco quiero hacerlo aquí.

—Pues yo te lo haría sobre esa tumbona —contestó señalándola con la cabeza.

—Lo dices como si esa tumbona fuera el Olimpo de los Dioses, cuando la realidad es que tú me lo harías en cualquier parte.

—Culpable.

Subí la escalera de la piscina y Marcos me siguió. Recogí la bata del suelo y le sonreí.

—No puedo dejar pruebas en la escena del crimen, ¿no?

Mi corazón latió desbocado con cada pisada que dio en mi dirección. Me apartó un mechón de pelo que se me había quedado pegado a la mejilla y me besó. Sus manos resbalaron por la piel mojada de mis brazos hasta mi cintura.

—Estás preciosa.

Casi podía ver las llamas avivarse dentro de sus ojos y tenía la sensación de que los míos no se quedaban atrás.

Se secó la cara mientras yo desplazaba la vista por todo su cuerpo, desde su pelo revuelto a su torso mojado, y no pude contenerme. Le quité la toalla y la lancé junto a mi bata contra la tumbona.

Le eché el brazo al cuello y lo empujé hacia abajo para profundizar el beso sin estar concentrada en mantenerme de puntillas. Apoyé la otra mano a la altura de su corazón y sentí los latidos contra la palma. Si esa necesidad que seguía sintiendo yo era demasiado arrolladora para soportarla, no quería imaginar cómo sería la suya.

—Aguilar. —Me aparté de su boca para mirarlo a los ojos mientras metía la mano dentro de su ropa interior—. Parece que estás un poco tenso —susurré agarrándosela—. Me encantaría ayudarte con esta frustración. —Repetí sus palabras y él me dedicó una mueca burlona.

—Suerte que yo no te he pedido que te estés quietecita.

Moví la mano de arriba abajo y a él se le borró la sonrisa fanfarrona. Gimió mi nombre de una forma tan sensual que mis paredes internas vibraron. Quería aliviar su tensión como había hecho él conmigo, pero la mía estaba creciendo de tal manera que no pude resistirlo mucho tiempo. Lo empujé para que se sentase en la tumbona, me coloqué encima y lo besé con intensidad.

—¿Quieres hacerlo aquí? —Me temblaba el cuerpo entero de anticipación. Nunca había hecho algo así, en un espacio tan abierto y tan poco íntimo.

—Si quieres, sí.

—Sí quiero —aseguré—. Nunca he querido algo más.

Marcos se recostó y se giró para recuperar sus pantalones del suelo, rebuscó en uno de los bolsillos y sacó un preservativo. Alcé una ceja sorprendida por que tuviera uno tan a mano.

—Era por si acaso —se excusó.

Se lo arrebaté impaciente y rasgué el envoltorio mientras él se bajaba los calzoncillos lo suficiente como para sacársela. Se lo coloqué despacio al tiempo que nuestras lenguas se enredaban con pasión. Abrí los corchetes del body para que no se diera de sí. Me agarré a sus hombros en busca de apoyo y bajé para encontrarme con él. Él soltó el aire que estaba reteniendo entre los dientes y yo me tapé la boca con la mano para no gritar. Me concentré en sentirlo, porque mi cuerpo lo había echado muchísimo de menos. Él me agarró de la cintura y se movió con decisión debajo de mí.

—Más fuerte —demandé poco después.

—No, esto es un secreto, ¿recuerdas? —habló entre jadeos—. Si te lo hago más fuerte, podrían oírnos.

Cuando no fui capaz de contener los gemidos redujo el ritmo hasta casi pararse. Reconocí el mismo brillo en sus ojos que había visto cuando me acosté con él antes de que derramase todo su pasado sobre mí.

—¿Qué pasa?

—Aquí fue donde me encontraste y donde querías curarme la herida.

—Lo sé —susurré. Tomé el relevo y fui yo la que se balanceó sobre él—. ¿Por qué piensas en eso ahora?

—No quería que me tocaras porque no iba a poder olvidarte y ahora estás dejando tu huella en cada centímetro de mi piel.

Era verano, pero sentí la primavera en todo su esplendor dentro del pecho.

—Tú también lo estás haciendo conmigo. —Las palabras no

eran suficientes para describir lo que experimentaba. Acaricié su espalda con la punta de los dedos y le clavé las uñas cuando él comenzó a frotarse contra mí de nuevo—. A veces, siento tus caricias solo con que me mires, sin necesidad de que me toques —susurré tratando de mantener la voz firme.

—Eso es porque solo pienso en tocarte. No puedo dejar de mirarte. Ni cuando estás leyendo, ni cuando estás comiendo, ni cuando estás hablando con alguien, ni ahora que estás encima de mí. No puedo, Elena. No contemplo otra cosa que no seas tú.

Demasiado abrumada por sus palabras, lo besé dejando que fluyesen todas las emociones que sentía y que eran demasiado grandes.

—Llevaba pensando en esto desde ayer —confesé—. Desde que en la puerta de mi cuarto insinuaste que... —Me dejé caer contra él sintiendo que me fallaban las fuerzas y él me rodeó la cintura con un brazo y volvió a moverse. Parecía que mis palabras lo alentaban a perder la compostura.

—Me refería a la lengua —murmuró.

—Yo me refería a esto. Me gusta sentirte muy dentro.

Él apretó el agarre en torno a mi cintura y cuando movió la cadera contra la mía, me empujó hacia abajo y llegó tan profundo que fui incapaz de emitir sonido alguno. Dejé una mano en su hombro y él se movió con tanta energía que tuve que taparme la boca otra vez. Marcos respiraba con dificultad mientras su pecho subía y bajaba a toda velocidad. Nunca había estado tan guapo como lo estaba en ese momento, con el pelo mojado y jadeando mi nombre sin parar.

—Me encantan los sonidos que haces —revelé.

—Me pasa lo mismo. —Volvió a moverse y yo eché la cabeza hacia atrás completamente ida.

Nuestros cuerpos seguían mojados, pero ya no sabía si era por el agua o por el sudor.

—Cuando gimes mi nombre me muero.

—Elena —jadeó—. ¿Te gusta?

—Mucho. ¿Y a ti?

—Demasiado. Podría estar así toda la noche.

Cuando no pude soportarlo más, lo besé para no gritar. Contraje las paredes en torno a él y exploté como una supernova. Él se tragó mis gemidos ahogados y siguió moviéndose rítmicamente mientras le mordía el labio inferior. Algo muy intenso se desató dentro de mí. Tan fuerte que, si Marcos no hubiera estado sujetándome con firmeza, me habría desplomado. Los sonidos que hacía eran tan sensuales que podría pasarme la vida entera con él moviéndose debajo de mí. Me siguió por el precipicio segundos después y fui yo la que se bebió sus gemidos. Cuando lo único que se oía eran nuestras respiraciones entrecortadas, me acurruqué contra su pecho y él me abrazó. Y por primera vez deseé ser capaz de detener el tiempo, porque quería quedarme ahí, recuperando el aliento, hasta que saliera el sol.

26

Un plan para enamorarse

Me costó unos segundos entender que lo que vibraba cerca de mi oreja era el reloj inteligente de Marcos. Medio dormida toqueteé todos los botones hasta que conseguí detener el zumbido. Esa alarma era la señal de que tenía que salir de su cama, pero estaba demasiado a gusto con la espalda pegada a su pecho.

La noche anterior nos habíamos quedado un rato en el jardín abrazados porque ninguno teníamos prisa por dormir separados. Subimos intentando no hacer ruido y parando a besarnos en todos los escalones. Cualquier excusa era buena para retrasar la despedida. Cuando llegamos arriba Marcos se detuvo frente a su puerta y me miró fijamente. Su mano resbaló por mi brazo en forma de caricia. Sin previo aviso, cerró los dedos en torno a mi muñeca y de un pequeño tirón me arrastró al interior de su cuarto.

Cerró la puerta con sigilo y me encaró con una sonrisa de esas a las que era difícil decir que no. Quise protestar, pero lo impidió besándome. Me convenció para que me quedara con un argumento sólido: Amanda podría entrar en mi cuarto sin llamar, pero en el suyo no lo haría. Y Lucas era muy respetuoso con la privacidad de los demás como para hacer algo así. Mi siguiente impedimento para dormir con él era que tenía el body empapado. Ante eso, Marcos rebuscó en su bolsa y me prestó una de sus camisetas. Aun en la penumbra pude ver sus pupilas brillantes mientras me desnudaba. Cuando me susurró que era increíble que estuviera cada vez más guapa no me quedó más remedio que besarlo y claudicar ante mi destino.

La luz del amanecer se filtraba a través de la persiana y me permitía apreciar a Marcos. Estaba empezando a salirle barba de dos días y estaba guapísimo. Aún me parecía increíble que aquella persona fuera la misma que me había sacado de quicio en el pasado.

Apoyé un pie en el suelo con cuidado de no despertarlo, pero antes de que pudiera abandonar su colchón Marcos atrapó mi cintura y me atrajo de nuevo a él.

—¿Adónde vas? —preguntó con la voz somnolienta.

—A mi cuarto —susurré.

—¿No te puedes quedar cinco minutos más?

Me mordí el labio y lo sopesé unos segundos.

«Me encantaría, pero...».

—No puedo. —Le acaricié la mandíbula y él suspiró.

Salí de su habitación a hurtadillas y llegué a la mía sin que me descubrieran, como una auténtica *ninja*. Volví a acostarme, pero no me dormí. Cada vez que cerraba los ojos las imágenes de la noche anterior se me colaban en la cabeza. Y las mariposas batieron las alas con tanta energía que lograron que una sonrisa se apoderara de mi cara. Algo se había movido dentro de mi pecho cuando me dijo que no podía dejar de mirarme, y ese algo todavía no había vuelto a colocarse en su sitio.

No llevaba ni cinco minutos en la cocina cuando apareció Amanda ataviada con un conjunto morado deportivo. Al verme se sacó un casco y frunció el ceño.

—¿Qué haces despierta tan pronto? —preguntó sorprendida.

Me encogí de hombros.

—¿Y tú?

—Hoy es el gran día. Quiero hacerle a Lucas su desayuno favorito, así que pensaba cocinar beicon y huevos revueltos.

—¿Te ayudo?

Amanda asintió. Me colocó uno de los cascos y preparamos juntas el desayuno al compás de sus canciones favoritas. Era divertidísimo verla darlo todo mientras hacía tareas cotidianas. A veces, incluso conseguía que se me pegase su ritmo. Preparamos el beicon en el horno porque mi amiga había leído que así quedaba crujiente y ya de paso hicimos patatas.

—¿Bajaste anoche a comer helado? —Amanda tenía los ojos clavados en el cubo de la basura—. Hay dos tarrinas vacías —explicó haciendo un aspaviento con la mano.

«¡Ostras!».

—Eh... —titubeé.

—Fui yo. —Oí la voz de Marcos detrás de mí. Me giré y lo vi parado cerca de la puerta, con el pantalón de chándal corto y una camiseta básica.

—¿Y te comiste dos tarrinas tú solo?

—¿Qué puedo decir? —Se encogió de hombros—. Necesitaba reponer los niveles de azúcar.

El horno pitó y Amanda se puso los guantes. Articulé un «gracias» mudo mirando a Marcos y él respondió guiñándome un ojo.

—Marcos, ¿puedes coger los platos y repartir esto, por favor? —Amanda se incorporó y colocó la bandeja en la isla de la cocina—. Y Els, ¿puedes hacer los huevos mientras despierto a Lucas?

—Claro —asentí.

Amanda subió las escaleras a toda prisa, sin preocuparse del ruido que hacía, y Marcos y yo nos quedamos solos.

—Hola —susurró aproximándose.

—Hola. —Sonreí al ponerme de puntillas.

Antes de lo que me hubiera gustado se oyeron las estruendosas pisadas de Amanda. Marcos se apartó y yo me concentré en batir los huevos con aparente normalidad, como si no acabáramos de morrearnos con una necesidad animal.

—¿Qué tal se sienten los veintisiete? —le pregunté a Lucas cuando ya estábamos en la mesa.

—Igual que los veintiséis. Aunque ya no puedo decir que salgo con una mujer mayor que yo —se lamentó.

—¡Qué pesado eres! —exclamó Amanda ofendida—. Menos mal que ahora tienes que callarte unos cuantos meses hasta poder hacer la dichosa bromita otra vez.

—Shhh, no se altere, Abuela Sauce.

Amanda hizo una mueca de disgusto. Se tomaba muy a pecho lo de cumplir años. Lucas le besuqueó la mejilla y le dijo algo al oído.

—¡Que no me hagas reír! ¡Que estoy enfadada! —respondió ella mientras trataba de quitárselo de encima.

—¿Qué tal habéis dormido? —Lucas nos miró.

—De maravilla —contestó Marcos.

—Bien —musité sin despegar los ojos del plato.

—Se nota que has dormido «muy» bien. —Marcos hizo énfasis en la palabra «muy»—. Parece que te has levantado de mejor humor que ayer.

—¿Y eso lo supones por...? —Torcí el cuello y le dediqué una sonrisa falsa.

—No lo supongo. Los hechos lo demuestran: uno, hoy pareces menos tensa. —Levantó el pulgar—. Y dos, no me has insultado —concluyó subiendo el dedo índice.

—Eso es porque todavía no habías abierto la bocaza.

—¿Podemos desayunar en paz y armonía, por favor? —intervino Amanda. Acto seguido, se giró hacia su marido—. Por cierto, hay que apuntar helado en la lista para cuando vayamos a comprar, Marcos se ha zampado el que quedaba y a Elena le puede dar un bajón si no recibe su dosis diaria —bromeó antes de sacarme la lengua.

—No pasa nada —aseguré ansiosa por cambiar de tema.

—Voy yo a comprarlo —dijo Marcos. Los tres lo miramos desconcertados—. ¿Qué? No me apetece que la empollona esté insultándome todo el día porque la he dejado sin su droga.

—No voy a...

—Eso sería ideal —interrumpió Amanda.

—¿En qué momento has acabado con las existencias de helado? —quiso saber Lucas.

—Anoche. No podía dormir, así que bajé a nadar un rato y me entró hambre. —Buscó mi mano por debajo de la mesa y me la apretó con suavidad. No me había percatado de que retorcía con los dedos la tela del pijama.

—Me sorprende que no hayas salido a correr ni un día —respondió su amigo.

—Oh, sí he salido. Anoche salí a correr después de bañarme en la piscina. —Aparté la mano enfadada por su atrevimiento—. Me vino genial descargarme haciendo deporte. He dormido profundamente.

Se me calentaron las mejillas lo suficiente como para delatarme. Así que aproveché que la atención estaba centrada en él para ausentarme con la excusa de ir al baño.

Un rato después, inflaba globos con Amanda cuando me propuso ir el siguiente fin de semana al parque de atracciones. Salí rápido por la tangente diciéndole que me iba a la playa con Blanca.

«Otra mentira. Te vas a hacer profesional».

Ella hizo un mohín y se giró hacia Marcos, que estaba colocando una guirnalda, para plantearle el mismo plan. Él se disculpó y le dijo que era imposible porque regresaría el viernes a Londres después de trabajar. Había hecho a Marcos cómplice de mi farsa. Ya no era solo yo la que engañaba, y el peso de esa mentira se me instaló en la cabeza y me dejó con una sensación de culpabilidad importante.

Lucas y Marcos se fueron a comprar y yo recuperé mi libro de la tumbona. Minutos después, Amanda regresó en bañador y con su neceser de Disney bajo el brazo.

—Voy a hacerme la manicura —informó colocándose las gafas de sol—. ¿Quieres que te la haga a ti también?

Negué. No era dada a ello. Ella se metió en la parte baja por la escalera, cuidando de no sumergir los brazos. Plantó las manos en el bordillo y comenzó a pintarse las uñas de rosa. Una idea práctica e inteligente.

Me senté a su lado y, al meter los pies en el agua, recordé todo lo que había pasado en esa piscina la noche anterior.

—Tía, estás roja, ¿no te estás asando? —preguntó—. ¿Por qué no te das un baño?

—Buena idea.

Nadé un poco y cuando me cansé crucé los brazos encima del bordillo y apoyé la cabeza para mirarla.

—¿Es normal que cada día estés más guapa? —preguntó Amanda.

—¿Qué dices? —Me reí—. Si estoy igual que siempre.

—Igual no. Tienes la cara iluminada y los ojitos alegres.

Era cierto que desde la noche anterior estaba más contenta, pero no sabía que eso se percibía desde el exterior.

—Estoy feliz por las prácticas. Nada más.

«Y por Marcos, mentirosa».

La culpabilidad que se apoderaba de mi cabeza se trasladó al estómago.

—Ya, ¡qué fuerte! Mi niña se hace mayor y a mí sigue pareciéndome que fue ayer cuando nos conocimos.

—Y fíjate ahora. —Apoyé los codos en el bordillo y me sujeté el rostro—. Tú casada y yo a punto de terminar veterinaria. ¡Cómo pasa el tiempo!

—Me encanta que hables como si tuvieras cuarenta años cuando solo tienes veinticinco. —Amanda se rio—. Ay, los veinticinco... ¡Quién los pillara!

—No dramatices, que me recuerdas a cuando mi abuela hablaba de la posguerra.

—Es que no quiero seguir creciendo —se lamentó—. Cuanto más mayor, más responsabilidades, y tú sabes que yo responsable... lo que se dice responsable no soy.

—Sí lo eres. —Le froté el hombro con cariño—. Pero de las dos tú siempre has sido la más alocada.

—Y tú siempre has sido la que me ha puesto los pies en la tierra. Por eso nos complementamos a la perfección. Somos como Rachel y Mónica.

Alcé las cejas en una pregunta silenciosa y ella resopló.

—Las protagonistas de *Friends* —recordó en tono cansado—. Deberías ver más cosas aparte de documentales, no sabes lo que te estás perdiendo.

—Creo que más bien somos como las chicas Gilmore —esa era una de las pocas series que habíamos visto juntas—, por aquello de que tú eres mayor que yo y eso.

—Si no estuviera haciéndome la manicura, ya te habría metido la cabeza debajo del agua —contestó haciéndose la digna—. Tía, ¿dónde crees que estaremos dentro de unos años? —preguntó al cabo de un rato.

A Amanda le encantaba pensar en el futuro.

—Espero que tú estés en un trabajo que te haga feliz y que yo tenga mi propia clínica.

—Lo tuyo se cumplirá seguro —aseguró convencida—. ¿Tú crees que... seremos madres algún día?

—No lo sé. Yo me veo casada con mi trabajo y tú, de momento, lo consideras una responsabilidad enorme.

—Sí —coincidió—. Ahora mismo no estoy preparada. Quiero decir, se nos mueren hasta las plantas en casa porque se nos olvida regarlas, así que imagínate...

—Tiene delito que tu mejor amiga trabaje en una floristería y se te mueran hasta los cactus.

—Lo sé. —Se mordió el labio y puso cara de circunstancia—. Vas a tener que darme unas clases.

Asentí y me reí.

Un rato más tarde estaba enfrascada en mi lectura cuando una voz me interrumpió.

—Drogadicta, ya tienes lo tuyo en el congelador.

Miré a Marcos, que estaba parado en el umbral aguantándome la sonrisa.

—Pues haz el favor de recordar que no eres el único que come helado.

—Ajá. —Marcos se sacó la camiseta por la cabeza y la arrojó a la tumbona de al lado. Se agachó para dejar sus gafas en la mesita y me guiñó un ojo antes de tirarse al agua.

Yo quería leer, pero mis ojos vagaban a él cada tres segundos. Nadó dos largos y, cuando salió impulsándose por el bordillo y se le marcaron los músculos de los brazos, lo miré con la palabra «anhelo» escrita en la cara.

—Deberías ponerte gafas de sol —cuchicheó al recostarse en su tumbona—. Me comes demasiado con la mirada.

—Y tú deberías ir por la vida con camiseta —puntualicé haciendo una mueca.

Se le escapó la risa y yo sacudí la cabeza.

—Es muy sospechoso que te tumbes a mi lado. ¿No puedes sentarte en otro sitio?

—No, esta tumbona es perfecta. Me trae buenos recuerdos. —Abrió el ojo derecho y sonrió presumido al comprobar que me había sonrojado.

—No hagas ese tipo de insinuaciones en la escena del crimen —acusé en voz baja.

—La escena del crimen... Me fascina que llames así al lugar que fue testigo de nuestro afecto.

En ese momento Amanda salió con una bandeja de embutido y cuando pasó a nuestro lado Marcos la interceptó.

—Amandita, ¿por cuánto me venderías esta tumbona?

«Lo mato».

—¿Qué dices? —Ella lo miró como si estuviera loco.

—Pues eso, que te la compro.

—¿Para qué?

—La casa de la playa de mi madre no tiene tumbonas.

—¿Y por qué no vas a Ikea?

—Es que quiero esta en particular. Es muy cómoda y resistente, y he podido relajarme en ella. El cojín es tan mullido...

—¿Puedes callarte ya? —corté molesta—. Es imposible leer con tu sarta de idioteces.

—Bueno, venga, a comer. —Amanda suspiró cansada. Dejó la bandeja en la mesa y se internó en la cocina.

—¿Puedes ser más evidente? Nos van a pillar por tu culpa.

—Lo fulminé con la mirada al levantarme—. Y como eso pase, no voy a volver a hablarte en la vida y tampoco iré contigo a la playa.

—Cómo te pones... —Marcos se puso las gafas y sonrió con descaro—. Solo he dicho que quiero la tumbona. La voy a exponer en una vitrina, como si estuviera en un museo. ¿Y sabes qué voy a poner en el letrero que acompañe a esta obra de arte?

—No. No quiero saberlo. —Me puse la ropa encima del bikini mojado—. De verdad que eres idiota —dije antes de entrar a ayudar a mis amigos.

A media tarde sonó el timbre por primera vez.

Cuando doblé la esquina hacia la puerta de la entrada vi a Amanda abrazando un bulto que supuse que sería Diana. A su lado estaba Oliver, su novio, que me saludó mientras ellas se felicitaban por sus atuendos estilosos.

Diana y Amanda eran inseparables desde que se habían conocido en la universidad, hasta tal punto que cuando eran estudiantes había gente que no sabía quién de las dos era Diana y quién era Amanda. Eran la viva definición de uña y carne.

—¿Se casa otra vez y no nos lo ha dicho? —me preguntó Diana señalando a Amanda—. Elena y yo vamos de negro. Amanda, ¿lo has hecho a propósito? ¿Voy a volver a ser tu dama de honor y no lo sé?

—Con ese mono no pongo la mano en el fuego —contesté dándole dos besos.

El mono blanco de Amanda era tan elegante que podría usarlo una novia si quisiera.

Lucas bajó luciendo una camisa cuyo motivo eran pequeños astronautas. Cuando terminaron de saludarse, Oliver y él salieron al jardín y mi amiga nos arrastró al salón, donde estaban esparcidos todos sus productos de belleza.

Mientras Amanda me maquillaba, Diana se alisaba el pelo con la plancha; con el calor que hacía me pareció una hazaña heroica. Cuando me colocó el espejo delante de la cara tuve que reconocer que me veía bien con la máscara de pestañas y las cejas un poco más marcadas. Amanda sonrió satisfecha por mi reacción y, acto seguido, se hizo un maquillaje que le resaltaba los ojos y que coronó con labios rojo pasión. Yo la observé atónita durante el proceso porque, si me dejasen sola en su tocador, no sabría ni para qué parte del rostro tendría que usar cada producto.

Subí a mi cuarto para calzarme y en el rellano me topé con Marcos. Cuando nuestros ojos se encontraron sentí un chispazo de alegría. Se había cambiado de ropa y llevaba una camisa morada oscura y pantalones negros.

—Estás guapo —musité.

—Estoy más guapo contigo encima.

—No es justo que hagas esos comentarios.

—Lo que no es justo es que lleves el vestido que te quité la primera vez y que no pueda acercarme a ti.

Con el corazón latiéndome a mil por hora le agarré la cara con las manos y apreté la boca contra la suya. Al separarme, me quedé unos segundos atrapada por la intensidad de su mirada y le sonreí antes de entrar en mi habitación.

A partir de ese momento los invitados llegaron en un reguero constante. Del colegio estaban Inés y Noelia, entre los amigos de Lucas del trabajo estaba Rubén y también apareció Nico, el hermano de Amanda. No hizo falta hacer presentaciones porque todos los que estábamos allí, excepto Noelia, habíamos coincidido en la boda.

Me uní a Diana y Amanda, que hablaban de la última serie que estaban viendo y sobre su protagonista, un tal Jamie Fraser, del que estaban enamoradas. Como siempre, yo no tenía ni idea.

—He preparado una *playlist* buenísima —informó Amanda para incluirme en la conversación—. Os vais a cansar de bailar temazos.

—Espero que hayas metido a Ed Sheeran —dijo Diana.

—La duda ofende. —Amanda se hizo la digna—. Obviamente, tengo que bailar contigo «Shape of You». Y sí, también he añadido a Taylor Swift. No hace falta que preguntes.

Diana y yo nos reímos y seguimos vacilándole hasta que me vibró el móvil. No conseguía entender a Blanca por el sonido de la música y la gente, así que me escabullí a mi habitación. Me contó que había pasado a ver a Minerva y se interesó por mi fin de semana de secretismo y romance de telenovela.

Cuando colgué, me miré en el espejo y suspiré.

Estaba guapa, pero me veía distinta.

Traté de descifrar qué era lo que no cuadraba con la imagen a la que estaba acostumbrada. Amanda me había convencido para que me dejara el pelo suelto. Las ondas me llegaban a la mitad del pecho, pero eso no era lo que veía diferente. No solía arreglarme mucho, pero tampoco es que ella me hubiera maquillado en exceso. Las cejas estaban un poco más pobladas, pero seguían siendo finas y arqueadas. Los ojos me brillaban un poco, pero seguían igual de marrones que siempre. Estaba un poco más morena que hacía unos días, quizá eso era lo que veía distinto.

Salí de mi cuarto distraída. Unas manos tiraron de mí y cuando quise darme cuenta estaba dentro del baño con Marcos encima.

—¿Estás loco? —pregunté en un susurro.

Cerró los dedos alrededor de mi cintura y me besó con desesperación. Cuando se apartó suspiré frustrada.

—¡No sé qué parte no entiendes de lo que tienes que hacer! —exclamé fastidiada—. Las reglas son sencillas.

—Las reglas las tengo clarísimas: de día fingimos que nos odiamos y de noche, si tú quieres, follamos.

El estómago casi se me salió por la boca.

—Lo de anoche fue un momento de debilidad. No va a volver a pasar.

En mis ojos había irritación y en los suyos diversión.

—Sabía que hacer contacto visual contigo era una mala idea. —Me crucé de brazos y apreté los labios—. Sabía que terminaría en una situación así por tu culpa.

—Claro, porque yo domino el arte de encantar con la mirada —se burló riéndose—. Y ahora no tienes escapatoria. —Trató de besarme de nuevo, pero giré el rostro a tiempo.

Necesitaba distraerlo o en menos de un minuto estaría sobre el lavabo y con él entre mis piernas. Que sí, me encantaría hacerlo justo ahí, pero no quería arriesgarme a que nuestros amigos abrieran la puerta y se enterasen de lo nuestro así.

—¿Sabías que tienes los ojos azules por una mutación? —pregunté.

—¿Me estás diciendo que no quieres nada conmigo porque me consideras un mutante?

—No, idiota. Quería contártelo porque me parece interesante, pero ya veo que a ti no.

—A mí me parece interesante todo lo que me cuentas. —Se puso serio y me apartó el pelo del hombro con suavidad—. Pero estando aquí solos... ¿sabes lo que podríamos hacer? —murmuró cerca de mi oreja en tono sensual.

—Solo un ocho por ciento de la población mundial tiene los ojos azules —respondí ignorando su provocación—. Tenéis baja la melanina en la parte anterior al iris.

Él asintió y sonrió cerca de mis labios.

—¿Y por qué sabes tanto de ojos azules?

—Pues por ti —confesé—. Lo he buscado porque tú los tienes azules.

—¿Y qué más has investigado?

—Pues que todas las personas con ojos azules podríais tener un ancestro común. —Lo empujé ligeramente del pecho. Necesitaba respirar algo que no fuese su colonia—. Así que... si te lías con una chica que tenga los ojos azules, ya sabes que podríais ser parientes lejanos.

—No tengo ese problema. La chica con la que me estoy liando los tiene marrones. Muy bonitos, por cierto.

—Ya, bueno, yo solo te informo. —Me encogí de hombros como si me diera igual—. Sal tú primero, que Amanda ha visto que me sonaba el teléfono. Yo tengo excusa.

Él resopló y me dio un beso corto e intenso antes de irse.

Esperé un par de minutos y salí con el móvil en la mano para no levantar sospechas.

—Ha venido Rubén. ¿Lo has visto? —preguntó Amanda según volví.

—No pienso ir a hablar con él —mascullé entre dientes.

—Pues haríais buena pareja. A él también le encanta leer.

—No voy a liarme con alguien solo porque tenga afición por la lectura. Y ya te lo he dicho, no me interesa estar con nadie.

«Con nadie que no sea alto, moreno, de ojos azules y medio inglés».

Amanda asintió poco convencida y me pasó un plato de comida.

Diana apareció con la bandeja de queso y, después de ofrecernos, me preguntó por mis prácticas y estuvimos hablando de eso mientras cenábamos. Poco después se unieron Noelia e Inés. Amanda no tardó en sacar el móvil para enseñarle a Noelia las pocas fotos que tenía de su boda.

—Elena y Marcos fueron los testigos —contó Amanda. Me asomé justo para ver una fotografía en la que salíamos Marcos y yo posando junto a Amanda y Lucas.

—Me parece increíble que Marcos esté aún más bueno que en el instituto —apuntó Noelia babeando, cogió el teléfono y le amplió la cara—. ¡Está como un queso!

—Pues está soltero. ¿Quieres que lo tantee para ver si tienes posibilidades? —preguntó Amanda emocionada—. Vuelve a Londres dentro de una semana.

—Yo me acostaría con él hoy mismo —sentenció Noelia.

La conversación estaba haciendo que se me retorciera la tripa de una manera desagradable. Las mariposas de mi estómago estaban siendo asesinadas una a una.

—Pues entonces no sé qué haces hablando con nosotras —repuso Diana.

—Tenéis razón. —Noelia abrió dos cervezas y se despidió—. Deseadme suerte.

Atónita observé que se acercaba a Marcos, que lo agarraba del brazo y cómo le colocaba una cerveza en la mano. Brindaron y ella soltó una risotada. Y no sé por qué me sentí fuera de lugar.

—Voy a por mi chaqueta —le dije a Amanda—. Tengo un poco de frío.

Busqué en internet los síntomas de los celos y abrí el primer artículo que me llamó la atención por el titular: «Cómo saber si estás celosa, las señales que lo demuestran».

—Relájate, que solo tengo ojos para ti. —Oí la voz de Marcos cerca de mi oído. Me volví y lo vi inclinado por encima del sofá con los ojos fijos en mi teléfono.

Me levanté y dirigí una mirada inquieta hacia la puerta, alguien podría entrar. Él, adivinando mis pensamientos, la cerró y se apoyó en la madera.

—No estoy celosa —informé sin mirarlo—. Pero me molesta no poder hablar contigo con libertad como sí pueden hacer Noelia o Amanda. Ellas pueden ponerte la mano en el brazo y pueden decir que estás bueno y yo... —Mi voz se apagó hasta convertirse en un susurro—. Yo no.

Él se frotó la frente y se pasó la mano por el pelo.

—Elena, esto es así porque lo has elegido tú. Si vas a pasarlo mal, ahora mismo se lo cuento a Amanda y a Lucas. Y ya de paso les digo que no quiero escuchar ni una palabra. Eres tú la que decide.

Reflexioné unos segundos.

—Prefiero dejar las cosas como están.

Marcos asintió y suspiró.

—Por si te sirve de consuelo, yo tampoco lo he pasado bien cuando Amanda le ha dicho a Lucas que junte al Rubén ese contigo.

Cerré los ojos y fue mi turno de suspirar.

«Esto se está desmadrando».

—No, no me sirve de consuelo —dije antes de salir.

Solo tenía que superar una fiesta de cumpleaños. La gente esa noche se iría y al día siguiente nosotros volveríamos a casa. Al cabo de unos días, Marcos también se marcharía y esa fiesta no sería más que un mal recuerdo de un verano increíble.

Cuando regresé con la chaqueta puesta, Noelia volvía a estar apostada al lado de Inés y Marcos charlaba con el hermano de Amanda. Sin pensarlo, cogí el móvil para escribirle:

Me apetece besarte

Deberíamos buscar un código secreto

Para escaparnos y besarnos?

Efectivamente

Estás loco

Quieres que "estás loco" sea el código secreto?

No, idiota

Podríamos escribir el nombre
de la habitación
donde queremos encontrarnos

Vale
Entonces, si escribo "baño",
significa que quedamos ahí?

Sabía que te morías
por que te lo hiciera sobre el lavabo

Eres...

Idiota

Rubén me interceptó y no pude seguir escribiendo, pero Amanda me rescató en menos de un segundo.

—¡Han llegado las fotos de la boda! —exclamó risueña—. Le ha mandado la fotógrafa un enlace a Lucas. Vamos a verlas mientras la gente termina de cenar.

—¡Eso es genial!

—Espérame en el salón, ¿vale? Voy a por Diana, quiero ver las fotos en primicia con mis damas de honor.

Cuando llegué al salón, Lucas estaba más sonriente que de costumbre. Ya había conectado su teléfono con la televisión y en la pantalla podía leerse «Amanda y Lucas».

—¿Nervioso? —pregunté.

—Emocionado —respondió incapaz de contener la sonrisa.

Amanda llegó poco después y dio un saltito al leer los nombres. Se sentó encima de Lucas en mitad del sofá y nos hizo un gesto a Diana y a mí para que nos sentásemos a su lado.

—¡Venga, amor! —apremió ella impaciente.

Lucas comenzó a pasar las fotos.

Primero lo vimos a él arreglándose con sus padres, a Marcos colocándole la chaqueta, Lucas y Marcos abrazándose —esa imagen me estrujó el corazoncito—. Después vimos el proceso de Amanda, con primeros planos de sus zapatos, su liguero y su ramo de peonías. Amanda estaba preciosa con su vestido bohemio. La parte superior era entallada y tenía detalles cosidos a mano, y la falda era amplia y estaba formada por varias capas de tul y encaje. Miré a mi amiga de reojo y vi que estaba haciendo un esfuerzo por aguantar las lágrimas. En algunas fotografías aparecíamos Diana y yo, que habíamos llevado vestidos a juego del mismo color aguamarina. Mientras que el suyo tenía fruncidos en la parte delantera y era de gasa, el mío tenía prácticamente toda la espalda al descubierto y era sencillo por delante. Diana llevaba el pelo suelto; Amanda, recogido, y yo, una trenza, y las tres lucíamos la misma flor encajada en el peinado.

Cuando observamos la cara de Lucas al ver a Amanda por primera vez, mi amiga besó a su marido sin poder contener las lágrimas.

—Estabas preciosa —susurró Lucas.

—¿Y ahora no? —Amanda se olvidó de que Diana y yo seguíamos ahí.

—Ahora más.

Ella sonrió complacida y volvió a acomodarse en su regazo.

Al llegar a las imágenes en que salíamos Marcos y yo leyendo nuestros discursos puse cara de póquer, pero por dentro estaba muerta de la risa al recordar que nos habíamos peleado por ver cuál había sido mejor. Las fotos en las que Lucas y Amanda salían sin posar eran mis favoritas. En casi todas salían emocionados, o al borde del llanto o sonriendo sin parar, sujetándose con la mirada y con las manos, y abrazándose el uno al otro. Se miraban con tanta ternura que casi era doloroso ser testigo de tanto cariño.

Lucas dejó un rato en la pantalla una de las fotografías de su primer baile con Amanda, en la que la tenía ligeramente inclinada hacia abajo.

—Nos quedó natural, ¿no, mi vida? —preguntó él.

—Sí, menos mal que ensayamos mil veces —se rio ella.

Siguieron pasando las fotos hacia delante y enseguida aparecimos Marcos y yo bailando juntos. Conforme las fotos avanzaban comenzaban a apreciarse las caras desencajadas de algunos invitados.

—Eh, Lucas, espera. No pases a la siguiente —pidió Amanda.

Me fijé atentamente en la imagen, pero no vi nada interesante. Simplemente salían varios amigos de Lucas brindando.

—Amor, creo que me ha subido la miopía —confesó ella inclinándose hacia delante—. ¿Puedes ampliar el fondo? Me pare-

ce que estoy viendo a Elena y a Marcos besarse y eso es imposible.

Me quedé muda de impresión.

Y así fue como se destapó el secreto que mejor había tratado
de guardar en mi vida.

27

El secreto de Adaline

Tres pares de ojos estaban fijos en mí y los míos estaban anclados en la pantalla.

Se acabó.

Me habían pillado.

Con las manos en la masa.

La voz de Blanca me vino a la cabeza: «Se pilla antes a un mentiroso que a un cojo». Debería hacer más caso a mi amiga y a su sabio uso del refranero español.

Me habían cazado en el último momento. No se me ocurrió que pudiera haber pruebas sólidas de mi idilio con Marcos, pero las había.

Vaya que si las había.

Llevaba varios días sintiéndome como Wendy al borde de la pasarela de madera, con los miedos empujándome la espalda para que diera el salto. Si me tiraba, corría el riesgo de ser devorada por los cocodrilos. Y si no me atrevía, nunca nadaría libre y podría perder aquello que había fingido mil veces que no me importaba.

Por fuera estaba paralizada. Por dentro el cerebro me funcionaba a toda máquina.

Lucas pasó a la siguiente foto y casi fue peor que la anterior, porque se nos veía más de cerca. En esa nueva imagen Marcos y yo nos besábamos como si el mundo fuera a terminar al día siguiente. Él tenía la espalda apoyada contra el robusto biombo de madera que separaba la zona del banquete de la pista de baile. Una de sus manos descansaba sobre la piel de mi espalda y la otra en mi cintura.

Lucas avanzó otra foto. En esa ocasión, la fotógrafa nos había sacado un primer plano. Marcos y yo estábamos a un centímetro de distancia, sonriendo el uno contra la boca del otro. Cualquiera pensaría que éramos una pareja feliz que se miraba con los ojos achispados por el alcohol y que habían sido captados en plena exaltación de sentimientos. En otras circunstancias habría sido capaz de apreciar que era una foto bonita, pero en ese momento era imposible.

La cuarta foto fue el golpe de gracia. Yo le había echado las manos al cuello y me había pegado a él como una lapa. Ajenos al foco de la cámara, nos besábamos con una intensidad que era incómoda de mirar.

Siempre creí que habíamos tenido la lucidez suficiente como para escondernos detrás del biombo, pero se ve que estábamos tan entregados a besarnos que ese pequeño detalle se nos pasó por alto. Nos quedamos en una zona apartada, oscura y poco transitada, pero visible para cualquiera que se acercase lo suficiente. En especial si ese alguien tenía un flash de fotografía profesional.

Sabía que debía poner en funcionamiento las cuerdas vocales, pero notaba una mano invisible cubriéndome la boca. Estaba profundamente avergonzada. No por haberme liado con Marcos, sino por la manera desafortunada en la que se habían enterado nuestros amigos.

Pese a que no aparté la vista de la pantalla, sentí los ojos de Amanda mirarme fijamente. La tensión en el ambiente era palpable. Las risas se habían fundido hasta desaparecer y el silencio reinaba en la sala. Deseé con todas mis fuerzas tener el poder de la invisibilidad. Ojalá hubiera hecho caso a Amanda cuando me ofreció la posibilidad de no asistir a la fiesta. Ojalá pudiera retroceder en el tiempo y decirle: «Tienes razón, mejor me quedo en casa. Sola. Donde nadie puede encontrarme y donde mis secretos están a salvo».

—¡¡Madre mía!! Después de ver esto solo puedo decir que estoy deseando ver el vídeo —bromeó Lucas.

Debí haber sabido que sería él quien trataría de relajar el ambiente. Me llevé la mano derecha a la frente y cerré los ojos. Conté mentalmente hasta diez, pero cuando llegué al tres la voz de Amanda llegó a mis oídos.

—¿Estás bien?

Me puso una mano en el hombro buscando reconfortarme. Asentí extrañada sin despegar los labios. Esperaba cualquier tipo de reacción menos esa.

—¿Te acuerdas de eso? —preguntó preocupada—. Era tu primera borrachera, ¿verdad?

—Sí —susurré.

—¿Te emborrachaste y te liaste con Marcos? —volvió a preguntar para cerciorarse de que la entendía.

—Sí. —Asentí.

—¿Por qué no me lo contaste?

Ya no tenía sentido mentir ni callar. Era la hora de decir la verdad. Así que cogí aire y, como Wendy, caminé por la pasarela de madera y me lancé al agua sin mirar atrás. A mí no me iba a salvar Peter Pan y tampoco quería que lo hiciera. Yo era una mujer fuerte e independiente, y había llegado el momento de afrontar mis miedos.

—No te he dicho nada porque no quería que me juzgaras —confesé afligida.

—¿Por qué iba a hacer eso? —Arrugó las cejas—. Somos

amigas. No te voy a juzgar por haber tenido un lío de una noche.

—Voy a por la bandeja de queso —anunció Diana levantándose—. Las noticias así no me caen bien con el estómago vacío.

Esa fue su excusa para abandonar la estancia.

Amanda se volteó para observarla y yo aproveché para escribir un mensaje de dos palabras:

Salón. Ya

—No puedo creerme que hayas tenido un lío de una noche con Marcos y no me lo hayas contado.

—Verás... No ha sido solo un lío de una noche —reconocí con la vista fija en el dobladillo del vestido que estaba retorciendo. Si Marcos estuviese allí, seguro que detendría el movimiento de mi mano. Cogí aire y volví a mirarla antes de terminar de confesar mi crimen:

»Estoy viendo a Marcos en secreto.

A Amanda se le desencajó la mandíbula tanto que casi tocaba el suelo. Por sus ojos pasaron multitud de sentimientos distintos. La conocía lo suficiente como para reconocer todos ellos: desconcierto, sorpresa, traición...

Ella en los míos solo podría apreciar una cosa:

Culpabilidad.

Culpabilidad por haberle ocultado esta parte de mí misma que se me había ido de las manos.

Culpabilidad por no haber compartido con ella algo que me había traído muchos dolores de cabeza y también mucha alegría.

Culpabilidad por haberle mentido todas las veces que me había preguntado qué me pasaba.

Había traicionado su confianza, así que entendía la cara de estupefacción con la que me observaba.

—¿Me estás diciendo que estáis liados?

Amanda le echó un vistazo a Lucas, pero él negó con la cabeza y se encogió de hombros. Sabía que con esa mirada estaba preguntándole si él ya lo sabía.

—Pero si lleváis tres días soltándoos pullitas —insistió taladrándome con ojos escrutadores.

—Pues sí que va a ser verdad eso de que del odio al amor hay un paso —soltó Lucas.

—Es del amor al odio —corrigió ella.

Intercambiaron una mirada significativa y yo esperé mi veredicto en silencio. En ese instante la puerta se abrió y la situación no pudo más que empeorar.

—Sabía que ibas a sucumbir a tus fantasías perverti... —Marcos se calló en cuanto vio que no estaba sola. Recompuso el rostro rápido y actuó como si nada—. Parejita. —Inclinó la cabeza para saludar a nuestros amigos. Seguidamente me miró y repitió el mismo gesto—. Empollona. Os dejo a lo vuestro.

Hizo amago de marcharse.

—Marcos —llamé.

Se paró en el umbral con la mano en el pomo y con la confusión reflejada en sus pupilas azules. Probablemente porque era la primera vez que lo llamaba por su nombre delante de otras personas. Señalé con el mentón la pantalla antes de volver a centrarme en él. Marcos observó impertérrito la fotografía donde se nos veía acaramelados durante unos segundos. Después, cerró la puerta y se enfrentó a la sala, que esperaba ansiosa su testimonio.

—Bueno, me habéis pillado. Me emborraché. No pude resistirme y besé a Elena. Lo que no sale en esa foto. —Señaló la pantalla con el dedo índice—. Es el empujón que ella me dio después de eso para apartarse. Ya me he disculpado. Fui un capullo y un desconsiderado. Lo que hice no estuvo bien. Lo siento, Ele —terminó mirándome.

—¿En serio? —Amanda arqueó las cejas en un gesto desafiante.

—Ya lo saben —contesté conmocionada por lo que acababa de escuchar. Había intentado taparme y eso hizo que sintiera un aura dorada y calentita alrededor del corazón.

—¿El qué? —Marcos puso cara de no entender nada.

—Pues que estáis juntos, cabeza de chorlito. —Amanda se levantó—. Pero es muy enternecedor que intentes cubrirla como si nosotros fuéramos los malos y no sus amigos.

Marcos desvió la mirada de Amanda a mí en busca de una confirmación.

—Se lo he contado yo —admití.

—Porque os hemos pillado —acusó Amanda—. Me parece fatal que nos lo hayáis ocultado así. Somos vuestros amigos y, Elena, que pienses que iba a juzgarte me alucina.

Apoyé la espalda contra el sofá y suspiré. Marcos aprovechó que Lucas se había puesto de pie para ocupar su lugar a mi lado. Nuestras miradas se encontraron y en su rostro vi temor, desconcierto y preocupación a partes iguales. Recordé lo que le había dicho esa mañana: «Si nos pillan, no pienso volver a hablarte». Por la cara que tenía supe que lo que le inquietaba era saber cómo me lo había tomado yo y si quería o no seguir con él. Le acaricié los nudillos con suavidad antes de entrelazar los dedos con los suyos. Sus hombros se hundieron cuando se relajó y me sentí menos abrumada. Me dio un apretón en la mano con el que intentaba transmitirme que todo iría bien. Se lo devolví y él elevó la comisura derecha de la boca.

Salí de nuestra burbuja por el chirrido que hizo la silla que Amanda arrastraba por el suelo. La colocó al otro lado de la mesita de café que estaba delante del sofá y se sentó de brazos cruzados frente a nosotros. Parecíamos sospechosos en una sala de interrogatorios. Lucas —el policía bueno— se apoyó en la pared y centró la vista en el móvil dejando claro que aquello no iba con él. Amanda —la policía mala— nos examinaba con recelo.

—Este giro de guion no me lo esperaba ni en *Juego de tronos*. —Amanda curvó los labios hacia abajo y se quedó pensativa—. Nada me impactaba tanto desde...

—¿El final de *Los Vengadores* con el chasquido de Thanos? —preguntó Lucas con despreocupación.

—¡Eso! —Ella miró a su marido y asintió—. Gracias, amor.

Nosotros permanecimos en silencio mientras ella trataba de averiguar lo que responderíamos a sus preguntas. Tenía la sensación de que sus palabras eran solo para mí. Mi cara era una diana rodeada por luces de neón y ella sujetaba los dardos.

—No lo entiendo —alegó—. Vosotros dos... ¿No os lleváis mal?

Marcos y yo respondimos a la vez:

—Sí, nos llevamos fatal.

—No nos podemos ni ver.

—¿Entonces? —Ella descruzó los brazos e hizo un aspaviento—. Lleváis tres días sacándoos de quicio el uno al otro y ahora, ¿me estáis diciendo que estáis juntos?

—Más o menos —respondí.

—¿No te duele la nariz? —Amanda me lanzó un dardo con la mirada—. Te ha crecido por las mentiras que me has contado, como a Pinocho.

—Amanda —la llamó Marcos y ella se giró hacia él.

—¿Y tú qué? ¿Ya has declarado tus intenciones con ella?

—No estamos en *Los Bridgerton* —intervine—. Ni en ninguna de esas novelas de época que tanto te gustan.

Ella puso los ojos en blanco y me ignoró.

—¿No te da vergüenza haber mentido a Lucas?

—Yo no he mentido a nadie —contestó Marcos tranquilamente—. Simplemente he omitido información que no me parecía relevante compartir.

Ella echó el cuello hacia delante como una tortuga y nos contempló como si no nos reconociera.

—Habéis tenido la poca vergüenza de fingir que os lleváis mal delante de nosotros... —Amanda hizo una mueca—. Desde luego, habéis ganado el Óscar, os ha quedado muy convincente la actuación. Es que esto es tan ridículo a nuestra edad que a quien se le cuente no se lo cree. —Se giró para mirar a Lucas, pero él parecía no estar dándole importancia—. Amor, ¿tú entiendes algo?

—Mi vida, son adultos funcionales. Que hagan lo que quieran.

Ella nos encaró de nuevo y apretó la mandíbula.

—No lo entiendo, Elena. Llevas años sulfurándote solo con saber que tenías que verlo. Lo has llamado de todo. —Negó con la cabeza varias veces y se mordió el labio superior—. «Slytherin», «vanidoso», «bocachancla»... Y cuando te dije que tenías que entrar en mi boda de su brazo me dijiste que si lo tocabas se te pudriría la piel.

Marcos me miró alzando las cejas y con una sonrisilla. Parecía al borde de la carcajada.

—Te he dicho que tienes que ser más creativa a la hora de insultarme, cerebrito —me recordó.

Me habría encantado reírme, pero estaba demasiado tensa.

Amanda miró nuestras manos unidas y se volteó hacia Lucas.

—Amor, ¿tenemos los tapones del avión?

—¿Para qué los quieres? —Lucas arrugó la frente.

—No quiero oír a nuestros examigos tener relaciones sexuales.

—No vamos a tener relaciones —aseguré automáticamente.

—Déjala —dijo Marcos—. Sí, Amanda, ponte tapones porque gritamos muchísimo.

Ella se tapó los oídos, tarareó una canción y puso cara de asco.

—Demasiada información. —Fue todo lo que dijo Lucas.

—De todos modos, no eres la más indicada para hablar de eso —repuso Marcos cuando ella volvió a comportarse como una adulta.

—No sé de qué hablas.

—De que cada vez que venís a Londres tengo que comprar sábanas nuevas.

Amanda torció el gesto y le lanzó una chuchería del bol que él esquivó con agilidad. Supe que quedaba menos de un minuto para que se agotase su paciencia, así que hice lo que tendría que haber hecho desde un principio.

—Chicos, ¿podéis dejarnos solas, por favor? —pedí.

Como diría Blanca: «De perdidas, al río».

Lucas besó a Amanda. Y Marcos me dio un último apretón en la mano, su expresión parecía preguntar «¿Estás segura?».

—Oh, por favor. —Amanda parecía indignada—. Soy yo la que debería poner esa cara, no tú. ¿De verdad tenías que encapricharte de Elena? ¿No podía ser otra? —preguntó haciendo una mueca de desaprobación—. ¿Tenía que ser mi mejor amiga? La prima de Lucas quería liarse contigo en la boda. Noelia también quiere. Está ahí fuera, vete a buscarla. Y, además, ¿no decías que la familia quedaba fuera de los límites? Porque Elena es como una hermana para mí y tú lo sabías —finalizó levantándose.

—Lo siento, pero no me interesa otra persona que no sea ella —declaró Marcos antes de salir y cerrar la puerta.

«¡Toma sacudida en el estómago!».

Di un par de golpecitos en el sillón a mi lado. Amanda se

hizo la digna durante unos segundos y al final se dejó caer junto a mí.

Me giré en su dirección y ella en la mía.

—Me lie con Marcos en tu boda. Estaba borracha, pero me apetecía mucho.

Amanda asintió sin dejar de mirarme con desconfianza e hizo un aspaviento con la mano para indicarme que continuara.

—Como podrás imaginar, me quedé conmocionada al despertarme con él en la cama al día siguiente.

—¿Por eso estabas tan rara en el aeropuerto? —tanteó y yo asentí—. Estabais muy exaltados durante la cena. Espera... El chupetón, ¿se lo habías hecho tú? —Volví a asentir mortificada—. Pues te llamé «chupóptera» por toda la cara.

—Lo sé. No pasa nada —aseguré y proseguí—. Después de eso no se lo puse fácil. Conseguí esquivarlo varias veces y creía que me había librado de él, pero solo se había ido a Londres unos días.

—¿Por lo de su hermana y el bebé?

—Sí. Y cuando volvió... —Hice una pausa—. Me dejé llevar y hasta hoy —admití en voz baja.

Amanda asintió mientras asimilaba la información.

—¿Estás enfadada? —pregunté temiendo su respuesta.

—No estoy enfadada. Estoy triste porque después de tantos años juntas creía que había la confianza suficiente para que me lo contaras...

—No quería contártelo porque no era un desconocido. Es Marcos. El mejor amigo de tu marido y también es amigo tuyo. Lo quieres igual que a mí.

—¿Qué importa eso?

—Sí importa, Amanda. Tú misma lo dijiste. No quieres tener que elegir entre los dos y lo entiendo.

—Aun así, me duele que pensaras que iba a juzgarte o que

soy tan obtusa como para no entender que eres adulta y que puedes hacer con tu vida lo que quieras.

El dolor de su mirada fue una punzada en mi corazón.

—Si supieras todo lo que hay detrás sí me juzgarías, porque esto no es la historia que piensas que es —apunté sin mirarla—. Y no va a tener el final de cuento de hadas que vas a querer que tenga. Te conozco, Amanda. Sé que estás impactada, pero cuando se te pase vas a querer ser tú misma la persona que nos case y eso no va a pasar.

Ella se quedó pensativa unos segundos.

—¿Te arrepientes?

—Sí y no.

—¿Volverías a hacerlo?

—Sí —afirmé—. Sin duda.

Ella sopesó mi respuesta antes de decir:

—Pero ¿y todas las pullas que os lleváis soltando desde el jueves?

—Fue idea mía. Él quiso contároslo, pero yo no.

—Entonces... —Dudó antes de seguir—. ¿Sois novios?

—No. No somos novios. —Giré la cabeza contrariada cuando ella no pudo esconder la decepción.

—Todavía —añadió en voz baja.

Respiré hondo y dejé salir el aire despacio.

Ya empezaba con sus asunciones de romántica empedernida.

—No, Amanda —negué—. No somos novios y no vamos a serlo. Cuando él regrese a Londres esto se acabó.

Me miró como si no se creyera ni una palabra de lo que decía.

—Elena, necesito que seas sincera y me lo cuentes todo. Si me das la información con cuentagotas, no me ayudas a entenderlo.

Asentí y procedí a relatarle con pelos y señales todo lo que había pasado desde que ella se había ido de luna de miel. Cuando terminé de hablar tenía la garganta reseca, pero ya no me quedaba agua.

—Estoy alucinando —anunció—. Os ha pasado como en las mejores historias: de enemigos a amantes.

—No vayas por ahí. —Golpeé el suelo rítmicamente con el pie—. Trata de aparcar tu romanticismo, por favor.

Se estiró para coger una golosina y la masticó con la mirada perdida.

—¿Qué estás pensando?

—¿De verdad quieres saberlo?

—Venga, Amanda. Si ya está todo el pescado vendido. Dímelo.

—No me parece una buena idea —declaró—. Te conozco como si te hubiera parido, y por mucho que digas que está todo bien cuando se vaya vas a quedarte hecha polvo. De verdad que no quiero meterme, pero eso de que lo vais a dejar cuando vuelva a Londres lo único que va a hacer es romperte el corazón en miles de pedazos.

—Agradezco tu preocupación, pero eso no va a pasar. Marcos y yo lo estamos pasando bien, pero no deja de ser eso, una diversión. —Lo aseguré con tanta convicción que hasta me lo creí.

—Vale... —Suspiró sonoramente—. Me preocupo por ti y no quiero que sufras.

—No hay nada de lo que preocuparse. De verdad. Yo estoy deseando que llegue septiembre para empezar mis prácticas, eso es lo único que me quita el sueño.

Me sostuvo la mirada, compasiva, y me sentí la peor amiga del mundo.

Tenía que disculparme.

Ya.

—Siento mucho haberte mentido —murmuré arrepentida.

—Se me pasará. No te voy a engañar, me ha dolido, pero puedo llegar a entender por qué lo has hecho.

—Gracias. —Nos fundimos en un abrazo apretado de esos que te dejan sin respiración.

—Aunque sigue pareciéndome sorprendente que os hayáis odiado durante años y que de la noche a la mañana os liaseis en mi boda —dijo al apartarse.

Llegados a ese punto, lo mejor para las dos y lo que necesitaba era sincerarme. Quizá así podría expulsar poco a poco esa culpabilidad que se había asentado en mi interior.

—En realidad esa no fue la primera vez que nos liamos —contesté cohibida.

Amanda ladeó la cabeza.

—Joder, Els, vas a tener que empezar por el principio.

—¿Te acuerdas de tu graduación? Del día en que Lucas, Marcos y tú acabasteis el instituto.

—Sí. —Asintió—. El día de tu primera cita con Álex, ¿no?

—Sí. Pues ese día... Marcos y yo nos besamos por primera vez.

Amanda exhaló una exclamación y se tapó la boca con la mano.

—¡Ay, Dios! Esto va más atrás de lo que pensaba.

—Fue en el pasillo, antes de la obra de teatro. Él se enteró de mi cita con Álex, discutimos y terminamos besándonos.

—¿Cuando te maquillé para tu cita ya os habíais liado? —cuestionó incrédula. Asentí y ella continuó—. ¿Por eso estabas tan agitada? —Alzó las cejas sorprendida—. Y yo que pensaba que era por los nervios de tu primera cita.

Me encogí de hombros y meneé la cabeza.

—Entonces, tu primer beso no fue con Álex.

—Fue con Marcos —admití.

—¿Qué pasó después? —Se inclinó hacia delante, como hacía siempre que llegaba el punto álgido de las películas.

—Lo que ya sabes. Se fue a Londres y yo seguí con mi vida.

—Pero ¿se fue sin más? ¿No te dijo nada? ¿No intentó contactar contigo?

Sacudí la cabeza y ella me devolvió la mirada horrorizada.

—¡Ay, Dios! ¿Por qué no me dijiste nada? —Se masajeó las sienes, parecía al borde del dolor de cabeza—. Ahora entiendo que no quisieras ni verlo. Te dio tu primer beso y se fue. Es que no me lo puedo creer. Le voy a decir yo cuatro cositas luego.

—No pasa nada. —Sonreí para que supiera que todo estaba bien y que eso ya no importaba.

Amanda se descalzó, subió los pies al sofá y se cruzó de piernas. Apoyó el codo en el respaldo y se sujetó la cabeza.

—No volví a verlo hasta cuatro años después —continué—. Aquí, en el cumpleaños de Lucas.

—¿Y qué pasó?

—Nada. Yo estaba con Álex y él y yo nos llevábamos peor que nunca.

—¡Ay, por favor! —Amanda cerró los ojos—. Encima invité a Álex pensando que iba a darte una sorpresa, tía. —Me miró arrepentida—. Por eso Marcos puso esa cara y se fue a toda prisa.

—No creo que fuera por eso.

—Espera. —Se tensó y se inclinó en mi dirección—. ¿Sabes por qué su familia se mudó a Londres?

Asentí.

Me quité las sandalias y subí los pies al sofá yo también.

—¿Y tú?

—Sí. Lucas me lo contó ese día, cuando volvió de dejarlo en el aeropuerto. —Su tono de voz se transformó en uno triste y sombrío—. Lloré muchísimo.

Guardé silencio y me contemplé las uñas. Recordar el sufrimiento que había visto en la cara de Marcos mientras me lo contaba no mejoraba mi humor. Al cabo de un rato Amanda volvió con sus pesquisas:

—Entonces, os liasteis hace nueve años, seguisteis cada uno con vuestra vida y os volvisteis a liar en mi boda, ¿no? —Esperó para ver si yo corroboraba su apunte—. Antes de la boda solo os habíais liado una vez, ¿verdad?

—No —negué—. Hace siete meses... ¿Recuerdas tu fiesta de Navidad? —Me mordí el labio y solté aire por la nariz—. Que vino Marcos a visitaros.

Hizo memoria y soltó la pregunta más obvia:

—¿Os liasteis en mi casa? —Parecía atónita.

—En la habitación de invitados —confesé avergonzada.

Me tapé la cara con las manos y suspiré.

—Pero ¿cuántas veces más os habéis liado? ¿En mi fiesta de Halloween? ¿En el ensayo de la boda? ¿En las clases de baile? —preguntó atropelladamente—. Debo de ser tontísima para no haberme dado cuenta. —Se cubrió la boca y la nariz con la mano otra vez—. ¿Por qué no me habías dicho nada?

—No lo sé. Bueno, sí lo sé —me corregí—. Hasta lo que pasó en tu boda todo había sido esporádico y, de ahí en adelante, no sé... Intenté evitarlo a toda costa, pero pasó sin que pudiera detenerlo. Estaba agobiada y le pedí que guardara el secreto. No quería que me juzgaran ni oír la opinión de nadie porque bastante tenía yo asimilándolo.

Amanda asintió un par de veces, se recostó en el sofá y descruzó las piernas.

—Espera. —Agachó la cabeza y me miró suspicaz—. ¿Anoche se coló en tu habitación? Las dos tarrinas de helado vacías... ¿Os liasteis en la cocina?

—Amanda —amonesté sonrojándome.

—Vale, me callo. No voy a opinar ni juzgar. Cuéntame lo que quieras y ya está. Yo no voy a decir nada. Mira, voy a mantener esta cara. —Se señaló a sí misma y se puso seria—. Todo el rato.

—¿Qué más quieres saber?

—Mi fiesta de Navidad. Cuéntamelo. Todo.

28

El caballero de la Navidad

7 meses antes...

Amanda y Lucas acababan de mudarse a una casa más grande y mi amiga estaba tan contenta que montó una fiesta de celebración.

De camino compré bombones y una botella de vino. Yo no bebía, pero Amanda —según ella porque se hacía mayor— había comenzado a aficionarse. Además, al salir de casa mi abuela me recordó que no podía presentarme con las manos vacías.

Mi amiga me recibió con un jersey de renos, los ojos brillantes y villancicos a todo volumen.

—¿Vino y bombones? —Sonrió—. Tú sí que sabes hacerme feliz.

Detrás de ella había siete cajas de material navideño apiladas.

—Llevas viviendo aquí unos días, ¿cómo puedes tener ya tantas cosas de Navidad? —pregunté mientras me deshacía del abrigo, el gorro y la bufanda.

—Uy, y eso que no me han llegado un par de pedidos que hice la semana pasada. —Ella me lo quitó todo de las manos para colgarlo en el armario de la entrada.

—Pero ¿no decías que querías vivir como Marie Kondo y tener solo las cosas que te hicieran feliz?

—Y tratando de aplicar su método me he dado cuenta de que no soy minimalista. Soy maximalista, me encanta tener cosas —aseguró convencida—. Todo lo que tengo, sobre todo la ropa, me hace feliz.

—Resumiendo, no te atreves a tirar nada. —Se me escapó la risa.

—No es que no me atreva, es que soy más feliz si no lo hago.

Se puso el gorro de Papá Noel y me miró.

—¿Qué tal estoy? —preguntó girando sobre sí misma.

—¿Adorable? —me atreví a contestar.

—¿Desprendo suficiente *navideñabilidad*? —La sonrisa se le ensanchó aún más y yo sacudí la cabeza.

—Esa palabra no existe.

Ella puso los ojos en blanco y tiró de mí para enseñarme su humilde morada. La casa era moderna y espaciosa. Las puertas eran de madera de roble a juego con el suelo. La cocina tenía despensa y cuartito de lavadora incluidos. El salón era también comedor y estaba repleto de fotografías y *merchandising*, que le daban un aspecto hogareño.

En la planta de arriba estaban las habitaciones. La suya era preciosa, con las paredes color crema y los muebles verde menta. Encima del cabecero tenían una tira de luces y varias fotografías. La habitación de invitados era más pequeña y tenía también una cama doble. Pegado a la pared reconocí el viejo escritorio de Amanda, donde dejé la mochila. La estantería estaba llena de libros. No me hacía falta leer los lomos para saber que eran de fantasía, ciencia ficción y romance. Ambas habitaciones tenían terraza y baño propio.

—¿Por qué no te cuento lo que tenemos que hacer antes de que lleguen los invitados?

—A sus órdenes, Mamá Noel. —Me puse recta y le hice el saludo de los soldados.

La seguí escaleras abajo mientras ella parloteaba sin cesar.

—¿Tienes la receta para galletas de jengibre?

Amanda me miró con cara de situación.

—Espera, le pido una a Diana, que sabe mucho de repostería.

—A todo esto, ¿dónde está Lucas?

Ella taconeó el suelo nerviosa, como siempre que no quería contarme algo.

—Ha ido a recoger a Marcos al aeropuerto. Vuelve a casa por Navidad, como el turrón —confesó atropelladamente.

Me quedé lívida.

—Es su mejor amigo, no puedo pedirle que no venga.

Amanda iba de un lado a otro de la cocina consultando la receta y sacando los ingredientes de los armarios sin mirarme.

—Lo sé, pero puedes pedírmelo a mí —dije.

Mi amiga se entristeció y sentí una punzada de culpa en el pecho.

—Lucas se ha enterado hoy cuando Marcos le ha dicho que iba camino del aeropuerto. Le comenté lo de la fiesta de pasada hace unos días. No creí que fuera a venir.

A lo largo de los años me había dado cuenta de que no tenía que preocuparme de que Amanda me mintiera. Era demasiado expresiva y se la pillaba enseguida.

Suspiré y le quité el móvil para consultar la receta.

—Entonces, ¿te quedas? —Había timidez en su pregunta. Me encogí de hombros rendida—. Eres la mejor. —Sonrió ampliamente—. Te lo vas a pasar tan bien que no vas a notar su presencia.

Le devolví la sonrisa forzada, pero por dentro ya estaba inquieta. Preferiría tirarme por la ventana antes que respirar el mismo aire que él. No me entusiasmaba soportar a un idiota que era probable que no hubiera madurado y que lo único que hacía era molestarme y llamarme «Ele».

—Sé que Marcos parece un Slytherin, pero...

—Lo es —la corté—. Es peor que Voldemort.

Muy a su pesar, Amanda se rio. Total, había sido ella la que había sacado la referencia de *Harry Potter* y había sido ella la que me había obligado a leer los libros. Slytherin era una de las cuatro casas de Hogwarts —el colegio mágico al que asistía Harry— y solía tener a los malos entre sus filas. Por eso lo usábamos como insulto.

Dos horas después el desastre de las galletas era irreparable. Mientras ella colocaba las decoraciones yo intentaba salvar el estropicio.

—¡Bajo al trastero a por la escalera! —vociferó Amanda desde la puerta.

—¡Vale!

La masa se quedaba pegada al rodillo una y otra vez, lo que hacía que fuera imposible dominarla. Me estaba dejando los brazos y las muñecas en una tarea inútil. Desesperada, me limpié las manos en el delantal y me di por vencida. Odiaba que las cosas me salieran mal y más si era algo que le hacía ilusión a mi amiga. Por eso, cuando oí el sonido de la llave girar en la cerradura, me froté la cara antes de gritarle:

—¡Amy! ¡Esto es imposible! La masa se queda pegada al rodillo, así que más vale que tengas un plan «b» o los brazos de Superman, porque estoy agotada. Además, he cometido el error de probarlas y creo que tendré este sabor asqueroso en la boca de por vida. —Solté todo el discurso de carrerilla y suspiré cuando terminé—. Esto es frustrante.

—Me hago una idea. —Esa voz grave y masculina no era Amanda.

Salté tirando el rodillo al suelo y al voltearme me encontré con el Indeseable, que me miraba divertido desde el umbral.

Esa vez las diferencias respecto a la última vez que lo había visto eran evidentes. Tenía el pelo más corto y perfectamente peinado. Sus facciones parecían más maduras gracias a su mandíbula prominente y a sus pómulos marcados. Sus ojos, por desgracia, seguían siendo del mismo azul intenso que siempre.

—Hola. ¿Qué tal? —preguntó.

Estaba tan impactada que no sabía qué decir.

Ya sabía que iba a verlo, pero esperaba encontrarme con un chico repelente y no con un hombre que no me parecía desagradable.

Se cruzó de brazos y la tela de su camisa blanca se tensó encima de sus antebrazos. Definitivamente, estaba más fuerte.

—Te veo bien —añadió con una sonrisa de medio lado.

«¿Se está riendo de mí?».

Era consciente de mi aspecto estrafalario. Tenía la trenza medio deshecha y manchada de masa de galletas, coronada por un odioso gorro de Papá Noel. Llevaba un delantal rojo en el que se podía leer «Soñando con una blanca Navidad» y, para rematar mi conjunto, las zapatillas de estar por casa de Amanda tenían cascabeles. Si su sonrisa arrogante se transformaba en una carcajada no debería sorprenderme. Pero como lo viera elevar un poco más la comisura del labio le tiraría a la cabeza lo primero que pillara.

—¿Qué quieres? —pregunté arisca—. ¿Y Amanda y Lucas?

—Igual de agradable que siempre —susurró para el cuello de su camisa—. No cabíamos todos en el ascensor —aclaró elevando el tono.

Estaba a punto de soltarle una fresca, pero me vi interrumpida por la llegada de nuestros amigos. Lucas pasó de largo cargando con la escalera y disculpándose por no entrar a saludar. En una fracción de segundo Amanda ya estaba en medio de nosotros con el ceño fruncido.

—¿Qué está pasando aquí? —demandó poniendo los brazos en jarras.

Murmuramos un par de nadas.

—¿Chicos? ¿Algún problema?

Iba a responderle que el único problema que había estaba cruzado de brazos junto a la puerta, pero el cretino se adelantó.

—No. —Marcos sonrió a Amanda de manera encantadora—. Solo venía a ayudar a Ele. Parece que se está peleando con las galletas.

«¡¡Traidor!! ¡¡Mentiroso!!». Intenté mandarle mentalmente los insultos forzando el contacto visual.

—Els, deja de mirarlo así. El pobre solo quiere ayudar. —Amanda sonó como una madre que se dirige a su hija revoltosa.

Moví los ojos de ella a él y tuve que morderme la lengua cuando vi su sonrisita de suficiencia.

—Amor, ¿dónde pongo las guirnaldas de reno? —Se oyó la voz de Lucas más cerca.

Entró para saludarme y desapareció llevándose la maleta y el abrigo de Marcos. Mi amiga recogió el rodillo del suelo y me pidió compostura con la mirada antes de salir por la puerta.

Suspiré y traté de mantener la calma.

Me conocía lo suficiente como para saber que no se me iba a pasar el mosqueo con facilidad. Marcos se adentró en la cocina.

—No tengo los brazos de Superman, pero puedo echarte una mano —propuso remangándose la camisa.

¿Estaba de broma? ¿Después de haberme hecho quedar como una arpía?

—No, gracias —repuse irritada—. Ya has hecho bastante.

Se acercó a mí de una zancada y antes de que pudiera adivinar sus intenciones plantó un beso en mi mejilla. Me estremecí cuando se apartó y se quedó más cerca de lo que me habría gustado.

—Cuánto tiempo, Ele.

—No vuelvas a acercar tu boca de asno a mí, patán.

Mojé un trozo de papel de cocina en agua y me lo pasé varias veces por la mejilla de manera dramática. Él se rio y yo apreté los dientes enfadada.

—¿Sabes? Eres muy graciosa cuando te lo propones.

—¿Sabes? Sigues siendo igual de idiota que la última vez que nos vimos.

En lugar de responder, me lanzó un beso al aire y yo fingí un escalofrío.

—Por cierto, deberías limpiarte la cara. Parece que te has revolcado contra la masa de galletas, doña perfecta.

Me dejó plantada en la cocina con la palabra en la boca y la cara tan roja como el delantal.

Lo que más me cabreaba era que había quedado de príncipe encantador ofreciendo su ayuda y yo de bruja malvada. Me enfrasqué en pensar las siguientes contestaciones ingeniosas que le daría, pero Amanda me llamó desde el salón.

—Els, ¿puedes coger las cosas de la caja roja y colocarlas donde quieras, por favor?

—¿Y las galletas? —pregunté desconcertada.

—Diana va a traer una tarta que ha preparado y tenemos los *muffins* de mi madre. Podemos tirar la masa a la basura.

Suspiré aliviada; tratar de reparar aquello era un caso perdido.

En un santiamén Amanda nos tenía a los tres decorando la casa. No pasé por alto el hecho de que trataba de mantenerme lo más alejada posible de Marcos. Él parecía encantado de cruzarse conmigo, pero yo había ido poniéndome cada vez más nerviosa por sus comentarios y miraditas. Estaba siendo insoportable morderme la lengua y no lanzarle una bola del árbol a la cara.

Si hacía recuento de todos nuestros encontronazos, no sabía cuál había sido peor.

El primero había sido en el pasillo, donde yo trataba de colocar una guirnalda sin éxito. Amanda había pegado un extremo a la pared y me había dado la otra punta sin pararse a pensar que yo no llegaría. Di un par de saltitos para tratar de pegarla, pero no lo conseguí. La inconfundible mano de Marcos apareció de la nada, sujetó el extremo que trataba de colocar y lo pegó en su sitio a la altura correcta.

—Podía yo sola —informé en tono ácido.

—Me ha quedado claro. —Retiró la mano despacio.

El pasillo era estrecho y notaba su presencia detrás de mí. Permanecimos callados, con el único sonido de su respiración, hasta que reuní el valor necesario para encararlo.

—No pienso darte las gracias. —Lo fulminé con la mirada.

—No esperaba que lo hicieras, aunque no habría estado mal.

—¿De qué vas? —Me crucé de brazos—. ¿De superhéroe?

—Sí. Es mi segundo empleo.

—El primero es ser un cretino, ¿verdad?

Se agachó y retrocedí.

—No —negó—. El primero es abogado, te lo digo porque te veo bastante interesada en saberlo.

—Me da igual —repuse haciendo una mueca—. De todos modos, ¿desde cuándo me haces favores?

—No te he hecho un favor. Simplemente he librado a mis ojos de seguir observando tu bochornoso espectáculo.

—Que me olvides —musité malhumorada.

Me di la vuelta y hui en dirección al salón, que era un espacio amplio y menos agobiante.

Nuestro segundo encontronazo fue cuando buscaba los muñecos de nieve que estaban en alguna de las cajas. La tarea estaba siendo más difícil que encontrar una aguja en un pajar. Marcos se acercó con el pretexto de ayudarme. Le aseguré que eso no era necesario y lo aniquilé con la mirada. Él, como si lo hiciera a propósito porque sabía que me molestaría, me devolvió una sonrisa divertida y se agachó a mi lado. Meneé la cabeza y centré la atención en buscar los muñecos hasta que me susurró que estaba preciosa cuando me enfadaba. Momento en el que me puse de pie e informé a Amanda de que sería él quien se encargaría de encontrarlos.

«A la tercera va la vencida».

Nuestro encontronazo de la cocina fue el ganador. Marcos entró y se sirvió un vaso de agua. Según lo vi me puse de mal humor, pero lo ignoré y seguí espolvoreando azúcar glas sobre los *muffins*.

—¿Dónde te has dejado a Moliner? —preguntó interesado. Me negué a hacer contacto visual y no contesté—. ¿Ya te has aburrido de él? —continuó al ver que no respondía—. Seguro que te quedabas dormida con sus charlas soporíferas.

Más que sus comentarios, me molestaba su actitud. Parecía un chulo de poca monta, recostado contra la encimera, cruzado de brazos y observándome como si estuviera viendo un espectáculo entretenido.

—Me sorprende que no lo defiendas. Una de las últimas veces que me metí con él casi me arrancaste la yugular —insistió—. ¿Estáis enfadados?

—Si respondo a tu pregunta, ¿te callarás?

—Podría intentarlo.

—Ya no estamos juntos —musité sin mirarlo.

Álex y yo tuvimos una ruptura amistosa que, básicamente, consistió en que lo dejé cuando enfermó mi madre, pero esa segunda parte no iba a contársela.

—Oh, vaya. —No se esperaba esa respuesta—. Lo siento.

—Seguro.

—Lo digo de verdad. Debió de ser durísimo soportarlo.

Puse cara de hastío y coloqué los *muffins* decorados en una bandeja. Un mechón de pelo se me cayó sobre la nariz y soplé para apartármelo sin usar las manos manchadas.

—¿Y ya tienes reemplazo?

Arrugué el ceño ante su pregunta y levanté la cabeza. Él me miraba atento, esperando una respuesta. El azul de sus ojos me recordó al agua del mar tan vívidamente que casi sentí la brisa revolviéndome el pelo, la arena bajo los pies y el olor salado del agua. Bufé exasperada cuando me di cuenta del rumbo que estaban tomando mis pensamientos y me aparté el mechón de la cara con la mano y sin mucha delicadeza.

—No me has respondido —señaló.

—¿Por qué te interesa?

—No me interesa. Solo quiero saber quién es el nuevo idiota que te martiriza con su aburrimiento.

—El único idiota que martiriza a los demás... eres tú —contesté con una sonrisa triunfal.

Me lo había dejado en bandeja de plata.

Se acercó a la mesa y se quedó a escasos centímetros de mi cuerpo. Alzó la mano y la dejó suspendida en el aire cerca de mi rostro, como dándome tiempo a retirarme si quería. Al ver que no me movía me rozó con el dedo índice la mejilla.

—Tenías azúcar —explicó en un susurro.

Fui consciente de cómo me ardía la piel que él acababa de rozarme y de cómo de próximos estábamos el uno del otro.

Lucas entró en busca de Marcos y fue el golpe que necesité para salir del ensimismamiento en el que estaba metida.

Por suerte conocía a gran parte de los invitados, así que no tuve problemas para socializar. Después de cenar Marcos y yo ayudamos a recoger y nos encontramos en la cocina sin proponérnoslo. Alguien, probablemente Amanda, le había puesto un gorro de Papá Noel en la cabeza igual que el mío.

—Estás ridículo con ese gorro —apunté con malicia.

—Pues anda que tú.

—A mí todo me queda bien.

Marcos hizo amago de reírse y asintió antes de decir en voz baja:

—Eso no puedo discutírtelo, empollona.

Salí de la cocina despavorida y su risa me persiguió por el pasillo.

Cuando a las cuatro de la mañana se fue la última tanda de invitados subí las escaleras deseando meterme en la cama. Estaba feliz porque hacía rato que Marcos se había ido sin despedirse, cosa que consideraba un bonito regalo de Navidad por su parte.

Me sorprendió encontrar la luz de la habitación de invitados encendida, pero recordé que todo el mundo había dejado sus abrigos ahí. El último en salir se habría olvidado de apagar el interruptor. Cerré la puerta y tiré el gorro sobre el colchón; me tenía harta el dichoso pompón, que se movía como si tuviera vida propia. Me deshice la trenza con cuidado y mis ondas cayeron libres. Respiré aliviada al quitarme el jersey navideño que Amanda me había regalado, el tejido picaba y si eras calurosa como yo incluso agobiaba. Me dejé la camiseta de tirantes puesta y me descalcé. Solo me dio tiempo a quitarme un calcetín antes de que me entrase frío. Alguien había dejado la terraza abierta. Cuando estaba a punto de cerrar la ventana, lo oí:

—No cierres.

Por desgracia mi mente no me había jugado una mala pasada. Marcos estaba apoyado contra la barandilla de la terraza.

—¿Qué haces aquí? —pregunté.

—Necesitaba sentir el frío.

—Por mí como si quieres tirarte por la ventana. Lo que te he preguntado es qué haces en mi cuarto.

—Es increíble tu don para ser agradable —musitó sereno.

—Soy agradable con quien tengo que serlo.

Marcos me siguió al interior. Cerré la ventana y cuando me di la vuelta terminé de enfadarme. Como si yo no estuviera ahí y como si aquella fuera su habitación, Marcos colocó la maleta sobre la cama y sacó el neceser. Después, se dirigió al baño sin mirarme.

—¿Se puede saber qué haces? —Traté de cortarle el paso.

—Lavarme los dientes —contestó esquivándome.

Me desplacé de un lado a otro del cuarto como una piraña en una pecera. La cara me ardía de pura furia. En cuanto saliera, defendería mi territorio y, al igual que los peces carnívoros, lo mordería con todos los dientes.

—Esta es mi habitación —informé mosqueada.

Marcos se detuvo en la puerta del baño y me miró como si fuera de otro planeta.

—¿Y?

—¿Cómo que «y»? —Me crucé de brazos—. ¡Saca tus cosas de aquí ahora mismo!

—Saca tú las tuyas.

—No.

—Pues, entonces, lo único que te diré es que en la cama entramos los dos.

—Ni en tus mejores sueños dormiría contigo —aseguré asqueada—. Prefiero morir congelada en el jardín.

—No te lo creas tanto, bonita —dijo mientras guardaba el cepillo en la maleta.

—A mí no me llames «bonita». Lárgate o llamo a Amanda —contesté enfadada.

—¡Corre! ¡Llámala! Estaré encantado de explicarle que Lucas me ha dado esta habitación y que te has colado sin permiso y has empezado a desnudarte. —Cogió mi jersey y lo agitó en el aire a la altura de mi cara.

—Eres despreciable. —Le arrebaté la prenda.

—Y tú pareces el Grinch tratando de amargar la Navidad a todos con tus miradas asesinas y tus caras de asco.

Recogí mi calcetín del suelo y me lo puse de un tirón.

Inspiré y espiré, y me mordí la lengua.

«No merece la pena, Elena».

Agarré mi mochila de la silla. Le dirigí una última mirada cargada de veneno y me encaminé hacia la puerta a paso decidido.

—¿Adónde vas?

—A llamar a un taxi.

—Espera, Ele —pidió—. No hace falta que te vayas, puedo dormir en el sofá. —Me paré en el umbral—. Puedes quedarte la habitación, solo estaba bromeando.

Lo encaré con desconfianza. No me fiaba un pelo de él, así que esperé al lado de la puerta.

—Recojo mis cosas y me voy —aseguró cerrando la maleta—. ¿Por qué estás tan enfadada?

—Porque llevas crispándome toda la noche, idiota.

—¿De qué hablas?

—Baja la voz —solicité en un susurro—. Y no te hagas el tonto. Llevas toda la tarde molestándome cuando nadie mira: te has reído de mi aspecto, de mis galletas y me has provocado cada vez que has podido, que si roces, que si miraditas... ¡Me tienes harta! —Dejé la mochila en el suelo y lo miré furiosa—. ¿Quién te crees que eres?

Él tenía los ojos clavados en el techo y parecía que no me prestaba atención. Resoplé con fuerza y Marcos volvió a centrar los ojos en mí.

—No te muevas —pidió dando un paso hacia mí.

—¿Qué dices?

Cruzó la habitación y se detuvo lo bastante cerca como para inquietarme.

—Estás debajo del muérdago.

Alcé la barbilla para ver si lo que decía era cierto y me encontré la rama colgando del marco de la puerta. Por supuesto, no solo me lo había encargado Amanda en la floristería, sino que lo había colocado yo misma en distintos puntos de la casa.

—¿Sabes lo que dice la tradición? —preguntó en un murmullo.

—Obviamente, da mala suerte, por eso estás aquí.

—No —negó divertido y se acercó un poco más. No sé por qué no me retiré—. La tradición dice que tenemos que besarnos para atraer la buena suerte.

De pronto, sus pupilas se veían más oscuras.

Marcos estaba tan cerca que si levantaba la mano podría tocarlo.

Me aproximé un centímetro y él se acercó otro. Algo dentro de mi estómago cobró vida propia y se me quitaron las ganas de echarlo.

—No queremos romper la tradición y tener mala suerte, ¿verdad? —preguntó con voz ronca.

Tragué saliva y mis ojos se quedaron atrapados dentro de los suyos. Marcos era como una serpiente encantadora que me había hechizado con su mirada azul. Esa era la única explicación lógica para lo que dije a continuación:

—No. No queremos romper la maldición.

—Tradición —me corrigió aproximándose un poco más.

Despegué los labios de manera involuntaria al fijarme en los suyos. Mis dedos fueron por libre y le apartaron con suavidad un mechón de pelo de la frente. Sabía que debía retirar la mano, pero me quedé sin aire en los pulmones cuando él abrió los ojos y me miró con interés. Como dos polos opuestos que se atraen, cerramos la distancia que nos separaba y nos besamos. Fue un beso tan corto que no sabía si podía llamarse beso.

—Esto no está bien —musité.

Él volvió a pegar sus labios a los míos y fui un paso más allá y hundí la lengua en su boca. Sentí el sabor de la menta de su pasta de dientes y cuando nuestras lenguas se encontraron el cosquilleo del estómago me pasó como una corriente eléctrica al corazón, y de ahí al resto del cuerpo. Mi respiración se agitó cuando posó su mano en mi nuca y lo besé con una pasión desmedida, dejándome llevar por el enfado que llevaba toda la tarde aguantándome. Acaricié su rostro con una mano y gemí con suavidad cuando él me apoyó la que tenía libre en la cintura. Había estado fuera, a un par de grados, pero notaba la palma de su mano tan caliente que no me habría extrañado que mi camiseta hubiera ardido. La corriente eléctrica me llegó a la entrepierna, lo que me llevó a desabrochar el primer botón de su camisa. Y después el segundo. Estaba soltando el tercero cuando...

—¡Els! —oí la voz de Amanda llamarme y volví a la realidad. El mundo había dejado de existir hasta tal punto que había olvidado dónde estaba—. ¿Elena? —llamó Amanda por segunda vez.

Me aparté con brusquedad y, al respirar aire y no su colonia embriagadora, entendí la magnitud de lo que acabábamos de hacer.

—¡Enseguida bajo! —respondí alzando la voz.

«Por favor, que sea una pesadilla», rogué mentalmente.

Lo miré con el arrepentimiento dibujado en el rostro.

—Ni se te ocurra darle vueltas —sentenció con la respiración agitada.

—¿Cómo que no? —Me fijé en sus botones desabrochados y sentí vergüenza—. Somos enemigos.

—Mortales —añadió mofándose. Cuando vio que mi cara era de absoluto horror, se le congeló la sonrisa—. La tradición dice que si dos personas coinciden bajo el muérdago tienen que besarse. No nos hemos besado porque quisiéramos. —Se pasó una mano por el pelo—. Así que... Feliz Navidad, Ele.

Me mordí el carrillo por dentro y asomé la cabeza al pasillo. Volví a mirarlo sintiendo remordimientos.

—No le des vueltas, por favor —pidió restándole importancia—. Nos hemos besado. Lo hemos disfrutado. Fin.

Me colocó el pelo detrás de la oreja y temblé cuando sus dedos rozaron mi cuello. No me gustó sentir eso, así que no me quedó más remedio que sacar los dientes.

—Lo habrás disfrutado tú —aseguré—. Porque yo no.

—Pues sí, yo creo que ha estado bien.

—De eso nada. Ha sido asqueroso.

—Si ha sido tan asqueroso como dices, no sé por qué me has metido la lengua en la boca. De hecho, si ha estado tan mal, ¿por qué me has besado por segunda vez?

—He bebido champán. Ha sido un desliz —contesté lo primero que se me cruzó por la cabeza.

—Te he oído rechazar las copas toda la noche. No cuela.

—Te aseguro que ha sido el peor beso que me han dado en la vida. Supera de malo al primero que me diste tú, que ya es decir.

Marcos apretó los labios y asintió pensativo.

—No debió de estar tan mal si aún lo recuerdas. —Se inclinó y habló en un susurro—. Y ya sabes, no hay nada mejor para perfeccionar algo que practicar. Así en la siguiente fiesta que nos encontremos seré experto en besarte.

Su mirada hambrienta consiguió estremecerme.

—No vas a volver a besarme. —Rebusqué en mi mochila el neceser haciendo más fuerza de la necesaria al cogerlo.

—¿Adónde vas?

—A lavarme los dientes con lejía.

Marcos se recostó contra la pared y se desternilló de risa. Yo me quedé allí mirándolo y olvidando lo que iba a hacer. Cuando terminó de reírse, me rodeó la cintura con un brazo y volví a notar el maldito cosquilleo allí donde nuestros cuerpos se juntaban.

—Eres muy divertida. Me río mucho contigo.

—Eso es porque crees que estoy bromeando cuando te digo las cosas, pero las pienso de verdad.

—¡Marcos! —Se oyó la voz de Lucas.

Sin darle lugar a decir nada más, y porque necesitaba huir de su intensidad, me escondí en el baño. Me lavé los dientes a conciencia tratando de eliminar su rastro de mi boca. Esperé unos minutos y me miré en el espejo; tenía el pelo revuelto, las mejillas sonrosadas y los labios enrojecidos.

Al entrar en el salón vi que Marcos estaba sentado en el sofá y Amanda y Lucas estaban de pie enfrente de él. No pasé por alto la sonrisa que contuvo Marcos al ver los gatitos de mi pijama y apreté los puños para no sonreírle.

«Pero ¿qué me pasa?».

—Siéntate —pidió Amanda.

—Prefiero quedarme de pie.

Cuanta más distancia hubiera entre Marcos y yo, mejor. Y más ahora que había quedado claro lo que podía pasar si estábamos cerca.

—Venga, tía, por favor.

Resoplé y cedí sentándome lo más lejos posible de él. Sobre el reposabrazos del sofá.

—Chicos —reclamó Lucas.

Amanda levantó la mano derecha y extendió los dedos a la altura de su cara.

—¿En serio? —preguntó Marcos.

Arrugué las cejas extrañada, parecía que él lo había entendido antes que yo.

—En serio —contestó Lucas apretando a Amanda contra él.

Volví a fijarme en mi amiga y algo brillante en su dedo anular captó mi atención. Ella me miraba impaciente con los ojos chispeantes de emoción.

—¿Os casáis? —pregunté asombrada. Amanda asintió con una sonrisa—. Ese anillo no estaba ahí hace un rato —dije atónita.

—Me lo había quitado para la fiesta —explicó—. Queríamos que fuerais los primeros en enteraros.

La noticia me pilló por sorpresa. Tenía claro que mis amigos se casarían en algún momento, pero no esperaba recibir la noticia esa noche. ¿Cómo no me había dado cuenta de que Amanda estaba más feliz de lo normal?

—Eso es para vosotros. —Lucas señaló el par de cajitas que descansaban sobre la mesa.

Dentro de la mía encontré un pin con la palabra «Prefecta» grabada. Desdoblé con cuidado el trozo de papel que había debajo y reconocí la caligrafía de Amanda:

Serás una dama de honor prefecta.

La sonrisa me llegó hasta las orejas.

—¿Me estás pidiendo, con un pin de *Harry Potter*, que sea tu dama de honor? —pregunté.

—Yo tengo la mano del rey de *Juego de tronos* —informó Marcos—. Lucas, ¿algo que decir?

Ellos se miraron y se sonrieron como si lo único que existiese en la vida fueran el uno para el otro.

—Lo que os estamos pidiendo es qué seáis nuestros testigos —contestó Lucas—. Tú por mi parte y Elena por la de Amanda.

—Bueno, y también queremos que seáis los invitados de honor —apuntó Amanda—. Dama de honor y... padrino, supongo que es la palabra acorde.

Marcos se levantó y abrazó a su amigo.

—Pues claro, hermano.

Amanda se acercó a mí vacilante.

—¡Por supuesto! —respondí abrazándola—. ¡Que estás prometida!

—¡Sí! —exclamó emocionada—. No veas lo complicado que ha sido estar callada. ¡Tengo muchas cosas que contarte!

Le agarré las manos y dimos un saltito en el sofá.

—¿Cuándo es el gran día? —preguntó Marcos.

—Nos gustaría casarnos en junio.

—¿Y qué tenemos que hacer nosotros?

—Pues firmar, cerebrito —contestó Marcos como si fuera lo más obvio del mundo—. Ser testigos de que se quieren de verdad y de que no se casan por interés. —Se giró hacia mi amiga con una sonrisa maligna y se agachó para abrazarla—. Ya sabes, Amandita; vas a tener que portarte bien si quieres conseguir mi firma, ¿eh?

Ella alzó las cejas y le dio un puñetazo cariñoso en el brazo.

—¿Qué es más importante, prefecta o mano del rey? —quise saber—. No he visto *Juego de tronos*.

—Es sencillo: mano del rey solo hay una, prefectos hay varios. —Marcos me regaló una sonrisa petulante—. Lo que se traduce en que tengo un cargo más importante que el tuyo.

—Vais a tener que llevaros bien —interrumpió Amanda—. Necesito que alcéis bandera blanca los dos.

—Yo ya le he demostrado a Ele que puedo llevarme más que bien con ella —aseguró Marcos decidido.

«¡Maldito bocazas!».

Lo miré horrorizada y él me guiñó un ojo cuando nadie miraba.

—Es probable que tengáis que veros para alguna cosa más. De hecho, no podemos pedir fecha para la boda hasta haber abierto el expediente matrimonial, y para eso necesitamos vuestra firma.

—Tenemos que pedir cita, pero queríamos consultar antes contigo, Marcos —dijo Lucas—. Como tienes que venir desde Londres, necesitamos saber tu disponibilidad para cuadrarnos todos.

Marcos me miró por encima del hombro de Amanda y me dedicó una expresión de suficiencia. Como si por eso su opinión valiera más que la mía.

—Claro, chicos —respondió en tono amigable—. Lo que necesitéis.

Amanda se lo agradeció y se giró para mirar a su prometido.

—¿Lo ves, amor? —Lucas sonrió a Amanda—. Te dije que dirían que sí.

Lucas la estrechó contra él y se besaron olvidándose de que estábamos delante.

Marcos aprovechó su distracción para sentarse a mi lado.

—Tú y yo podemos llevarnos fenomenal, ¿verdad? —susurró para que solo lo oyera yo—. Quizá, si no nos hubieran interrumpido, ahora estaríamos llevándonos así de bien. —Señaló a mis amigos con el dedo y yo me sentí mortificada—. O mejor... con una conexión más... profunda y penetrante.

Casi me estallaron las mejillas ante su insinuación sexual.

Ahora que sabía que iba a tener que verlo más de lo que había pensado, la perspectiva de lo que habíamos hecho era más nefasta todavía.

—Por cierto, Ele, si cambias de idea en lo de practicar, ya sabes dónde encontrarme.

29

Aquí y ahora

La cara de Amanda era un poema.

Parecía que no sabía si saltar de alegría o darme el pésame. Cuando terminé de relatarle lo que había sucedido en su última fiesta de Navidad, tenía la boca tan abierta que casi podía verle las amígdalas.

—Me estás diciendo que cuando os pedimos que fuerais nuestros testigos... ¿acababais de montároslo en el cuarto de invitados?

—No nos lo montamos —negué—. Solo nos dimos un par de besos tontos.

—Que habrían acabado en algo más si no os hubiéramos interrumpido.

La cara se me coloreó al recordar la desesperación con la que le desabroché los botones de la camisa.

—No sé si habríamos llegado tan lejos. —Amanda alzó una ceja y yo claudiqué—. Vale, nos lo habríamos montado. Sí.

—¡Qué poca vergüenza! —exclamó ella—. Mancillando mi casa nueva. Espera, ¿lo habéis hecho aquí? —Se inclinó en mi dirección—. ¡No! ¡Espera! No me lo digas. —Cerró los ojos y me enseñó las palmas de las manos, indicándome que no hablara—. No, sí, dímelo.

—Eh... —titubeé.

—¡Lo habéis hecho aquí! —Amanda se levantó con los ojos como platos—. ¿En este sofá? ¿En la cocina? ¿En el baño?

—Amanda, tú y yo nunca hablamos de esto. Quiero decir, alguna vez has hecho alguna insinuación, pero nunca hemos hablado de estas cosas con naturalidad.

—Ya. —Se dejó caer en el sofá a mi lado y me miró apenada—. Creo que tiene un poco que ver la manera en la que nos han educado. Como si fuera un pecado tener sexo o siquiera hablar de ello solo por ser mujeres. Y ha terminado convirtiéndose en un tabú, pero a mí me da igual hablar de sexo contigo —aseguró—. Vamos, que no lo he hecho antes porque pensaba que no querías.

—Me ha pasado lo mismo contigo —confirmé—. Y contestando a tu pregunta: no. No lo hemos hecho ni en el sofá, ni en la cocina, ni en el baño.

«Poco ha faltado para el baño», me corté de añadir.

—Entonces, ¿se ha colado en tu cuarto? —Me dio un codazo suave en las costillas y arqueó las cejas en un movimiento sugerente.

Me froté la cara con las manos y suspiré.

—Amy, estamos en el cumpleaños de tu marido. ¿No crees que deberíamos salir? —pregunté consultando la hora en el móvil.

—La fiesta puede esperar un poco más. —Hizo un gesto con la mano para quitarle importancia—. Tía, es que sigo alucinando muchísimo. Marcos y tú.

—Marcos y yo. —Repetí sus palabras.

Amanda cambió de postura, se puso de rodillas en el sofá y se sentó sobre los talones.

—Es verdad que, pensándolo fríamente, creo que estos días habéis sido muy evidentes. —Se tapó la boca y me miró incrédula.

—¿Qué pasa? —pregunté despegando la cabeza de las rodillas.

—Acabo de caer en el verdadero significado de lo que dijo desayunando... Aquello de que se había relajado haciendo deporte... ¿Se refería a lo que yo creo?

Me puse roja como un tomate y asentí.

Los párpados de Amanda se separaron aún más.

—¡La tumbona! —chilló.

Escondí la cara entre las rodillas completamente avergonzada.

—¡Els! —exclamó ella—. ¿En un sitio tan público? ¿Quién eres tú y qué has hecho con mi amiga la recatada?

Levanté la cabeza después de unos segundos y me reí de su cara.

—¿Te das cuenta de que he hablado de terceras personas delante de vosotros? —preguntó Amanda—. Rubén, Noelia... Os he intentado emparejar a los dos. ¡Qué mal! —Se recostó contra el sofá y me observó arrepentida.

—No pasa nada. Ah, una última cosa. El próximo fin de semana no me voy a la playa con Blanca, me voy con él. Para despedirnos.

Amanda asintió y me miró como si yo fuera la persona más sinvergüenza con la que se hubiera topado. Y así me sentía.

—Sácame la nariz del ojo, por favor. Se me ha vuelto a meter —bromeó.

—¿Te importa?

—¿Que disfrutes de una aventura de verano cargada de sexo? Oh, sí, me molesta muchísimo —ironizó.

—Me refería a que no vaya contigo al Parque de Atracciones.

—La vida es corta, Elena; hay que disfrutarla. —Se quedó pensativa unos segundos—. Como dijo aquel genio, esta vida es un sueño.

—¿Calderón de la Barca? —pregunté.

—No —negó y arrugó las cejas—. La Oreja de Van Gogh.

Me reí y sacudí la cabeza yo también. Amanda agarró el bol de chucherías y me ofreció una.

—Pues eso es todo —puntualicé mientras masticaba el osito de gominola.

—Y yo pensando todos estos años que no os podíais ni ver.

—Bueno es que eso también era verdad.

—Sinceramente, no creo que Marcos te haya odiado nunca —aseguró convencida—. Y tú a él tampoco.

Cogimos las dos un par de ositos y nos los comimos en silencio. Se puso seria y yo levanté las cejas en una pregunta muda.

—Me preocupa vuestro fin de semana de despedida en la playa —confesó en voz baja—. No quiero que lo pases mal.

Me encogí de hombros y suspiré. No quería pensar en eso.

—Agradezco que te preocupes por mí, pero hemos dicho que nada de juzgar ni de preocuparse.

—Vale. —Asintió—. Es verdad. Yo desde ya calladita apoyando las decisiones de mi amiga.

—Gracias.

Me abrazó y nos balanceó de derecha a izquierda un par de veces.

—Lo peor es que mira las fotos. Salís genial. —Amanda señaló la televisión cuando se apartó y mi corazón volvió a dar un saltito al ver la entrega con la que nos besábamos—. ¿Quién besó a quién?

—No lo sé —confesé sacudiendo la cabeza.

—Pues espero que el vídeo nos saque de dudas.

Me reí.

—¿Volviste a buscarlo? —preguntó segundos después.

La miré sin comprender.

—En mi fiesta de Navidad —añadió—. Para practicar.

—No. —Sacudí la cabeza—. No pasó nada más hasta tu boda.

—¿Olvidaste el beso pasional de buenas a primeras?

Suspiré.

—Poco después se murió mi abuela —musité—. Así que no tuve mucho tiempo de recordar el beso.

Ella me tomó la mano.

—Es verdad. Lo siento.

Sacudí la mano libre en un ademán que restaba importancia. No quería que se sintiera mal. Me puse de pie y estiré la mano para ayudarla a levantarse.

—Anda, vamos a sacar la tarta —pedí con una sonrisilla.

Después de sincerarme con ella me quité un peso tan grande de encima que me sentía más ligera al andar. Salí al jardín y escaneé a la multitud con la mirada. Mis ojos se toparon con los de Marcos, que en ese momento conversaba con Noelia y con Lucas. Asentí ligeramente y él entendió lo que yo quería decir. Dejó la cerveza en la mesa y sorteó a la gente en mi dirección mientras yo caminaba decidida hacia él. Nos encontramos a la altura de la piscina. Marcos parecía tenso y me miraba entre expectante y preocupado.

—Hola —saludé.

—Hola. ¿Qué tal ha ido?

—Bien. ¿Qué le has contado a Lucas?

—Nada, quería hablar primero contigo para saber qué has contado tú y que nuestras versiones cuadrasen. Es de primero de criminal.

Sonreí y asentí.

—Pues yo lo he cantado todo.

—¿Y cómo te sientes?

—Ligera. ¿Me das un beso? —pregunté sin vacilar.

Sus labios se curvaron hacia arriba y se convirtieron en una sonrisa sexy.

—¿Delante de toda esta gente? —Marcos levantó las cejas y me contempló con una mueca burlona—. ¿Tantas ganas tienes de airear que te mueres por mí?

—No me muero por ti —aseguré devolviéndole la sonrisa—. Es al revés.

—Culpable de todos los cargos —susurró.

Me abrazó por la cintura y le eché los brazos al cuello. Le brillaban los ojos tanto como las estrellas que pendían sobre nuestras cabezas a miles de kilómetros. Agachó la cabeza y se paró a centímetros de distancia. Su aliento se enredó con el mío y yo, que no podía soportarlo más, me puse de puntillas y presioné mis labios contra los suyos. Nos besamos sin que importase nada más, ni dónde estábamos ni quién nos estaba mirando, y siendo únicamente consciente el uno del otro. Y me sentí como un pez que se escapa de su pecera y nada en mar abierto por primera vez, con miedo y nervios, pero libre.

Por fin, libre.

30

Una cuestión de tiempo

Cuando nos separamos Marcos me sujetó la cara con las manos y sonrió. La preocupación de sus ojos había sido reemplazada por algo que solo supe describir como alegría infinita. Y como siempre que me miraba así, sentí que esa sonrisa me llegaba al corazón.

—¿Nos está mirando la gente? —pregunté cohibida.

—No lo sé, pero me da igual. —Se reclinó para darme un beso lento que me supo a poco—. La mejor parte de todo esto es que voy a pasarme el resto de la noche besándote. Así que, si están mirando, se van a hartar.

—Es el cumpleaños de tu amigo, no creo que sea educado por nuestra parte hacer eso —dije separándome.

—Como bien has indicado mil veces, soy un antropoide con poquísima educación. Así que me da igual.

—Bueno, tú puedes ser todo lo maleducado que quieras, pero para estar toda la noche besándome tenemos que estar de acuerdo los dos.

Marcos contuvo la sonrisa y asintió.

—Estoy seguro de que sabré convencerte.

—Confías demasiado en ti mismo. —Empujé sus hombros hacia abajo para que su cabeza quedase a la altura de la mía y poder susurrarle al oído—: ¿Duermes conmigo?

—Para el carro, Ele. ¿Acabas de hacer público lo nuestro y ya quieres llevarme a la cama? —Se irguió y me guiñó un ojo—. Invítame a algo, aunque sea, ¿no?

Me reí y lo besé antes de darme la vuelta para enfrentarme a las miradas de la audiencia. Amanda, que sostenía la tarta en las manos, sonreía tanto que parecía que le iban a salir corazones por las orejas. A su lado, Diana me enseñó el dedo pulgar en un gesto de aprobación. Noelia e Inés parecían perplejas, probablemente porque en más de una ocasión habían sido testigos de nuestros comentarios punzantes. Lucas aplaudió dos veces con parsimonia y luego fingió que se limpiaba una lágrima de manera teatral. Puse los ojos en blanco y justo vi que Marcos respondía a su amigo con una reverencia, igual que los actores al finalizar la función.

—Sois idiotas.

Giré sobre los talones y oí su risa detrás de mí. Antes de que me diera tiempo a llegar a la cocina, Marcos ya me había agarrado la mano.

—Toma. —Le tendí la lata de cerveza que acababa de sacar de la nevera. Él la aceptó y me miró divertido—. Ya te he invitado a algo.

—Iba a dormir contigo de todos modos. Lo sabes, ¿verdad?

—Sí, contaba con que te colarías en mi cuarto más tarde.

—En el fondo te encanta que me salte las reglas por ti.

Era verdad, me gustaba que hiciera ese tipo de cosas y me había encariñado de su chulería.

—¿Te parece bien que ahora lo sepa todo el mundo? —pregunté.

—¿Por qué no debería parecérmelo?

—No lo sé. —Me encogí de hombros y me tragué la bola de inquietud que me arañaba la garganta—. Noelia quería acostarse contigo.

—Lo sé. Me lo ha propuesto antes.

Alcé las cejas sorprendida y sentí que la sangre me huía del rostro. No sé por qué la noticia me sentó como un jarro de agua helada.

—Ah, bueno; no lo hemos hablado, pero si es lo que quieres...

—Elena.

—Que de verdad no pasa nada —aseguré convencida, aunque no me lo creía ni yo—. No tienes que darme explicaciones.

De repente me sentía incómoda y solo tenía ganas de abandonar la conversación. Marcos se pasó una mano por el pelo y cogió aire.

—Elena, ¿me escuchas cuando te digo las cosas? ¿Qué parte de «solo tengo ojos para ti» no has entendido?

Me encogí de hombros y giré el rostro.

—No te encojas de hombros.

—¿Qué le has dicho a Noelia?

—Lo mismo que le he dicho a Amanda y lo mismo que te he dicho a ti: que no me interesa otra persona que no seas tú.

Asentí un par de veces sin procesar cómo me hacían sentir esas palabras.

—Entonces, ¿te da igual que lo sepa la gente? —volví a preguntar.

—No me da igual —negó—. Me parece perfecto porque ahora puedo besarte sin esconderme detrás de una puerta y sin mirar por encima del hombro.

—Supongo que se acabó lo de escabullirnos —musité sin contener la decepción.

Marcos sonrió de medio lado y me observó con intensidad.

—Tranquila, empollona, que si a ti lo que te pone es hacerlo a escondidas, yo me sacrifico por ti.

Se acercó y colocó las manos alrededor de mí, sobre la encimera. El corazón me latió con potencia.

—Eres idiota —acusé antes de que uniese su boca a la mía.

Nos besamos durante unos minutos, hasta que recordé la tarta de Lucas y lo arrastré de vuelta a la fiesta.

Sabía que era una tontería y nadie dijo nada, pero sentía todas las miradas sobre nosotros. Pasé bastante bochorno cuando Noelia se acercó para disculparse asegurándome que no sabía que Marcos y yo estábamos juntos. Le dije que no pasaba nada y no la corregí cuando insinuó que éramos pareja.

Después de eso, las manos de Marcos estuvieron pegadas a mi cuerpo constantemente. En mi cintura cuando hablábamos con Lucas. En mi mano cuando me arrastró a la zona donde bailaba Amanda. Sobre mis hombros, con la barbilla apoyada en mi cabeza, mientras Diana nos contaba una anécdota. En mis mejillas cada vez que se inclinó para besarme. Y detrás de mi oreja cuando me colocó el mechón de pelo que se me escapó de la trenza. A esas alturas debería estar acostumbrada a su tacto, pero no era así. Cada vez que me tocaba la piel me quemaba igual que el sol de las tres de la tarde en verano.

Cuando todos se fueron, Marcos y yo intentamos ayudar a recoger. Amanda nos aseguró que al día siguiente entre los cuatro lo haríamos en un periquete y que, por la cuenta que nos traía, hiciésemos lo que tuviéramos que hacer antes de que ellos subieran. Le di un beso en la mejilla mientras ella me confirmaba que era la mejor amiga del mundo.

Al despertarnos nos quedamos en la cama hasta que me entró hambre suficiente como para abandonar las sábanas.

Amanda nos encontró besándonos en la cocina mientras preparábamos el desayuno. Di un bote cuando oí su carraspeo. Me aparté de los labios de Marcos y él emitió un quejido para indicarme que no estaba de acuerdo con mi decisión. Amanda sonreía, mitad incrédula mitad divertida, desde la puerta.

—Buenos días —saludó quitándose los cascos.

—Hola —respondí cortada.

—Amanda. —Marcos la miró haciendo una mueca—. Gracias por honrarnos con tu presencia.

—Si interrumpo algo, vengo en cinco minutos. —Ella levantó las manos en un gesto de disculpa.

—Si vienes dentro de cinco minutos vas a escandalizarte.

—¡¡Marcos!! —regañé—. Amanda, no le hagas caso.

—Nada, vosotros a lo vuestro. A mí da igual que os deis el lote, como mucho me entrarán náuseas.

Me di la vuelta indignada y seguí exprimiendo naranjas.

—Estarás contenta. Ya la has cabreado —le oí decir a Marcos.

—¿Yo? A lo mejor no aguanta tus comentarios innecesarios y gratuitos.

Amanda me dio un golpecito en el hombro. Yo le sonreí y terminamos de preparar el desayuno juntas, al tiempo que Marcos ponía la mesa. Cinco minutos después bajó Lucas con cara de tener las sábanas todavía pegadas a los tobillos. Se agachó para besar a Amanda y se dejó caer sobre la silla libre del jardín.

—Gracias por el espectáculo de anoche, chicos. Bueno, y por las fotos de la boda... Muy sucio que nos robarais el protagonismo de esa manera —bromeó.

—¿Qué puedo decir? —Marcos se encogió de hombros y sonrió complacido a su amigo—. Siempre me ha gustado llamar la atención.

Mordí la tostada y traté de mantener una conversación coherente con Amanda sobre algo que no fuera mi vida amorosa. Y la escuché con atención mientras me contaba que estaba pensando abrirse un blog para escribir sobre sus viajes.

Lucas y Amanda recogieron la mesa y yo me quedé sentada con Marcos, que aprovechó para besarme sin ningún tipo de pudor.

—¡Eh! ¡Por favor, idos a un hotel! —exclamó Lucas antes de tirarse al agua de cabeza.

Supe que lo que quedaba de día iba a ser entre bromas de nuestros amigos. Amanda volvió a sentarse enfrente de nosotros y dijo:

—Os juro que estoy controlando las ganas de vomitar. No sé si ácido de lo raro que se me hace veros juntos o purpurina porque sois adorables.

—Ninguna de las dos opciones es un cumplido —contesté.

Amanda apoyó los codos sobre la mesa, se sujetó la cara con las manos y nos miró como si fuéramos una de esas películas románticas que tanto la fascinaban.

—¿Crees que puedes dejar de mirarnos fijamente? —pregunté.

—Sí, por favor. Es inquietante —recriminó Marcos.

Ella nos ignoró y siguió sonriendo de manera radiante. Me saqué el móvil del bolsillo y leí el correo; quería ver si me habían respondido de la universidad con los papeles de mis prácticas. Despegué la vista del móvil para ver que Amanda seguía con cara de osito amoroso.

—Amanda, supéralo ya. Es que ni que fuéramos famosos. ¿Vas a pedirnos una foto? —preguntó Marcos con ironía.

—¿Me dejáis haceros una? —Se incorporó emocionada—. Tengo la cámara en mi cuarto.

—No —negué con rotundidad.

—Me da igual, ya tengo fotos vuestras liándoos. Y cuando me manden el vídeo de la boda pienso escanearlo a conciencia en busca de vuestro beso. Lo veré en bucle millones de veces.

—Ni que estuvieras en Disneyland —respondí incrédula.

—Oh, creedme, esto es mucho mejor. —Sonrió con dulzura—. Necesito encontrar una canción para este momento.

Volví a mirar mi pantalla y abrí un artículo que había mandado Carlota por el grupo de WhatsApp, que ahora tenía nuevo nombre: «Veterinarias sin fronteras».

Mientras leía, Marcos me acarició la cara y durante el segundo que Amanda estuvo callada solo lo sentí a él.

—¡Ay, por favor! ¡Qué monos sois! —Aplaudió.

Marcos me guiñó el ojo derecho, que era el que estaba fuera del campo visual de mi amiga, y se giró en su dirección con una mueca en la cara.

—No soy mono, soy excesivamente atractivo.

—Lo que eres es un creído de manual —contestó ella con aire de superioridad.

—Si tienes envidia, ahí tienes a tu marido. —Marcos señaló la piscina.

—¿Envidia yo? —Se apuntó con el dedo índice—. Si nosotros somos mil veces más cuquis que vosotros.

—Es cuestión de tiempo que os arrebaten ese título.

Yo seguí leyendo el artículo sobre los mastocitomas, el cáncer de piel más común en perros y gatos, sin hacerles mucho caso.

—Sigo sin creerme lo que ven mis ojos —oí que decía Amanda.

—Eso es porque nunca habías visto tanta perfección junta.

—Perdona, pero yo soy monísima y Lucas también. De hecho, Lucas es más guapo que tú.

—Tú no eres imparcial. Preguntemos a Elena.

—Eso no vale, va a mentir y decir que eres tú.

Suspiré y traté de seguir leyendo, pero en compañía de ellos dos era misión imposible.

—Elena, ¿quién crees que es la persona más guapa de los presentes? —preguntó Marcos.

—Yo. —Ellos dos guardaron silencio. Parecían sorprendidos—. ¿Qué esperabais que dijera? Paso demasiado tiempo con vosotros y os lo tenéis bastante creído.

Amanda sacudió la cabeza como si no fuera verdad lo que yo había dicho y se dirigió hacia la piscina.

—Sé que piensas que estoy bueno. No tienes que esconderte —dijo Marcos cuando nos quedamos solos.

—Ya, pero es que te he dicho lo que pienso realmente —aseguré tratando de imitar su sonrisa fanfarrona.

Él arrastró con una mano mi silla por el suelo hasta dejarla a centímetros de la suya.

—Estoy deseando llegar a casa para ducharme contigo —susurró solo para mí.

El corazón me dio un bote brutal y bombeó la sangre con tanta fuerza que llegó con rapidez a calentar la piel de mis mejillas. Su lengua se enredó con la mía y volví a sentir que la primavera florecía y arrasaba con todo.

31

Mientras dormías

Cuando era pequeña tuve que plantar una lenteja en un envase de yogur con un poco de algodón para un proyecto del colegio. El objetivo era hacernos comprender el crecimiento de las plantas y fomentar su cuidado. Recuerdo la ilusión con la que mi madre y yo la plantamos, y la emoción que experimenté cuando mi lenteja germinó. El proceso era fácil y necesitabas pocos recursos. Solo tenías que plantarla, regarla y esperar a que creciera.

Aprendí que lo que mantenía la planta en su sitio eran las raíces. Algunas crecían muy profundo y se adherían a la tierra con fuerza. A diferencia de los compañeros que plantaron la lenteja en un vasito de cristal, yo no vi las raíces envolverse alrededor del algodón.

Sin darme cuenta, había plantado una semilla y mi planta había crecido en poco tiempo, era tan alta que casi rozaba las nubes. Y eso estaba bien, era lo que se esperaba de una planta. Lo que nadie me había dicho era que las raíces de mi planta iban a enroscarse alrededor de mi corazón haciendo que trasplantarla o arrancarla fuese imposible sin perder una parte de mí.

Lo que no sabía entonces era que Marcos había echado sus raíces y cuando tuviese que extraerlas iban a estar tan aferradas a mi corazón que se lo iban a llevar con ellas.

La última semana con Marcos pasó sin que me diera cuenta.

El viernes cuando me desperté él ya no estaba. Se había ido a su casa a recogerlo todo porque el domingo, cuando regresásemos de la playa, se iría directo al aeropuerto. Me senté en el sofá y Minerva, comprendiendo antes que yo cómo me sentía, saltó a mi regazo y maulló en busca de cariño.

—Lo sé, bonita. Yo también voy a echarlo de menos —musité incapaz de contener la tristeza de mi voz.

Tenía muchas ganas de pasar el fin de semana con Marcos, pero significaba que lo nuestro llegaba a su fin.

Ahora entendía la frase que decía «Fue bonito mientras duró».

Había sido bonito, pero había durado poco.

Me obligué a prescindir de ese tipo de pensamientos que lo único que conseguirían sería amargarme. Había accedido a ir a la playa con él para pasármelo bien, no para llorar por las esquinas.

Me vestí con unos vaqueros cortos y una camiseta blanca que tenía tres rosas pequeñitas bordadas en la parte delantera.

Revisé mi casa de arriba abajo dos veces para verificar que Marcos no se había dejado nada. Rescaté de debajo de mi almohada la camiseta que me había prestado días atrás y con la que había dormido un par de veces. La guardé en la bolsa y me tragué el nudo de la garganta que amenazaba con desenredarse.

Quedaba una hora para que Marcos me recogiera. No tenía ganas de quedarme sola con mis pensamientos, así que salí a la calle. De camino a mi librería favorita le mandé un mensaje para decirle que me llamase y que ya le diría dónde estaba. Terminé entrando en una tienda de ropa masculina y compré la camiseta más parecida que encontré a la que tenía que devolverle.

Marcos y yo quedamos en la calle que cortaba con la de la librería. Lo esperé ojeando uno de los libros que acababa de comprar. Apareció arrastrando una maleta pequeña, con su sonrisa infinita y sus gafas de sol.

«Es injusto que un espécimen humano esté tan guapo con una camiseta y vaqueros».

—No vamos a leer en todo el fin de semana —aseguró al verme guardar el libro en la bolsa.

—¿Cómo que no? Pensaba que íbamos a la playa para leer. Ya sabes, como somos unos empollones...

—No soy un empollón. —Marcos soltó la maleta y me abrazó la cintura.

—Sí lo eres; si no, no me gustarías.

Hizo una mueca de desagrado y yo me puse de puntillas para besarlo.

—Pues como buen empollón que soy tendré que hacer mis deberes para sacar sobresaliente, ¿no?

—¿Y cuáles son esos deberes?

—Hacerte disfrutar —contestó sin un ápice de vergüenza.

Lo reprendí con la mirada porque estábamos en mitad de la calle y lo último que necesitaba, con el calor sofocante que hacía, era que ciertas partes de mi cuerpo estallasen en llamas.

Las poco más de dos horas que duró el trayecto de tren de Madrid a Alicante se me hicieron cortas. En algún punto me dormí sobre su hombro y me desperté cuando oí su voz baja avisarme de que habíamos llegado.

Me pareció curioso caminar de la mano con él en un sitio en el que no nos conocía nadie y en el que cualquier persona que reparase en nosotros pensaría que éramos pareja. Nuestros dedos encajaban con familiaridad, como si hubieran sido hechos para estar juntos.

El navegador del coche de alquiler anunciaba que el trayecto que teníamos por delante era de cuarenta minutos. Marcos conducía la mar de contento, golpeando el volante con los dedos al ritmo de la música y sonriendo sin parar. Quería estar igual de contenta que él, pero algo en el fondo de mi cerebro me impedía estar al cien por cien.

Eran las dos de la tarde cuando llegamos a la casa de su familia, que estaba en las afueras de Altea. Se bajó del coche para abrir la verja y me eché hacia delante para ver mejor la casa. El calor húmedo se me pegó a la piel formando una segunda capa cuando salí del coche. Cerré los ojos y me estiré, y antes de volver a mi posición normal ya tenía su brazo alrededor de la cintura.

—Demasiado tiempo sin tus labios.

—¿Cuarenta minutos? —contesté divertida.

—Pues eso —respondió antes de besarme.

Cuando el beso dejó de ser suave y se transformó en algo frenético, se apartó y me guiñó un ojo.

La casa tenía dos plantas. En la de abajo había una cocina y un salón por el que se accedía a la piscina, y en la de arriba cuatro habitaciones. La decoración era la típica de las casas de playa: paredes blancas y suelos de madera, tenían jarrones con conchas y detalles azules, como los cojines, las sábanas y los marcos de algunas fotografías. Todos los muebles eran rústicos en tonos blancos o madera. Entré en el baño vacilante y me paré al lado de la bañera redonda; estaba junto a un amplio ventanal desde el que se veía el mar. Con cada paso que dio en mi dirección mi corazón emitió un latido sordo.

—Sé lo que estás pensando —dijo cerrando los dedos alrededor de mi cintura—. Y estoy completamente de acuerdo con esa idea, pero habría que ir a comprar jabón para llenar la bañera de espuma, ¿no?

—Ajá —asentí antes de echarle las manos al cuello.

Sonrió y me sentí un poquito más feliz.

Marcos me llevó a comer a uno de sus restaurantes favoritos, que estaba especializado en paellas. Y de ahí nos fuimos a la playa.

—¡Eh, empollona! ¿Cuántas veces tengo que decirte que mis ojos están aquí arriba? —Se señaló la cara.

—Yo podría decir lo mismo —dije mientras me embadurnaba los brazos de crema.

—¿Te ayudo? —preguntó de manera inocente.

Le alcancé el bote y me sostuve la trenza en alto para que me echara crema en la espalda. Cuando terminó me pasó el dedo índice por el cuello y me sopló la piel provocándome un escalofrío.

—¿Me devuelves el favor? —Se apuntó el torso con el dedo índice y me dedicó una mueca burlona.

—Me parece que a esa parte llegas tú solito.

—Ya, pero te estoy dando la excusa que buscabas para meterme mano en público.

—No voy a meterte mano —aseguré antes de alejarme.

Metí los pies en el agua, que estaba un poco fría, y caminé indecisa un par de pasos. Me detuve para soltarme la trenza y Marcos me cogió en brazos.

—Como me tires...

—¿Qué vas a hacer? —me interrumpió—. ¿Besarme?

—Como me tires no pienso acostarme contigo en todo el fin de semana.

Marcos me miró con cara de «no te lo crees ni tú» y me puse seria para asegurarle que no iba de farol. La sonrisa se le congeló en el rostro y me bajó con cuidado.

Lo salpiqué para vengarme y me lo devolvió.

Marcos tenía que entrecerrar los ojos para verme porque le molestaba el sol, y aproveché esa ventaja para lanzarme contra él y empujarlo. No conté con que el agua le llegaba por la rodilla y que sería imposible tirarlo.

—¿A traición? —Me cogió por la cintura y me levantó en el aire—. ¿En serio?

Caminó hacia dentro y se tiró de espaldas sujetándome contra él. Cuando salí a la superficie tenía una sonrisa malévola.

—Pues nada, luego no llores —informé de manera digna.

Se le escapó la risa y se apartó el pelo de la frente.

—Venga, no me creo que no te apetezca tener un orgasmo.

—Sí me apetece, pero no te necesito para eso. Me basto yo solita —contesté con una mueca de suficiencia.

Marcos me observó con lascivia y entonces soltó:

—¿Me dejarás mirar?

—No.

—Sería un buen regalo de despedida. Así cuando me acuerde de ti y necesite tocarme puedo pensar en ello.

Me lo imaginé desnudo, dándose placer, y se me encendió el cuerpo entero.

—¿Nos vamos? —Enrosqué las piernas a su alrededor.

—¿Ya? Pero si acabamos de llegar. —Me agarró de la cintura y se apropió de mis labios—. Además, ¿no decías que nada de sexo?

—Yo no he dicho que vaya a tener sexo contigo. Lo voy a tener conmigo.

—Si sigues diciendo esas cosas, no se me va a bajar la erección y no voy a poder salir del agua nunca.

Sonreí pagada de satisfacción y lo besé. El sabor del mar en su lengua era adictivo.

—Vale —acepté al fin—. ¿Por qué no me cuentas qué quieres hacer hoy?

Le brillaron los ojos.

—He pensado que podríamos tener una cita de verdad —propuso ilusionado.

—¿Una cita?

—Sí, porque todas las veces que hemos estado juntos ha sido en casa. Nunca hemos ido a un restaurante solos.

—Hace un rato hemos comido en uno.

—Pero no era un restaurante de «cita». Quiero llevarte a un italiano que está en el centro del pueblo, tendremos que subir andando. Está un poco alto y es bonito al atardecer. ¿Te parece bien?

—Sí —asentí y sonreí—. ¿Cómo sigue la cita?

—Después de cenar iremos a por helado. Ya tengo localizadas todas las heladerías en Google Maps. Tienes cara de que te gusta el dulce.

—No vas desencaminado... ¿Qué hacemos después de eso?

—Después de eso... —Marcos me besó el cuello—. Te voy a llevar a casa... —Deslizó la mano por la piel resbaladiza de mi espalda en dirección ascendente. Dejó una hilera de besos desde el cuello hasta mi oreja, donde susurró—: Y te voy a hacer el amor hasta la hora del desayuno.

El estómago me dio un vuelco tan grande que me sentí mareada. Apreté las piernas alrededor de sus caderas y me froté contra él.

—Si no nos vamos ya nos van a detener por escándalo público —musitó contra mis labios.

—Menos mal que yo tengo a mi abogado defensor aquí delante.

Según puse un pie dentro de la casa me abalancé sobre él para devorarle la boca. Su espalda se chocó contra la puerta de la entrada, pero no se quejó. Lancé las chanclas lejos y me despojé del vestido casi sin separarme de su boca. Él dejó las gafas de sol sobre el mueble de la entrada. Sonrió de manera perversa y en sus ojos vi reflejado el anhelo que yo misma sentía. Traté de desabrocharme al lazo de la parte superior del bikini, pero él sacudió la cabeza y volvió a besarme con pasión.

—Por mucho que me encante que te desnudes al lado de las puertas... Me gustaría quitarte el bikini en la cama. —Jugó con el lazo de mi cadera derecha y colocó la boca al lado de mi oreja—. Llevo pensando en soltar estos lazos desde que te he visto con esto puesto.

Giré el rostro hacia la izquierda y cubrí sus labios con los míos. Agarré el dobladillo de su camiseta y se la saqué por la cabeza. La arrojé junto a mis chanclas y volví a centrarme en su boca.

—¡Qué impaciente eres, Ele! —Bajó una de sus manos por mi abdomen. Le mordí el labio inferior para ahogar un gemido, que se habría oído en el pueblo entero, cuando metió la mano dentro de la braga de mi bikini.

Le agarré el pelo de la nuca y lo obligué a pegar la boca a la mía un poco más. Marcos coló un dedo en mi interior y sentí que el corazón se me saldría por la boca. Le desaté el nudo del bañador con dedos temblorosos mientras él no dejaba de mover el suyo dentro de mí. Se lo abrí lo suficiente como para poder cerrar la mano en torno a él. Jadeó cuando moví la muñeca de arriba abajo y se retiró de mi boca y de mi interior.

—Vamos arriba.

—¡Qué impaciente eres! —repetí sus palabras con retintín.

Nos detuvimos al pie de la cama para besarnos. Me colocó el pelo mojado detrás del hombro antes de atrapar el lóbulo de mi oreja entre los dientes.

—Eres tan bonita que me cuesta concentrarme en otra cosa.

Sus manos se deslizaron por mis brazos con suavidad y me empujó con delicadeza contra el colchón. Él se quedó de pie mirándome fijamente al tiempo que se quitaba el bañador. Mi entrepierna se quejó por su desnudez. Necesitaba sentirlo, pero él no parecía tener prisa.

Se tumbó sobre mí y me besó con suavidad la frente, la nariz, los labios y el cuello, donde se entretuvo un rato. Siguió dejando un río de besos hasta llegar a mi pecho. Sus dedos subieron por mis caderas acariciándome y haciéndome estremecer. Arqueé la espalda y él coló la mano para soltar el lazo del bikini. Cuando la prenda estuvo suelta pasó los dedos por mis costillas y, al llegar a mi delantera, metió la mano debajo de la tela y la cerró alrededor de mi pecho izquierdo.

—Marcos... —gemí—. Bésame.

Me refería a la boca, pero él me lamió el pezón y yo resoplé. Se deshizo de la parte superior del bikini y sus manos me calentaron el cuerpo entero. Marcos no dejó ni un centímetro de mi tripa por besar y provocó que la sangre me corriera como lava por las venas. Presionó los labios contra el borde de la braga del bikini y me desabrochó el lazo con una lentitud que me volvió loca. Me quitó la prenda y me besó las piernas enteras. Abrí los ojos cuando sentí que tiraba de mi cuerpo hacia abajo; terminé sentada en el borde del colchón con él arrodillado delante de mí. Me tensé cuando sentí sus labios sobre mi ingle y casi morí cuando hundió la cara entre mis piernas. Me exploró con la lengua y apreté los dedos en torno a las sábanas. El corazón me latía demasiado rápido como para procesar lo que sucedía a mi alrededor.

—Para —conseguí decir. Él se apartó y me miró interrogante. Me mordí el labio al ver cómo brillaban los suyos por lo que estaba haciendo. Respiré hondo para continuar—. Quiero hacerlo contigo.

Su cara se relajó y negó ligeramente.

—No pienso parar ahora —aseguró—. Ya te he dicho que quería sacar un sobresaliente. —Marcos me penetró con un dedo y yo inspiré con fuerza.

—Quiero hacer el amor, Marcos. —La voz me tembló por el torbellino que arrasaba mi pecho y me impedía hablar con claridad.

—Ya lo estamos haciendo, por eso te meto el dedo corazón. —Eché la cabeza hacia atrás cuando su dedo llegó más profundo. Iba a derretirme—. Estamos haciendo esto al revés. —Me besó la tripa y me miró con culpabilidad—. Primero tendría que haberte llevado al italiano y luego tendría que haberme comido el postre.

«Uf».

Marcos volvió a lamerme y me dejé llevar así al primer orgasmo. Sin darme tregua, se tumbó sobre mí y me besó la cara entera mientras yo recuperaba el aliento. Acababa de tener un orgasmo brutal, pero mi cuerpo demandaba sentirlo dentro.

—Por tus gritos diría que he sacado matrícula de honor —susurró contra mis labios.

Enarqué una ceja y reprimí la sonrisa.

—Notable alto —informé cuando recobré la voz.

En esa ocasión fue él quien levantó las cejas y me miró con perversidad. Se puso de pie y se colocó el preservativo. Señaló con el mentón el centro de la cama, pero sacudí la cabeza haciéndole entender que quería quedarme en el borde.

—Tengo todo el fin de semana para mejorar mi nota. —Se situó en mi entrada y yo enrosqué las piernas alrededor de su cuerpo.

—Puedes empezar por... —Me interrumpí cuando empujó sus caderas contra las mías y mis paredes se abrieron para él—. Ahí —conseguí decir.

Se hundió en mí y yo me retorcí de placer bajo sus atenciones. Me humedecí el labio inferior cuando se retiró despacio, y me lo mordí cuando volvió a penetrarme.

—Marcos, te necesito más adentro.

—¿Así? —preguntó entre gemidos cuando volvió a encontrarse conmigo. Emití un sonido afirmativo—. Todo lo que me pidas, Elena. —Volvió a salir y entrar—. Siempre.

No sé por qué sentí esas palabras agarrarse a mi corazón, como si no se refiriera solo al plano sexual. Ladeé la cabeza y no dejé de mirarlo mientras nuestros cuerpos se unían y se alejaban una y otra vez, así hasta que mi piel se fundió con la suya y explotamos como un volcán.

Se retiró despacio y nos abrazamos en medio del colchón.

—Mi piel ya te echa de menos —susurré.

—Tenemos toda la noche por delante. —Me besó la coronilla y en ese instante me sentí completa.

Nos besamos y acariciamos hasta que me quedé medio dormida. Me coloqué de lado y me abrazó por la espalda. Sus dedos pasearon por mi pelo con suavidad y me relajé contra el calor de su pecho.

—¿Estás despierta? —preguntó al cabo de un rato.

No contesté.

Lo oí coger aire un par de veces, pero no me giré. Estaba esperando a que se me ocurriera algo gracioso que decirle cuando él soltó las dos palabras que hicieron que todo se desmoronase.

—Te quiero —susurró afligido—. Te quiero mucho, Elena.

Sentí algo agónico resquebrajarse dentro de mí, algo que me rompió el pecho a la altura del corazón.

«Es la tercera grieta —recordó la voz de mi cabeza—. La primera te la hizo con el libro y la segunda cuando te abrió su corazón. ¿Recuerdas?».

Y con esas dos palabras el muro que tanto me había costado construir se derrumbó dejándome inmóvil e incapaz de procesar lo que acababa de ocurrir.

«Se acabó, Elena. Ya está dentro».

32

Nuestro último verano

Abrí los ojos horrorizada. Mi cerebro quería que saliera corriendo, pero mi cuerpo todavía estaba recuperándose de los orgasmos y no era capaz de obedecer órdenes.

La primera vez no estuve segura de haber oído bien, pero la segunda lo había dicho más alto y lo entendí a la perfección. Sentí un escalofrío cuando Marcos presionó los labios contra mi hombro y me tensé. Él debió de notarlo, porque aflojó su agarre en torno a mi cintura y aproveché para sentarme en el borde de la cama. Me quedé unos segundos dándole la espalda, con la vista clavada en la puerta y decidiendo qué hacer. Todavía me temblaban las piernas, pero ya no había ni rastro del calorcito que había sentido en el pecho mientras lo hacíamos. Todo eso se había enfriado y ahora, pese a estar en pleno verano, tenía la piel de gallina.

—Joder —murmuró en voz baja—. Pensaba que estabas dormida...

Lo miré por encima del hombro. Negué con la cabeza y le hice un gesto con la mano para que se detuviera. Incapaz de sostenerle la mirada, me levanté. Tenía cada vez más frío y necesitaba vestirme. No lo miré mientras me ponía las bragas y los pantalones cortos.

—¿Por qué te vistes?

La ansiedad de su voz se pegó a las paredes de mi corazón.

—Porque tengo frío.

—¿Y por qué tengo la sensación de que estás huyendo de mí?

Paré de buscar el sujetador y alcé la vista. Marcos tenía los ojos tristes y su boca dibujaba una línea recta.

—¿No vas a decir nada?

—¿Qué quieres que diga? —Me encogí de hombros y lo miré impasible—. No entiendo por qué lo has dicho.

—Lo he dicho porque pensaba que estabas dormida.

—¿Y qué habrías hecho si te hubiera dicho que estaba despierta? —pregunté dolida.

—No lo sé. —Cerró los ojos un segundo y suspiró—. Creo que te lo habría dicho antes de irme, en la estación de tren al despedirme.

—No puedo creerme que se te haya pasado por la cabeza hacer el numerito de peli romántica. —Me froté la frente—. ¿En la estación? ¿Tienes idea de lo egoísta que habría sido eso? —Sacudí la cabeza incrédula y él se sentó en el borde de la cama—. Creía que lo estábamos pasando bien, pero has tenido que estropearlo en el último momento.

—¿Me estás echando la culpa de tener sentimientos?

Marcos endureció la mirada. No soportaba que me mirase así, como si lo hubiese decepcionado, y las palabras se me escaparon solas:

—Espero que te disculpes por arruinar el fin de semana.

—¿Disculparme? —preguntó atónito—. No pienso disculparme por quererte. Y deja de actuar como si yo fuera el instigador de lo que ha pasado cuando...

Apretó los labios y no terminó la frase. Respiró hondo para tranquilizarse y se levantó.

—No podía irme sin decírtelo y sin hablar de qué podemos hacer.

Una sensación desagradable comenzó a formarse en mi estómago.

—¿Hacer qué? Te vas pasado mañana. —Agarré una camiseta y me la metí por la cabeza—. ¿Se te ha olvidado?

—No —negó mientras se ponía la ropa interior—. No se me ha olvidado. Por eso he estado pensando qué podemos hacer para seguir juntos.

«¿Seguir juntos cómo?».

Sentí que la sangre me abandonaba el rostro y abrí los ojos asombrada por su confesión. De pronto, notaba todos los músculos en tensión.

—Marcos, ¿qué estás diciendo? Te vas a Londres en dos días. —Lo miré sin comprender—. ¡En dos días! —repetí elevando el tono, por si no entendía la gravedad de lo que eso suponía.

—Lo sé, por eso quiero que hablemos y valoremos qué opciones tenemos para mantener la relación a distancia.

¿Opciones?

«Ninguna».

¿Relación a distancia?

«Ni en sueños».

—No sigas por ahí. —Me crucé de brazos.

—¿Por qué no? —Su ceño se hundió un poco más—. Llevo días jodido porque tengo que irme y no voy a verte todos los días. Me duele el cuerpo entero solo de pensar en no volver a tocarte —reconoció angustiado.

Sopesé sus palabras unos segundos.

Se iba.

No íbamos a vernos, besarnos ni tocarnos nunca más.

Yo también echaría de menos la parte física, pero eso no justifica el egoísmo con el que dije:

—Puedes hacerlo cuando vengas de visita.

—No me vale. —Negó con la cabeza y se pasó una mano por el pelo—. Y no quiero solo eso.

La sensación desagradable de mi estómago aumentó.

Volví a rebuscar el sujetador en la bolsa para evitar mirarlo. Marcos caminó en mi dirección y yo meneé la cabeza de derecha a izquierda un par de veces. No quería que me tocase, eso solo empeoraría las cosas para mí. Él se detuvo y me observó apenado.

—Dijimos que nada de sentimientos —recordé.

—En ningún momento prometí no quererte.

Yo no podía permitirme sentir algo por una persona que vive a miles de kilómetros, eso trastocaría mi mundo entero. Sería un suicidio para mi corazón, para mi futuro y para mi vida. Yo tenía que centrarme en mí misma. Yo no cometía locuras, y meterme en una relación a distancia sería una locura colosal. No estaba preparada para enfrentarme a eso y todo lo que ello acarreaba. La distancia no sería solo física, también sería emocional. Me aterrorizaba tanto lo que él pudiera decir después de eso que intenté huir por la primera salida que encontré:

—Yo no siento lo mismo.

—Puedes repetirlo cien veces, pero no vas a engañarme. —Negó con la cabeza y me miró con compasión—. A ti lo que te pasa es que te estás enamorando de mí y eso te da un miedo terrible.

—¡Te podrías haber callado la boca y habríamos terminado bien! —gesticulé perdiendo la paciencia.

Y con mi comentario la perdió él.

—¡Estoy harto de estar callado! —exclamó alzando la voz—. ¡Estoy cansado de esperar! Quiero todo contigo. Y trato de convencerme de que son tonterías, de que no pasa nada, pero sí pasa. —Se pasó la mano por el pelo y me señaló—. Quiero contigo lo que tienen Lucas y Amanda. Quiero ver documentales en el sofá hasta que te duermas. Quiero hacer la lista de la compra y planear vacaciones. Quiero decir en alto que estamos juntos y decirte lo que siento sin tener que guardármelo por no molestarte.

Con cada confesión que hizo sentí los muros de hielo alzarse y amenazar con destruir la primavera.

—¡Es muy bonito todo lo que dices, pero no vamos a tener lo que tienen ellos! —Elevé la voz yo también—. ¡Porque ellos se miran a los ojos y saben lo que están pensando! Y tú —lo señalé—. No tienes ni idea de lo que siento yo.

—¿Sabes cuál es el problema? —Se acercó otro paso—. ¡Que yo sí te entiendo cuando no hablas y lo que estás haciendo con esos ojos indiferentes es matarme!

Aparté la mirada consternada. No quería hacerle daño, pero no podía traicionarme a mí misma de esa manera. La tristeza se abrió camino desde mi estómago hasta mi garganta y se adueñó de mis cuerdas vocales. Todo sería más fácil si él...

—No me quieras. —Me tembló la voz—. ¡Páralo! ¡Vete y olvídame!

—¡No puedo pararlo! Y aunque no te guste oírlo, es lo que siento y no puedo cambiarlo. Te quiero. Te quiero. Te quiero. —Con cada te quiero dio un paso en mi dirección y yo sentí un mazazo en mi corazón y en mis propósitos—. Y sé que te sientes igual, pero estás demasiado asustada para reconocerlo. ¿Tú qué te crees? ¿Que yo no voy a sufrir con la separación? —Me miró unos segundos y yo no contesté—. Yo también estoy acojonado, pero juntos podemos hacer que funcione.

Cogí aire y conté hasta tres. Estaba al límite de la paciencia y no quería perder las formas porque lo siguiente sería gritarle.

—Lo hemos pasado bien, pero yo estoy centrada en mi carrera... No voy a poner mi vida en pausa por ti. —Ignoré su mueca de sufrimiento y seguí—. ¿Qué pretendes? ¿Que me quede aquí esperando un mensaje o una llamada? —pregunté horrorizada—. No puedo hacerme eso. No funcionaría.

—Si no lo intentamos, nunca lo sabremos.

«No caigas. No podréis con la distancia y acabará dejándote como tu padre a tu madre».

—Eso sería perfecto si sintiese algo por ti.

Marcos hizo amago de reírse, pero su cara era la viva imagen de la amargura.

—¿Quién se cree eso? —preguntó con ironía—. Si no sientes nada por mí, ¿qué hacemos aquí?

—¿Despedirnos? Creía que habíamos venido a eso, pero ahora me sales con esto...

—¿De verdad te esperabas otra cosa? —Marcos elevó el tono y noté su enfado—. ¡Joder, yo no soy un robot! Nos comportamos como una pareja, nos contamos nuestra vida, llevamos semanas durmiendo juntos, hemos venido a pasar un fin de semana a la playa... ¿Y ahora pretendes que me crea que te soy indiferente? —Sacudió la cabeza incrédulo y se acercó—. No me lo creo. Sé que sientes algo por mí. —Se detuvo tan cerca que me tenía al alcance de la mano—. He visto cómo me miras cuando hacemos el amor. Lo he sentido, Elena.

No tenía respuesta para eso. Quizá porque él tenía su parte de razón, igual que yo tenía parte de la mía. Y en ese momento mis razones pesaban más que las suyas. Yo no quería quedarme esperando como mi madre.

Me alejé de su cuerpo. Sus palabras me hacían sentir vulnerable. Quería estar sola. En un lugar seguro, donde pudiera proteger mi corazón y donde no sintiera que al arrancar las raíces de Marcos perdería una parte de mí.

—No quiero seguir con esta conversación. —Me masajeé las sienes cansada. Podríamos estar así horas y no llegar a ninguna conclusión con la que ambos estuviéramos de acuerdo.

—Deberías quitarte la máscara para hablarme —respondió irritado—. Ya sabes, la que te pones para fingir que no te importo. Conmigo te pones cada día una cara distinta. Intentas ocultar la tuya verdadera, pero te olvidas de que ya la he visto. He visto quién eres. Y esto no lo haces con los demás, lo haces solo conmigo.

La sensación desagradable de mi estómago estaba a punto de descontrolarse como un torbellino.

Me crucé de brazos y di golpecitos al suelo con el pie, nerviosa e incapaz de entender cómo me hacían sentir sus palabras.

—¡Que no! —negué indignada—. Que quieres que me lance en mitad del océano sin chaleco salvavidas y estas aguas son muy profundas y no se ve lo que hay debajo.

—Te aseguro que el agua es cristalina. Lo que ves es lo que hay.

Habíamos llegado a un punto en que ni siquiera asimilábamos lo que decía el otro antes de contestar:

—¡Ya te he dicho lo que siento, para mí esto solo ha sido diversión física! ¡No ha ido más allá, y lo siento si te has llevado otra impresión!

—¿En serio? —Marcos levantó una ceja y el hielo se apoderó de sus ojos azules—. ¿Por qué no te emborrachas y me dices cómo te sientes en realidad?

Retrocedí.

La crueldad de su comentario me cayó como un jarro de agua helada. Era cierto que las veces que le había dicho cómo me sentía había sido envalentonada por el alcohol, pero que lo usara en mi contra fue lo que terminó de hacer que perdiera los nervios y que me dejase arrastrar por la oscuridad.

Me acerqué a la silla y busqué dentro de mi bolsa de malas maneras.

—¡Toma tu estúpida camiseta! —La arrojé sobre la cama—. ¡Cógela y lárgate a Londres!

Él suspiró. Antes, uno de los dos ganaba la pelea. Ahora, parecía que perdíamos ambos.

—Elena...

—¡Que no! —Alcé la voz otra vez—. ¡Que no quiero que me importes! ¡Esto se sale de mi plan!

—¡Pues hagamos un nuevo plan! ¿Qué necesitas? —gesticuló exasperado—. ¿Que nos sentemos y planeemos todas las veces que nos veremos para quedarte tranquila? —Señaló la cama—. ¡Pues perfecto! ¡Vamos a sentarnos y organizar las visitas!

«¿Organizar las visitas? ¿Como en la cárcel?».

Lo miré agotada y, por un instante, olvidé la fisura que amenazaba con rasgarme el pecho.

«Se va. No dejes que haga como tu padre, vete tú antes. ¡Protégete!».

Di un paso atrás y rescaté mi bolso de la silla antes de girarme hacia la puerta.

—¡Eso! ¡Corre! —exclamó atormentado—. ¡Huye de mí como haces siempre! ¡Sálvate tú!

—¿Salvarme yo? —Lo encaré y el miedo terminó de engullirme—. ¡Me voy antes de que me abandones, como le hizo mi padre a mi madre! —chillé con rabia.

Marcos se quedó lívido, como si no pudiera creerse lo que acababa de oír. Y, entonces, terminó de trastocar mi mundo con un grito igual de desesperado que el mío:

—Pero ¿cómo te voy a abandonar si estoy enamorado de ti?

«¿Enamorado?».

Sacudí la cabeza aterrorizada. Aquello iba más allá de lo que había pensado.

Corrí escaleras abajo. Me picaban los ojos y veía borroso. Necesitaba salir de ahí. La sensación desagradable ya era más grande que mi estómago y amenazaba con dañar otros órganos.

Lo oí bajar los escalones a toda prisa mientras me calzaba. Llegó abajo sin camiseta y con los vaqueros desabrochados. Trató de tocarme, pero me aparté. La incomprensión de su rostro desencajado me retorció el interior.

Cerré los ojos, absorbiendo las lágrimas, y suspiré con fuerza.

—Necesito despejarme. —Abrí la puerta de la entrada—. Por favor, no me sigas. Quiero estar sola.

Sus ojos ya no brillaban y su cara estaba inexpresiva.

Había apagado a Marcos y no podía arreglarlo.

—Elena...

—Marcos, por favor —pedí derrotada.

Él asintió y yo atravesé el umbral con el miedo congelándome el corazón.

33

Antes del anochecer

Caminé por la playa sin rumbo.

No sabía si el pecho me dolía porque Marcos me quería o porque se iba. La idea de no volver a verlo era insoportable. Por eso caminé más rápido. Lo único que me importaba en ese momento era alejarme de esa casa y del magnetismo de Marcos lo máximo posible.

Cuando estuve lo bastante lejos, me senté y me abracé las rodillas. Para relajarme traté de concentrarme en el sonido de las olas que rompían en la orilla. Cerca de mí una pareja disfrutaba de la playa casi vacía. La chica, que sujetaba una cámara, estaba sentada entre las piernas del chico y él la abrazaba desde atrás. El cariño que transmitían me recordó a Amanda y Lucas. Demasiado nerviosa como para saber qué hacer, saqué el móvil y llamé a mi amiga.

—Hola —contestó Amanda con los ojos llorosos.

—¿Te pasa algo? —pregunté.

Ella negó con la cabeza y se limpió las lágrimas.

—Nada. Estaba viendo una película muy bonita. —Me cuadraba, ella se emocionaba por todo—. ¿Qué te pasa a ti?

Aparté la mirada de la pantalla y suspiré sonoramente.

—Els, me estás asustando.

Volví a mirarla y respiré hondo antes de sincerarme:

—Marcos me ha dicho que me quiere.

—Bien, ¿no? —Sus ojos se iluminaron y el invierno de mi pecho aumentó de tamaño.

—No. —Sacudí la cabeza mortificada—. Es una tragedia.

—Él... ¿no quiere que lo vuestro termine? —se aventuró a adivinar.

Asentí y apreté los labios.

Una ráfaga de viento me hizo estremecer. Ahora que el sol casi se había ocultado el frío se sentía más adentro.

—¿Y qué quieres tú? —preguntó sin rodeos.

Me encogí de hombros y desvié la vista otra vez. Los ojos me escocían, pero no quería llorar. Yo no lloraba porque si lo hacía no paraba.

—¿Qué has respondido cuando te ha dicho que te quiere? —Amanda lo intentó con otra pregunta.

—Le he dicho que acordamos que esto se terminaba cuando se fuese. Él quiere mantener la relación... Y yo le he dicho que no siento lo mismo y me he ido. Y ahora estoy aquí hablando contigo.

—¿Te ha dicho que te quiere y has huido? —Se mostró un poco insegura al hacer la pregunta.

Asentí dos veces y ella cogió aire y lo soltó despacio.

—Joder, tía. ¿Por qué has hecho eso?

—Me he agobiado. ¡No puede venir a decirme todas esas cosas justo antes de irse! —exclamé.

—Vale, hasta ahí lo entiendo. Lo que no me cuadra es por qué estás tan afectada. Si no sientes nada, no sé por qué te importa tanto lo que diga.

Me encogí de hombros y Amanda suspiró. Ella me conocía tan bien como para saber lo que estaba pensando solo con mirarme.

—Elena, dime la verdad. ¿Qué sientes tú?

—Pues no lo sé. Estoy hecha un lío. —Me llevé la mano a la frente y traté de mantener la compostura—. ¿Qué haces tú cuando no puedes explicar algo y no sabes lo que sientes?

—Busco una canción que encaje con mis sentimientos —contestó con franqueza—. Vamos, sé sincera conmigo. Aquí solo estamos nosotras. ¿Qué sientes por él? —Abrí la boca para decirle que no tenía ni idea, pero ella siguió—. Explícamelo como buenamente puedas.

No estaba segura de cómo expresarme, pero por fin le di voz a lo que sentía. Y las palabras fluyeron solas.

—Pues... cuando me mira me pongo nerviosa. Y, a veces, cuando me toca siento que no puedo respirar. Otras veces tengo la sensación de que me entiende sin palabras y de que es capaz de acariciarme la piel con la mirada. Y creo que podría pasarme horas oyéndolo reírse. Cuando está triste me siento miserable. Y cuando pienso que se va... —Se me apagó la voz y me costó unos segundos continuar—. Lo odio. Odio sentirme así.

—No. No lo odias.

—Ninguna de esas sensaciones es bonita.

—Claro que es bonito. Son señales de que estás enamorada, pero tienes miedo de afrontar tus sentimientos porque no quieres perder a nadie más.

—No estoy preparada para comprometerme con nadie. Yo estoy comprometida conmigo misma. —Nerviosa, me aparté el pelo de la cara.

—Nadie te está pidiendo que te cases mañana.

—Me ha dicho que quiere hacer una lista de la compra conjunta y que quiere tener conmigo lo que Lucas tiene contigo.

A mi amiga se le salieron los ojos de las órbitas y se tapó la boca con la mano, y yo asentí. Quizá ahora podría comprender mejor la magnitud de las palabras de Marcos y lo que habían supuesto para mí.

Si amar era tan bonito como Amanda decía, ¿por qué dolía tanto?

—Joder, me da hasta penita de lo enamorado que está de ti.

—No está enamorado de mí —contesté de forma automática—. No te puedes enamorar tan rápido. ¿Cuánto tardó Lucas en decirte que te quería?

Se quedó pensativa unos segundos.

—El tiempo es relativo, Els. Una persona puede hacerte sentir cosas en dos días que otras no han conseguido que sientas en años. No podemos usar la misma vara de medir porque son situaciones distintas. Yo, por ejemplo, tenía claro que estaba enamorada de Lucas desde el principio. Mientras que tú parece ser que no lo tienes tan claro, o eso quieres creer.

—Tú siempre dices que el amor es sencillo. Y esto es de todo menos sencillo.

—No puedes tomar lo que digo al pie de la letra. Yo también lo tuve difícil con Lucas y hemos tenido nuestras turbulencias. Tú lo sabes mejor que nadie, pero lo que cuenta es superarlas y estar ahí el uno para el otro, día tras día.

—Da igual. Vosotros sois... —Me detuve y traté de encontrar las palabras adecuadas—. Nosotros no tendremos nunca lo que tenéis vosotros... Marcos no está enamorado de mí —repetí, más para convencerme a mí misma que otra cosa.

—Sí que lo está —objetó Amanda—. Es tan evidente que hasta un ciego podría verlo —aseguró gesticulando con la mano que tenía libre—. En el cumpleaños de Lucas parecía que solo te veía a ti. Y tú...

—No —interrumpí al borde de romperme—. No digas nada. No puedo permitirme sentir nada. Se va a Londres.

—Vale, a ver, calma. Vamos a olvidarnos por un segundo de que se marcha. ¿Qué es lo que verdaderamente sientes?

—Ahora mismo siento que mi mente está en una cruzada con mi corazón y no sé qué hacer.

—¿Qué te dice el cerebro?

—Que lo mejor es volver a casa y olvidarlo. Porque hay varias razones por las que esto no puede ser: no vivimos en el mismo país, cada uno tenemos nuestra vida y yo no quiero una relación. Yo quiero centrarme en el trabajo. No quiero que mi felicidad dependa de nadie, no después de que mi padre abandonara a mi madre. Tú sabes lo que ha sido crecer con ella y con el fantasma de la persona que nunca volvió a buscarla. Mi madre sufrió por amor hasta que se murió. Y no quiero eso para mí —terminé con la voz rota.

—Pero Marcos no es como tu padre. Y tú no eres como tu madre. Vuestra historia no tiene por qué ser así —afirmó—. Puedes centrarte en tu trabajo de salvar animales por el día y él en el suyo de salvar personas. Podéis ser la pareja más cuqui de superhéroes y encontraros cada noche, y quereros y estar ahí el uno para el otro.

Quise reírme de su ocurrencia, pero me salió un sonido que estaba a medio camino entre la risa y el sollozo. Amanda me miró con compasión y guardó silencio unos segundos.

—¿Qué te dice el corazón?

Los ojos se me humedecieron. Intenté concentrarme en los sonidos del mar para calmarme. No quería llorar, pero era inútil seguir negando la evidencia más tiempo. Amanda era mi amiga. Podía confesarme con ella y Marcos no tenía por qué enterarse de nada.

—Mi corazón no quiere que se vaya. Me he acostumbrado a verlo a diario. —Hice una pausa mientras me desgarraba la realidad de lo que sentía—. Creo que lo quiero —confesé al borde de las lágrimas.

Ella asintió y me sonrió con ternura.

—Eso no es malo. Los dos os queréis, problema solucionado.

—Pero es que yo no puedo meterme en una relación a distancia y quedarme esperando —negué y me limpié la lágrima traicionera que se me escapó del ojo derecho—. A la larga no funcionará, se estropeará y nos haremos daño.

Ella cogió aire y supe que iba a soltarme un discurso que no me dejaría indiferente.

—Todos tenemos algo que nos carcome por dentro, eso es lo que nos hace ser humanos. A ti te da miedo enamorarte y a mí, a veces, me da miedo mirarme al espejo y enfrentarme a un cuerpo que no me gusta, pero contra todas esas cosas tenemos que luchar día tras día. Tenemos que plantarle cara al miedo porque, si no, no vamos a disfrutar de la vida, tía. Tú te has criado con la ausencia de tu padre y con una madre que nunca superó ese amor tan grande que sentía. Marcos ha crecido con un padre de mierda. Y a mí lo peor que me ha pasado es que la sociedad me convenza de que no soy preciosa. —Hizo una pausa y centró en mí sus ojos suspicaces—. Todos tenemos algo y podemos elegir plantarle cara y seguir adelante, o dejar que ese miedo domine nuestra vida e influya en nuestras decisiones.

Sabía que tenía razón, pero no tenía el valor que requería esa misión. Para mí era más fácil esconderme y esperar a que pasase la tormenta.

—Ya estoy acostumbrada a vivir con un agujero en el pecho. Sobreviviré.

Mi amiga me miró con severidad, como si mis palabras también la afectaran a ella.

—¿Cómo puedes decir eso?

—Ya he superado una ruptura y estoy viva.

—Lo sé, pero no es lo mismo. Alejandro y los otros chicos con los que has estado... eran algo cómodo, que no te hacía plantearte nada ni arriesgarte, pero de Marcos te has enamorado hasta las trancas y eso se ha salido de tus planes. Y ahora tienes miedo, y lo entiendo, porque yo también lo tendría, pero eres valiente y puedes enfrentarte a eso.

—Entonces, ¿por qué me siento una cobarde? Si hubieras visto su cara cuando me he ido... —No encontré las palabras para terminar la frase. Se me volvieron a empañar los ojos y tuve que hacer un esfuerzo terrible para no echarme a llorar.

—Por favor, no dejes que el miedo sea mayor que lo que sientes. Arrepiéntete de intentarlo —pidió—. Porque, si no lo intentas, el miedo habrá ganado. En cambio, si te arriesgas y lo intentas, no importa el resultado porque habrás ganado tú.

De pronto me sentí un poco más valiente y me atreví a decir en voz alta aquello que no había tenido agallas de reconocer todavía. Porque cuando dices algo en voz alta se convierte en verdad universal:

—Me he enamorado de un idiota.

—No es idiota. Es un buen chico y te quiere. Te mira con el mismo amor que miro yo la Nutella y tú lo miras a él como si fuera un libro nuevo de tapa dura.

—Me hace creer en cosas que no creo —confesé rompiéndome.

—Y eso es precioso.

—No lo es. Yo lo tenía ya todo programado y esto...

—Esto te ha descolocado los planes, pero es que el amor no se puede planear. A veces lo ves venir y a veces llega sin avisar. Y no pasa nada... —Amanda hizo una pausa y me miró con cariño—. ¿Qué le dirías a Marcos si no tuvieras ninguna inseguridad?

—Que lo quiero —admití—. ¿Y tú? ¿Qué te dirías a ti misma?

—Yo me diría que soy preciosa cada mañana.

—Pero tú eres preciosa. Yo puedo ayudarte a recordarlo.

—Y yo estoy aquí ahora para recordarte que eres valiente.

En ese instante comprendí que ese brillo nuevo que había visto en los ojos de Marcos aquella noche, cuando fui a buscarlo a su casa, era que estaba enamorado de mí. Y reconocí ese brillo porque lo veía en mis ojos cada vez que me miraba en el espejo. Eso era lo que veía diferente al observar mi reflejo y no había querido admitir hasta ese momento.

—Me he enamorado de Marcos —repetí—. Lo quiero.

Sentí una liberación completa al decirlo.

Me puse de pie y caminé nerviosa de un lado a otro.

Amanda estaba visiblemente emocionada.

Sonreí y las lágrimas me resbalaron por las mejillas.

—Tengo miedo —dije limpiándome la cara con el dorso de la mano.

—No pasa nada. Es normal.

—¿Y si sale mal? ¿Y si nos hacemos daño? La distancia...

—Son dos horas de avión —me cortó—. Y por suerte tenemos a la tecnología de nuestra parte: FaceTime, WhatsApp... Míranos a ti y a mí, hablando y viéndonos las caras en vivo y en directo.

—No es lo mismo.

—Pero es más que nada.

Concentré la vista en el horizonte, en el punto donde el cielo y el mar se unían, y comprendí que esa playa siempre me recordaría a él.

—Amanda... Estoy enamorada de Marcos.

—Lo sé, ya me lo has dicho. —Se rio—. Yo estoy supercontenta.

—Te lo he dicho a ti antes que a él.

—No pasa nada. Has hecho lo que necesitabas hacer. Te has desahogado y eso está bien.

Me mordí el labio y me entró la risa ante lo surrealista de la situación.

—Creo que llevo enamorada de él un tiempo. No sé en qué momento pasó exactamente, pero llevo unos días sintiéndome diferente. He tratado de esconderlo, pero no puedo más.

—No lo has escondido tan bien como crees —aseguró—.

El otro día, mientras me contabas todo lo que había pasado entre vosotros, yo lo vi claro. Hablabas de él con mucha ternura. Y cuando estabais juntos a la mañana siguiente, besándoos, me parecíais tan monos que me iba a morir.

—Es que Marcos es monísimo —confirmé sonriente—. Cuando duerme, cuando me hace rabiar, cuando lee, cuando está concentrado. —Respiré hondo y de pronto me sentí menos abrumada y más decidida—. Me dice cosas que hacen que me derrita y que no quiera parar de besarlo.

Amanda me miró entusiasmada.

—Estás loca por él.

—Enamorada —corregí—. Estoy enamorada.

El hielo comenzaba a fundirse y por primera vez vi la luz al final del túnel. Quizá mis florecitas podrían sobrevivir al invierno después de todo. Recordé la cara de tristeza con la que Marcos me había mirado antes de que me fuera y un torbellino de culpabilidad me arrasó el interior. Si había alguna manera de que pudiera evitar que se sintiera así, quería intentarlo.

—Voy a decirle cómo me siento.

—Eso es genial. Aplaudiría, pero estoy sujetando el móvil.

—Le he hecho daño. —Se me quebró la voz—. He visto en su mirada que algo se rompía cuando le he dicho que me abandonaría como mi padre. Ni siquiera he dejado que me toque. Debería disculparme y sincerarme, pero... no es fácil.

—Conmigo has podido.

—Sí, pero tú no tienes los ojos azules, es más fácil hablar contigo. Y declararle a él mis sentimientos significa que ya no hay vuelta atrás, y si intentamos la relación y sale mal...

—Vas a estar jodida igualmente —me interrumpió—. Con la diferencia de que, si lo intentáis, quizá salga bien y podáis ser felices juntos. Así que deja de centrarte en todo lo que puede ir mal y enfócate en lo que puedes hacer para que salga bien.

—Deberías montar un consultorio amoroso.

—No te creas que no me lo he planteado. —Se rio—. Venga, vete a buscarlo. Luego me cuentas.

—Gracias por escucharme.

Nos despedimos y desanduve el camino lo más deprisa que pude. Conforme me acercaba a su casa el corazón me latía con más fuerza y la adrenalina me hacía cosquillas en la boca del estómago. Estaba eufórica por decirle cómo me sentía y también asustada. Él me había abierto su corazón y yo me había ido. Si estaba enfadado, estaba en su derecho. Y si no quería perdonarme, tendría que entenderlo.

Mientras caminaba apresurada repasé lo que quería decirle, pero, a diferencia de para los exámenes, esa vez no tenía libros en los que apoyarme. Esa vez iba a tener que confiar en mi instinto.

Traté de peinarme con los dedos el pelo revuelto y me limpié los restos de lágrimas. Cogí aire y llamé a la puerta con los nudillos. Tocaba enfrentarme de una vez al abismo de todos mis temores.

34

Antes de que te vayas

La pared muscular del corazón tiene tres capas.

La primera es el epicardio, que es una membrana que lo envuelve y lo separa del resto de los órganos. Es la capa más externa.

La segunda es el miocardio, la capa más ancha y la que representa la mayor parte del grosor del corazón.

La tercera capa es el endocardio, que tapiza las cavidades internas de este preciado órgano.

Tres capas tiene el corazón, o paredes, como a mí me gusta llamarlas.

Tres paredes necesarias para seguir funcionando.

Esto lo aprendí en clase de biología y siempre me había parecido curioso.

El corazón es uno de los siete órganos vitales, lo que se traduce en que no podemos vivir sin él. Se encuentra entre los pulmones y está protegido por la caja torácica. Es el órgano del amor y cuando queremos representar este sentimiento dibujamos su símbolo. El mío a veces latía con fuerza y otras daba saltos tan grandes que parecía que se me iba a salir por la boca. Y en ese momento, en lo más profundo, detrás de esas paredes, lo único que se oía eran las pisadas de Marcos, que retumbaban en mi interior mientras se acercaba al otro lado de la puerta.

Los ojos se me humedecieron en cuanto vi la preocupación dentro de los suyos. Marcos había terminado de vestirse y tenía el pelo revuelto, no sabía si de nuestro encuentro pasional o porque se había pasado la mano por la cabeza cientos de veces, como hacía cuando estaba desesperado o inquieto. Parecía tan triste que no pude contener las lágrimas. Él se cruzó de brazos y suspiró, pero no dijo nada.

—Lo siento. —Me disculpé con la voz quebrada—. Lo siento mucho. He reaccionado fatal... —Hice una pausa para limpiarme las lágrimas—. Sí que estoy asustada... y no sé gestionarlo.

Asintió en silencio y me agarró del codo para ayudarme a entrar. Cerró la puerta sin soltarme. Y yo enterré la cara en su pecho y le eché las manos al cuello para asegurarme de que no podía escaparse. Me abrazó con suavidad y pude volver a respirar con normalidad. Deslicé las manos por sus hombros y escondí la cara entre mis palmas temblorosas antes de derrumbarme contra él. Marcos apoyó una de las manos en mi nuca y presionó los labios contra mi cabeza en un intento de reconfortarme. No me pidió que parara de llorar ni que le contase qué me pasaba. Solo se limitó a abrazarme, sin prisas y sin presiones, hasta que minutos después yo sola encontré mi propia voz.

—El otro día compré un paquete de té por si querías tomarte alguno por la noche —murmuré entre sollozos—. Luego recordé que te ibas y escondí la caja al final del armario, detrás de las especias, porque me entraron ganas de llorar. Por eso no te lo dije.

Lo oí suspirar mientras me acariciaba el cabello con delicadeza.

—En el cumpleaños de Lucas, Noelia vino a disculparse conmigo. Me dijo que no sabía que tú y yo éramos... pareja—. Me costó un triunfo pronunciar la última palabra—. No la corregí porque la idea de estar juntos me gustó. Y antes, mientras caminábamos de la mano por la calle, he pensado que cualquiera que nos mirase creería que estamos juntos de verdad —confesé desconsolada.

Estaba llorando tanto que no sabía si él entendía lo que yo balbuceaba o no, pero seguí hablando. Había empezado a dejar fluir mis sentimientos y no podía detenerme. Ni siquiera me planteé cómo se sentía él. Y agradecí que no dejase de mover los dedos en mi cabello porque eso estaba siendo el bálsamo que hacía que no se me doblaran las rodillas y me hiciera un ovillo en el suelo.

—Esta mañana he comprado una camiseta exactamente igual a la que me prestaste con la intención de quedarme la tuya y darte la nueva, pero no sabía cómo hacerlo para que no te dieras cuenta —musité avergonzada.

«Patético, ¿verdad?».

Cualquier persona que me oyese decirlo lo pensaría.

—No sé por qué, pero la idea de devolvértela me hacía tener ganas de vomitar —añadí en un susurro.

Lloré con tanta potencia que tuve que parar para respirar varias veces. La primera lágrima había luchado duro por alcanzar la libertad, abriendo el camino para el resto, que seguían acudiendo a mis ojos como una fuente inagotable. Tenía la sensación de que no podría detener esa cascada nunca. No manejé la situación con la serenidad que me habría gustado; en su lugar, el torrente de sentimientos me manejó a mí. Me dolía el pecho mientras todo salía de golpe a través de la grieta, que cada vez era más grande y parecía que estaba a punto de darse de sí y permitir que mis sentimientos arrasasen con todo.

Marcos guardó silencio mientras yo recuperaba las ganas de seguir hablando.

—Te estoy echando la culpa de todo cuando he sido yo... la que he roto mis reglas por ti. Te he mentido —revelé entre sollozos—. Sí que siento algo por ti.

Giré las muñecas y me agarré a la tela de su camiseta. Apoyé la frente en su pecho y respiré hondo un par de veces tratando de reunir la valentía que necesitaba para terminar de decirle lo que realmente quería. Él no lo sabía, pero estaba siendo el bote salvavidas que evitaba que me hundiese en las profundidades del océano.

—Te quiero. —Lloré con fuerza al confesarme—. Te quiero y eso me está matando. Creía que podría superar tu ausencia sin problemas. He intentado no pensar en lo mucho que voy a echarte de menos. Me he repetido mil veces que no me importas y casi me lo he creído. Es lo que pasa cuando repites una mentira tantas veces, pero no es verdad. No es verdad —repetí—. Yo... también lo siento todo por ti. Y no quería decírtelo porque no quería hacer las cosas más difíciles cuando te fueras, pero la realidad es que... no quiero que te vayas —concluí.

Marcos se relajó al exhalar, me rodeó los hombros con el brazo y me estrechó contra él. Me sentí una completa idiota mientras terminaba de desahogarme al pensar la cantidad de sufrimiento que podría habernos ahorrado. Pero sabía que había hecho lo que necesitaba y que cualquiera en mi circunstancia habría tratado de protegerse de un sentimiento tan grande que podría haberme sepultado sin que me diera tiempo a comprenderlo.

—No quería enamorarme de ti, pero te reíste y todo se fue a la porra. La culpa de todo esto es de tu risa. Te ríes y te veo feliz y... se me olvida el resto del mundo.

Aflojé el agarre de su camiseta y bajé los hombros.

Ya está.

Se acabó.

Ya había soltado todo lo que guardaba en mi interior, pero

no estaba preparada todavía para soltarlo a él. Subí las manos por su pecho y volví a enroscarlas alrededor de su cuello. Él me rodeó la cintura con el brazo izquierdo y me frotó la espalda con la mano derecha.

Cuando terminé de llorar me sentí casi aliviada. Casi, porque aún tenía que disculparme. Y cansada; haber cargado ese peso durante tanto tiempo me había agotado. Y valiente, por fin me sentí valiente. Y nerviosa, y eufórica y aterrada.

—Siento mucho las cosas horribles que te he dicho —sollocé otra vez—. Me gustaría hablar de esas opciones que tenemos para seguir con lo nuestro, pero entenderé que no quieras.

—Shhh, tranquila. —Se agachó, apoyó la cabeza en mi hombro derecho y volvió a acariciarme la espalda—. Yo también siento lo que he dicho y siento que te hayas enterado de mis sentimientos así. Tendría que haberme sincerado mucho antes.

—Perdón por haber arruinado el fin de semana y la cita que habías planeado.

—No has arruinado nada —aseguró apretándome aún más contra él—. Yo ahora mismo estoy tan contento que me acojona moverme y descubrir que estoy soñando.

Me aparté un poco y lo miré a través de las lágrimas calientes que rodaban por mis mejillas y que hacían que viera borroso el rostro de la persona que quería.

Marcos me sujetó la cara con las manos y me limpió las lágrimas con los pulgares. Los ojos le brillaban porque estaban empañados y sonreía como nunca. Le devolví la sonrisa y se me escaparon unas cuantas lágrimas más, que él volvió a retirar con suavidad. Coloqué las manos encima de las suyas, que todavía descansaban en mi rostro, y como Wendy me tiré de cabeza en mitad del océano una vez más.

—Te quiero —dije mirándolo a los ojos.

Él se quedó callado unos segundos, observándome como si fuera lo más importante del mundo.

—Yo también te quiero —contestó decidido—. No sabes cuánto.

Mi corazón latió emocionado y mis mariposas volaron libres. Esa vez, cuando presionó la boca contra la mía, fue diferente. Como si cada centímetro de nuestro cuerpo estuviera por fin en el lugar que correspondía. Sonrió contra mis labios y yo contra los suyos porque su felicidad era contagiosa. Deseé poder congelar ese momento y guardarlo para siempre en mi memoria.

Él volvió a besarme y yo situé las manos contra su cuello y le acaricié el lateral de la mandíbula con el pulgar. Nuestras lenguas se tropezaron en un beso lento y salado. Esa vez fui yo la que se retiró porque tenía la necesidad de volver a decirle cómo me sentía.

—Marcos. —Intenté reclamar su atención, pero él no parecía estar por la labor de dejar de besarme—. Te quiero.

—Joder. —Suspiró y se apartó lo suficiente como para que tuviera que alzar el rostro para ver el suyo—. Podría estar toda la noche escuchándote decir eso. Estoy enamoradísimo de ti.

—Y yo de ti. —Sonreí—. No sé cómo ha pasado, ni cuándo, ni por qué, pero ha pasado. —Le agarré una de las manos y se la coloqué en mi pecho a la altura del corazón.

—Joder, Ele, estamos en mitad de un momento romántico ¿y ya quieres que te toque las tetas? —preguntó con burla.

—Eres idiota. —Sorbí por la nariz y me reí yo también—. Iba a decirte que cada vez que me dices «te quiero», me tocas o me hablas, se me acelera el corazón. Te siento aquí dentro todo el tiempo.

Él inspiró hondo y se limpió las lágrimas con la mano libre.

Se mordió el labio y asintió un par de veces al desviar la mirada. Cuando volvió a atrapar mis ojos con los suyos, me di cuenta de que, al igual que el hielo de mi pecho, el de sus ojos también se había fundido. Me agarró la mano y se la apretó contra el pecho, igual que había hecho yo.

—Tú llegaste sin avisar como una tormenta tropical y atrapaste mi corazón sin que me diera tiempo a resguardarme.

Parecía que Marcos describía cómo me sentía yo. Y fue en ese momento, hablando con nuestros corazones en la mano, sin reservas y sintiendo en la palma el latido del otro, cuando comprendí que las grietas no se habían producido en mi muro. Las grietas se habían producido en las tres paredes de mi corazón y Marcos había atravesado todas ellas, una por una, hasta llegar al centro.

35

La cita perfecta

—¿Estamos a tiempo de llegar al restaurante? —pregunté contra su pecho.

Marcos alzó el brazo por detrás de mi cabeza para consultar su reloj.

—Sí, tenemos reserva dentro de cuarenta minutos.

—¿Tendríamos que irnos ya? —Salí de su abrazo y lo miré interrogante.

Él asintió.

—¿Sin ducharnos ni cambiarnos? —Alcé las cejas y él se encogió de hombros sin entender cuál era el problema—. Tengo el pelo enredado del mar y del viento, y tú tienes la camiseta mojada. —Señalé con la mano la prenda que había empapado con mis lágrimas.

—Estás preciosa. Y tú tranquila, que el orden de los factores no altera el producto. —Me agarró del brazo y tiró de mí—. Y de la ducha conmigo no te vas a escapar —murmuró.

—Vale, entonces, si no me gusta la cena, no me baño contigo y ya está —concluí convencida.

Marcos torció la boca y puso su típica cara de «No te lo crees ni tú».

—Si la cena no te gusta, siempre puedo pedir todos los platos de la carta —aseguró inclinándose ligeramente—. Y si no te gusta ninguno, tengo cinco heladerías esperando.

Me acerqué un poco más a él. Era difícil no ceder ante esa sonrisilla que convertía mis piernas en gelatina.

—¿Y si tampoco me entusiasman?

Marcos me miró con suspicacia y ladeó el rostro. A él le gustaba tentarme y a mí me divertía provocarlo.

—Entonces tendré que tirar de mi encanto personal. Está demostrado que no puedes resistirte.

Se me calentó el corazón como cada vez que lo escuchaba usar ese tono tan sensual, tan grave y tan seguro de sí mismo.

—Te lo tienes muy creído.

—Acabas de reconocer que me quieres, ¿qué esperabas?

Me regaló una sonrisa radiante y terminé de ceder a mis instintos. Me alcé sobre la punta de los pies y presioné los labios contra los suyos en un beso corto pero intenso.

—Bueno, pues voy a ponerme el sujetador al menos —informé dirigiéndome a la escalera.

—Por mí no hace falta. —Marcos me cogió la mano y jugó con mis dedos de manera cariñosa. Alzó la vista y puso cara de no haber roto un plato—. Yo me ofrezco voluntario para sujetártelas si quieres.

—Qué considerado. —Le di un beso fugaz y subí a toda prisa.

Encontré el sujetador colgando de la silla; antes no lo había visto por culpa de los nervios. Me deshice de la camiseta justo cuando Marcos atravesaba el umbral de la puerta.

—Vale. —Asintió. Se sacó la camiseta de un tirón y me miró con ojos centelleantes—. Veo que vamos a echar uno rapidito.

—No —negué abrochándome el sostén.

—Tenía que intentarlo.

Se me escapó la risa y sacudí la cabeza. Salí apresurada hacia el baño mientras me metía la camiseta dentro del *short*. El agua tibia sobre el rostro me vino de perlas. Cuando terminé de secarme con la toalla, me fijé en mi aspecto. Estaba despeinada y tenía los ojos enrojecidos e hinchados, pero estaba guapa.

Me veía bien.

Y lo más importante: me sentía bien.

Marcos no tardó en aparecer con la misma camisa morada que había llevado en el cumpleaños de Lucas. Se situó detrás de mí y se peinó el cabello indomable con los dedos. Estaba monísimo concentrado en su tarea. Nuestros ojos se encontraron en el reflejo del espejo y sonrió de medio lado. Me abrazó desde atrás y se agachó para besarme la mejilla derecha. Arrastró los labios por la piel de mi rostro hasta llegar a la oreja.

—Si quieres, te lo puedo hacer luego aquí, frente al espejo. —Su aliento cálido se coló en mí y un escalofrío me recorrió el cuerpo entero—. O en la bañera. O sobre las baldosas del suelo.

Enrojecí de pies a cabeza y me aparté de él, que era peor que un demonio.

—¿Qué te pasa? —pregunté cuando me giré para encararlo—. Cualquiera diría que llevas toda una vida en celibato y lo hemos hecho hace un rato.

—¿De verdad te lo tengo que repetir? —Se agachó hasta colocarse a mi altura—. Me has dicho que me quieres. Estoy deseando que me lo repitas mil veces mientras te lo hago con más amor que nunca. Quiero hacértelo despacio para poder decirte todo lo que se me pase por la mente, sin callarme nada.

«Uf. Eso suena tan bien...».

Me mordí el labio indecisa.

Tenía dos opciones: o me dejaba llevar y me despedía del restaurante o trataba de serenarme.

—¿Vas a llevarme a esa cita o qué?

Se le escapó la risa por mi tono demandante y asintió al tiempo que me cogía de la mano y me sacaba del baño.

Aparcamos lo más cerca que pudimos del restaurante y subimos andando. Me enamoré del casco antiguo de Altea casi tanto como de Marcos. Sus callejuelas de cuestas empinadas, sus casas de fachadas blancas y ese aire de pueblo pesquero que desprendía consiguieron que se convirtiera en uno de mis lugares favoritos. Las calles estaban llenas de establecimientos y de gente ruidosa que paseaba o cenaba en una de sus terrazas. Al llegar a lo más alto atravesamos una plaza y Marcos me arrastró a un mirador desde el que se veían el puerto y la bahía. El cielo anaranjado indicaba que el día estaba a punto de terminar.

—No habías mencionado el atardecer en tu descripción de la cita.

—Lo sé. Tenía que jugar con el factor sorpresa. ¿He ganado puntos?

Contuve la risa.

—El sitio es bonito.

—Vamos, que he ganado puntos —contestó sonriente.

Me encogí de hombros y pasé de largo por su lado. Enseguida atrapó mis dedos entre los suyos y regresamos a la plaza para ir al italiano.

Encontré el restaurante bastante romántico gracias a su ambiente íntimo y acogedor y a la tira de bombillas que cruzaba toda la terraza. Me decanté por pizza cuatro quesos y él por pasta al pesto. Cuando me llevé el primer trozo a la boca sentí sus ojos expectantes sobre mí.

—¿Y bien?

—No está mal —contesté aguantándome la sonrisa.

—¿Pido otro plato o la hoja de reclamaciones? —preguntó divertido.

—Ninguna de las dos cosas.

Marcos asintió complacido.

—Veo que no voy a necesitar recurrir al helado para conseguir que te bañes conmigo.

Miré discretamente a mi alrededor y suspiré aliviada al comprobar que nadie nos prestaba atención.

—¿Tienes que ser siempre tan bocazas? —pregunté en voz baja, inclinándome sobre la mesa.

Marcos asintió y apoyó los codos a ambos lados de su plato.

—Tú di lo que quieras —susurró con una sonrisa perversa—. Pero te encanta lo que te hago con esta bocaza.

Se recostó sobre su silla y me miró con deseo. Respiré hondo y traté de pensar en algo que no fuera él usando la boca tan habilidosa que tenía para hacerme disfrutar.

Cuando salimos a la plaza era de noche y se podía ver la luna llena y amarilla. Altea brillaba con un encanto especial y nosotros también. Marcos me guio dando un paseo hasta la puerta de una heladería.

—Estoy llenísima.

—Yo sí necesito uno. Me he hecho adicto por tu culpa. —Lo miré incrédula—. Es verdad. Si tú estás llena puedes mirarme mientras me lo como.

—De eso nada.

Marcos sonrió de manera triunfal y me dio un pequeño empujoncito en dirección al mostrador.

Pedí helado de fresa y nata, y él sabor Earl Grey. Volvimos paseando hasta el mirador y nos sentamos en un banco de piedra.

—¿Helado de té? —Arrugué la nariz cuando acercó la cuchara a mis labios y negué asqueada—. Me parece repugnante.

—También te lo parecía el té en Escocia y luego bien que te lo bebiste —aseguró—. ¿Cómo vas a saber si te gusta si no lo pruebas?

Lo miré con desconfianza y accedí porque me pudo la curiosidad. El ceño se me relajó conforme las papilas gustativas se adaptaban al sabor ligeramente amargo y detectaban que estaba bueno. Marcos puso cara de suficiencia y lo besé para no escuchar su comentario sarcástico.

—Después del morreo que acabas de darme tengo clarísimo que vas a bañarte conmigo.

Me llevé otra cucharada de helado a la boca y me senté sobre sus piernas.

—Te quiero —dije incapaz de contener la sonrisa.

Su expresión fanfarrona se transformó en una de adoración. Dejó su tarrina donde instantes antes había estado sentada yo y me rodeó la cintura con los brazos.

—Joder, yo sí que te quiero.

Sus ojos reflejaron el brillo de la luna y me atrajeron como un insecto hacia la luz. Le eché la mano libre al cuello y lo besé con dulzura.

—Definitivamente escoges mejor que yo los sabores —contestó relamiéndose los labios.

Lo imité y en esa ocasión fui yo la que lo miró con cara de «¿Lo ves? Yo tenía razón».

De vuelta a casa me sonó el móvil. Era un mensaje de Amanda:

> Solo te escribo para decirte que soy guapísima

Sonreí y no perdí tiempo en teclear:

Y yo te contesto para decirte que
soy tan valiente como Mulán

Tía, un resumen por favor.
Cómo de valiente has sido?

Le he dicho que lo quiero

En cuanto vuelvas me cuentas!
Ojalá hubiera presenciado
EL MOMENTAZO.
Buenas noches, tortolitos

Que descanses, belleza!

Cuando entramos en casa me apoyé contra la puerta. Tiré del borde de su pantalón mientras él se concentraba en mi cuello. Busqué su boca con la mía y, a diferencia de por la tarde, cuando lo había besado con una pasión arrolladora, esa vez lo hice con suavidad. Él me correspondió de la misma manera, sin exigencias, sin prisas, como si tuviéramos todo el tiempo del mundo por delante. Sin darme cuenta llegamos al baño, donde seguimos entregándonos el uno al otro con cariño. Sus dedos se perdieron en mi pelo y mis manos soltaron los botones de su camisa a trompicones, como la primera vez. Le deslicé la prenda por los hombros y bajé las manos hasta su pecho. Él se apartó para sacarme la camiseta con cuidado por la cabeza. Nos miramos a los ojos y el azul de su mirada consiguió atraparme una vez más.

Me puso la mano derecha en el cuello y se inclinó para volver a besarme con una dulzura tan infinita como el mar que se perdía en el horizonte. Terminamos de desvestirnos mientras se formaba la espuma. Entré en la bañera y me recibió el agua calentita y el olor del jazmín de la bomba de baño. Marcos me miraba embelesado desde fuera y le metí prisa gesticulando con las manos. Cuando se agachó para besarme, habría jurado que lo había oído murmurar: «Chica impaciente...».

De alguna manera, mientras nos besábamos, acabé sentada en uno de los extremos de la bañera, sumergida hasta los hombros. Antes de lo que me hubiera gustado, él se recostó en el extremo opuesto y me observó con tanto amor que podría haberme fusionado con el agua.

—¿Así que planeabas robarme una camiseta? —preguntó haciéndose el sorprendido. Me encogí de hombros—. Escándalo público, hurto... —Se acarició la barbilla con gesto pensativo—. Me pregunto cuál será la siguiente ilegalidad que vas a cometer. ¿No devolver un libro de la biblioteca? ¿Voy a tener que añadir «ladrona» a la lista de motes que tengo para ti?

—No soy una ladrona —farfullé salpicándolo.

—Eso es justo lo que diría una ladrona.

Lo fulminé con la mirada y apreté los labios, que amenazaban con curvarse hacia arriba.

—¿Qué? —Levantó las manos y me enseñó las palmas—. Yo solo digo que si vas a montar una banda de crimen organizado me avises antes para prepararme la defensa. No me gustaría que acabases en la cárcel. —Me miró con la sonrisilla engreída asomando.

—¿Porque si voy a la cárcel no podrías hacerlo conmigo?

La sonrisilla se transformó en carcajada.

—Siempre pensando en lo mismo —negó con la cabeza—. Y te corrijo. Sí que podría, para eso existen los vis a vis. Lo malo es que no podría verte tanto como me gustaría ni escribirte mensajes que te hagan enrojecer.

—En resumen, que te aburrirías.

Él asintió y yo me acerqué cuidando que no se saliese el agua de la bañera. Me coloqué entre sus piernas y le eché las manos al cuello.

—¿Desde cuándo estás perdidamente enamorado de mí?

Marcos se rio.

—Me encanta que uses el adjetivo «perdidamente» para describir cómo me siento.

—¿Es mentira?

—No —negó e hizo una pausa—. No sé desde cuándo estoy enamorado de ti, pero sí sé la primera vez que tuve que tragarme decirte que te quería.

—¿Y fue...? —lo insté a continuar.

—Cuando viniste a buscarme a casa y me echaste un polvo brusco y rápido en mi habitación.

—Yo no te eché... —Hice memoria y recordé que eso era exactamente lo que había hecho—. No fui brusca.

—Pues ahí, cuando me miraste a los ojos, lo sentí. —Marcos me acarició la cara y me colocó el pelo detrás de la oreja—. Fue la primera vez que pensé: joder, quiero a esta chica muchísimo.

Asentí notando que la felicidad se apropiaba de mi corazón.

—¿Te acuerdas de la otra noche en la piscina? —musité cohibida.

—¿Te refieres a cuando también me echaste un polvo?

—Yo no te eché un polvo. Fue mutuo —contesté rápido—. Creo que ahí una parte de mí ya lo sabía, y me tapé la boca porque no quería reconocerlo.

Pegó los labios a mi clavícula.

—No seas mentirosa. Te tapaste la boca porque si no habrías despertado a la sierra entera con tus gritos.

—Recuérdame que no vuelva a decirte que te quiero. —Aparté el rostro contrariada.

—¿Por qué?

Me acarició las costillas despacio.

—Porque si solo vas a meterte conmigo, no pienso repetirlo.

—Venga, no te pongas gruñona, que yo también te quiero muchísimo.

Sentí sus labios en el cuello y no aguanté mucho tiempo haciéndome la digna.

—Si hubiera sabido que ibas a decirme que me querías, no te habría dejado taparte la boca —susurró con voz grave.

—Pues es una suerte. —Bajé la mano por su abdomen. Él tensó la mandíbula y un brillo de interés se apropió de sus pupilas—. Que aquí haya piscina y que no tenga que preocuparme de si grito o no —añadí cerrando la mano en torno a él.

Lo oí gemir y sus ojos terminaron de oscurecerse. Me tomó la cara entre las manos y echó el cuello hacia delante para besarme y continuar con la noche, que para nosotros no había hecho más que empezar.

36

La última canción

Cuando me desperté Marcos estaba leyendo con la espalda apoyada en el cabecero de la cama. La sábana le llegaba hasta la cadera y cubría en parte su desnudez. La luz entraba a raudales, por lo que supuse que sería tarde. No pude evitar sonreír al recordar la noche anterior y todas las palabras bonitas que me había susurrado al oído. Me encantaba ese equilibrio que había entre el Marcos que me declaraba sus sentimientos con adoración y el Marcos que sacaba su lado más chuleta para decirme que ya sabía que estaba loca por él. Estaba tan absorto que tardó un par de minutos en percatarse de que yo estaba tan concentrada en él como él lo estaba en su lectura. Cuando pasó de página me echó un vistazo antes de volver la vista a su libro en un movimiento mecánico que parecía haber repetido unas cuantas veces. Un segundo más tarde, al darse cuenta de que yo tenía los ojos abiertos, se volvió hacia mí y sonrió de manera irresistible.

—¿Vas a quedarte todo el día mirándome?

Le devolví la sonrisa y no contesté.

Marcos dejó el libro electrónico sobre sus piernas y se inclinó para acariciarme la sien con suavidad.

—¿Qué lees? —pregunté somnolienta.

—Buenos días, Marcos. ¿Qué tal has dormido? —se burló tratando de imitar mi tono de voz—. Me muero por besarte. Ya me contarás luego de qué trata el libro, ahora mismo no me interesa.

—Yo no hablo así. —Estaba demasiado adormilada aún como para ofenderme.

—He dormido bien. Gracias por preguntar. La verdad es que anoche terminé exhausto. ¿Qué tal has dormido tú? —continuó ignorándome—. ¡Oh, Marcos! Yo he dormido genial. He pasado una noche increíble. De hecho, estoy deseando que vuelvas a metérmela porque como la empollona insaciable que soy me ha puesto muchísimo verte leer.

—Yo jamás diría eso.

Marcos levantó las cejas con burla y me aguanté la risa.

—¿Tienes que ser tan idiota desde tan temprano?

—Son las doce de la mañana, no es precisamente temprano —apuntó con una sonrisa—. ¿Y tú tienes que demostrar tu amor por los libros según te despiertas?

—Sí. —Asentí y me reí—. Te recuerdo que tengo dos ejemplares nuevos esperándome en la bolsa.

Marcos se tumbó a mi lado y me abrazó la cintura.

—Lo sé. Es una de las cosas que más me gustan de ti.

—¿Que me pase la vida con la cara enterrada en un libro?

—Que tengas tantas ganas de aprender cosas nuevas siempre.

Me miró con ojos brillantes. Estaba contento y eso era tan contagioso que no pude resistir el impulso de besarlo. Hice amago de retirarme, pero él me apretó un poco más contra él y buscó mi lengua con la suya.

—Buenos días —saludé sonriente.

—Buenos días —dijo bajito—. ¿Qué tal has dormido?

—Bien, ¿y tú?

—Genial. —Jugó con un mechón de mi pelo y se lo enroscó alrededor del dedo índice—. ¿Qué quieres hacer hoy?

—Yo puedo quedarme aquí viéndote leer todo el día —admití estirándome.

—¿No prefieres aprovechar nuestro último día de playa? «Nuestro último día».

Intenté no pensar en lo que eso me hacía sentir y en que todavía no habíamos hablado de qué íbamos a hacer cuando se marchase.

—Eh. —Acunó mi rostro entre sus manos y me observó unos segundos—. Que si es lo que quieres, yo no tengo ningún problema en quedarme todo el día bajo las sábanas contigo —bromeó.

—Me da igual —aseguré haciendo caso omiso a la inquietud que me oprimió la boca del estómago—. No quiero salir de la cama porque se me va a pasar el día rapidísimo. Y mañana tenemos que madrugar para volver a Madrid y luego te vas.

Marcos suspiró. La alegría abandonó por un momento sus ojos y la comprensión la sustituyó.

—No era mi intención... —comencé sin encontrar las palabras adecuadas.

—Tranquila. Me siento igual.

Me acurruqué contra su pecho y nuestras piernas se enredaron. Enterré los pensamientos mustios en lo más profundo de mi cabeza. Prefería pasar un bonito día y atesorar el recuerdo en mi memoria para cuando lo echase de menos.

Bajamos un rato a la playa y comimos en el mismo restaurante del día anterior, donde habíamos pedido paella de marisco. Luego volvimos a casa para echarnos la siesta y pasar la tarde en la piscina. Estuvimos más pegados que ningún otro día. La cuenta atrás se había activado en mi cabeza y supuse que en la suya también. Sabía que cuando regresase a casa, después de esos días desconectando del mundo y conectando con él, sentiría que Madrid era una ciudad muy pequeña y menos alegre sin Marcos.

—¿Cómo es tu rutina en Londres?

—¿Mi rutina?

Asentí y nadé en su dirección.

—Cuéntame un día entero de tu vida allí. —Enrosqué las piernas alrededor de su cuerpo resbaladizo y Marcos me sujetó las caderas.

—Normalmente entro en el despacho a las nueve. Suelo hacer un descanso a las doce para comerme un sándwich o algo que no me quite mucho tiempo. Cuando salgo voy al gimnasio, aunque hay veces que me llevo trabajo a casa.

—¿Y qué haces después de cenar?

—Suelo avanzar cosas del trabajo, aunque supongo que eso va a cambiar a partir de ahora. —Me sonrió.

—¿Porque vas a llamarme antes de dormir? —adiviné.

—Sí. —Asintió y lo besé de manera lenta e intensa, tratando de transmitirle todo el amor que sentía—. Y porque me tocaré pensando en ti.

Como siempre que hacía un comentario así, experimenté un cosquilleo entre las piernas que hizo que lo deseara aún más.

—¿Qué haces en el gimnasio? ¿Cardio?

—No —negó Marcos—. Hago ejercicios de fuerza. Cardio solo hago los fines de semana, que suelo ir a Hyde Park a correr. Esta semana, cuando retome el deporte, me moriré de agujetas y no tendré fuerzas para llamarte —bromeó—. He pagado el gimnasio en Madrid y he ido... ¿cinco días?

—Bueno, has hecho otro tipo de deporte que es mejor.

—Y que me gusta más —reconoció antes de besarme.

—¿Te acuerdas del body que llevaba la semana pasada?

—Si te refieres a la prenda de lencería por la que llevo una semana empalmado... Sí. Me acuerdo. Creo que podríamos ponerlo en una vitrina junto a la tumbona.

Me reí y le besé la mejilla.

—Me lo he traído —susurré.

Esas cuatro palabras causaron un efecto instantáneo, a Marcos se le oscureció la mirada igual que el cielo se tornaba gris antes de una tormenta. Me sujetó contra él y caminó a la parte baja de la piscina.

—¿Qué haces?

—La pregunta correcta es «¿por qué no lo llevas puesto?».

—Porque me lo voy a poner luego. Después de cenar.

Apretó los labios contra los míos y a continuación consultó su reloj.

—Son las siete —informó—. Podemos cenar a la hora de los turistas. Cuanto antes nos vayamos, antes disfrutaré de las vistas.

Sus manos ascendieron hasta mis costillas y el agua subió de temperatura. Me soltó antes de lo que me habría gustado y salió de la piscina por la escalera.

—Marcos. —Él paró de secarse el pelo con la toalla y me miró expectante. Me tragué lo que verdaderamente quería decirle, que era que lo echaría de menos, y en su lugar forcé una sonrisa que sentí en la cara, pero no en el corazón—. Te quiero mucho.

Él sonrió, me guiñó un ojo y dijo:

—Y yo a ti, preciosa.

Cenamos en el casco antiguo y retrasé lo máximo posible la hora de regresar. Me paré en cada escaparate, lo arrastré al interior de cada tienda de souvenirs y le propuse ir a la heladería más alejada de las que había encontrado. Después de eso volvimos a casa en silencio. La atmósfera en la que estábamos metidos ya presagiaba que íbamos a pasarlo mal. Por eso, cuando llegamos a la habitación me deshice de su ropa con rapidez.

No quería pensar.

Quería seguir sintiéndome bien y para ello necesitaba cerrar el agujero de mi pecho, que aumentaba de tamaño conforme agotábamos el tiempo que nos quedaba juntos.

Minutos más tarde, nuestra ropa estaba tirada a los pies de la cama y mi pelo estaba esparcido sobre la almohada. Marcos se colocó encima de mí y me observó preocupado.

—¿Estás bien? Estás muy callada.

Era lógico que me lo preguntase. No había dicho ni una palabra desde que nos habíamos montado en el coche.

Asentí en respuesta y sonreí, pero no lo convencí. Abrió la boca y supe que iba a proponerme que habláramos y eso no era lo necesitaba para recomponerme.

—Anoche me dijiste que querías hacérmelo despacio para decirme todas esas cosas que se te pasaban por la cabeza —dije con voz apagada—. Eso es lo único que necesito ahora mismo.

Él asintió y le acaricié la frente hasta que su ceño fruncido se difuminó. Se colocó la protección y entró en mí lentamente, sin dejar de besarme. Mis manos querían estar en todas las partes de su cuerpo para memorizar cada rincón.

—Te quiero —jadeó contra mi cuello.

—Y yo a ti.

Su aliento se alejó de mi hombro y se aproximó a mi boca, que estaba igual de caliente que la suya. Levanté las caderas para recibirlo más adentro. Marcos era lo único en lo que podía concentrarme en ese momento. Él y sus ojos salvajes, el olor de su colonia, la vainilla que todavía saboreaba en su lengua, los sonidos que hacía y el tacto de su piel contra la mía.

—Me encanta que me sonrías —murmuró sin dejar de moverse—. Se me olvida el resto del mundo.

—A mí me encantan tus ojos.

—Eso no vale... ya lo sabía.

Encerré su cara entre las manos y gemí dentro de su boca cuando volvió a deslizarse dentro de mí. Y así, entre besos y caricias, empezamos a decirnos todas aquellas cosas que no nos habíamos dicho todavía y que iban más allá de la atracción física.

—Me gusta cuando llevas el pelo revuelto y cuando tienes esta barba de tres días —susurré bajando el dedo desde su sien hasta su barbilla—. Y morderte la mandíbula. —Me impulsé con los codos lo suficiente como para apretar los dientes cerca de su barbilla.

Él resopló y consiguió atraparme con su mirada hipnótica.

—Me encanta el mechón de pelo que se te escapa de la trenza.

—Eso ya lo sabía —repetí imitándolo.

Me mordí el labio cuando volvió a penetrarme.

—Y susurrarte cosas que te ponen la cara colorada.

—Y a mí tu risa. —Mi voz sonaba jadeante.

Marcos tenía los ojos vidriosos y parecía que le costaba encontrar la energía suficiente como para expresar sus pensamientos en alto, igual que a mí.

—La cara que pones cuando finges que estás enfadada conmigo. —Me besó la comisura de la boca y yo giré el rostro buscando la suya—. Cuando en realidad... te mueres por besarme.

—Me gusta que seas tan decidido cuando quieres algo.

—Te quiero a ti. —Se clavó en mí con determinación y yo tuve que recostar la cabeza contra la almohada—. Siempre. En todo momento.

—Tu voz grave me pone la piel de gallina —dije cuando fui capaz de hablar.

Le lamí la garganta y cerré los dientes en la piel de su cuello, a la altura de la nuez. Su respiración se tornó laboriosa y aumentó la humedad entre mis piernas.

—La manera en la que miras emocionada a los perros por la calle.

—Tu sentido... —Tuve que hacer una pausa porque se retiró casi por completo de mí y volvió a introducirse con una lentitud deliberada—. Del humor.

—Que seas tan sarcástica cuando quieres ofenderme.

Atrapé su cintura entre mis piernas y lo apreté contra mí.

Durante un rato solo fui consciente del colchón hundiéndose cada vez que su cuerpo se encontraba con el mío. Quería hablar, pero el calor de mi pecho era tan asolador que tenía la sensación de que me saldrían llamas por la boca.

—La manera en que me miras me puede —dije al fin—. Me haces sentir muchas cosas.

Marcos buscó mis ojos con los suyos y vi que el azul se fundía por completo. Si con esa mirada quería transmitirme que estaba profundamente enamorado de mí, lo estaba consiguiendo.

—Me encanta tu piel suave. —Agachó la cabeza y me besó debajo de la clavícula—. Y que quieras tanto a tu gata.

Su lengua encontró mi pezón y un jadeo se tragó mis palabras. Pasaron unos minutos en los que solo se oyeron ruegos y gemidos.

—Cuando acaricias a Minerva... me pareces monísimo.

Él entrecerró los ojos y se quedó quieto.

—Otras personas me llaman «mono» y las miro mal, pero te juro que cuando lo dices tú... —Volvió a moverse y yo me estremecí.

—¿Qué?

—Pues que me siento eufórico. —Me acarició la mejilla con el pulgar—. Que me tienes comiendo de la palma de tu mano.

Lo aparté empujándolo del pecho y di una palmadita a mi lado sobre el colchón para indicarle que quería intercambiar posiciones. Marcos se sentó en el centro de la cama y apoyó la espalda contra el cabecero de madera. Estaba tan sexy con el pelo revuelto, la boca entreabierta y los ojos salvajes que podría haberme explotado el corazón. Me senté a horcajadas sobre él y me tembló el cuerpo entero cuando sus dedos atraparon mi cintura.

—Me gusta que seas tan fuerte, tan valiente y tan empático —aseguré mientras se la agarraba.

Coloqué su miembro en mi entrada y suspiré de anticipación. Me deslicé hasta que mis caderas se encontraron con las suyas y esa vez fue él quien reclinó la cabeza hacia atrás. Cuando volvió a abrir los párpados me miraba con lujuria y con un amor que parecía capaz de tumbar cualquier barrera.

—Me gusta que me inspires confianza para abrirme y ser yo mismo —admitió con aplomo—. Contigo puedo olvidar los problemas. Contigo el tiempo empieza de cero. Contigo... no hay nada más.

Sonreí y terminé de derretirme.

Noté el sudor de su piel cuando le retiré el pelo de la frente.

—Tu pelo... me encanta tocarlo. —Hice una pausa para coger aire—. Eres guapísimo.

—Que seas una empollona.

Subió las manos hasta mis pechos y gemí cuando los acarició. Empecé a moverme sobre él con decisión y me abandoné a las sensaciones.

—Joder, Elena...

Me agarré al cabecero en busca de apoyo.

—Que seas un empollón.

—Yo no soy un...

—¡Shhh! —Lo besé con pasión y no lo dejé terminar—. Me encanta que seas un cerebrito.

Me incliné para rozarle los labios y él me rodeó con los brazos, me atrajo contra él y hundió la lengua en mi boca.

—Me gusta que intentes seducirme con datos científicos, como cuando me hablaste de los ojos azules.

—No te lo cuento para eso, lo hago para informarte.

—No te cortes... —Soltó un jadeo ahogado cuando me dejé caer con fuerza—. Funciona.

—A mí me gusta que leas. Esta mañana...

—Joder, lo sabía. —Me cortó para unir su boca a la mía—. Sabía que te habías puesto como una moto al verme leer.

Contraje mis paredes a su alrededor y él gimió mi nombre en un murmullo bajo.

—Me gusta cuando jadeas mi nombre.

—Y a mí que me agarres del pelo cuando estás cerca.

Me di cuenta de que mi mano estaba cerrada en torno al pelo de su nuca y aflojé el ritmo.

—Me encanta que seas tan grande.

—Estoy bien dotado, sí —reconoció con una sonrisa fanfarrona.

—Me refería a la altura, idiota.

Se unió a mi risa y lo besé con la misma adoración que me besaba él a mí. Sus ojos se encontraron con los míos y supe que podía ver en mi interior igual que yo podía ver en el suyo.

—Mi camiseta... Quédatela —pidió con desesperación.

—¿Por qué?

—Te regalo todas las que quieras. Me da igual... No quiero que te olvides de mí.

Algo en su tono de urgencia hizo que me moviera más rápido. Junto al amor y el deseo se manifestó la tristeza que estábamos experimentando los dos.

—Ni yo que te olvides de mí.

—Eso es imposible.

—Lo mismo digo.

Me agarré a sus brazos y noté sus músculos tensos. Posiblemente esa sería la última vez que Marcos y yo lo hiciéramos en un tiempo y, por alguna razón que no sabía explicar, no podía detenerme.

—Elena, no vayas tan rápido.

—No puedo parar —aseguré con la voz quebrada—. No puedo.

En cuanto me detuviese lloraría. En cuanto parase todo sería real y colapsaría.

Marcos me miró interrogante, probablemente alertado por mi voz suplicante. Comencé a ver borroso y cuando me precipité al orgasmo y él me siguió, lloré en silencio contra su hombro.

Me derrumbé bajo sus caricias y él me abrazó.

—¿Qué vamos a hacer? —pregunté en un susurro.

—Lo que sea para que funcione.

Me estrechó contra su pecho, que todavía subía y bajaba acelerado, y durante un rato solo se oyeron los sonidos de nuestra respiración calmándose. Aún bajo la nebulosa del orgasmo sentía que la tristeza volvía a hacer acto de presencia.

—No puedo imaginar no verte a diario.

—Yo tampoco —reconoció—. Pero cualquier cosa es mejor que no estar contigo.

Asentí porque estaba de acuerdo.

Al igual que el día anterior, me cogió la mano y jugueteó con nuestros dedos mientras los observaba. Suspiró, antes de besarme los nudillos, y se colocó mi palma en el pecho a la altura del corazón.

—Estás aquí dentro. Conmigo —dijo mirándome a los ojos.

Quise detener el reloj y quedarme encima de él hasta que me doliese el cuerpo entumecido por no cambiar de posición, pero era imposible. Hasta ese momento, nadie había ganado la batalla al tiempo.

—Te quiero mucho, Marcos.

No era original, pero era lo que sentía.

Nos quedamos mirándonos un rato y entre los dos acordamos cuál sería la mejor manera de mantener la relación y que por el momento se resumía en que hablaríamos a diario y que trataríamos de vernos siempre que pudiéramos. Yo seguiría trabajando en la floristería y en septiembre empezaría las prácticas. Si podía, compaginaría los dos trabajos, y si no, dejaría el de los fines de semana. No sabía cuánto ganaría en la clínica, pero esperaba que fuera lo suficiente como para subsistir y pagarme de vez en cuando unos billetes de avión.

Horas más tarde, Marcos ocupaba la mitad de la cama y mi cabeza descansaba sobre su pecho.

—Shhh, calla, que no se puede dormir —se quejó.

—No estoy diciendo nada —aseguré en voz baja.

—Oigo tus pensamientos desde aquí. Le estás dando vueltas a todo, se nota porque estás rígida.

No me había dado cuenta de que estaba tiesa como un palo. Así que le hice la pregunta que me rondaba:

—¿Alguna vez has tenido una relación a distancia?

—No. ¿Y tú?

—Tampoco.

Suspiré y acaricié su pecho con la punta de los dedos.

—Tenemos WhatsApp, ¿verdad? —Traté de que no me fallara la voz. No quería contagiarle mi pésimo humor.

—Sí y FaceTime... Todo. Te escribiré todos los días y te llamaré antes de irme a dormir —prometió—. Y cuando quieras hablar solo tienes que presionar la pantalla de tu teléfono.

Podía hacerlo.

Londres estaba a dos horas de avión. Podíamos empezar así

y ver qué pasaba. Marcos parecía tan convencido de que todo saldría bien que mis dudas se disiparon tan pronto como se crearon.

—Va a funcionar.

Suspiré y asentí. Tenía que creerlo para no desmoronarme otra vez.

—No quiero que llegue mañana. No quiero dormir.

—Ya es mañana —dijo consultando su reloj—. De hecho, son las tres de la madrugada.

—Y todavía sigue siendo ayer en alguna parte del mundo. En Nueva York son seis horas menos, ¿no?

—Creo que sí.

—Pues eso. Estoy en Nueva York y me quedan todavía unas horas aquí. —Arqueé la espalda y me alcé para mirarlo. La pena de sus ojos me encogió el estómago—. ¿Estás conmigo?

—En lo alto del Empire State, abrazándote —aseguró. Me incliné y lo besé con suavidad—. Aunque, ya puestos, con Los Ángeles habrá mayor diferencia horaria. —Marcos recuperó su móvil de la mesilla e hizo una búsqueda rápida—. Justo, con esa ciudad hay nueve horas de diferencia.

—Mmm, ¿no hay nada más lejos?

—Eh, a ver... en Hawái son doce horas menos. —Tecleó en su móvil otra vez—. Y en Nueva Zelanda son diez horas más.

—Entonces, decidido... Hawái. —Apoyé la barbilla en su pecho, cerré los ojos y traté de imaginarme esa isla paradisíaca—. Estoy en una habitación de hotel bonita. ¿Y tú?

—Contigo, Elena. Yo siempre contigo.

Oí los latidos de su corazón y recordé las palabras que había dicho hacía un rato: «Estás aquí dentro. Conmigo». Eso era una declaración de amor en toda regla.

—Ya es mañana en Londres, pero todavía son las tres de la tarde en Hawái.

—Cierto. Tenemos todo el día por delante, ¿quieres ir a la playa?

—Creo que prefiero quedarme las doce horas extra que tengo en esta cama —afirmé mientras dibujaba el símbolo del corazón encima del suyo—. Me encanta tu camisa hawaiana, por cierto.

Marcos se rio y mi corazón dio un saltito de felicidad.

Seguimos hablando de nuestras tonterías hasta que nos quedamos dormidos. Lo último que sentí antes de entregarme involuntariamente al sueño fueron sus caricias en mi espalda y el rumor de las olas hawaianas al encontrarse con la orilla alicantina.

Me revolví inquieta, estaba apoyada contra algo duro y me dolía la sien izquierda.

—¿Me he dormido? —Despegué los párpados.

—Sí. Ya estamos llegando.

—¡Marcos! —exclamé agobiada. Me incorporé y vi el paisaje campestre emborronarse a través de la ventanilla del tren—. ¡Te he dicho que no me dejases dormir!

—No pasa nada. Necesitabas descansar.

—Sí pasa. He desperdiciado una hora de estar contigo.

—He cambiado mi vuelo y...

—Te pedí que no me dejases dormir, quería quedarme contigo —insistí horrorizada.

—Me voy mañana a primera hora.

—¿Qué? —Me costaba abrir los ojos, me los volví a frotar y lo miré sin comprender.

—Cariño, he cambiado mi vuelo —explicó separando las palabras para que pudiera entenderlo—. Me voy mañana temprano.

Me quedé atónita unos segundos.

—¿Me estás tomando el pelo?

Sacudió la cabeza y me dedicó la sonrisa más tierna de la historia de las sonrisas.

—¿Por qué has hecho eso? —pregunté conmocionada—. ¿Lo has hecho porque estoy triste?

—Por eso y porque yo también quiero dormir un día más contigo.

Una sensación de júbilo me revolvió la tripa. Una noche más. Un regalo que no esperaba. Luego recordé que había ido todo el camino a la estación en silencio y me sentí culpable.

—Pero... mañana en el trabajo vas a morirte de cansancio.

—Me da igual.

—¿A qué hora vas a tener que irte?

—A las cuatro y media o así.

—Marcos... —protesté—. No vas a dormir nada.

—Dormiré en el vuelo y todas las noches de esta semana —aseguró en un tono que restaba importancia.

—Te quiero.

Escondí la cara en su hombro.

—Yo también te quiero. —Presionó los labios contra mi cabeza—. En Hawái sigue siendo ayer, son las once de la noche.

Levanté la cabeza y le sonreí.

«Como te enamores un poco más, tu corazón ya no va a ser tuyo».

—No sé si tiene sentido, pero estoy feliz y triste.

—Yo me siento igual. Por cierto, me parece adorable lo enamorada que estás de mí. Hace un mes y pico no podías ni verme y ahora estás preocupada por haber desperdiciado una hora durmiendo. —Marcos sonrió ampliamente y yo torcí el gesto—. ¡Quién te ha visto y quién te ve! ¿Eh, Ele?

—Mi reacción es totalmente lógica —respondí dándole un golpecito en el hombro—. No quiero que te vayas.

—¿Es posible que con cada cosa que dices o haces me enamore más de ti?

Me encogí de hombros y él me robó un beso.

—¿Vas a llegar a tiempo a trabajar?

—Sí. —Asintió—. He conseguido hacer un trato con mi hermana para que me recoja en el aeropuerto y me lleve un traje.

—¿Un trato?

—Sí. Yo le he pedido una cosa y ella a mí otra a cambio.

—¿Te ha hecho chantaje? —Alcé las cejas divertida.

—Digamos que a Lisa se le da bien negociar.

—Me pregunto de dónde le viene... ¿Con qué te ha chantajeado?

Suspiró y me observó durante unos segundos tratando de adivinar cómo reaccionaría a lo que estaba a punto de revelarme.

—Me ha pedido una foto tuya. Es muy insistente y no sé decirle que no.

Arrugué el ceño extrañada. No recordaba que tuviera ninguna foto mía.

—¿Qué foto le has mandado?

Marcos intentó contener la sonrisa. Se sacó el móvil del bolsillo y me enseñó la pantalla. La foto era reciente. Se le veía sonriente y a mí dormida contra su hombro.

—¿Te importa? —Me miraba expectante.

Negué.

—¿Cuándo se la has mandado?

—Pues cuando te la he sacado. Hace un ratito.

—¿Y qué ha dicho?

—Ha dicho... —Marcos me cogió el móvil y leyó el mensaje de su hermana en alto—. «Eres un tramposo, casi no se la ve. Quiero ver la cara de la chica que hace que mi hermano deje de comportarse como un adulto responsable y aburrido —dijo en lo que supuse que era un intento pésimo de imitarla—. Parece guapa, pero quiero una en la que se la vea con los ojos abiertos».

Sonreí.

No conocía a Lisa, pero ya me caía bien.

—Déjame tu móvil. —Estiré la mano y él me miró interrogante—. Vamos a hacernos esa foto para tu hermana.

Le brillaron los ojos cuando me entregó el teléfono.

Me pegué a él y conté hasta tres antes de sonreír y hacer la foto.

—¿Te gusta?

Él asintió sin apartar los ojos de la imagen.

—¿Puedes hacer otra? Espera, te pongo el temporizador, que es más fácil.

Accedí y él me devolvió el móvil. Coloqué el teléfono en posición y sonreí. Cuando la cuenta atrás llegó al dos, Marcos me giró la cara. Escuché el clic de la cámara en el momento en el que juntaba sus labios contra los míos. Al apartarse sonreía como un idiota.

—¿No podrías haberme dicho la foto que querías? —pregunté incrédula.

—Así es más romántico.

—¡Está borrosa!

—¡Oh! ¡Qué pena! —se burló—. Tendré que volver a besarte hasta conseguir alguna nítida.

Sacudí la cabeza mientras él le mandaba la foto a su hermana.

Era increíble lo rápido que junio se fundió en julio y lo más rápido aún que julio se derritió en agosto. Lo que había empezado como una atracción física irremediable se había transformado en amor con una facilidad asombrosa.

¿Recordáis el comienzo de esta historia? ¿Conmigo muerta de miedo, reuniendo el valor necesario para salir del baño? Intenté echarlo de mi vida y fracasé estrepitosamente. Marcos se había mostrado desde el principio tal y como era, y yo había tratado de protegerme de su dulzura, sin éxito. Aún me parece increíble lo mucho que renegué de sentir algo por él y lo fácil que me resultaba ahora reconocer que estaba perdidamente enamorada.

Como le pasó a Alicia cuando abandonó el País de las Maravillas, yo también volví diferente al mundo real.

Ese verano aprendí que no importa cuánto intentes huir porque los sentimientos y las personas inevitables siempre acaban alcanzándote. Esa enseñanza no la aprendí en ningún libro, por eso quería contárosla. No sabía qué me deparaba el futuro, pero había aprendido que el amor no se puede planear. Y era consciente de que todavía me quedaba mucho camino por recorrer.

Su voz me sacó de mis pensamientos:

—Por cierto, mientras dormías Amanda nos ha enviado el vídeo de la boda —dijo con una sonrisa enigmática.

—¿Lo has visto? ¿Salimos?

—No lo he visto. Te estaba esperando. Y según Lucas, la cámara captó con precisión cómo nos liamos.

—Qué vergüenza, seguro que sus padres lo han visto.

—De hecho, sí. Amanda ha dicho textualmente que sus padres nos han visto darnos el lote.

Escondí la cara entre las manos y oí su risa.

—¡Qué bochorno!

—¿Bochorno? Hemos subido el nivel de belleza de ese vídeo, preciosa. Bueno, qué, ¿tienes ganas de descubrir quién besó a quién?

Reprimí la sonrisa y asentí.

—Claramente, tú me besaste a mí —dije con la boca pequeña.

—Estoy bastante seguro de que fue al revés. Te abalanzaste sobre mí y me robaste un beso.

—Seguro, Romeo.

Sacudí la cabeza y se me escapó la risa.

Mientras Marcos pasaba el vídeo de la boda hacia delante, escribí a mis amigas para cambiar los planes a la noche siguiente. Porque esa noche pensaba estar despierta hasta que fueran las cuatro de la tarde en Hawái y Marcos se fuera.

Se acabaron los conejos blancos y los relojes.

Esa noche, por fin, iba a ganarle la batalla al tiempo.

Epílogo

La boda de mi mejor amigo

2 meses antes...

Me coloqué las solapas de la chaqueta y sonreí satisfecho a mi reflejo. No es que fuera un creído, pero me veía bien con el esmoquin negro, la camisa blanca y la pajarita.

No era fan de las bodas. De pequeño había asistido a unas cuantas y en todas me habría aburrido de no haber sido por mis hermanas. Pero ese día era distinto.

El que se casaba era Lucas, mi mejor amigo de toda la vida. Así que estaba emocionado por dar fe de que dos personas que me caían tan bien se querían tanto.

Estaba convencido de que no me aburriría, porque, si eso pasaba, lo único que tenía que hacer era dirigirme a Elena. Hacerla rabiar era tan fácil que solo de pensarlo se me escapó una carcajada. La noche anterior, durante la cena de ensayo, no había parado de dedicarme comentarios sarcásticos y miradas de odio, y cómo reaccioné riéndome se enfadó más. Ver a una persona tan bajita cabrearse tanto era tremendamente divertido.

Lo mío con Elena era complicado. No me soportaba. Y a mí me hacía tanta gracia estar con ella que olvidaba que todo lo que salía de su boca era para meterse conmigo. Ser los mejores amigos de Amanda y Lucas nos había juntado en esa boda, en la que ella era la dama de honor y yo el padrino, lo que significaba que entraríamos los primeros en la ceremonia y que caminaríamos del brazo al altar.

Además, éramos los testigos.

Dos personas que se caían mal atestiguando que otras dos se querían.

¿Podía ser más desternillante el asunto?

Sí.

Podía.

Porque después de eso tendríamos que firmar el acta matrimonial, compartir mesa durante la cena y bailar juntos.

Sin duda, iba a ser una noche interesante.

Dos golpes secos en la puerta me sacaron de mis pensamientos. Lucas entró hecho un manojo de nervios.

—Mis padres me están estresando —se disculpó—. Tienes los anillos, ¿verdad? —preguntó sentándose en la cama.

—Afirmativo. —Me palpé el bolsillo interno de la americana y le di un par de golpecitos.

—Vale. Uf. —Se limpió el sudor de la frente—. Mi madre me ha hecho una broma sobre que Amanda no iba a aparecer y... no sé... —Se aflojó la corbata.

—Si es lista, ya se habrá fugado —bromeé.

Lucas entornó los ojos y me reí.

—Cálmate. —Me senté a su lado y le di una palmada en el hombro—. Es Amanda, por supuesto que va a aparecer.

—Si lo sé, pero estoy ansioso y con ganas de verla.

Miré el reloj.

—Solo tienes que aguantar unos treinta minutos más.

Lucas sonrió.

Aunque no quisiera reconocerlo, llevaba pillado por Amanda desde el instituto. Aún recuerdo cómo la miraba por los pasillos y las caras que ponía cuando el novio que tenía ella por entonces la recogía a la salida.

—No puedo creer que vayas a casarte —dije con una sonrisa.

Mi amigo se levantó y me dio un abrazo con palmadita en la espalda incluida.

—Marcos, no quiero ser pesado, pero recuerda la promesa que le has hecho a mi futura mujer, ¿vale?

Asentí.

Amanda me había hecho prometer que no me metería con su adorada Elena ni antes, ni durante, ni después de la ceremonia. Yo iba a mantener mi promesa, pero sabía que ella se metería conmigo a la primera oportunidad.

—Gracias por aguantarme, tío. Espero devolverte el favor algún día.

—Anda, vamos. —Abrí la puerta—. Tendremos que ir saludando a los invitados, ¿no?

Veinte minutos más tarde, era yo el que llamaba a la puerta de la suite de Amanda.

Me quedé pasmado en cuanto Elena abrió.

Estaba preciosa.

Llevaba un vestido largo y sencillo de un color que estaba a medio camino entre el azul y el verde. Estaba formado por varias capas y la tela de la capa superior era un poco transparente.

Carraspeó ofendida por mi descarado estudio.

«Joder, Marcos, céntrate».

—Deberíamos ir bajando —murmuré todavía ido.

Ella asintió y se dio la vuelta. Cuando se adentró en la habitación vi que llevaba el pelo recogido en una trenza y la espalda al descubierto.

La visión de su piel desnuda hizo que me picaran las manos. Me moría por tocarla.

Regresó sujetando un prendido de flores a juego con su vestido.

—Amanda quiere que te pongas esto. —Extendió la mano en mi dirección tendiéndome el ramillete—. Están preservadas, así que ten cuidado.

—¿Eso qué significa?

—Significa que son delicadas y tienes que ser cuidadoso. Y ni se te ocurra tirarlas, ¿eh?

Cogí el alfiler que sostenía las flores evitando rozarle la mano.

—Ten cuidado, que solo he hecho tres.

—Eso intento.

Seguía atontado y eso se tradujo en que traté de abrocharme el prendido dos veces y no lo conseguí.

—Quita, anda, ya te lo pongo yo. —Elena perdió la paciencia y me lo quitó.

Se acercó a mí y trató de colocármelo sin mirarme a los ojos. Yo no pude más que estar atento a todos sus movimientos mientras contenía la respiración. Tenerla tan cerca me ponía nervioso.

—El verde te queda bien —susurré.

«¡La vas a espantar, gilipollas!».

—No es verde. —Entrecerró los ojos y contestó de mala gana—. Es aguamarina.

El alfiler se enganchó en mi chaqueta y ella no conseguía cerrarlo. Un rubor adorable se adueñó de sus mejillas. Tan solo tenía que agacharme, acercarme un poco más y...

Antes de que mis pensamientos pudieran ir más allá, Amanda nos interrumpió.

—¿Se puede saber que hacéis aquí todavía?

La electricidad abandonó mi cuerpo cuando las manos de Elena fueron reemplazadas por las de Amanda, que cerró el enganche a la primera.

—Gracias. Estás muy guapa —le dije.

Amanda me sonrió y giró sobre sí misma. Llevaba un vestido elegante que desprendía un aire bohemio.

—Ya podéis iros. —Mi amiga me dio una palmada en el hombro.

Se giró y cogió las manos de Elena entre las suyas.

—Todo va a salir bien —prometió la chica que iba a acompañarme al altar.

—Gracias por todo.

Se fundieron en un tierno abrazo. Cuando se despegaron, Amanda se internó en la habitación y Elena pasó por mi lado sin mirarme.

—Tenemos prisa —recordó impaciente.

Me apresuré a seguirla escaleras abajo.

—¿No se supone que debemos ir del brazo? —pregunté situándome a su lado. Cuanto menos me distrajera su espalda descubierta, mejor.

Hice amago de cogerla del brazo y ella se apartó.

—¡Que corra el aire! No voy a tocarte hasta que sea nuestro turno de entrar —escupió a toda velocidad.

Solté una risita baja y ella me pulverizó con la mirada.

Sin duda, en esa boda no me iba a aburrir en absoluto.

La ceremonia fue lo que se esperaba: música agradable, novio nervioso y multitud girándose y exclamando cuando apareció la novia. La pareja se dedicó unas palabras bonitas y luego nos tocó dedicárselas a nosotros. Mientras Elena leía su discurso emocionada no pude quitarle los ojos de encima y hasta que la tuve a mi lado, mirándome interrogante y señalando la tarima con la barbilla, no entendí que me tocaba subir a leer a mí. De ahí pasamos al otro lado de la finca, donde se celebraría el banquete.

Durante el cóctel me quedé charlando con Nico. Asentía a lo que me contaba sobre su trabajo pese a que no estaba enterándome de nada. Cada pocos segundos mis ojos viajaban a Elena, que charlaba con Diana. Parecía relajada y contenta, y sujetaba una copa de vino que sabía que no iba a beberse.

Necesitaba una excusa para abandonar la conversación, pero necesitaba otra mejor para acercarme a ella. Y es que lo que más me apetecía en ese momento era picarla un poco y besarla.

«¿Besarla? Para el carro, Marquitos».

Poco después, Elena y Diana se acercaron de la mano a la barra y se detuvieron cerca de donde estaba yo. En cuanto me pilló observándola me taladró con la mirada. Y para hacerla rabiar, le sonreí. Le dijo algo a Diana y sorteó a la gente en mi dirección.

—Deja de mirarme —pidió de malas maneras al llegar a mi altura.

«No puedo. Estás preciosa».

Estaba seguro de que, si pudiera, me atizaría con el bolso que llevaba colgado del hombro.

—Es curioso que me pidas eso —dije— cuando si sabes que te estoy mirando es porque tú estás haciendo lo mismo.

Ella resopló.

—Hay gente que cree que tu discurso ha sido mejor que el mío. ¿Te lo puedes creer?

«Ja. ¿Por eso está tan mosqueada?».

—Eso es porque lo ha sido.

—Pues yo creo que no —repuso enfadada—. ¿Solo porque has hablado de los dos? Eso es trampa, se suponía que tú tenías que hablar de Lucas y yo de Amanda.

—¿Y eso por qué?

—Lo dicen las normas.

Se me escapó una carcajada y ella frunció el ceño.

—Admítelo, mi discurso era perfecto.

—¿Me va a hablar de perfección alguien que ni siquiera sabe coger bien el bolígrafo? —preguntó escéptica.

—Vaya, para apartar la mirada a la primera de cambio, te fijas más en mí de lo que dices. —Me incliné hacia delante porque me atraía como un imán.

—Más quisieras.

—Se te da genial guardar las apariencias. Delante de los padres de Amanda me has tratado bien y en cuanto nos quedamos a solas brilla la ausencia de maneras.

Ella alzó el mentón testaruda y juraría que la oí murmurar un «idiota» por lo bajo.

—¿Cómo dices?

—Nada, que no te aguanto. ¿No tienes otra persona a la que torturar?

Reprimí una sonrisa y sacudí la cabeza.

—Tú eres más divertida.

En ese momento, una chica rubia se situó al lado de Elena.

—Me ha encantado tu discurso —me dijo—. Soy Sofía, la prima de Lucas. No sabía que eras amigo de Lu.

«¿Lu? ¡Qué grima!».

Me puso la mano en el hombro y se acercó para darme dos besos. En cuanto se apartó fui a presentársela a Elena, pero ella ya se había esfumado.

La cena transcurrió entre copas de vino, comida y charla agradable. Elena estaba sentada a mi lado. Compartíamos mesa con los novios y sus padres, lo que hacía imposible que pudiera soltarme comentarios sarcásticos. La había visto apretar el tenedor con fuerza en un par de ocasiones, probablemente porque soñaba despierta con clavármelo. Cada vez que la pillaba mirándome, le guiñaba un ojo y ella apartaba la vista azorada y, para mi sorpresa, le daba un sorbo a su copa. No nos quedó más remedio que hablar, aunque se notaba que ella no tenía muchas ganas de cruzar palabra conmigo. Parecía molesta. Supongo que no ayudó que cada vez que se nos acercaba la fotógrafa le echase el brazo por encima y la atrajera contra mí. Ella sonreía y cuando nadie nos miraba se apartaba dándome un codazo y ladrando algo que sonaba a «¡Quita tus zarpas de mí!».

En cuanto Amanda y Lucas nos abandonaron con su familia para sacarse fotos, ella se fue. Las mesas no tardaron en vaciarse porque abrió la barra libre. Me acerqué a pedir, pero había tanta gente que decidí probar suerte dentro. Allí me encontré a Elena, sentada en un taburete alto, bebiendo un cóctel rosa con una pajita.

«¿Qué hace bebiendo? Si ella nunca bebe».

—¿Estás bien? —le pregunté.

Apretó los párpados y suspiró antes de girarse en mi dirección y dedicarme una sonrisa falsa.

—Mejor que nunca.

—Se nota. ¿Falta de costumbre a la bebida, quizá?

—Eres un pesado, métete en tus asuntos.

Volvió a sorber de su pajita y arrugó la nariz, lo que confirmaba mis sospechas: no le entusiasmaba el sabor.

—Nadie cree que sea un pesado.

—Pues yo creo que pareces un megalodonte. —Se tambaleó al levantarse y me clavó el dedo índice en el pecho.

—¿Qué diablos es eso?

—Un tiburón prehistórico —se acercó a mí más de lo estrictamente necesario y se me aceleró el pulso— que tenía una bocaza enorme.

No pude evitar sonreír.

—¿Conque bocaza, eh?

—Eso he dicho.

Atraído por su encanto, me agaché y le susurré:

—Pues has compartido saliva con esta bocaza más de una vez.

Se puso rígida y la sonrisa le desapareció de la cara a la vez que sus mejillas se tiñeron de rojo.

—Por favor, no te acerques más a mí.

—Va a estar complicado, tenemos que bailar juntos, ¿recuerdas?

—Preferiría que me cayera un meteorito. O peor, suspender.

Sin darme tiempo a responder, pasó por mi lado y se metió en el baño de las chicas.

Una de las muchas ventajas de que Elena y yo fuéramos los invitados de honor era que estábamos a punto de salir a la pista de baile. Llevaba esperando ese momento desde que dos días atrás nos habíamos aprendido la coreografía en el ensayo.

Elena charlaba con un compañero de Lucas, creo que se llamaba Rubén, que estaba sentado en el sitio que había ocupado yo durante la cena. Ella parecía ausente mientras revolvía los hielos de lo que parecía otro daiquiri de fresa.

La melodía de «Baby I'm Yours», de Arctic Monkeys, comenzó a sonar y Amanda y Lucas salieron a bailar al centro de la pista. Cuando la mirada de Elena se cruzó con la mía, se limitó a poner cara de fastidio. Sabía que iba a odiar cada segundo que pasase pegada a mí y eso me hacía muchísima gracia. Cuando la canción estaba a punto de terminar me acerqué a ella.

—Su alteza —dije haciendo una reverencia.

Ella se disculpó con su acompañante y me dedicó una sonrisa falsa al agarrarme la mano.

La música empezó a sonar de nuevo e hice el mismo movimiento que habíamos ensayado veinte veces. Los comentarios que tenía preparados para ese momento se me olvidaron en cuanto posé la mano en su espalda desnuda. Ella se estremeció y a mí empezó a arderme la palma por el contacto de su piel.

Me quedé tan ensimismado que ni siquiera me di cuenta de que ella ya se balanceaba al compás de la música, marcando el ritmo.

Elena intentaba mantener la mayor distancia posible entre nosotros y yo solo quería estar más cerca de ella.

—Pienso salir corriendo en cuanto se acabe la canción —me advirtió.

—Cierto, se me olvidaba que esto es un martirio para ti.

—Pues sí.

—Lástima, yo estoy disfrutando cada segundo. —Se me congeló la sonrisa cuando me pisó—. ¡Eso era mi pie!

—¡Uy! ¡Perdón! —Su disculpa sonó tan falsa que me reí.

Intentaba provocarme y no se daba cuenta de que yo la encontraba irresistible. La atracción era tan fuerte que negarlo no tenía sentido. Y estaba seguro de que ella también la sentía.

—¿Por qué parece que estás más enfadada que de costumbre?

—Porque no me has hecho caso en toda la noche.

Abrí los ojos sorprendido. Esperaba cualquier respuesta menos esa. Quizá era la embriaguez la que hablaba por ella. Mis pies fueron por libre y dieron un paso en su dirección. Resistirse al encanto que desprendía enfadada era imposible.

—¿Y eso te molesta?

No respondió. Parecía demasiado ocupada mirándome la boca. Y entonces hizo algo que nos sorprendió a los dos: apoyó la cabeza en mi pecho con suavidad. Cuando me rodeó el cuello con las manos el dulce olor de su colonia me llegó a la nariz. Y por alguna extraña razón quise que su olor se quedase impregnado en mi traje.

La canción terminó y ella continuó pegada a mí. Si no quería soltarme, no iba a ser yo el que le recordase que ya podía huir despavorida.

—Amanda está guapísima —dijo mirándola con cariño.

«Yo solo te veo a ti», me corté de decirle.

Impresionado por mis propios pensamientos, giré el cuello en la dirección que ella miraba. Preferí concentrarme en Amanda que en la magnitud de lo que acababa de pensar.

—Sí que lo está —coincidí.

—Parece un cisne.

Volví a mirarla.

—¿Nos clasificas a todos como animales?

Ella asintió como si fuera evidente.

—Amanda es un cisne porque si no vuela se muere, aunque hambrienta es tan violenta como los osos polares. Lucas te diría que es un perrito de la pradera, porque es imposible que no te guste, pero tiene que ser un cisne, como Amanda.

—En Londres hay bastantes cisnes.

—¿Sí? —Sus ojos se iluminaron cuando me observó—. ¿Sabías que simbolizan amor? ¿Y te has fijado en que cuando juntan los cuellos forman un corazón?

Negué con la cabeza.

No me había dado cuenta y quería que siguiera hablando de animales. Se emocionaba mucho y me gustaba.

—¿Qué animal soy yo?

—Tú eres una hiena.

Arrugué el ceño.

—¿Puedo saber por qué?

—Por tu risita odiosa. ¡Espera, no...! ¡Una serpiente! —Se rio sola—. Porque miras a tus presas con ojos encantadores y en cuanto se despistan les clavas los colmillos y les inyectas todo el veneno que tienes dentro de la boca.

—Creo que estás obsesionada con mi boca. Antes me has comparado con un tiburón y ahora con una serpiente, y en ambas ocasiones has mencionado mi boca.

Ella apartó la mirada contrariada. Y yo solté la lengua porque necesitaba que volviera a mirarme con esos ojos tan bonitos.

—¿Qué animal eres tú?

«Bingo, vuelvo a tener su atención».

—Un castor, porque son muy trabajadores —explicó convencida.

—No... —negué—. Tú eres como un delfín, porque eres amigable, inteligente y bonita.

Ella parpadeó un par de veces asimilando que acababa de hacerle un cumplido. Yo también estaba asimilándolo.

—Estás guapo.

—¿Qué has dicho? —pregunté sorprendido.

Enrojeció al darse cuenta de que lo había dicho en voz alta.

—Nada.

—Tú estás preciosa.

—Shhh, no digas esas cosas. —Sacudió la cabeza contrariada—. Ya sé que piensas que soy del atractivo de una piedra porque soy una empollona.

«¿Qué?».

—No pienso eso —aseguré—. Creo que eres preciosa. Ya te lo dije.

No sabía cuánto tiempo llevábamos bailando, pero tener a esa chica entre los brazos era tan agradable que me olvidé del mundo. La pista se había llenado y nuestros pasos nos habían llevado a la esquina oscura del fondo. Necesitaba que se apartara de mi pecho porque estaba seguro de que si no había oído ya los latidos de mi corazón, faltaba poco. En el instante en que me percaté de que, en algún momento, mis dedos habían ido por libre y le acariciaban la espalda desnuda, mis manos se detuvieron. No me había dado cuenta y rogué por que ella tampoco, porque no quería que se alejase de mí.

Elena se apartó, sin quitarme las manos del cuello, y me miró interrogante.

—¿Por qué paras? —preguntó.

—¿Quieres que siga acariciándote?

Asintió y me rozó la nuca con suavidad. Y yo tragué saliva tratando de impedir que me dominasen las emociones.

«No jodas, hombre, que solo te está tocando el cuello. ¡Ni se te ocurra empalmarte!», me reprendí.

—¿Sabes? —Me miró—. Bailar contigo no ha sido tan desagradable como pensé.

Yo seguía concentrado en contener cierta parte de mi anatomía y no pude contestar.

—No me importaría bailar otra canción —añadió.

Obedecí en silencio y no la solté.

La brisa no era suficiente para acabar con el calor de Madrid ni con el que sentía yo dentro. La música pasó de ser suave y lenta a una canción actual de esas con las que terminas con la corbata en la cabeza. Esa canción era lo que necesitábamos para separarnos, pero no lo hicimos. Yo me sentía totalmente hipnotizado por ella y apartarme era lo último que se me pasaba por la cabeza. Y ella tampoco parecía estar por la labor. Habíamos dejado de movernos. Estábamos cerca de una pared mirándonos. El tiempo fuera de esa burbuja había dejado de correr.

Elena estaba preciosa. Quería memorizar aquella imagen.

No estaba tan bien peinada como cuando había ido a recogerla a la habitación. Un mechón de cabello se le había escapado de la trenza. Sin poder contenerme, le aparté el pelo con delicadeza y se lo coloqué detrás de la oreja. Estaba preparado para recibir un manotazo, pero en lugar de eso me encontré con una Elena que cerró los ojos y suspiró.

Fue entonces cuando me di cuenta de lo mucho que me gustaría repetir el beso que nos habíamos dado en Navidad y que no me había quitado de la cabeza durante semanas. Estar con ella era estimulante porque nunca sabía por dónde iba a salir. La veía interactuar con Lucas y Amanda, y parecía una chica tan dulce y cariñosa que casi olvidaba que me dedicaba miradas gélidas que podrían sepultarme bajo una tonelada de hielo.

Tiró un poco de mí para acercarme más a ella.

Y dejé que lo hiciera.

No me quedó otro remedio.

Sus ojos estaban fijos en mi boca y cuando se humedeció los labios y nuestras respiraciones se mezclaron me agaché un poco más.

—Elena... —susurré.

—El beso de Navidad... me gustó.

Que dijera eso solo acrecentaba mis ganas de besarla.

No estaba seguro de haber oído bien y, pese a que cada célula de mi cuerpo me pedía a gritos que lo hiciera, no quería meter la pata. Con lo testaruda que era no le costaría ni una centésima de segundo volver a ocultarse detrás de las barreras que había construido para mí.

«Ahora o nunca».

—¿Qué has dicho?

Cuando lancé la pregunta contuve el aliento. Cabía la posibilidad de que mi imaginación me hubiera jugado una mala pasada.

Se me contrajo el estómago cuando apretó los ojos y asintió.

—El beso... ¿te gustó? —me preguntó.

«¿Que si me gustó? Estuve pensando en ello semanas y me provocó una erección de campeonato».

—Sí —murmuré—. Me gustó mucho.

Me incliné en su dirección y ella ladeó la cara a la derecha. Susurré su nombre un segundo antes de que ella perdiera la paciencia y uniera su boca a la mía. Al principio me quedé inmóvil. Cuando se apartó me miraba incómoda.

—Si no quieres besarme no pasa n...

Fui incapaz de dejarla terminar.

Le acaricié la cara y la familiar corriente eléctrica que sentía cada vez que la tocaba se desplazó por mi cuerpo. Cuando la besé sentí que la fuerza que me unía a ella me corroía hasta los huesos.

Estaba seguro de que si oyera mis pensamientos huiría.

No pude evitar sonreír mientras la besaba. Ella, al notarlo, se apartó y me miró interrogante. Estaba increíble con los ojos brillantes y los labios enrojecidos.

—Joder, estás preciosa.

Su expresión se dulcificó y me di cuenta de que lo había dicho en voz alta.

—Gracias.

«Vaya, ¿sin insultos de por medio?».

La semilla de la esperanza que había brotado cuando me besó echó raíces.

Y entonces pasó algo que jamás habría imaginado.

Me sonrió.

A mí.

No sabía por qué lo hacía, pero lo importante era que me sonreía.

Y no era una sonrisa falsa.

Así que le devolví la sonrisa contento.

Me arrastró hasta el biombo que separaba la zona de baile de la del banquete y mi espalda se chocó contra la madera. Y me besó tirándome de los hombros para que me agachase. Al hacerlo coloqué una mano en su cintura y la otra en la espalda. El tacto de su piel me volvía loco.

Poco después, se retiró lo justo para buscar aire y sonrió contra mis labios. Le brillaban los ojos achispados y su sonrisa parecía sincera. Me echó las manos al cuello y se pegó por completo a mí para besarme con tanta intensidad que por poco olvidé dónde estábamos. Y creo que ella tuvo que sentirse igual porque no tardó en decir:

—Quiero irme de aquí.

«Joder, qué bajón».

—Contigo —añadió al ver que yo no decía nada.

Giré el cuello a la velocidad del rayo y volví a mirarla.

—A mi casa.

El pecho le subía y le bajaba a toda velocidad y mi erección se hizo más evidente.

—Claro —fue todo lo que dije.

Ella me besó con suavidad, pero enseguida nuestra unión se tornó desesperada.

—¿Vamos?

Cuando se apartó, sonreía.

Y, joder, yo habría hecho cualquier cosa que me hubiera pedido con tal de que siguiera sonriéndome así. Como si me viera de verdad.

Nos escabullimos entre besos y risas hasta la calle y allí paré un taxi. Nos sentamos juntos atrás y antes de que me diera tiempo a preguntarle dónde vivía, ella ya estaba sobre mi boca.

—Si no te estás quieta, no podré abrocharte el cinturón.

Intentó volver a besarme mientras se reía y giró el rostro contrariada cuando no le hice caso, momento que aproveché para abrocharnos el cinturón de seguridad a ambos.

—¿Adónde vamos? —preguntó el conductor.

—A la calle Ferraz, por favor —respondió ella.

Me parecía insoportable que no me mirase, así que le giré el rostro con suavidad y la observé. Quería decirle algo, pero no podía. Yo, que siempre tenía una frase en la recámara, me había quedado sin palabras.

—¿Qué pasa?

—Que estás preciosa.

Sonrió ampliamente y me acarició la mejilla. Y mientras lo hacía me entraron las dudas. Antes de que pudiera preguntarle si estaba segura de si quería que subiera a su casa, me besó con pasión.

Ya en la calle, abrí la boca para hacerle la misma pregunta y ella me tiró de la chaqueta para besarme otra vez. Sus dedos se colaron debajo de mi camisa y me costó horrores no perder el raciocinio cuando sentí sus caricias contra la piel del estómago.

Quise hablarle, pero ella no se separó de mi boca ni en el taxi, ni el portal, ni en su ascensor, y hasta que conseguimos llegar a su puerta no conseguí manifestar un pensamiento coherente en voz alta.

—Elena, creo que... —Me acalló poniéndome el dedo índice sobre los labios.

—Hoy no. No digas nada.

Sin darme tiempo a preguntarle qué quería decir con esas palabras, tiró de mi camisa en su dirección.

—No digas nada —repitió contra mi boca antes de besarme.

Entonces lo comprendí.

La conocía lo suficiente como para saber que estaba pidiéndome una tregua.

Y yo, como había perdido el juicio, decidí dársela. Y es que me daba igual que me echase a patadas al día siguiente si podía estar un segundo más con ella. Me dejé guiar al interior de su casa y cuando quise darme cuenta sus manos desabrochaban mi americana, después de haberme quitado la pajarita.

—Para. No voy a avanzar más contigo —aseguré.

—¿Por qué no? —Hizo un mohín.

—Porque cuando te haga el amor quiero que estés sobria. Quiero que lo recuerdes.

—¿Por qué no empiezas ahora?

—Ahora voy a meterte en la cama.

—¿Y después vas a follarme?

Retozó contra mi cuerpo y casi me morí.

«Joder».

Resoplé y aparté la mirada.

«¿De verdad está diciendo lo que creo que está diciendo?».

—¿Por qué pones esa cara? —Soltó una risotada—. Solo te estoy proponiendo un polvo sin compromiso. ¿No eres experto en eso?

Por si eso fuera poco, llevó la mano a mi pantalón sin ninguna vergüenza y abrió los ojos sorprendida al notarme duro.

«Estoy puto empalmado».

¿Qué otra cosa podía pasar?

—¿Quieres follar? —me preguntó.

«Que se calle. No puedes dejar que diga eso más veces».

—Shhh, menuda boquita tienes.

La cogí de los hombros y di un paso atrás. Y después otro.

—Pues sí, ¿quieres comprobar cómo la utilizo?

«¡Dios! No. Sí. No».

—¿No te gusto? —Su pregunta me sacó del trance—. ¿Habrías preferido irte con la rubia?

«¿Qué rubia?».

¿Cómo no va a gustarme si es preciosa?

—A mí solo me interesas tú —contesté.

Ella sonrió complacida.

En lugar de responder, se desabrochó la cremallera lateral del vestido y la prenda quedó holgada sobre su cuerpo.

—Elena... —Mi voz sonó torturada.

Sin hacerme caso, se descalzó y les dio una patada a los tacones.

—Después de esto no hay vuelta atrás —le dije.

Se bajó la prenda lentamente y descubrí que no llevaba sujetador.

«Joder, voy a reventar».

¿Se podía sentir a la vez que estabas en el infierno y en el cielo?

Se podía.

Acababa de descubrirlo.

Mis ojos me decían que estaba en el puto paraíso y mi interior ardía como si estuviera con Satanás.

Tragué saliva y resoplé.

—¿Qué te pasa?

—Que esto es una tortura —admití.

—¿Por qué? —Soltó otra risita.

—¿Tú qué crees? Estoy tratando de mantener el control y no me lo pones fácil.

—No tienes por qué controlarte.

Me apoyé contra la puerta y traté de concentrarme en algo que no fueran sus pechos preciosos, que seguro que encajarían perfectamente en mi mano y mejor en mi boca.

—Sí tengo por qué. Estás borracha y yo también he bebido.

—¿Y qué?

—¿Cómo que y qué? Cuando nos acostemos quiero que estés completamente sobria. Y quiero estarlo yo también, quiero recordar cómo te hago disfrutar. Cada gesto, cada gemido. Todo.

Elena asintió mientras terminaba de bajarse la cremallera. La prenda se deslizó por su piel sedosa y acabó en el suelo. Apartó el vestido con el pie y me miró expectante. Al ver que yo no hacía nada, llevó las manos a la costura de la única prenda que le quedaba puesta.

«Por favor, Elena, apiádate de mí y no te quites las bragas». Quería decírselo, pero mi lengua no reaccionaba.

Elena se bajó las bragas con una lentitud tortuosa. Se irguió con ellas en la mano y me miró insinuante antes de lanzarlas lejos.

«No dejes de mirarla a la cara, Marcos. ¡Por tu vida, no bajes los ojos!».

Era demasiado débil como para resistirme.

Le recorrí el cuerpo entero con los ojos y no pude contenerme más.

—Joder, a la mierda —farfullé antes de llegar a ella.

Le agarré la cara con las manos y la besé con ganas. Su boca sabía a fresas y alcohol, y era lo mejor que había probado en la vida. Al posar las manos en su cintura, ella gimió y supe que estaba perdido. Avanzamos a trompicones hacia su cuarto mientras ella me quitaba la chaqueta y me pedía que me desvistiese. Me desabroché un par de botones de la camisa y acabó sacándomela por la cabeza, con impaciencia. Cuando caímos en la cama estaba completamente desnudo. Ni siquiera me enteré de cómo ella se había deshecho de mi ropa interior. Se tumbó sobre el colchón y tiró de mí para besarme con ansias, se empleó tan a fondo con mi cuello que supe que me dejaría una marca, pero no me importó. En el instante en que metió la mano entre nosotros y me la agarró pasaron dos cosas. Primero, casi me morí. Segundo, me miró a los ojos mientras movía la mano y contra todo pronóstico fui cada vez menos receptivo. Ignoré las últimas voluntades de mi polla, que jamás me lo perdonaría, y me aparté. No quería que Elena me odiase al día siguiente y para mí el consentimiento era muy importante, y así se lo hice saber.

El par de minutos que tardó en quedarse quieta y dormirse fueron como horas. Solo cuando la respiración se le relajó y se hizo más profunda cedí ante el sueño. El último pensamiento que me cruzó la mente antes de quedarme dormido fue que cuando nos despertásemos se iba a dar una situación muy interesante. No sabía lo que haría Elena, pero yo quería pasar todo el tiempo que pudiera con ella antes de irme a Londres. Y me daba igual que esa chica me rompiera el corazón porque ya vivía en mi cabeza.

Agradecimientos

Si has llegado leyendo hasta aquí... ¡¡gracias!! Espero que hayas disfrutado la historia tanto como yo he disfrutado escribiéndola. Y sí, los títulos de los capítulos son películas románticas. Y es que no podíamos esperar otra cosa de mí, que de pequeña, cuando me creaba en los SIMS, me ponía de rasgo principal: «romántica empedernida».

Elena y Marcos llevan viviendo en mi cabeza desde 2014, que se dice pronto. Cuando acabé la universidad comencé a escribir su historia. Logré terminar los diez primeros capítulos y ahí se quedó, porque empecé a trabajar y volví a estudiar, y el tiempo libre se redujo al mínimo. Durante los años siguientes retomé la historia de manera intermitente: durante mis vacaciones o a veces en el tren de vuelta a casa. Ellos aparecían siempre en mi cabeza para recordarme que seguían ahí y que querían que terminase su historia. Una de las veces que volví a escribir fue un verano en Londres. Esa ciudad me inspira demasiado (por algo es mi favorita del mundo mundial) y por eso Marcos tenía que vivir ahí. Marcos y Elena querían estar juntos y yo quería contarlo. Al fin, después de muchas idas y venidas, decidí reiniciar la historia desde California y aquí estoy escribiendo los agradecimientos de una novela que no me creo que haya terminado. No puedo expresar con palabras la vorágine de sentimientos que ha sido escribir esta historia: muchas risas, muchas lágrimas y muchísima ilusión y cariño puestos. Empecé esta novela en Madrid, la retomé en Londres, la continué en San Francisco y la terminé en Miami, y cada ciudad me ha aportado algo distinto.

Para no extenderme más aquí voy con mis agradecimientos especiales:

A Adri, porque siempre creyó en mí y no le pareció raro cuando le dije que había personajes viviendo dentro de mi cabeza. Siempre me animas a perseguir mis sueños y me empujas hacia arriba. Y por si todavía te lo estás preguntando: sí. Me has servido de inspiración muchas veces. Gracias por ayudarme cuando estaba atascada, nuestros paseos por California al atardecer hablando de Marcos y Elena me han ayudado a salir de los bloqueos muchísimas veces. Te quiero.

A Tamm, porque siempre estuvo ahí, escuchando la historia de Marcos y Elena desde el principio. Ella se enamoró de Marcos casi antes que yo y me aplaudió virtualmente cada día que me senté a escribir. Gracias por ser la no editora más exigente del mundo. Hace unos meses estábamos hablando de «ojalá ver a Henry Cavill y mi libro publicado». Y las dos cosas se han cumplido. Juntas tenemos superpoderes, estoy convencida.

A Ceci, por escucharme hablar del libro durante horas y asegurarme que no era una pesada. Y, sobre todo, por animarme a seguir cuando mis dudas eran tan grandes que se interponían en el proceso creativo. ¡Ojalá te hubiera conocido antes!

A Erica, por ponerme las gafas moradas; siempre te estaré agradecida por eso. Gracias por hacerme ver la vida desde otra perspectiva. Eso me ha ayudado a tener claro cómo iba a ser esta historia y, sobre todo, lo que no quería escribir y los clichés de los que quería huir.

A Silvia y a Dani, mis amigos de toda la vida. Gracias por

apoyarme y estar ahí, y por llevar más de dos décadas escuchándome hablar de tonterías. He robado algunos rasgos vuestros, espero que no os importe.

A mi familia, simplemente porque os quiero y ya está.

También a Ali, compañera de dudas y sueños. ¡Gracias por animarme en la distancia a retomar la historia!

A Belén y Bea, amigas de mi nueva vida en California; gracias por escucharme y por regañarme cada vez que no he dicho en voz alta y con orgullo «¡Soy escritora!». Sois las mejores, en serio.

A Ariane, mi editora (qué fuerte me parece poder decir «mi editora». Sigo muriendo de la emoción); gracias por tus sugerencias y por el cariño con el que tratas a mis personajes.

Y tengo que hacer una mención especial a Juli, la persona con la que más películas románticas he visto, y a Macarena, la persona con la que más libros románticos he comentado.

A ti, que no te conozco, pero estás leyendo esto. ¡Gracias!

Y a esa niña de ocho años que se dormía imaginando historias de amor. Especialmente a ella le digo: ¡Lo hemos conseguido!

Este es un libro de amor, pero no solo de amor de pareja. La amistad entre nosotras me parece un vínculo precioso que siempre queda relegado a un segundo plano porque no se considera amor romántico. Creo que no hay nada más valioso que la amistad. Yo tengo amigos de toda la vida con los que he crecido y me he hecho adulta, amigas que llegaron en la facultad para quedarse para siempre, incluso amigas que he hecho ahora, cuando ya no estás en la etapa de la vida de hacer amigos nuevos.

Espero que os haya gustado esta historia, he intentado crear una relación sana, bonita y lo más realista posible. Sin acrobacias del Circo del Sol y sin tópicos del siglo pasado.

Y, por último, pero no menos importante: gracias a la música. Soy una de esas personas que no saben vivir sin los cascos y he pasado mucho rato escribiendo con ellos puestos. Tanto es así que la idea del libro se me ocurrió escuchando una canción, espero que la *playlist* os haya gustado.

¡Os espero en la segunda parte!

Si te has quedado con ganas de más,
escanea este QR y sabrás cómo continúa la historia en
Mil razones para quererte

A la venta el 8 de septiembre